MATHIAS AICHER

1988

ROMAN

kul-ja! publishing

Alle Personen und Ereignisse in diesem Roman sind frei erfunden. Bis auf die Personen und Ereignisse, die nicht erfunden sind.

Die Deutsche Nationalbibliothek verzeichnet diese Publikation in der Deutschen Nationalbibliografie; detaillierte bibliografische Daten sind im Internet unter http://dnb.d-nb.de abrufbar.

1. Auflage Oktober 2022

Nur echt mit dem Kulibri.

Homepage: http://www.kul-ja.com

Printed in the EU

ISBN: 978-3-949260-08-7

Für die Opfer der Flugtagkatastrophe von Ramstein 1988
sowie deren Angehörige und die Überlebenden.

Foto: © Manuela Likos

Mathias Aicher zog kurz nach dem Mauerfall nach Berlin, wo er sich als Rockmusiker verdingte. Seit 1999 schreibt er Drehbücher und seit 2014 auch Romane. Sein nächstes Buch, *Über die Flügel*, erscheint im Herbst 2023 ebenfalls bei kul-ja! publishing.

Das Leben kann nur in der Schau nach rückwärts verstanden,
aber nur in der Schau nach vorwärts gelebt werden.
– Søren Kierkegaard

Niemand heilt Erinnertes.
Ich halte sorglos Wunden frisch,
damit wir nicht vernarben.

Umsonst,
wir verbleiben,
wir, die Unzertrennlichen
im Staub.
– Julia Kulewatz, ›Jemand‹

Realität ist das, was nicht verschwindet,
wenn man aufhört, daran zu glauben.
– Philip K. Dick

TEIL 1

DAS DURCHSTOẞENE HERZ

1
One Second

Pony 10.

Elf Meter lang.

Elf Meter Spannweite.

900 km/h Höchstgeschwindigkeit.

Ein Kunstflugjet vom Typ Aermacchi MB-339, der jetzt außer Kontrolle als Feuerball auf die dichtgedrängte Menschenmenge am Rande der Landebahn zurast, sich dabei überschlägt, dann knapp fünfzig Meter vor der Absperrung des Zuschauerbereichs mit der Spitze der linken Tragfläche den Boden berührt, explodiert, die Stacheldrahtabsperrung zum Flugfeld mit sich reißt und schließlich mit einem Eiswagen kollidiert.

Den Anwesenden im Vorführraum stockt der Atem.

Sie wissen, was jetzt passieren wird. Die Bilder des Infernos sind tief im kollektiven Gedächtnis der Nation verankert. Die Welt wird in einem Chaos aus brennendem Kerosin, glühend heißen, scharfkantigen Metallsplittern, Stacheldraht und den panischen Schreien der Zuschauer untergehen. Die keine Chance haben zu flüchten, die Katastrophe spielt sich innerhalb von Sekunden ab.

Ramstein Air Base.

28. August 1988.

Die Apokalypse.

70 Tote.

An die 1000 Verletzte.

Statt der panischen Schreie erklingt der Anfang von ›There Is No If …‹ von The Cure aus der Hightech-Surroundanlage des Vorführraums, wobei die Kamera bei Mike und Aimee bleibt.

Trotz der Tatsache, dass ich die Szene unzählige Male gesehen habe, kämpfe ich gegen meine Tränen. Weil: Musik. Bei den Rohschnittfassungen davor gab es noch keine. Die Erinnerung an den Verlust, den Horror des Nachmittags in Ramstein, Aimees Tod, die Schreie, meine Schreie … alles kommt hoch. Und das liegt allein an dem Cure-Song. Unser Song. Rückblickend. Aimee hat ihn nie gehört, denn das Album ›Bloodflowers‹ von The Cure wurde erst 2000 veröffentlicht. Dennoch ist es mein Song für uns. Er fasst alles in Worte, was ich nie in Worte fassen konnte. Trotz meines Berufs. Unser *richtiger* Song von damals, ›Wait‹ von White Lion, wird im Abspann folgen.

Selbst dreißig Jahre später vermisse ich Aimee immer noch. Ihr Tod ist eine offene Wunde. Nie verheilt. Keine Chance, dass sich jemals Narben bilden könnten. Sie war die Frau meines Lebens. Und sie wurde mir genommen. Durch Pony 10 und eine Flugfigur namens ›Das durchstoßene Herz‹ der italienischen Kunstflugstaffel Frecce Tricolori. Durch eine Sekunde, die der Pilot des Jets zu früh am Durchstoßungspunkt der Flugfigur ankam. Und zudem noch zu tief flog.

One second, die über Leben und Tod entschied und alles für immer veränderte.

Ich sitze alleine in der hintersten Vierer-Sitzreihe des Vorführraums – ein Kinosaal en miniature, den sich Nina und Wolfgang vor drei Jahren im Keller ihres Hauses einbauen ließen – und höre unterdrücktes Stöhnen. Und Schluchzen. Sowohl die Redakteurin des ZDF, das den Zweiteiler mitproduziert, als auch ihr Chef sowie Ninas Co-Produzentin Katrin und Ninas Mann Wolfgang, der Geschäftsführer der Produktionsfirma, haben Mühe, ihre Tränen zurückzuhalten.

Nur Nina und Heiner, der Regisseur, zwei Sitzreihen vor mir, bleiben professionell und lassen sich keine Emotionen anmerken. Nina wirft mir einen kurzen Blick über die Schulter zu. Lächelt. Weiß, dass sie es geschafft hat. Dass wir es geschafft haben. Trotz harter Kämpfe. Nicht zuletzt wegen des Titels. Die Redaktion bestand auf ›Das durchstoßene Herz‹ und wollte dadurch die Flugtagkatastrophe in den Vordergrund rücken, was natürlich kompletter Quatsch gewesen wäre. Mein Roman ›1988‹ ist die Geschichte des Beginns einer großen Liebe, die tragischerweise nach vier Monaten endete, aber es ist kein Roman über die Ereignisse vom 28. August 1988. Mit der Flugtagkatastrophe endet mein Roman. Und der Film. Nach langen und zermürbenden Sitzungen schaffte ich es irgendwann, die Redaktion zu überzeugen, den Film wie mein Buch zu nennen. Was die richtige Entscheidung war. Ein in meinen Augen plakativer Titel wie ›Das durchstoßene Herz‹ hätte definitiv in die falsche Richtung geführt.

Auf der Leinwand sieht man jetzt Aimee – beziehungsweise Diana, die Darstellerin von Aimee –, die von glühend heißen Metallsplittern des verunglückten Jets tödlich im Rücken getroffen wurde, röchelnd und Blut spuckend in Mikes Armen.

Aimee, die keine Minute zuvor noch Hamburger und Hot Dogs an einem der zahlreichen Grillstände auf der Air Base verkauft und nur wegen Mike kurz ihren Arbeitsplatz verlassen hat.

Mike, der schreit, Aimee festhält, Rotz und Wasser heult und nicht merkt, dass auch er schwer verletzt wurde.

Mike, der die Flugtage auf der Air Base hasste.

Mike, der nur wegen Aimee dort aufgetaucht war, um sich für gestern Nacht zu entschuldigen.

Mike, der Aimee sagen wollte, dass er sie liebe und sie nicht verlieren wolle.

Mike, der sie fragte, ob sie seine Frau werden wolle.

Aimee, die grinste, »Yes« hauchte, ihn umarmte und küsste.

Keine zwanzig Sekunden, bevor der Jet des 38-jährigen Solopiloten der Frecce Tricolori, Ivo Nutarelli, explodierte und in die Zuschauermenge raste.

Die Leinwand wird schwarz.

›There Is No If …‹ geht nahtlos in ›Wait‹ von White Lion über.

Abspann.

Credits.

Drehbuch: Michael Bach.
Nach dem gleichnamigen Roman von Michael Bach.

Ich schnappe mir meine Wasserflasche, stehe auf und verlasse den Vorführraum. Schließe leise die Tür hinter mir. Wenn nach dem Abspann das Licht angeht, wird es bis auf das unterdrückte Schluchzen der Entscheider totenstill sein. So, als hätten alle Anwesenden das Atmen eingestellt. Es wird keine Änderungswünsche von Seiten des Senders geben.

Es ist vorbei.

Das Projekt ›1988‹ ist beendet.

2
There Is No If … (Part I)

Ich stehe rauchend an der Kellertreppe, die ins Untergeschoss zum Vorführraum führt. In meinem Kopf eine Textzeile aus ›There Is No If …‹.

›If you die‹, you said, ›So do I‹, you said …

Ich bin nicht gestorben an dem Tag. Auch wenn ich es mir damals gewünscht habe. Aber das Leben war noch nie ein Wunschkonzert. Meine körperlichen Wunden verheilten irgendwann. Was blieb: Narben. Damit konnte ich leben. Womit ich aber nie wirklich leben konnte: Dass Aimee an dem Nachmittag ums Leben gekommen ist und nicht ich. Bevor die Jets in der Luft zusammenstießen und die Normalität eines unbeschwerten Tages auf der Air Base in einen Albtraum verwandelten, standen wir neben dem Grill, an dem sie an dem Tag arbeitete. Wir hielten uns umarmt, wobei sie mit dem Rücken zur Startbahn stand. Ich hatte sie noch auf das fast vollendete Herz, das die italienische Kunstflugstaffel in den Himmel gezaubert hatte, aufmerksam gemacht und das gleich von dem Solopiloten mit einem symbolischen Pfeil durchstoßen werden würde. Doch diesen Höhepunkt des Flugtags haben wir nicht mehr mitbekommen. Wir küssten uns, hielten uns fest, wollten uns gar nicht mehr loslassen. Als wäre es das erste Mal. Ohne zu wissen, dass es das letzte Mal sein würde. Hätte ich mit dem Rücken zur Startbahn gestanden, wäre ich derjenige gewesen, der an diesem Nachmittag umgekommen wäre. Aber es sollte nicht sein. Ich war dazu verdammt, weiterzuleben. Und weiterzugehen. Alleine. Was ich dann auch getan habe, indem ich nach Berlin gezogen bin. Zwei Jahre nach der Apokalypse von Ramstein. Neuanfang. Verbunden mit der Hoffnung, das alles vergessen und hinter mir lassen zu können. Aimee vergessen zu können. Was natürlich nicht funktionierte. Aimee und ihr Tod haben mich immer begleitet. Genauso wie meine Schuldgefühle. Hätte ich ihren Tod verhindern können? Was, wenn ich rechtzeitig realisiert hätte, was passieren würde? Dann hätte ich sie vielleicht noch zu Boden reißen und sie mit meinem Körper schützen können.

Danach habe ich mich nie wieder wirklich auf eine Frau eingelassen. Weil: Irgendetwas starb in mir an dem Nachmittag auf der Air Base. Vermutlich mein Herz. Und meine Fähigkeit, zu lieben. Ich habe es danach nie wieder geschafft, mich gegenüber einer Frau zu öffnen, mich fallen zu lassen, mich einzulassen. Trotz der Tatsache, dass ich nach Aimee mehrere Beziehungen hatte. Und auch mit ebenjenen Beziehungen zusammengelebt habe. Aber es war immer absehbar, dass ich gehen würde. In der Rückschau war alles, was nach Aimee kam, nur Oberfläche.

Scratching the surface.

Weil: Tell me I'm forever yours and you're forever mine.

Was ausschließt, dass man andere Frauen jemals so lieben kann, wie man die große Liebe seines Lebens geliebt hat.

Wie oft habe ich über die Frage gegrübelt, wie wohl mein Leben zusammen mit Aimee verlaufen wäre? Wäre ich nach Berlin gezogen? Hätte ich irgendwann wirklich die Musik aufgegeben und aufs Schreiben umgesattelt? Oder hätten wir vielleicht ein Duo gegründet und damit Erfolg gehabt? Hätte sie irgendwann das Angebot einer bekannten Band bekommen und wäre weggezogen? Hätte ich vielleicht irgendwann das Angebot einer bekannten Band bekommen und wäre weggezogen?

Es gab damals keine Antworten auf meine Fragen und es wird sie auch in Zukunft nicht geben. Aber selbst dreißig Jahre später zerreißt es mich. Wir hatten keine Zeit, uns kennenzulernen. Uns richtig kennenzulernen. Wir hatten keine Zeit, uns zusammen zu entwickeln, unsere gemeinsame Geschichte zu schreiben, einen gemeinsamen Weg zu gehen.

Hätte ich irgendwas anders gemacht, wenn ich gewusst hätte, dass ich sie in vier Monaten verlieren würde? Nein, natürlich nicht. Wir haben alles richtig gemacht.

Bis auf den Tag auf der Air Base.

Ich nehme einen Schluck aus der Wasserflasche. Sehe in den strahlend blauen Himmel. Es ist Anfang April. An die 20 Grad. Der riesige Garten von Nina und Manfreds Villa erstrahlt in leuchtenden Farben. Der Gärtner hat ganze Arbeit geleistet. Nina und Manfred haben als vielbeschäftigte Producer für so etwas natürlich keine Zeit.

Ich krame mein iPhone aus der Hosentasche. 11:15 Uhr. Es wird Zeit, dass ich auf die Autobahn komme. München – Saarbrücken. 441 Kilometer. Laut Navi-App bei aktuellem Verkehr und ohne Pausen knapp fünf Stunden. A8, A65, B10 und dann wieder auf die A8. Hotel ist gebucht. Motel One. Diana ist da schon seit einer Woche. Diana, meine *Was-auch-immer-es-ist-aber-es-ist-kompliziert*-Beziehung. Ich bin nicht sicher, ob es der Begriff ›Beziehung‹ trifft, denn eine Beziehung impliziert Beständigkeit, Ausschließlichkeit, Zusammensein, den Alltag teilen, Probleme gemeinsam angehen, eine gemeinsame Zukunft planen und so weiter und so fort. Das alles haben Diana und ich definitiv nicht. Was wir haben: Den Moment. Und damit verbunden einen tiefen, innigen, berührenden Austausch. Auch von Körperflüssigkeiten, klar. Aber das ist nicht der *unique selling point* zwischen ihr und mir. Uns verbindet etwas, was nur wenige Menschen verbindet: Wir sehen den anderen. Als das, was er wirklich ist. Beziehungsweise als das, was er sein will. Irgendwann. Wir sehen das Potential des anderen. Was nicht unbedingt der *Ist-Zustand* ist. Eher der *Könnte-sein-Zustand.* Oder der *Könnte-nicht-sein-Zustand.* Oder der *Hätte-sein-kön-*

nen-Zustand. Aber letztlich spielt es auch keine Rolle. Ebenso wenig wie der fun fact, dass Diana für die Rolle von Aimee in ›1988‹ besetzt wurde. Wobei das eventuell doch eine klitzekleine Rolle spielen könnte. Zumal sie der Aimee von damals wirklich unfassbar ähnlich sieht. Und auch sechsundzwanzig ist, so wie Aimee damals. Was aber definitiv eine Rolle spielt: Dass wir uns endlich wiedersehen. Das letzte Mal war vor drei Monaten gewesen. In Köln. Für zwei Nächte. Viel zu kurz. Wie immer. In Saarbrücken dreht sie für den SR eine ›Tatort‹-Folge. Keine Hauptrolle. Das wird sich nach Ausstrahlung von ›1988‹ im August ändern. Keine Nebenrollen mehr für Diana. Nur noch die großen Stücke vom Kuchen. Auch wenn das unserer Beziehung – oder was auch immer es ist – ganz sicher das Genick brechen wird. Aber bis es so weit ist, will ich das Jetzt und die Auszeit mit ihr in Saarbrücken genießen.

Ich nehme einen Zug von meiner Zigarette, als Wolfgang, Ninas Mann, die Treppe hochkommt und sich mit einem Papiertaschentuch den Schweiß von Stirn und Glatze wischt.

»Wahnsinn …«, murmelt er.

»Ich bin ganz Ohr.«

»Keine Anmerkungen. Nicht eine einzige«, sagt er und tastet in den Taschen seines Jacketts nach Zigaretten, wird aber nicht fündig. Ich biete ihm eine von meinen an und gebe ihm Feuer.

»Keine Änderungswünsche. Nichts. Null. Unfassbar«.

»War klar.«

»War es das?«

»Jap.«

»Mh.« Er inhaliert den Rauch und bläst ihn dann stöhnend aus. Seine Erleichterung darüber, dass wir das Projekt nach über einem Jahr gestemmt haben und der ausstrahlende Sender das finale Produkt abgenommen hat, ist nicht zu übersehen. Somit steht dem geplanten Ausstrahlungstermin des ersten Teils am 28. August 2018 im ZDF nichts mehr im Wege. Dem

Tag, an dem sich die Flugtagkatastrophe von Ramstein zum dreißigsten Mal jährt. Der zweite Teil wird einen Tag später ausgestrahlt.

»Was ist das eigentlich für ein komisches Shirt?«, fragt er und deutet auf mein schwarzes T-Shirt, auf dem unter dem Schriftzug ›RUSH‹ ein Dalmatiner an einem roten Hydranten schnüffelt.

»Rush. Signals-Tour 1983. Heidelberg, Rhein-Neckar-Halle«, erkläre ich. »Original Shirt von damals.«

»Wer ist Rush?«, fragt Wolfgang.

»Eine Band«, sage ich. »Meine Band.«

»Da hast du mitgespielt?«

»Nein.«

»Aha. Okay. Na, dann …«, erwidert Wolfgang und starrt gedankenverloren auf meinen linken Arm, den seit knapp einem halben Jahr knallbunte, mystische, japanische Tattoos zieren. Ebenso wie den rechten. Ein *sleeve*. Auf beiden Armen. Bis zum Handgelenk. Für mich damals ein Traum. Nikki Sixx und Tommy Lee von Mötley Crüe hatten so was. 1988. Da waren die beiden Mitte zwanzig. Ich habe mir diesen Traum erst mit dreiundfünfzig erfüllt.

»Hast du neue Tattoos?«, fragt Wolfgang.

»Schon seit einem halben Jahr«.

»Echt? Aha. Wahnsinn.«

Ich drücke meine Kippe im Aschenbecher neben der Treppe aus.

»Ich muss los. Grüße an Nina und alle. Rechnung geht morgen raus. Wir hören.«

»Okay«, murmelt Wolfgang. »Bis dann.«

Ich klopfe ihm kurz auf den Rücken und bin verschwunden.

3
›Titanic‹ hatte auch kein Happy End

Es dauert ewig, bis ich endlich auf der A8 bin. Rund um München sind wie üblich nur Volldeppen unterwegs. Beziehungsweise Volldeppinnen. Gefühlt alle in komplett überdimensionierten SUVs, die sie weder beherrschen noch deren Außenmaße sie zu kennen scheinen. Im Stau erinnere ich mich an den Tag vor drei Jahren, als ich Nina meinen vierten Roman in die Hand gedrückt hatte. Wir kamen aus einer für mich extrem anstrengenden Drehbuchsitzung. Krimi. ZDF. 90 Minuten. Hauptsendezeit. Zu viele Köche, die den Brei etc.

Nina und ich gingen den Flur der Produktionsfirma ihres Mannes hoch, auf dem Weg zu einer Pizzeria im Erdgeschoss des fünfstöckigen Bürogebäudes in München-Bogenhausen.

»›1988?‹ Was ist das?«

»Eine Liebesgeschichte, die wie der Titel schon sagt, 1988 spielt.«

Sie sah mich skeptisch an. »Du bist Krimiautor. Seit wann kannst du Liebesgeschichten?«

»Ich bin *auch* Krimiautor. Aber hauptsächlich bin ich Geschichtenerzähler. Und ja, ich kann auch Liebesgeschichten. Und das hier ist meine Geschichte.«

»Deine Geschichte? Autobiografisch, oder was?«

»Zum größten Teil. Und alles endet am Tag der Flugtagkatastrophe von Ramstein.«

»Ach, du Scheiße …«, murmelte Nina und betrachtete das Cover. »Aber nur ›1988‹? Ohne Zusatztitel? Sowas wie, keine Ahnung ›Die Flugkatastrophe‹ oder ›Das Ende‹.«

»Kein Zusatztitel. Der Titel ist der Titel.«

»Mh«, murmelte sie.

»Lies einfach. Die Filmrechte sind noch frei. Wenn jemand so ein Projekt stemmen kann, dann du und Wolfgang. Aber nicht wundern: Es gibt kein Happy End.«

»Super Voraussetzungen für einen Erfolg«, sagte sie gequält.

»›Titanic‹ hatte auch kein Happy End, wenn ich mich recht erinnere«, erwiderte ich, während ich ihr die Tür zum Treppenhaus aufhielt.

Der Gedanke an diesen Tag lässt mich lächeln. Weil: Ein Traum wurde wahr. Ein weiterer. Gibt es für mich überhaupt noch einen Traum, der unerfüllt ist? Ja, den gibt es. Ich würde mir wünschen, die Zeit zurückdrehen zu können und Aimee an dem Tag auf der Air Base zu retten.

Ich verdränge den Gedanken und mache Mittagspause an einer Raststätte kurz vor Ulm. Currywurst, Pommes und Wasser. Über 12 Euro. Ohne Latte Macchiato. Der kostet nochmal 4 Euro neunzig. Scheiß drauf. Über Kohle muss ich mir aktuell nicht die geringsten Sorgen machen.

Nach Ulm wird es verkehrstechnisch ein bisschen anstrengend. Egal. Ich habe keine Eile, liege prima in der Zeit. Ich werfe einen Blick auf die Navi-App auf dem Phone: Ankunft in Saarbrücken um 16:45 Uhr. Wenn ab jetzt alles geschmeidig läuft. Das S-Klasse-Coupé unter meinem Hintern schnurrt wie ein Kätzchen. Na ja, wohl eher wie eine Wildkatze. Mein Steuerberater hatte mir letztes Jahr nahegelegt, dringend eine ›abschreibbare Investition‹ zu tätigen. Zum Beispiel einen Geschäftswagen. Ich hatte mich in einen Opel Commodore LS/E von 1976 verliebt, den Jules Wunderlich, die Protagonistin meines zweiten Romans, fährt. Problem: Das ist kein Auto für Langstrecken, zu denen ich nun mal aufgrund meines Jobs verdammt bin. Davon abgesehen fährt man so ein altes Mädchen nicht ganzjährig. Was ich brauchte, war ein robuster, langlebiger, zuverlässiger Wagen, nicht älter als fünf Jahre. Ein Wagen, den ich zwölf Monate im Jahr rocken konnte, ohne dass er alle 2.000 Kilometer in die Werkstatt musste. Meine Devise: Nur mit leichtem Gepäck reisen. Ich brauche keinen Platz für Kindersitze und schon gar nicht für Koffer und Taschen einer Partnerin. Von daher war ein Coupé perfekt. Nach längerer Recherche entschied ich mich für einen Benz. Ein gebrauchtes S-Klasse-Coupé, den S500. Baujahr 2015. Knapp 120.000 Kilometer. Schwarz. Und schwarzes Leder. Ich habe die Entscheidung für den Wagen nie bereut. Auch wenn ich manchmal das Gefühl habe, der Benz passt nicht zu mir. Im Sinne von Image und so. Innerlich fühle ich mich immer noch als der wilde, ungezähmte, freie – aber leider gescheiterte – Rockmusiker, der ich einmal war. Vor langer Zeit. Und zu einem ehemaligen Rockmusiker würde viel besser ein alter, runtergerockter Oldtimer passen. Aber ich bin kein Rockmusiker mehr. Das ist Vergangenheit. Ich bin erwachsen und gesettled. Etabliert. Seriös. Trotz meiner Tattoos. Ich bin angekommen in der Mitte einer kapitalistischen Ellbogengesellschaft, in der ich nie ankommen wollte und die ich schon als Teenager leidenschaftlich gehasst habe. Wegen ihrer Oberflächlichkeit, ihrer Spießer, ihrer Dummheit.

Birth. School. Work. Death.

Nicht mein Ding. Ich wollte da nie dazugehören, wollte schon immer meinen eigenen Weg gehen. Was ich getan habe. File under: Eigeninitiative, Selbstständigkeit und vor allem Freiheit. Die für mich bedeutet: Das zu tun, was mich erfüllt, was mir Spaß macht und meinem Leben einen Sinn gibt. Und vor allem: Nicht früh aufstehen müssen. Horror, wenn man als Nachtmensch geboren wurde.

Seltsamerweise kreisen meine Gedanken während der Fahrt nicht um mein nächstes Romanprojekt, dessen Protagonisten schon mit den Hufen scharren, sondern um meine alte Band aus dem Saarland.

SHE.

Keine Ahnung, wer damals die Idee für den Namen hatte. Vermutlich ich. Inspiriert durch ein Album von Dalbello. Wir hatten einen Proberaum in Homburg-Einöd, am ehemaligen Bahnhof, neben den stillgelegten Bahngleisen. Direkt hinter einer Kneipe namens ›Opossum‹, in der wir an manchen Abenden mehr Zeit verbrachten als im Proberaum. Mit Diskussionen über die musikalische Ausrichtung – AOR? Hard Rock? Metal? Hair Metal? –, über meine Texte, die Songs, unsere weiteren Pläne, ein Demo, die Songauswahl für ebenjenes Demo, über ein bezahlbares Studio, mögliche Gigs, einen professionellen Fotografen für Bandfotos, einen Booker, ein Management, eine Plattenfirma, über Frauen, übers Ficken und darüber, auf wen die nächste Runde Alkoholika ging.

Warum beschäftigt mich das Thema immer noch? Ich bin inzwischen länger Autor als Musiker. Dennoch spuken mir aktuell Bilder und Erinnerungen von damals im Kopf herum. Könnte eventuell daran liegen, dass ich demnächst an der Ausfahrt Homburg-Einöd vorbeikomme. Für ›1988‹ musste ich keine Recherche betreiben und mir die Locations von damals ansehen, das alles war in meinem Kopf und meinem Herzen präsent. Aber jetzt würde mich schon interessieren, ob es den Proberaum noch gibt, was ich aber bezweifle. Würde ich ihn noch finden? Es war eine ehemalige Scheune, riesig. Eierkartons an den Wänden. Stinkende Teppiche vom Sperrmüll. Heizung: Fehlanzeige. Alles, was wir damals an Komfort hatten, waren zwei versiffte und durchgesessene Sofas, einen Kühlschrank für die Biervorräte und natürlich Strom. Bei der Erinnerung habe ich sofort wieder die Gerüche von damals in der Nase. Kalter Rauch, Bier, Pisse, Junkfood. Was aber komplett egal war, denn wir alle hatten einen gemeinsamen Traum: Rockstars werden. Alles andere spielte keine Rolle. Weder Beziehungen, Jobs, Studium noch Karriere in einem Spießerberuf wie Büro-, Bankkaufmann oder Kfz-Schrauber. Alles, was wir wollten, war frei sein und unseren Traum leben. Und natürlich irgendwann Kohle damit verdienen. Aber so weit kam es damals nicht.

Hinter Landau geht es auf der B10 durch den Pfälzer Wald. Einspurige Landstraße. Erst nach Pirmasens wieder Autobahn. Noch 10 Kilometer bis Zweibrücken, lässt mich das Schild am Rand der A8 wissen. Kurz hinter der nächsten Ausfahrt Zweibrücken-Ernstweiler beginnt das Saarland. Und die Ausfahrt danach ist Homburg-Einöd.

Ich greife gedankenverloren nach meinem Kippenpäckchen, das auf dem Beifahrersitz liegt. Soll ich abfahren? Zeit genug wäre ja noch. Aber was soll das bringen, was verspreche ich mir davon? Will ich mich einfach nur vergewissern, dass es real war, dass es kein Traum war, dass der Proberaum wirklich existierte? Und damit ich. In einem anderen Leben, einer anderen Zeit. Einer Zeit, die mir so fremd ist wie Musikkassetten, D-Mark, Festnetztelefone und Faxgeräte.

Das Kippenpäckchen entgleitet meiner Hand und fällt in den Fußraum des Beifahrersitzes. Ich bücke mich danach. Fluche. Bekomme es erst nach mehreren Fehlversuchen mit spitzen Fingern zu fassen.

»Motherfucker«, grummele ich und sehe wieder auf die Fahrbahn. Erstarre. Keine zwanzig Meter vor mir auf der rechten Spur ein stehender LKW mit Warnblinklicht. Meine Geschwindigkeit beträgt 140 km/h. Ich steige in die Eisen und reiße gleichzeitig das Lenkrad nach links. Für den Bruchteil einer Sekunde wird mir schwarz vor Augen. Nehme wie durch einen Nebel wahr, dass ein Auto auf der linken Spur haarscharf an mir vorbeirast. Dann erwische ich das Heck des LKW, werde herumgeschleudert und krache in die Mittelleitplanke. Der Airbag öffnet sich mit einem unfassbar lauten Knall und raubt mir die Luft zum Atmen. Dann rast ein Auto in mein Heck. Der Aufprall ist so heftig, dass ich das Bewusstsein verliere.

Aber nichts von all dem passiert.

Ich bin auf der linken Spur, sehe den LKW im Rückspiegel.

Ich bin *alive*.

Hätte ich eine Sekunde später reagiert, wäre ich jetzt ...

Ich kann den Gedanken nicht zu Ende denken, unmöglich. Was zählt: Diese eine Sekunde, die über Leben und Tod entschieden hatte.

Wie vor dreißig Jahren auf der Ramstein Air Base.

Adrenalin durchflutet meinen Körper, mein Herz rast. Ich gehe vom Gas und wechsele auf die rechte Spur. Ich muss anhalten, runterkommen. Aber es gibt weder einen Standstreifen noch einen Parkplatz. Ich entdecke ein Schild, das eine Nothaltebucht ankündigt, setze den Blinker und bringe den Wagen zum Stehen. Mache den Motor aus. Die Musik aus dem iPhone verstummt.

›What's Going On‹ von Marvin Gaye.

Ich steige aus, gehe um den Benz herum und setze mich auf die Leitplanke. Zittere unkontrolliert am ganzen Körper. Versuche, zu verarbeiten, was gerade passiert ist. Oder besser: Was nicht passiert ist, aber durchaus hätte passieren können.

Langsam normalisiert sich mein Herzschlag. Auch das Zittern wird weniger und hört schließlich ganz auf. Dann treffe ich eine Entscheidung. Und die hat mit Einöd und unserem alten Proberaum zu tun. Ich muss einfach checken, ob es den noch gibt. So viel Zeit muss sein. Und so schnell wird diese Gelegenheit nicht wiederkommen.

Ich klemme mich hinters Steuer und starte das Navi auf meinem Phone. Hat aber gerade kein GPS.

O Mann.

4
Shoot Out the Lights

Als ich über die Autobahnbrücke fahre und danach die Ausfahrt Homburg-Einöd nehme, erinnere ich mich plötzlich, als wäre es gestern gewesen. Ich brauche kein Navi, ich kenne den Weg. Er ist in mir gespeichert. Wie die Texte aller ABBA-, Beatles- und Rush-Songs.

Warum auch immer.

Es geht über eine weitere Brücke, danach rechts. Hauptstraße. Was mir auffällt: Es sind ausschließlich Oldtimer aus den 70er und 80er Jahren unterwegs. Opel. Benz. Citroën. Audi. VW. Ford. Toyota. Peugeot. Vielleicht ein Oldtimertreffen? Aber warum hat keiner der Wagen ein H-Kennzeichen? Was auch seltsam ist: Es ist kein einziger SUV auf der Hauptstraße von Einöd zu sehen. Nicht dass ich die Scheißkarren vermissen würde, aber komisch ist es trotzdem, denn diese Panzer sind 2018 ja allgegenwärtig. Ob in München, Berlin, im Saarland oder sonst wo.

Alle Geschäfte sind geschlossen. Bis auf eine Bäckerei, an der ich vorbeikomme. Wieso das? Heute ist doch Freitag, ein ganz normaler Arbeitstag. Oder ist im Saarland irgendein Feiertag?

Instinktiv biege ich an der zweiten Straße rechts ab. Beziehungsweise halb rechts. Über die Bahngleise und gleich wieder rechts. Dann setzt mein Herz einen Schlag aus. Oder zwei. Weil: Das ›Opossum‹! Genauso, wie ich es in Erinnerung hatte. Ein altes Backsteingemäuer, das nach allem aussieht, nur nicht nach einer Kneipe. Aber das Schild über dem Eingang lässt keinen Zweifel. Davor massig Parkplätze. Und etwas versetzt dahinter die alte Scheune. Die überraschenderweise immer noch eine Scheune ist und nicht in ein Luxus-Wohnhaus umgebaut wurde. Davor ein Parkplatz, auf dem drei Wagen stehen. Ein silberner Golf II, ein roter Kadett und ein blauer Corsa. Alles Oldtimer. Und ebenso ohne H-Kennzeichen, wie die Oldtimer, die mir auf der Hauptstraße begegnet sind.

Ich parke neben dem silbernen Golf und steige aus. Bemerke, dass sich auf dessen Heckscheibe ein FCK-Aufkleber befindet. So einen hatte ich damals auch. Also einen silbernen Golf II mit dem Aufkleber.

Ich realisiere, dass in der Scheune eine Band lärmt. Das ist immer noch ein Proberaum? Nach dreißig Jahren? Krass. Soll ich einfach reingehen und checken, welche Band da gerade probt? Problem: Was soll ich den Muckern erzählen? Dass ich zufällig in der Ecke war und meinen alten Proberaum gesucht und gefunden habe? Dass ich vor dreißig Jahren auch mal einer von ihnen war und jetzt eine Schreiber-Hure ohne Familienanbindung bin? Und trotz der Tatsache, dass ich Erfolg, Geld und immer noch Sex habe, nicht wirklich glücklich bin? Wer will solche Stories hören? Niemand. Trotzdem ist mir klar, dass ich rein muss.

Ich atme tief durch und drücke die Holztür des Proberaums auf. Die Lautstärke, die mir entgegenschlägt, ist atemraubend. Die Band – Basser, Keyboarder, Sänger, Gitarrist, Drummer – sieht kurz abgelenkt bis desinteressiert zu mir und widmet sich dann wieder dem Song. Unangekündigte Gäste während der Proben scheinen keine Ausnahme zu sein. Wie bei uns damals. Die Band sieht aus wie die Parodie einer Hair-Metal-/Poser-Band aus den End-80ern: Dauerwellen, blonde Strähnchen, Vokuhila, hautenge Skinny Jeans – wobei die damals Stretch-Jeans hießen –, Adidas-Top-Ten-Sneaker, Cowboystiefel, T-Shirts mit abgeschnittenen Ärmeln, Schweißbänder, Jeansjacken, Lederjacken, Jacketts mit Schulterpolstern.

Habe ich mal wieder wie üblich einen Trend verpasst? Die

Kids meiner Generation entdecken 2018 unsere alten Helden von damals wieder? Und deren Klamotten? Oder tragen sie die alten Klamotten ihrer Eltern? Geht echt wieder alles *back in time* und wird retro und damit automatisch Kult?

Der Proberaum ist seltsamerweise immer noch genauso eingerichtet wie damals. Links neben dem Eingang ein Holzpodest mit einem Kühlschrank, einem ranzigen Sofa und Sesseln vom Sperrmüll, auf denen wir zwischen den Proben immer diskutierten, Bier tranken und rauchten. Und versuchten, die bei den Proben anwesenden Frauen rumzukriegen.

Ich will nach meinem iPhone in der Hosentasche greifen und ein oder zwei Pix machen, aber irgendetwas hält mich davon ab, wobei ich nicht wirklich sagen kann, was genau, aber ich spüre, dass ich es nicht tun sollte. Die Akkorde, Riffs, Gesanglines des Songs, den die Jungs gerade spielen, kommen mir bekannt vor. Eine Coverband? Aber welcher Song ist das? Irgendwas von Journey? Survivor? Great White? Night Ranger? Die krächzige, raue Reibeisenstimme des Sängers erinnert frappierend an Tom Keifer von Cinderella und/oder Bon Scott von AC/DC. Als die Jungs den Refrain spielen, erkenne ich den Song.

Shoot, shoot!
Shoot out the lights
And come close to me.

Schnappatmung Deluxe.

Weil: Den Song habe ich geschrieben.

1988.

Ich bin mehr als nur ein bisschen aus der Bahn geworfen und verlasse so souverän wie möglich den Proberaum, was mir wahrscheinlich nicht wirklich gelingt.

Als ich draußen bin, versuche ich, meine Gedanken zu ordnen.

Eine Band aus Homburg-Einöd covert 2018 einen Song, den ich 1988 für meine damalige Band aus Homburg-Einöd namens SHE geschrieben habe. Ein Song, der nie auf einem offiziellen Demo, geschweige denn auf einem Album, erschienen ist, nur auf Proberaumtapes. Gibt es dafür irgendeine logische Erklärung?

Nein, gibt es nicht.

Ich stecke mir mit zitternden Fingern eine Kippe an. Zücke mein Handy, will Diana anrufen. Auch wenn ich weiß, dass sie um diese Uhrzeit nicht rangehen kann, da sie noch am Set ist und dreht. Will ihr trotzdem die Mailbox vollquatschen und ihr von meinem Beinahe-Unfall erzählen, von Einöd, unserem alten Proberaum, von einer Band, die aussieht und klingt wie eine 80er-Jahre-Hair-Metal-Band.

Und die einen unveröffentlichten Song spielt, den ich 1988 geschrieben habe.

Wird aber nichts draus. Weil: Kein Netz.

Plötzlich verstummt die Musik aus dem Proberaum. Kurz darauf öffnet sich die Holztür und der Basser taucht auf.

»Hi«, sagt er gelangweilt und steckt sich eine Zigarette an. Im Gegensatz zum Rest der Band trägt er keine Skinny Jeans, keine Jeansjacke und schon gar kein albernes Jackett mit Schulterpolstern. Just basics: Schwarze Lederhose, Judas-Priest-Shirt, Adidas Top Ten. Seine Lederhose macht den Eindruck, als hätte sie schon einiges mitgemacht. Genauso wie seine Sneaker, die irgendwann wohl weiß waren, jetzt aber aussehen, als seien sie original aus den 80ern.

»Kennen wir uns?«, fragt er.

»Glaub nicht«, murmele ich. »Michael. Hi.« Ich halte ihm die Hand hin, die er schüttelt. Er ist ungefähr so groß wie ich, schmal, fast schon skinny, hat lange, hellbraune – ›straßenköterblond‹ nannte man das 1988 –, dauergewellte Haare, die er offensichtlich rauswachsen lässt und sieht irgendwie total grungig aus. Sein Style entspricht ziemlich genau meinem damaligen Style. Assi. Eher Punk als Metal. Verlottert. Und gerade deshalb hundert Prozent Rock'n'Roll.

»Ich auch«, sagt er und grinst. »Aber so nennt mich niemand. Mike. Hi.«

»Hey, Mike«, erwidere ich und denke, dass alle Michaels dieser Welt immer nur Mike genannt wurden. So wie ich damals auch.

Bevor er die Frage stellen kann, die ihm mutmaßlich unter den Nägeln brennt – »Wer bist du und was willst du hier?« –, wird er auf den Benz aufmerksam. »Fuck me! Was ist das denn?«

»Benz. S-Klasse-Coupé.«

»Alter …« Er geht um den Wagen herum. Staunend. Verwundert. Ehrfürchtig. Streicht über den Lack, die Kotflügel. Sieht ins Innere des Wagens. Wirkt extrem irritiert. Was wiederum mich irritiert.

»Wo issen der Tacho?«, fragt er.

»Im Display oberhalb der Mittelkonsole. Sieht man erst, wenn man die Zündung einschaltet. Kann man auch als Navi nutzen. Oder als Anzeige für die Musik. Je nachdem. Oder du legst dir den Tacho dahin, wo er damals war.«

Mike starrt mich an. »Und wo schiebt man die Tapes rein?«

»Nix Tapes oder CDs. Schon ewig nicht mehr. Alles über Bluetooth. Die Musik ist auf dem iPhone.«

»iPhone? Bluetooth?«

Ich zucke mit den Schultern. »Ist ja nicht wirklich was Neues. Oder hat sich das alles im Saarland noch nicht durchgesetzt?«, scherze ich.

Mike wirkt überfordert. »Was ist das für ein Baujahr?«

»2015.«

Er lacht auf. »Ja klar, Mann. Dann bist du aus der Zukunft?«

»Na ja, der Wagen sah schon 2015 aus, als wäre er aus der Zukunft.«

»Aha«, murmelt Mike und räuspert sich. Deutet dann auf

meine Tattoos. »Geile Tats übrigens. Wie Nikki Sixx. Ein Traum. Irgendwann will ich das auch.«

»Ich habe das Projekt auch erst vor ein paar Jahren beendet«, erkläre ich. »Nikki Sixx war diesbezüglich damals auch mein Held.«

»Damals?«

»Na ja, Ende der 80er halt. Aber nach ›Dr. Feelgood‹ waren Mötley irgendwie am Ende.«

»Nach was?« Mike wirkt komplett aus der Bahn geworfen.

Und ich plötzlich auch.

Kann es wirklich sein, dass ein Musiker, der 2018 Mötley Crüe geil findet und mit seiner Band Musik macht, die so dermaßen nach 1988 klingt, ›Dr. Feelgood‹, das Nummer-1-Album von Mötley Crüe von 1989, nicht kennt?

»Egal, nicht so wichtig«, erwidere ich.

Mike deutet auf mein Rush-Shirt. »Signals-Tour '83. Sehr cool. Warst du da auch? Heidelberg?«, fragt er.

»Jap. War mein erstes Rush-Konzert«, entgegne ich knapp, in Gedanken noch immer mit der Frage beschäftigt, warum Mike ›Dr. Feelgood‹ nicht kennt.

»Meins auch«, sagt Mike. »Und dieses Jahr endlich wieder. 5. Mai, Schleyer-Halle Stuttgart. Nach fünf Jahren. Wurde echt Zeit.«

Ich brauche einen Moment, um die Infos zu verarbeiten.

1983 plus 5 Jahre = 1988.

Mike als Mötley-Crüe-Fan kennt das Album ›Dr. Feelgood‹ aus dem Jahr 1989 nicht.

Ich schaffe es nicht wirklich, die Infos zu verarbeiten und mich beschleicht eine diffuse, extrem ungute Ahnung. Und diese diffuse, ungute Ahnung ist nicht nur vollkommen surreal, sondern auch extrem beängstigend.

Bevor ich etwas erwidern kann, taucht der Rest der Band auf. Der Keyboarder trägt stolz einen fetten Schnauzer, Vokuhila und ein Jackett mit Schulterpolstern. Der Drummer hat ein WHO-Shirt an. Dazu Skinny Jeans und Sneaker. Der Gitarrist hat arschlange blonde Haare, trägt Lederhose und Cowboystiefel und sieht wie ein Rockstar aus. Der Sänger, blonde Strähnen in den schulterlangen hellbraunen Haaren, Lederjacke, Skinny Jeans, ist der einzige, der mich beachtet, während seine Bandkollegen damit beschäftigt sind, den Benz in Augenschein zu nehmen.

»Und du bist wer genau?«, fragt er.

»Michael.«

»Porty. Hi.«

Porty? So hieß der Sänger meiner damaligen Band!

»Und was machst du hier?«, fragt Porty. »Ich meine, kennen wir uns? Über ein paar Ecken, oder so?« Er sieht auf das Kennzeichen des Benz: B-ED-2112. »Auch wenn du offensichtlich aus Berlin kommst …«

Ich fühle mich komplett überfordert von der Frage.

Nach allem, was mir gerade als *Ahnung* durch den Kopf spukt.

Soll ich wahrheitsgemäß antworten? Auf die Gefahr hin, dass mich niemand verstehen wird.

Nein, keine Option.

»Ihr kennt mich nicht«, erwidere ich bemüht sachlich. »Aber ich kenne euch.«

Porty starrt mich an, als hätte ich einen zu viel gekifft.

»Bist du Mikes Onkel oder sowas? Ich meine, die Ähnlichkeit ist schon der Hammer.«

Ich sehe über die Schulter zu Mike und dem Rest der Band, die fasziniert den Benz checken und dabei diskutieren.

Hat Mike Ähnlichkeit mit mir? Ja, definitiv. Extreme Ähnlichkeit. Auch wenn meine Haare nicht ansatzweise so lang sind wie seine, er glattrasiert ist und ich einen Kinnbart trage, der mit grauen Stoppeln durchsetzt ist. Und ich im Gegensatz zu ihm eine stylische Hornbrille auf der Nase habe.

Mike trägt Kontaktlinsen, schießt es mir durch den Kopf.

»Nee«, murmele ich. »Zufall.«

Bevor Porty die Frage stellen kann, die ihm unter den Nägeln brennt, die gleiche, die vermutlich Mike mir stellen wollte, muss ich meine Frage loswerden. Ich brauche Gewissheit.

»Woher habt ihr diesen Song, den ihr eben gespielt habt? Gibt's den inzwischen im Netz?«

»Netz?«

»Facebook, Spotify, Deezer, YouTube und so. Wurde der von jemandem hochgeladen?«

»Versteh kein Wort, Mann«, sagt Porty amüsiert. »Aber die Drogen, die du dir reinziehst, hätte ich auch gerne.« Er lacht. Scheint wirklich nicht zu wissen, wovon ich rede. Was mich wiederum mit meiner diffusen unguten Ahnung konfrontiert.

»Den Song hat Mike, unser neuer Basser, geschrieben«, erklärt er. »Ist erst seit ein paar Wochen dabei. Proben wir heute zum ersten Mal.«

Nein, den habe ich geschrieben, will ich widersprechen.

1988!

Doch mir bleiben die Worte im Hals stecken. Stattdessen frage ich stockend: »Wie heißt eure Band eigentlich?«

Bevor Porty antwortet, weiß ich schon die Antwort.

SHE.

Meine Band.

Damals.

»SHE«, sagt Porty.

Mir wird kotzübel, ich schnappe nach Luft und bekomme weiche Knie. Ich hatte noch nie weiche Knie. Nicht einmal vor dem Auftritt mit meiner Berliner Band im Vorprogramm von Iggy Pop und D.A.D. Mitte der 90er. Das hier ist nicht ›Versteckte Kamera‹. Das hier ist die Realität.

Es ist 1988.

Der silberne Golf II mit dem FCK-Aufkleber ist mein Golf.

Mike, der Bassist, bin ich. Der Mike, der ich 1988 war. Mit dreiundzwanzig.

Meine diffuse und ungute Ahnung ist keine Ahnung, sondern ein Fakt.

Porty bemerkt mein Unwohlsein. »Hey, Mann. Alles okay?«

Nein, Mann, nichts ist okay. Gar nichts.

»Alles gut«, murmele ich und versuche immer noch, diese unfassbare Wendung zu verstehen. Mein Verstand sagt mir, dass das alles komplett unmöglich ist, aber mein Herz spürt, dass es real ist.

When the heart rules the mind.

Ich kann mich nicht erinnern, von wem der Song ist, aber er trifft zu.

Was mir klar ist: Ich muss weg. Sofort. Ich brauche Zeit, um das alles irgendwie zu verdauen.

»Wann probt ihr wieder?«, frage ich mit belegter Stimme.

»Morgen. Und übermorgen. Und überübermorgen«, erwidert Porty und lacht.

»Okay. Dann bis dann.«

»Bis dann.«

Ich dränge mich wortlos an den Bandmitgliedern – darunter auch Mike – vorbei, steige in den Benz, starte den Motor, parke rückwärts aus und fahre weg. Im Rückspiegel die Band, die mir hinterhersieht.

Meine ehemalige Band.

Inklusive des 23-Jährigen Bassisten, der ich damals war.

Ich überquere die Bahngleise und biege nach rechts auf die Hauptstraße ab. ›When the Heart Rules the Mind‹ ist von GTR, denke ich.

Hilft mir jetzt zwar auch nicht wirklich weiter, erdet mich aber irgendwie.

Ein bisschen.

TEIL 2
STRANDED

5
Clutching at Straws

Ich fahre auf der Hauptstraße von Einöd in Richtung … keine Ahnung. Ich fahre einfach. Entdecke linker Hand eine weitere Bäckerei, die offen hat. Ich brauche einen Latte. Dringend. Ich parke auf dem Parkplatz davor und gehe rein. Der Laden ist bis auf zwei Verkäuferinnen leer.

»Hallo. Einen Latte to go, bitte. Laktosefrei, wenn möglich.«

»Bitte was?«, hakt Verkäuferin 1 irritiert nach.

»Einen Latte Macchiato. Zum Mitnehmen. Laktosefrei«, wiederhole ich.

Verkäuferin 1 sieht fragend zu ihrer Kollegin. »Weißt du, was das sein soll, Gertrud?«

Gertrud zuckt mit den Schultern.

»Okay, dann einfach einen Kaffee zum Mitnehmen«, murmele ich.

»Wie, zum Mitnehmen? Wir haben nur Tassen. Und die darf man nicht mitnehmen.«

»Darf ich sie vielleicht mit rausnehmen und danach zurückrückbringen?«

Sie sieht erneut zu Gertrud.

»Das sollte gehen«, sagt sie.

»Wie viel?« Ich zücke meinen Geldbeutel.

»1,20 Mark.«

Fuckfuckfuckingfuckfuckfuck.

Ich lege mit zitternder Hand 2 Euro auf den Tresen und hoffe, dass die als D-Mark durchgehen. »Stimmt so.«

Verkäuferin 1 betrachtet irritiert die 2-Euro-Münze. Gertrud kommt dazu und inspiziert die Münze.

»Was ist das für eine Währung?«, fragt sie. »Hab ich noch nie gesehen.«

Mir wird gleichzeitig heiß und kalt und ich schließe die Augen. Das alles ist ein Albtraum. Das muss einfach ein Albtraum sein. Die Frage ist nur, wann ich endlich daraus erwache. Als ich die Augen wieder öffne, ist alles noch da. Die Bäckerei, Gertrud und ihre Kollegin, die 2-Euro-Münze.

»Sorry«, murmele ich. »Hab aktuell leider nichts anderes am Start.«

»Schon in Ordnung«, sagt Gertrud.

Kurz darauf sitze ich auf der Bank vor der Bäckerei und trinke meinen Kaffee. Versuche, zu verstehen, was passiert ist. Und vor allem, warum. Verstehe es nicht. Okay, nur mal angenommen, es ist wirklich so, wie ich denke, dass es ist: Was wären die Konsequenzen? Mein Handy wäre – bis auf die Kamera, die gespeicherten Games, E-Books und meine Playlists – vermutlich nutzlos und ich könnte niemanden anrufen. Weil: Kein Netz. Keine Handys. Keine Mobilfunknummern. Und selbst wenn ich es mit den Festnetznummern meiner Freunde versuchen würde, würde ich keinen von ihnen erreichen. Diana war 1988 noch nicht mal geboren. Nina und Wolfgang hatten 1988 noch keine Produktionsfirma und waren auch noch nicht zusammen. Ich weiß weder, wo sie damals wohnten, geschweige denn, welche Festnetznummer sie hatten oder was sie arbeiteten. Des Weiteren wäre mein Bargeld wertlos, wie ich gerade feststellen durfte. EC- und Kreditkarte ebenfalls, aus Ermangelung eines Bankkontos. Ich wäre pleite. Ich könnte mein Essen nicht bezahlen, nicht tanken, keinen Alk und keine Kippen kaufen, kein Hotelzimmer buchen. Nichts. Und ich könnte mich nicht ausweisen. Was, wenn mich die Bullen anhalten und ich ihnen einen Perso aus dem Jahr 2018 präsentieren würde, der erst 2023 abläuft? Die würden mich wahrscheinlich sofort einbuchten. Dokumentenfälschung und so. Was eventuell funktionieren könnte: Zu behaupten, ich hätte keinen Ausweis dabei, nur meinen Führerschein. Denn das ist immer noch der alte, graue Lappen von 1983. Wobei ich dann erklären müsste, wie es sein kann, dass ein 23-Jähriger graue Bartstoppeln hat und aussieht wie ein Ü50er.

Das alles kann nicht wahr sein, das ist kompletter Irrsinn. Was mache ich jetzt? Nach Saarbrücken fahren und hoffen, dass es das Motel One gibt, in dem ich mit Diana verabredet bin? Ich checke mein Phone. Immer noch kein Netz. Kein Facebook, kein Instagram, keine Wetter-App, keine Sport-App, kein Navi. Kein Kontakt zu 2018, meinen Freunden, zu meinem Leben. Erst jetzt fällt mir auf, dass die Kalender-App auf dem Homescreen meines Phones ›10‹ und darunter ›Sonntag‹ anzeigt. Als ich aus München weggefahren bin, war es Freitag, der 12. April 2018. Ich öffne hektisch die Kalender-App. Aktuelles Datum ist laut App Sonntag, der 10. April 1988. Keine Einträge. Ich wische über den Screen. Bis zum Jahr 2018.

Keine Einträge.

Ich schließe die App, trinke den Kaffee aus, bringe die leere Tasse zurück in die Bäckerei und frage, wo sich die nächste Telefonzelle befindet. Gertrud sagt es mir.

Clutching at straws.

* * *

Wie nicht anders zu erwarten, schluckt die Telefonzelle keine Euros und natürlich auch keine Cents. Ich spüre Panik in mir aufsteigen, als ich mich an etwas erinnere. Bei der Umstellung von D-Mark auf Euro habe ich in meinem Portemonnaie ein paar Mark-Stücke gebunkert. Als eine Art Glücksbringer. Oder aus sentimentalen Gründen, keine Ahnung. Aber sie sind irgendwo, das weiß ich. Ich durchsuche fahrig meinen Geldbeutel, der natürlich nicht derselbe wie 2002 ist, aber ich bin sicher, dass ich die Mark-Stücke bei jedem Wechsel des Geldbeutels mitgenommen habe.

Dann werde ich fündig. Zwei 1-Mark-Münzen! In dem Fach, in dem sich mein jetzt nutzloser Perso befindet. Ich werfe eine Münze in den Schlitz des Münzfernsprechers, wie die Teile damals hießen, soweit ich mich erinnere. Kann mich aber auch täuschen. Das alles ist dreißig Jahre her.

War dreißig Jahre her.

Ich zücke mein Handy, checke die Nummer des Motel One in Saarbrücken, in dem Diana abgestiegen ist, und drücke die entsprechenden Tasten des klobigen Telefons.

Bitte, Gott – auch wenn ich nicht an dich glaube –, lass die Nummer des Hotels existieren und alles wird gut.

»Kein Anschluss unter dieser Nummer«.

Weder unter der Nummer des Hotels in Saarbrücken noch unter Dianas Handynummer.

Ich hänge den Hörer zurück auf die Gabel. Das D-Mark-Stück fällt in den Rückgabeschacht. Ich stecke es in mein Portemonnaie. Wie viele Beweise brauche ich noch, um zu kapieren, dass ich am Arsch bin?

6
Wischen & scrollen

Es wird das ›Hotel Restaurant Reuter‹. Aus dem einfachen Grund, weil es das erste Hotel in Homburg mit einem Restaurant ist, an dem ich vorbeikomme. Ich habe tierischen Hunger und bin physisch und vor allem psychisch komplett drüber. Ich brauche einen Rückzugsort, um runterzukommen. Und ein Bier oder zwei. Und einen Schnaps. Das Hotel hat fünf Parkplätze vor dem Eingang, zwei davon sind besetzt. Müßig zu erwähnen, dass es sich bei beiden Wagen um Oldtimer handelt, die 1988 mehr oder weniger Neuwagen waren.

Ich parke und steige aus. Sieht das Hotel vertrauenserweckend aus? Eher nicht. Sieht eher nach, tja, den 80ern aus. Was inzwischen keine wirkliche Überraschung mehr ist. Ist mir gerade aber komplett egal. Hauptsache, mir fällt irgendetwas ein, wie ich den Aufenthalt finanzieren kann. Ohne Bargeld und gültige EC- und Kreditkarte.

Ich schnappe mir meinen Rollkoffer und den Rucksack aus dem Kofferraum des Benz und betrete das Hotel. Hinter dem Empfangstresen ein Mann mit lichtem Haar und Brille, den ich auf Anfang fünfzig schätze. Also ungefähr in meinem Alter. Er blättert gelangweilt in einer Zeitschrift.

»Hallo«, sage ich. »Haben Sie zufällig noch ein Zimmer frei?«

Er sieht mich an. In seinem Blick: Langeweile. Gepaart mit noch mehr Langeweile. »Für wie lange?«

»Weiß ich noch nicht«, erwidere ich, wobei ich hoffe, dass alles wieder normal ist, wenn ich morgen aufwache.

»Hm«, murmelt er und checkt das Reservierungsbuch. Nach gefühlt fünfzehn Minuten Checken teilt mir der Angestellte –

Inhaber? – mit, dass er noch Zimmer mit Balkon frei habe. Für 25 Mark die Nacht.

»Nehme ich«, sage ich. »Zahlung mit Kreditkarte möglich?«

»Nein. Nur bar oder EC.«

Verdammt.

Okay, improvisieren.

»Ich habe aktuell ein kleines Problem. Bargeld habe ich leider erst wieder ab morgen oder übermorgen. Weil: Meine EC-Karte ist vorübergehend, nun ja, außer Funktion, wenn Sie verstehen, was ich meine …«

Er scheint zu verstehen und wirkt nicht begeistert.

»Wäre es möglich, meine Kreditkarte als eine Art Pfand zu hinterlegen? Ich würde dann alles bar zahlen, wenn ich auschecke.«

»Nicht möglich«, erwidert er.

»Was wäre für Sie denn als Sicherheit akzeptabel?«

»Eine Rolex zum Beispiel«, antwortet er, ohne zu lächeln.

Habe ich nicht. Natürlich nicht.

Dann fällt mir etwas ein.

»Mit einer Rolex kann ich leider nicht dienen, aber vielleicht wäre das hier ja eine Alternative …«

Ich krame in den Tiefen meines Rucksacks, ziehe mein iPad Air 2 – 64 GB, WLAN, gekauft 2017 – raus und lege es auf den Tresen.

Der Gelangweilte starrt auf das iPad. Macht einen irritierten Eindruck. »Was ist das?«

»Computer im Kleinformat. Ein Prototyp.«

»Was?«

Ich schalte das iPad ein und überlege fieberhaft, welche Apps auch ohne WLAN funktionieren.

Bücher!

Ich öffne die App. Das letzte Buch, das ich auf dem iPad gelesen habe, erscheint auf dem Bildschirm. ›Der Exorzist‹ von William Peter Blatty.

»Sie können zum Beispiel Bücher damit lesen. Ich habe aktuell an die hundert verfügbar. Da sollte doch was für Sie dabei sein. Zum Weiterlesen einfach mit einem Finger nach links wischen. Nach rechts wischen kommen sie eine Seite zurück.«

Der Gelangweilte, der plötzlich gar nicht mehr gelangweilt wirkt, sieht vom iPad zu mir und wieder zurück aufs iPad und wirkt irgendwie, tja, geschockt.

»Sie können es aber auch so einstellen, dass Sie nach unten scrollen können, um weiterzulesen.«

»Wischen? Scrollen?«

Ich stöhne kurz. Lautlos. Natürlich kennen Menschen aus dem Jahr 1988 die Begriffe ›wischen‹ und ›scrollen‹ nicht.

»Wischen geht so.« Ich demonstriere es ihm. »Hier oben können Sie die Helligkeit und die Schriftgröße einstellen. Wenn Sie zurück zur Bibliothek wollen, einfach hier drücken.« Ich klicke den ›Zurück‹-Pfeil links oben.

Er starrt mich an. Immer noch komplett überfordert.

»Was. Ist. Das?«

»Wie gesagt, ein Computer. Wir nennen es Tablet. Ein Prototyp. Noch nicht im Handel erhältlich. Das Neueste vom Neuen. State of the art. Die Zukunft. Unbezahlbar. Und Sie sind der Erste außerhalb unserer Entwicklungsabteilung, der das Teil zu sehen bekommt. Auch wenn ich das eigentlich nicht dürfte. Top Secret, Sie verstehen? Aber besondere Umstände erfordern nun mal besondere Maßnahmen.«

»Computer … Tablet … Prototyp … scrollen … wischen …«, murmelt er.

»Genau«, sage ich. »Und ohne scrollen geht gar nichts. Oder wischen.« Ich demonstriere es ihm erneut.

Er scrollt. Wischt. Beziehungsweise versucht es.

»Nicht so schnell«, sage ich. »Ganz easy und entspannt.«

Dann scheint er es kapiert zu haben und ein Lächeln breitet sich in seinem Gesicht aus. »Was kann das Teil noch alles?«

Games! Natürlich. Die sind direkt auf dem iPad gespeichert.

»Einen Moment.« Ich nehme ihm das iPad aus den Händen und öffne den Spiele-Ordner. Lara Croft. Myst. Riven. Carmageddon. Super Mario. Angry Birds. Need for Speed.

»Sind Sie Autofahrer?«, will ich wissen.

Er nickt.

»Stehen Sie eventuell darauf – also in einem Spiel –, mit Ihrem Auto Fußgänger, Kühe und andere Autofahrer plattzumachen?«

Er sieht mich fragend an. Ich starte ›Carmageddon‹ und lese ihm die Ziele des Spiels vor. »Plätte Fußgänger, um Zeit und Geld zu erhalten. Vernichte Gegner, um Zeit und Geld zu erhalten. Vernichte alle Gegner, um zu gewinnen. Oder: Erreiche alle Kontrollpunkte. Oder: Töte alle Fußgänger – wirklich schwer!«

»Klingt … interessant«, murmelt er.

Ich zeige ihm das Spiel, wobei ich es schaffe, ein gegnerisches Auto zu zerstören und mehrere Fußgänger plattzumachen.

Er grinst. Breit. Sehr breit. »Wahnsinn!«

Ich drücke ihm das iPad in die Hände und er beginnt zu spielen. Überfährt mehrere schreiende Fußgänger und hat sichtlich Spaß.

»Das wäre mein Pfand für die Übernachtung. Geht das klar?«

»Was ist das Teil wert?«

»Unbezahlbar«, erkläre ich. »Weil: Prototyp. Aber ich schätze, mindestens 7.000 Eu…, äh, Mark.«

»Heftig …«, murmelt der Ex-Gelangweilte und spielt weiter Carmageddon.

Ich räuspere mich. Er sieht hoch.

»Geht das klar? Dass ich ›das Teil‹ als Pfand hinterlege?«

»Aber sowas von!«

»Restaurant hat noch offen?«

Er nickt, wirkt aber abgelenkt, da er wieder mit ›Carmageddon‹ beschäftigt ist.

»Und da kann ich auch anschreiben lassen?«

Er nickt erneut, ohne die Augen vom iPad zu nehmen. »Wenn ich ein anderes Spiel will, was muss ich dann machen?«, fragt er, ohne auf meine Frage einzugehen.

»Einfach den Home Button drücken.«

»Den was?«

»Den, äh, Knopf hier. Es gibt nur einen.« Ich zeige es ihm.

Er drückt ihn und der Inhalt des Spiele-Ordners erscheint.

»Nochmal drücken und Sie sind auf dem Home Screen.«

»Wahnsinn …«

»Ja, Wahnsinn, nicht wahr? Unser aller Zukunft«, sage ich. »*Shiny bright*, das alles. Für *shiny happy people*. Und Sie sind einer der wenigen Auserwählten, die gerade einen Vorgeschmack auf die Zukunft bekommen.«

»Unendliche Weiten«, murmelt er.

Endliche Weiten, Alter. Ungute Weiten.

»Getränke kann ich auch anschreiben lassen?«, hake ich nach. »Und Kippen?«

»Alles«, sagt er. »Logisch.«

»Und Bargeld?«

»Natürlich.«

»Danke«, sage ich und atme tief durch. »Falls sich das Tablet bei Nichtbenutzung ausschaltet, müssen Sie hier drücken.«

Ich schalte das iPad aus und wieder an. Realisiere erschrocken, dass ein Passwort erforderlich ist. Beziehungsweise mein Fingerabdruck.

»Moment«, murmele ich, schalte die Passwortabfrage in den Einstellungen aus und gebe ihm das iPad zurück. Er drückt mir einen Zimmerschlüssel in die Hand, ohne dabei die Augen vom iPad zu lassen.

Multitasking.

Muss man erstmal hinkriegen als Mensch der 80er.

* * *

Das Zimmer ist wie erwartet spartanisch und rustikal eingerichtet, aber ausreichend groß. Und es hat einen Balkon. Den ich nicht wirklich benötige, denn rauchen darf ich auch im Zimmer. Aber hauptsächlich ist das Zimmer zu hundert Prozent 80er. Wundert mich das? Nein, aktuell nicht wirklich. Eventuell morgen, falls ich immer noch *stranded* sein sollte.

Ich packe meinen Rollkoffer aufs Bett und den Rucksack auf den Stuhl vor den kleinen Schreibtisch, auf dem ein Röhrenfernseher von Sony im Bildformat 4:3 steht. Versuche, mich zu erinnern, ob es 1988 schon Kabelfernsehen gegeben hat. MTV und so. Ja, gab es. Auch SAT.1 und RTL. Sofern Kabelfernsehen verfügbar war. Ich schalte den Fernseher ein und zappe durch die Kanäle. Kabelfernsehen ist in Homburg verfügbar. Ich bleibe bei MTV hängen. Iron Maiden. Der Schluss von ›Can I Play with Madness?‹. Nein, kann man definitiv nicht. Sollte man nicht. Niemals. Wobei ich aktuell das Gefühl habe, ich bin dazu gezwungen. Dann folgt Kylie Minogue mit ›I Should Be So Lucky‹. Kann man mit *madness* spielen und gleichzeitig *lucky* sein?

Ich schalte den Fernseher aus und bediene mich an der Minibar. Karlsberg Urpils. Schon damals innig gehasst. Aber in der Not frisst der Teufel etc.

Duschen. Klamotten wechseln. Danach entere ich das Restaurant des Hotels, das recht leer ist. Ich studiere die Speisekarte, als eine männliche Bedienung an meinem Tisch auftaucht. Ich erkläre ihm, dass meine Bestellung auf das Zimmer mit der Nummer 42 geht, was er zur Kenntnis nimmt. Ich bestelle ein Glas Rioja, eine Flasche Mineralwasser sowie ein Cordon bleu mit Pommes und eine Schachtel Zigaretten, inklusive Aschenbecher. Weil: Man darf rauchen. Kurz darauf bringt er mir die Getränke, das Päckchen Zigaretten und den Aschenbecher. Ich stecke mir eine an und nehmen einen Schluck Rioja. Denke an Diana und daran, dass ich jetzt eigentlich in Saarbrücken sein würde. Dass ich irgendwo lecker essen und dann an der Bar des Motel One mit einer Weinschorle und einem Grappa auf sie warten würde. Als sie dann endlich auftaucht, würden wir zusammen noch den einen oder anderen Drink an der Hotelbar vernichten, über das quatschen, was wir heute erlebt haben und uns danach aufs Zimmer verziehen, Musik hören, weiter trinken und uns dann gegenseitig ins Nirwana ficken. Irgendwann gegen Mitternacht würden wir komplett erledigt, aber befriedigt Arm in Arm einschlafen.

Mich überfällt ein nicht in Worte zu fassendes Gefühl der Sinnlosigkeit und der Leere.

Ich bin alleine.

Von einer Sekunde auf die andere.

Ich habe kein Leben mehr. Keine Freunde. Keine Diana. Kein Geld. Kein Bankkonto. Keinen Job. Keine Auftraggeber. Keine Agentur. Keinen Verlag. Keine Zukunft.

Nicht einmal eine Gegenwart.

Nach dem Essen unterschreibe ich die Rechnung, die auf mein Zimmer geht, und beschließe, mir eine Flasche Riesling und eine Flasche Mineralwasser mit aufs Zimmer zu nehmen und mich zu betrinken. In der Hoffnung, zu vergessen, wo ich gerade bin.

Auf dem Weg vom Restaurant zum Zimmer komme ich am Tresen vorbei. Der Ex-Gelangweilte ist immer noch mit dem iPad beschäftigt.

»Läuft?«, frage ich im Vorbeigehen.

»Was?«

»Ob alles gut ist«, hake ich nach, wobei mir bewusst wird, dass der Ausdruck ›läuft‹ damals wohl noch nicht wirklich geläufig war.

»Hammer das«, erwidert er.

»Ich weiß«, erwidere ich. »Aber beinhaltet auch ein gewisses Suchtpotential.«

»Was?«

»Egal. Viel Spaß«, murmele ich und gehe in Richtung der Treppe zum ersten Stock.

* * *

Zurück auf meinem Zimmer, schalte ich erneut MTV ein und den Ton aus. Hänge mein iPhone an die Steckdose. Wenigstens der Strom scheint der gleiche zu sein wie 2018. Ich versuche, mich zu erinnern, ob ich zu ›1988‹ bezüglich des Stroms von damals recherchiert hatte. Nein, hatte ich nicht, da ich davon ausgegangen war, dass Strom einfach Strom war und sich daran nichts geändert hat. Trotzdem habe ich das Gefühl, das iPhone lädt extrem langsam. Ich koppele es per Bluetooth mit meinem kleinen Speaker. Zum Glück habe ich auf dem Phone massig Musik runtergeladen, die auch ohne WLAN verfügbar ist. Es wird ›Two Tickets to Paradise‹ von Eddie Money. Aufwachen im Paradies morgen wäre extrem erwünscht. In dem Paradies, das sich 2018 nennt.

Wobei mir ein Ticket schon genügen würde.

Ich öffne den Riesling mit einem Korkenzieher – 1988 gab es offensichtlich noch keine Schraubverschlüsse an Weinflaschen – und mixe mir eine Weinschorle. Mein bevorzugtes Getränk seit Jahren. 1988 war es eher Bier und Jacky-Cola. Das Gefühl der Sinnlosigkeit ist immer noch übermächtig. Ebenso das Bedürfnis, jetzt sofort etwas bezüglich Zeitreisen googlen zu müssen. Leider unmöglich aus inzwischen bekannten Gründen. Ich checke die Apps auf dem Phone, aber alle, die einen Internetzugang – oder wie die Navi-App GPS – benötigen, sind sinnlos geworden. Ich bin gezwungen, mich mit dem zu beschäftigen, das mir zur Verfügung steht: Wein, Kippen, MTV ohne Ton und Musik.

Mein Hirn rödelt auf Hochtouren. Leider nicht wirklich fokussiert. Es ist alles *too much* gerade, ich finde keinen Ansatz, das alles einzuordnen, zu begreifen.

Ich setze mich mit dem MacBook an den Tisch auf dem Balkon. Sternenklarer Himmel. Fast schon T-Shirt-Temperatur. Ich klappe das MacBook auf. Versuche, ›10‹ und ›Sonntag‹ auf der Kalender-App zu ignorieren. Doppelklicke mein Diary-Programm. Ich muss jetzt schreiben. Was ich digital seit round-about 2000 tue. Davor seit 1982 in meinen schwarz-roten Kladden. Das Tagebuch-Programm öffnet sich und ich gebe mein Passwort ein.

Kein Eintrag.

Ich klappe das MacBook zu. Hoffe, dass ich demnächst betrunken sein und wie ein Stein schlafen werde. Hoffe, dass morgen alles vorbei sein wird und ich wieder im Jahr 2018 aufwachen werde.

In meinem Kopf ›Can I Play with Madness?‹ von Iron Maiden.

7
First Things First

Die Homburger Lokalzeitung, die auf dem Tresen der Rezeption liegt, hat das Datum 11.04.1988.

Montag.

Der letzte kleine Funken Hoffnung ist dahin. Wobei der wahrscheinlich schon gestern dahin war. Spätestens nach meinem Song, den meine ehemalige Band mit meinem jüngeren Ich am Bass im Proberaum gespielt hat.

Habe ich das eben wirklich gedacht?

Mein jüngeres Ich.

Und falls ja, bedeutet das, dass ich akzeptiert habe, was gerade passiert? Dass es ab jetzt zwei, tja, Versionen von mir gibt? Die parallel existieren, ohne dass die eine Version das fühlen könnte, was die andere Version fühlt? Wobei die ältere Version weiß, was die jüngere Version fühlt. Beziehungsweise fühlte.

Hinterm Tresen der Ex-Gelangweilte, der mich angrinst. Vor ihm liegt mein iPad.

»Das Teil ist …«, er sucht nach dem passenden Wort, »… Wahnsinn! Und dieses Spiel … ›Carmageddon‹ … Hammer!«

Falls er das iPad die halbe oder ganze Nacht genutzt hat, muss es demnächst an die Steckdose. Ich sage ihm, dass ich ihm nach dem Frühstück ein Ladekabel geben werde und entere den Frühstücksraum des Restaurants. Die Nacht war die Hölle. Albträume en masse. Zum Glück erinnere ich mich nicht mehr an Details. Als ich wach wurde und realisierte, dass ich mich immer noch im selben Hotelzimmer wie gestern Nacht befand, schnürte es mir die Kehle zu. Das wahre Ausmaß dieses Super-GAUs erschließt sich mir noch nicht gänzlich, aber so viel ist klar: Es wird keinen geregelten Tagesablauf mehr geben, keine Routine, keine Ankerpunkte, keine Rituale. Alles weg. Freunde, Weggefährte, Buddies, Vertraute, mein Haus in Lichtenrade, meine Katzen, mein Geld.

Ich könnte heulen. Und gleichzeitig schreien. Bringt aber nichts. Ich muss akzeptieren, dass ich jetzt offensichtlich im Jahr 1988 lebe. Ohne dass ich danach gefragt hätte. Ohne mein Zutun. Einfach so. Verloren in einer Welt und einer Zeit, die damals meine Welt war, die mir jetzt aber fremd ist und mir Angst macht. Aber ich bin gezwungen, mich darauf einzulassen. Ob es mir passt oder nicht. Aber ohne Kohle und mit nur drei T-Shirts – und eins davon ein Rush-Shirt von 1983 –, drei Paar Socken, zwei Unterhosen, einer Adidas-Jacke, einer Lederjacke und zwei paar Turnschuhen werde ich nicht lange durchkommen.

Warum eigentlich nicht? Waschmaschinen gab es auch schon 1988.

Reduce to the max, motherfucker.

Ich muss lachen. Kurz. Sehr kurz.

Okay, ein Schritt nach dem anderen. Wie beim Schreiben eines Romans. Buchstabe für Buchstabe. Wort für Wort. Satz für Satz. Szene für Szene. Kapitel für Kapitel.

First things first.

Was ist das Wichtigste momentan? D-Mark. Wie komme ich an D-Mark? Ich könnte eine Bank überfallen. Nein, keine Option. Natürlich nicht. Ich als ehemaliger Zivildienstleistender/Kriegsdienstverweigerer habe nicht die geringste Ahnung, wie man eine Knarre benutzt. Selbst wenn ich, wie auch immer, in den Besitz einer solchen kommen würde. Wäre es eine Option, meine Eltern zu besuchen und sie anzupumpen? Wie alt sind die beiden 1988? Anfang fünfzig. Also jünger als ich. Was mich darüber nachdenken lässt, was in dieser Zeitschiene in meinem Ausweis als Geburtsdatum stehen würde.

1935.

Zwei Jahre nach Hitlers Machtergreifung. Zu Beginn des Zweiten Weltkriegs und des Überfalls auf Polen war ich … wäre ich vier Jahre alt gewesen. Hätte gewesen sein sollen. Wäre gewesen. Würde gewesen sein.

1988 wohnte ich noch bei meinen Eltern in K-Town, wie Kaiserslautern von den Amis genannt wird. Im Unigebiet. Am Harzhübel 25. Das finde ich auch ohne Navi. Aber was dann?

»Hi, ich bin's, Michael, euer Sohn. Also euer Sohn dreißig Jahre später. Ich bin jetzt ein erfolgreicher Drehbuchautor und Schriftsteller. Ich meine, war ich. Gestern noch. In meiner Zeit, 2018. Aber das wisst ihr ja. Also werdet es 2018 wissen. Aktuell bin ich gerade gar nichts. Außer pleite. Ich habe nämlich nur Euros dabei. Und die gab es 1988 noch nicht. Meine EC-Karte und die Kreditkarte funktionieren natürlich auch nicht mehr. Ich bin übrigens auch kein Musiker mehr. Ich weiß, dass ihr das damals – also aktuell – nicht so wirklich doll fandet. Weil: Träumerei. Keine Absicherung. Risiko. Brotlose Kunst und so. Schwer zu verstehen als Beamte, als Lehrer, klar. Aber ich hatte keine Wahl. Ich musste diesen Weg gehen. Warum? Weil ich wusste, dass es mein Weg ist. Beziehungsweise war. Aber jetzt – also später, beziehungsweise damals – wärt ihr sicher stolz auf mich. Ich meine, ich weiß, dass ihr das seid. Also stolz auf mich. Okay, zwar erst in ein paar Jahrzehnten, als ihr meinen ersten Roman in den Händen gehalten und meine Widmung an euch gelesen habt, aber immerhin. Was ich sagen will: Ich bin mal eben *time-travel-technisch* irgendwie im Jahr 1988 gelandet und aktuell ziemlich *lost*, wenn ihr versteht, was ich meine … Nein, versteht ihr nicht. Wie solltet ihr das auch verstehen? Ich verstehe es ja selbst nicht. Egal. Ich wollte einfach fragen, ob ihr mir eventuell ein bisschen Kohle leihen könntet. Also D-Mark …«

Meine Eltern würden nach diesem Monolog sehr wahrscheinlich sofort die Bullen rufen.

Das alles ist komplett surreal. ›Zurück in die Zukunft‹

meets …, tja, meets nix. Der Wunsch, meine Eltern zu sehen, sie in den Arm zu nehmen, zu drücken und ihnen alles zu erklären, ist übermächtig. Aber würden sie mich erkennen? Eher nicht. Und wie sollte ich ihnen erklären, dass es jetzt zwei Versionen ihres Sohnes gibt? Ich könnte es ihnen nicht erklären. Das alles ist nicht zu erklären und schon gar nicht zu verstehen.

Nein, meine Eltern sind keine Option. Was habe ich noch an Möglichkeiten, um an D-Mark ranzukommen?

Ich verschlucke mich fast an meinem Kaffee, als mir die Antwort einfällt.

8
Sacco

Auf der A6 in Richtung Südosten. Im Prinzip der gleiche Weg, den ich gestern gekommen bin. Mit dem kleinen Unterschied, dass ich die A8 und die B10 zwischen Pirmasens und Landau vermeide. Was mich zu der Frage bringt, warum ich gestern nicht auch über die A6 gefahren bin. Dadurch hätte ich mir den ewig langen Weg durch den Pfälzerwald sparen können. Zeitersparnis gegenüber der Strecke über die A6? Nicht wirklich relevant, höchstens zwanzig Minuten. Warum also? Weil ich unterbewusst an Homburg-Einöd vorbeikommen wollte? Und einfach herausfinden musste, was aus unserem alten Proberaum geworden ist? Wie ich aber feststellen durfte, war nichts aus ihm geworden. Weil er immer noch, tja, *ist*.

Ich versuche, Aufmerksamkeit – sowohl gegenüber den Bullen als auch den anderen Verkehrsteilnehmern – zu vermeiden, und fahre mit 120 auf der rechten Spur. Wobei es ›kriechen‹ vermutlich besser trifft. Dennoch zieht das S-Klasse-Coupé massig Blicke auf sich. Könnte daran liegen, dass ich mit dem Science-Fiction-Gefährt auf der rechten Spur vor mich hinschnecke. Egal. Hauptsache, die Bullen werden nicht auf den Wagen und mich aufmerksam. Falls doch: Müsste ich der Staatsmacht den Benz erklären? Was hat die zu interessieren, welches Auto ich fahre? Ja, okay, das Nummernschild ist nicht gerade, tja, Standard im Jahre des Herrn 1988. Alles andere an dem Wagen – und mir – auch nicht so wirklich.

Die Tankanzeige des Benz macht mich auf die Reichweite aufmerksam. Noch knapp 80 Kilometer. Wie weit ist es noch? Ich weiß es nicht. Leider habe ich den Entfernungsangaben der Autobahnschilder nicht genügend Aufmerksamkeit geschenkt. Was ich hätte tun sollen, denn sowohl meine Navi-App auf dem Phone als auch das Navi im Benz funktionieren aufgrund der Ermangelung von GPS nicht mehr. Wenn ich mich richtig erinnere, war GPS bis Anfang der 2000er nur dem Militär vorbehalten. Ich habe 20 Mark Bargeld in der Tasche. Auf Zimmerrechnung. Was klar ist: Die nächste Raststätte ist meine. Tanken und Kippen. Was kostet ein Päckchen Zigaretten 1988? Ich erinnere mich an so vieles von damals, aber an so etwas nicht. Auch nicht daran, wer 1988 an der Macht war. Vermutlich Kohl. Politik und deren Protagonisten haben zu keiner Zeit bleibende Spuren in meinem Leben hinterlassen. Wir hatten unsere eigene Welt, die Welt des Rock'n' Roll. Alles außerhalb davon interessierte uns einen Scheiß. Na ja, nicht alles, aber Politik und Politiker definitiv.

Dann schießt mir eine Frage durch den Kopf, die mich erstarren lässt: Gab es 1988 schon bleifreies Benzin? Verbleites Benzin würde den Benz von 2015 vermutlich innerhalb weniger Kilometer schrotten. Was wäre die Alternative? Es gibt keine. Ein Schild kündigt in 4 Kilometern eine Raststätte an. Hockenheim. Als ich abbiege, entdecke ich das riesige Preisschild der Tankstelle.

Diesel: 46,8 Pfennig
Benzin bleifrei: 55,8 Pfennig
Super bleifrei: 59,5 Pfennig

Puh.

Ich tanke für 15 Mark. Knapp dreißig Liter Super bleifrei. Das sollte bis Stuttgart reichen. Ich kaufe im Shop noch eine Packung Zigaretten, ein belegtes Brötchen und eine Flasche Wasser. Gesamtpreis: 19,76 Mark. Bargeld danach zur Verfügung: 24 Pfennig. Auf Nachfrage erfahre ich vom Kassierer, dass es Super bleifrei schon seit drei Jahren gibt, wobei er durch die Scheibe des Shops zu meinem Benz späht. Er macht einen rechtschaffen irritierten Eindruck. Zum Glück stellt er nicht die Frage, die ich inzwischen schon sehr oft gehört habe: »Was ist das?«

Stattdessen fragt er: »Sie wussten nicht, dass verbleites Benzin seit Februar verboten ist?«

»Wenn ich mein Leben danach ausrichten würde, zu recherchieren, was wann warum und wo verboten ist, hätte ich kein Leben mehr«, erwidere ich und gehe zum Benz.

Zurück auf der Bahn, stoppe ich die Playlist auf meinem iPhone, das per Bluetooth mit dem Benz verbunden ist. Frage mich, warum 1988 Bluetooth funktioniert. Vermutlich, weil sowohl das iPhone als auch der Benz und mein portable speaker bluetoothfähig sind. Ich wähle auf dem Touchscreen ›Radio‹ aus. Kein DAB. Aber UKW funktioniert. Wobei wir damals eher selten bis gar nicht Radio gehört haben. Immer nur Tapes. Ich hatte nicht wirklich viele Platten, dafür aber massig von Platten überspielte Tapes. Meine Kumpels und ich haben uns immer gegenseitig mit dem neuesten Kram versorgt. Und ich saß damals als Auszubildender im ›Pop Shop‹, einem Plattenladen in K-Town, an der Quelle. Ich ging jeden Abend mit mindestens sechs Platten nach Hause, von denen ich am nächsten Tag fünf zurückbrachte und nur eine kaufte. Den Rest hatte ich auf Kassette überspielt. Und mit meinem Double-Tape-Deck noch Kopien für meine Freunde gezogen.

Home Taping Is Killing Music.

Was die Musik letztlich wirklich gekillt hat, war MP3. Und Streaming. Und Apple. Und Spotify. Und davor Napster. Wobei ich zu der Zeit beim Thema ›Streaming‹ ganz vorne mit dabei war.

Shame on me.

Im Radio Nachrichten.

»Die israelischen Behörden schieben acht Palästinenser in den Libanon ab, denen vorgeworfen wird, führende Aktivisten des Pa-

lästinenseraufstands in den israelisch besetzten Gebieten zu sein. Die katholische Kirche der USA veröffentlicht eine Erklärung, in der sich die Bischöfe des Landes für eine stärkere Beteiligung von Frauen in allen Bereichen der Kirche aussprechen. Allerdings sollen Frauen vom Priesteramt weiterhin ausgeschlossen bleiben. In einem Grundsatzurteil stellt das hessische Landessozialgericht in Darmstadt fest, dass einem Lizenz-Fußballspieler keine Berufsunfähigkeitsrente zusteht, wenn er wegen einer Sportverletzung seine Profi-Laufbahn beenden muss. Bundeskanzler Helmut Kohl bekräftigte bei einem …«

Ich schalte das Radio aus. Der gleiche Wasserstandsmeldungen-Bullshit wie dreißig Jahre später. Es hatte schon seine Gründe, warum ich seit roundabout 2016 keine News mehr lese, höre und auch keine mehr im Fernsehen sehe.

Noch knapp 90 Kilometer bis Stuttgart, lässt mich das Schild am Rande der Autobahn wissen. Und dann? Ich hoffe, mein Ziel ist ausgeschildert. Ansonsten muss ich mich durchfragen. So wie man das damals gemacht hat. Auch ohne Straßenkarte. Und trotzdem ist man immer dort angekommen, wo man hinwollte. Auch wenn es manchmal etwas länger gedauert hat.

Und es dauert länger. Weil: Es stellt sich heraus, dass sich die Firmenzentrale nicht in Untertürkheim befindet, sondern in Sindelfingen, knapp 20 Kilometer südlich von Stuttgart. Der Weg dahin ist zum Glück super ausgeschildert und ich halte irgendwann vor dem Pförtnerhäuschen am Eingang des riesigen Geländes. Erneut ist Improvisieren angesagt.

»Hallo. Ich habe einen Termin beim Boss«, erkläre ich dem Pförtner und versuche dabei, so souverän wie irgend möglich rüberzukommen. Der Pförtner mustert erst mich und dann den Benz aus der Zukunft.

»Was ist das?«

Immer wieder diese bescheuerte Frage, die seit meiner Rückkehr in die Vergangenheit wie ein Fluch auf mir zu lasten scheint.

»Ein Auto«, erwidere ich. »Aus der Zukunft. Deswegen muss ich mit dem Boss sprechen.«

»Äh …« Er kratzt sich überfordert am Ohr.

»Also …?«

»Bei welchem Boss? Ich meine, wir haben einige.«

»Egal. Irgendeiner.«

Der Pförtner denkt nach. Angestrengt. Zögert. Öffnet dann die Schranke. »Fahren Sie in die Tiefgarage. Ist ausgeschildert. Melden Sie sich danach beim Empfang.«

»Thanks«, erwidere ich und fahre auf das Gelände. Finde die Einfahrt zur Tiefgarage. Und einen Parkplatz in der Nähe des Aufzugs. Zücke mein iPhone und mache aus allen Perspektiven Fotos meines S-Klasse-Coupés.

* * *

Der Angestellte hinterm Empfangstresen starrt entgeistert auf das Foto des Wagens aus der Zukunft auf meinem iPhone, das ich ihm hingelegt habe.

»Was ist das?«

Erneut diese *question from hell.* Auch wenn es irgendwie absehbar ist, es nervt inzwischen nur noch. Und ich befürchte, er meint mit »Was ist das?« das iPhone und nicht das Foto der S-Klasse. Ich erkläre es ihm. So geduldig wie möglich. Prototyp. Top Secret. Blablabla. Er starrt vom iPhone zu mir und dann wieder zurück auf das iPhone.

»Ich … äh …«, stammelt er.

»Es geht nicht um den Top-Secret-Prototypen«, sage ich. »Es geht um das Foto auf ebenjenem Top-Secret-Prototypen. Ich brauche jemanden, der sich meinen Wagen ansieht. Und der in charge ist, wenn Sie verstehen, was ich meine.«

Er scheint zu verstehen und greift zum Telefon. Keine fünf Minuten später taucht ein Mann auf, den ich auf Anfang dreißig schätze. Jeans. Jacket. Brille. Turnschuhe. Kurzhaarfrisur. Er stellt sich als Christian Böß vor und wirkt genervt.

»Um was geht's?«

Ich halte ihm das Phone hin. »Falls Sie vorhaben, die Frage ›Was ist das?‹ zu stellen; tun Sie's bitte nicht. Einfach Glotzis auf und die Fotos checken. Danke vielmals.«

Er starrt von mir auf das iPhone. Ich wische durch die Bilder des Coupés. Von links nach rechts. Und wieder zurück.

»Was … ist …?«

»Nicht!«, unterbreche ich. »Kommen Sie einfach mit in die Tiefgarage, da gibt es Antworten.«

* * *

Böß schleicht in der Tiefgarage um mein Coupé rum. Ratlos. Sprachlos. Komplett neben der Spur. Ebenso wie sein Kollege namens Lorenzen, den Böß noch am Empfang telefonisch dazugeholt hatte. Sind beide wohl Mitarbeiter der Designabteilung von Benz, soweit ich das mitbekommen habe. Und Böß ist Assistent im Fachbereich Stilistik. Die beiden tuscheln, wirken überfordert. Irgendwann meint Böß zu Lorenzen, er solle Sacco holen. Sie würden sich in der Werkstatt ihrer Abteilung treffen. Lorenzen macht sich eilig vom Acker, während Böß zu mir kommt und tief durchatmet.

»Der Wagen muss hier weg. Sofort.«

»In die Werkstatt der Designabteilung schätze ich.«

»Da schätzen Sie richtig.«

»Wollen Sie fahren?« Ich halte ihm den Schlüssel des Coupés hin. Er starrt mich an. Wirkt irgendwie erschrocken.

»Keine Sorge«, meine ich. »Fährt sich im Prinzip wie ein Wagen aus dem Jahr 1988. Nur ein bisschen … anders.«

Ich kichere.

Böß schnappt sich den Schlüssel. Natürlich schnappt er sich den Schlüssel.

* * *

Das Coupé steht auf einer Hebebühne in der Werkstatt der Designabteilung mit direktem Zugang zu ebenjener Abteilung. Vier Mechaniker wuseln herum, checken den Unterboden, die Radaufhängung, den Auspuff. Alle wirken ratlos. Böß, eine Tasse Kaffee in der einen Hand und eine Kippe in der anderen, sitzt auf einem Gartenstuhl aus Plastik und beobachtet das Ganze. Ebenso wie die Mechaniker wirkt er gestresst und angespannt. Ich halte mich an meiner Kaffeetasse fest, die mir von einer der Sekretärinnen der Designabteilung gebracht wurde, und fühle mich wie im falschen Film. Was ja inzwischen nichts Neues ist.

Böß sieht zu mir. »Der Wagen …«

»Ja?«

»Woher haben Sie den?«

»Gekauft.«

»Wo?«

»Falsche Frage«, sage ich. »Die richtige Frage wäre ›Wann?‹.«

Bevor Böß etwas erwidern kann, taucht ein Mann auf, den ich auf Mitte fünfzig schätze. Halbglatze. Weißer, gepflegter Bart. Anzug. Er strahlt eine natürliche Autorität aus, die nur *Entscheider* ausstrahlen. Das muss dieser Sacco sein, nach dem Böß verlangt hatte. In seinem Schlepptau zwei weitere Männer. Einer davon Lorenzen. Der andere macht einen beflissenen Eindruck und hat ein Klemmbrett dabei. Böß lässt die halb gerauchte Zigarette in seine Kaffeetasse fallen und eilt auf den Entscheider zu.

»Bruno …«, sagt er aufgeregt. »Das musst du dir ansehen.«

Doch Bruno Sacco hat schon beim Hereinkommen verstanden, um was es geht, und starrt mein Coupé an, als käme es aus der, tja, Zukunft.

»Fahrt ihn runter«, sagt er. Seine Stimme klingt warm, weich. Und sein italienischer Akzent ist mehr als nur ein bisschen charmant. Einer der Mechaniker betätigt einen Schalter an der Hebebühne und das Coupé gleitet nach unten. Sacco inspiziert es von allen Seiten. Akribisch. Öffnet dann die Fahrertür und setzt sich hinters Lenkrad. Ohne ein Wort zu sagen. Ich sehe zu Böß, der bemüht lächelt.

»So isser halt«, sagt er gequält. »Geduld ist das Zauberwort.«

»Ich habe alle Zeit der Welt«, lüge ich und trinke meinen Kaffee aus, als Sacco aus dem Wagen steigt und sich an Böß wendet.

»Was ist das?«

»Für die Beantwortung dieser Frage ist ausschließlich Herr Bach zuständig«, erwidert Böß und nickt in meine Richtung.

Sacco streckt mir die Hand entgegen. »Bruno Sacco. Chefdesigner Daimler-Benz, Direktor des Bereichs Design und Leiter der Hauptabteilung Stilistik.«

»Michael Bach«, erwidere ich, während er meine Hand schüttelt.

»Was ist das für ein Wagen?«, fragt Sacco. »Woher haben Sie den? Was hat das alles zu bedeuten?«

»Den Wagen hat ihre Firma designt und gebaut«, sage ich. »Nein, falsch: Ihre Firma *wird* den Wagen designen und bauen. Im Jahr 2015.«

Bruno Sacco sieht mich an. Skeptisch. Misstrauisch. »Ist das eine Art von ›Filmwagen‹? Für einen Science-Fiction-Film? Ein Prototyp, der nicht fährt?«

»Oh, der fährt«, mischt sich Böß ein. »Und wie der fährt …«

Bruno Sacco sieht von Böß zu mir. Ich gebe Sacco den Fahrzeugschein des Coupés, den er überfliegt.

»2015 …«

»Seltsam? Aber so steht es geschrieben«, sage ich und halte ihm lächelnd den Schlüssel des Coupés hin.

* * *

250.000 D-Mark. In einem offenen Aktenkoffer auf Saccos Schreibtisch in dessen Büro.

Er legt mir einen Schrieb hin, eine Art Quittung.

›Beratertätigkeit‹.

Stimmt sogar irgendwie.

»Wollen Sie nachzählen?«, fragt er.

»Nein«, erwidere ich. »Ich gehe davon aus, dass Sie mich nicht abzocken wollen. Ich meine, das ist ja kein Drogendeal.«

Er lacht. »Irgendwie schon.«

Ich unterschreibe und händige ihm dann den Fahrzeugschein aus.

»Brief haben Sie nicht?«

»Theoretisch schon. Praktisch leider nicht. Der befindet sich an einem anderen Ort und einer anderen Zeit.«

Sacco nickt, hakt nicht nach. Alles, was ihn interessiert, ist, dass es den Wagen gibt und er jetzt im Besitz seiner Firma ist. Ein Fenster in die Zukunft, ein Ausblick auf das, was möglich sein wird. Auch wenn Benz aktuell so einen Wagen nicht bauen könnte. Die Chips und die Elektronik in dem Wagen sind state of the art des Jahres 2015 und im Jahr 1988 noch nicht einmal ansatzweise vorstellbar.

Sacco wollte für die, tja, Testfahrt mit dem S-Klasse-Coupé auf die Teststrecke Friedrichsruhe, nordöstlich von Heilbronn, ein öffentlicher Rundkurs, den seine Firma nutzte, um neue Autos unter Alltagsbedingungen zu testen und den letzten Feinschliff zu geben. Wenig Verkehr, kaum Ortsdurchfahrten, bekannte Streckenverhältnisse. Aber dann entschied er sich spontan für die A81. Die Ausfahrt mit ihm am Steuer des Coupés dauerte fast eine Stunde. Über Böblingen, dann auf die A81 bis nach Herrenberg, wobei er den Wagen richtig die Sporen gab und dabei vor Freude jauchzte. Dann Landstraßen zurück nach Sindelfingen. Als er den Wagen wieder in der Werkstatt seiner Abteilung abstellte, sah er mich über das Dach des Coupés an.

»Wie viel?«

»Wie viel wäre er Ihnen wert?«

»200.000 Mark«, erwiderte er ohne Zögern.

»250.000«, sagte ich. »Plus ein aktuelles Coupé.«

Er überlegte kurz, dann nickte er. »Könnten Sie mit meinem Privatwagen leben? 560 SEC, Baujahr Anfang des Jahres. Dunkelblau. Beiges Leder. 279 PS. Angemeldet auf die Daimler AG.«

Und ob ich damit leben kann, dachte ich und nickte.

Natürlich nickte ich.

Sacco händigt mir Schlüssel, Fahrzeugbrief und -schein des SEC aus. Zusammen mit seiner Visitenkarte. »Bei Problemen, einfach anrufen. Aber es wird mit diesem Wagen keine Probleme geben, glauben Sie mir.«

»Mit der S-Klasse auch nicht.«

Wir grinsen und schütteln Hände.

* * *

Als ich danach mein Ex-Coupé ausräume, stoße ich im Handschuhfach auf etwas, das mich extrem irritiert.

Mein alter Taschenkalender von 1988.

Den ich vermutlich während meiner Recherche für ›1988‹ die ganze Zeit im Wagen liegen gelassen und dann vergessen hatte. Darin: Alle Termine, die ich 1988 hatte.

Und natürlich auch das Datum, an dem ich Aimee kennenlernte.

Das jetzt das Datum ist, an dem mein jüngeres Ich sie kennenlernen wird.

Und zwar nächsten Samstag.

TEIL 3
WAIT

9
Hysteria

Wie auf der Hinfahrt schnecke ich auf der rechten Spur vor mich hin, während ich von LKWs überholt werde. Tausend Gedanken im Kopf. So seltsam es klingt, aber ich komme aufgrund der ganzen Gedanken kaum zum Denken. Wobei eine Frage zunehmend an die Oberfläche drängt. Und dann irgendwann mit aller Macht in meinem Kopf explodiert: Könnte ich Aimee retten? Könnte ich es irgendwie schaffen, sie davon abzuhalten, an dem verhängnisvollen Tag Ende August auf der Ramstein Air Base zu sein?

Tja, dazu müsste ich sie erstmal kennenlernen. Denn nächsten Samstag in Homburg, in einer Kneipe mit Livebühne namens ›Einhorn‹, lernt sie ja Mike kennen. Und der weiß im Gegensatz zu mir nicht, was passieren wird.

Ein weiterer Gedanke, der mich schaudern lässt: Könnte ich vielleicht sogar den Flugtag verhindern? Könnte ich alle Opfer retten, die an dem Tag ums Leben kamen? Könnte ich all das Leid, die Tränen, den Schmerz, den die schwer verletzten Überlebenden und die Angehörigen der Opfer erfahren mussten, verhindern? Das Leid, das nie aufhören wird.

Aber wie?

Gedanken-Overkill.

Zurück in meinem Hotel in Homburg, checke ich aus und bezahle die Rechnung in bar. Und muss dem ehemals Gelangweilten am Empfang sein neues Lieblingsspielzeug wegnehmen. Er wirkt irgendwie traurig, als er mir das iPad zurückgibt.

»Ich habe den Highscore bei ›Carmageddon‹ geknackt.«

»Wow, cool«, erwidere ich. »Glückwunsch.«

»Ab wann kann man das Teil denn kaufen?«

In ziemlich genau zweiundzwanzig Jahren, denke ich. Aber diese Info würde ihn sicher extrem irritieren.

»Wenn alles gut läuft, in ein paar Jahren«, lüge ich.

Er lächelt. »Herrlich. Ich freu mich!« Dann stellt er mir eine Quittung aus und ich bin verschwunden.

Als ich meine wenigen Habseligkeiten in den Kofferraum des SEC packe, wird mir bewusst, dass ich keinen Plan B habe, was meine neue Unterkunft anbelangt. Wieder ein Hotel? Oder eine Wohnung mieten? Nein, mieten kann ich ohne gültigen Ausweis und Meldeadresse und so weiter vergessen. Und schon gar nicht so kurzfristig. Also erneut Hotel. Aber eins mit Küchenzeile und mindestens zwei Zimmern. Aber wo? Freie Auswahl: Berlin. München. Frankfurt. Hamburg. Köln. Sylt. Bodensee. Allgäu. Ammersee. Gardasee. Südfrankreich. Dänemark. Schweden. Ibiza. Und dann? Würde ich mich in meinem Hotelzimmer verkriechen und versuchen, mich zu Tode zu trinken? Und hoffen, zu vergessen, dass ich in der Position bin, die Vergangenheit zu ändern und Aimee und alle Opfer von damals zu retten? Wobei noch zu klären wäre, ob ich das wirklich bin. Also in der Position, die Vergangenheit zu ändern. Ja, bin ich wohl. Alleine durch den Verkauf des S-Klasse-Coupés aus dem Jahre 2015 an Sacco wird bei Benz nichts mehr so sein, wie es war. Wobei die Konsequenzen aus diesem Verkauf natürlich nicht sofort Auswirkungen auf die Gegenwart haben werden, aber sie werden Auswirkungen auf die Zukunft haben. Oder nicht? Wird Benz nicht so oder so 2015 das S-Klasse-Coupé bauen? Egal, zu spät jetzt. Ich kann es nicht mehr ändern.

File under: Ich war alt und brauchte das Geld.

Mir wird klar, dass ich nicht wirklich die freie Auswahl habe, was mein neues Domizil betrifft. Ich muss hier in der Ecke bleiben.

Weil: Aimee.

Und meine alte Band. Was nicht zu trennen ist. Ich werde Aimee nur kennenlernen, wenn ich mich an Mike und die Band dranhänge. Und ich werde Aimee nur retten können, wenn ich sie kennenlerne.

* * *

Es wird Saarbrücken. Ein 4-Sterne-Hotel in der Altstadt. Suite im fünften Stock mit Wohnzimmer, Küche, Dachterrasse und allem Schnickschnack. Über Geld muss ich mir erstmal keine Gedanken machen.

Über alles andere schon.

Nachdem ich eingecheckt und für einen Monat im Voraus bezahlt habe, begebe ich mich auf Shopping-Tour in die Fußgängerzone. Basics. Nicht wirklich etwas, was mir Spaß machen würde, aber es muss sein. Zwei schwarze Jeans, zwei Cargohosen in Tarnfarben, diverse Shirts, Unterwäsche, Socken, Jogginghosen, Longsleeves, Hygieneartikel, Alkoholika. 2018 hätte ich mir einen Großteil davon online bestellt. Vor allem die Shirts und die Longsleeves. Zum größten Teil Bandshirts, Tourshirts. Im Jahr 1988 gibt es Bandshirts nur bei Konzerten der betreffenden Band oder per Mailorder. Nach dem Abendessen in einem Restaurant in der Altstadt setze ich mich mit einer Flasche Wein und einem Grappa auf die Dachterrasse meiner Suite mit Blick über Saarbrücken. Neben der Weinflasche liegt mein Taschenkalender von 1988. Meine Gedanken kreisen ausschließlich um Aimee und die Tatsache, dass sie und Mike sich diesen Samstag im ›Einhorn‹ in Homburg beim Konzert seiner Ami-Clubband kennenlernen werden.

Es ist kurz vor 23 Uhr und ich werde jetzt noch keinen Schlaf finden. Trotz des aufregenden Tages in Stuttgart. Ich muss nochmal raus, unter Leute, muss mich irgendwie ablenken. Ich trinke meinen Grappa aus und stürze mich in den neuen Klamotten ins Nachtleben der Hauptstadt des Saarlands. Fühle mich unter all den Menschen fremd. Wie ein Alien. Aus der Zukunft. Lande nach Mitternacht per Zufall in einer Rockkneipe namens ›Rocket‹, in der ›Hysteria‹ von Def Leppard läuft, als ich reinkomme.

I gotta know tonight
I you're alone tonight
Can's stop this feeling
Can't stop this fire

Was macht Aimee heute Abend? Wo ist sie? Wie geht es ihr? Ist sie *alone tonight*? Hat sie jemanden an ihrer Seite? Keine Ahnung. Ich weiß nichts von ihrem Leben, das sie führte, bevor ich, also Mike, in ihr Leben trat. Es war irgendwie nie ein Thema.

Def Leppard werden abgelöst von Ratt. ›You're in Love‹. Ich bestelle bei der Bedienung, die mich extrem an Lita Ford erinnert, einen weiteren Grappa und einen Wein. Auf dem Weg zurück zum Hotel wird mir klar, dass es wirklich nur einen Weg gibt, um an Aimee ranzukommen, und dieser Weg führt ausschließlich über Mike und dessen Band. Ich muss Teil der Gang werden. Teil der Gang, der ich damals war. Ich muss die Band von mir überzeugen, sie verführen. Und dann irgendwie über Mike Aimee kennenlernen.

Klingt das nach einem durchdachten Plan? Mit der Betonung auf ›durchdacht‹?

Nein, natürlich nicht. Aber ein nicht durchdachter Plan ist immer noch besser als überhaupt kein Plan.

10
Gangland

Nach dem Frühstück versuche ich, die Telefonnummer des Bürgermeisters von Ramstein-Miesenbach herauszufinden, was mir recht schnell gelingt. Was sich schwieriger gestaltet: Einen Termin bei ihm zu bekommen. Durch meine Hartnäckigkeit, meinen Charme und eine dreiste Lüge, nämlich Journalist vom ›Spiegel‹ zu sein, schaffe ich es dann doch noch, seine Sekretärin zu überzeugen.

Morgen Mittag.

Danach Orga. Projekt: Bewerbung um einen Pass für das *Gangland*. Das Drehbuch für den Abend habe ich akribisch geplottet und muss jetzt nur noch umgesetzt werden. Wobei ich zum ersten Mal Drehbuchautor, Regisseur und gleichzeitig Produzent und Hauptdarsteller bin. Aber ohne Einflussnahme einer TV-Redaktion oder eines Verlages. Was großartig ist.

Gegen Nachmittag ist alles in trockenen Tüchern. Mithilfe eines Telefons und eines, tja, Telefonbuchs. So wie man das im Jahr 1988 ohne Internet und Google halt rockte. Schon seltsam, wie schnell ich mich wieder mit dem arrangiere, was mir damals zur Verfügung stand. Viel war es nicht. Aber es funktionierte irgendwie immer.

* * *

Gegen 18 Uhr tauche ich im Proberaum auf und setze mich auf die ranzige, nach Leiche stinkende Couch links vom Eingang. Nehme einen Schluck von meinem mitgebrachten Bier. Die Band sieht wie Sonntag kurz zu mir und konzentriert sich dann wieder auf den aktuellen Song. ›No Place to Run‹. Ein weiterer Song, den ich damals geschrieben habe. Klingt wie eine Mischung aus UFO und Motörhead. Vermutlich besitze ich noch alle Proberaumtapes von damals, diesbezüglich war ich schon immer eine Art von *crazy archive keeper*. Wo aber genau die Tapes sind – keine Ahnung. Vermutlich in irgendeiner Kiste im Keller. Also im Keller meines Hauses in Lichtenrade im Jahr 2018. Ich habe die nach 1988 nicht mehr gehört. Warum auch? Die Aufnahmen waren nach Aimees Tod, dem Ende der Band und meinem Umzug nach Berlin nur noch Vergangenheit. Es gab nicht den geringsten Bezug zu meiner damaligen Gegenwart. Musikalisch war ich danach auf einem völlig anderen Trip. Mit dem Abstand von dreißig Jahren muss ich aber zugeben, dass die Songs gar nicht so schlecht sind. Aber 1988 irgendwie leider kein Stück ›angesagt‹. Angesagt war zu der Zeit eher, tja, Glam und Hair Metal. Und AOR. Wobei AOR erst wieder ab 2016/2017 durch Bands wie Eclipse, H.E.A.T., W.E.T., The Defiants oder Work of Art halbwegs salonfähig wurde. Mit der Betonung auf ›halbwegs‹. Reich und berühmt wurde man auch in der Zukunft damit nicht.

Als die Jungs den Song – meinen Song – beenden, stehe ich auf und klatsche. »Geiler Song. Könnte von mir sein.«

»Ist aber von mir«, erwidert Mike spöttisch und stellt seinen roten Charvel-Bass neben die Marshall-Box.

»Anyway«, fahre ich fort. »Die Probe ist mit sofortiger Wirkung beendet. Es gibt ein oder zwei Dinge zu besprechen. Wichtige Dinge. Dinge, die eure Zukunft als Band betreffen.«

Die Jungs starren mich an.

»Aber nicht hier. *Let's move.*« Ich deute mit einer – wie ich hoffe – theatralischen Geste zum Ausgang.

»Wäre es zu viel verlangt, wenn du uns erstmal erzählen würdest, wer genau du bist?«, sagt Mike.

»Ja, wäre es«, erwidere ich knapp und verlasse den Proberaum, natürlich verbunden mit der Hoffnung, dass meine alte

Band nachkommt. Was sie dann auch tut. Auch wenn es über zehn Minuten dauert. Mussten wohl noch ein paar Sachen ausdiskutieren. Demokratie in einer Band war schon immer für'n Arsch.

Als sie der weißen Stretch-Limo ansichtig werden, klappen kollektiv fünf Unterkiefer nach unten. *Sunset Strip* im Saarland. Live und in Farbe.

»Et voilà«, sage ich und öffne die hintere Tür der Limo, aus der ein Song von Cinderella dröhnt. Meine alte Band steigt eilig ein. Kein Zögern, nichts. Hannes, der Keyboarder, Roland, der Drummer, und Pete, der Gitarrist, machen sich sofort über die Bar her. Porty und Mike bleiben cool und checken erstmal die Limousine. Sind beeindruckt. Haben noch nie eine Stretch-Limo von innen gesehen. Ich bis zum heutigen Tag übrigens auch nicht. Mehr Luxus geht nicht. Die Miete bis morgen kostet mich zwar ein Vermögen, aber das musste sein.

Weil: *Temptation.*

Und die funktionierte schon damals am effektivsten durch Luxus. Ich klopfe gegen die Scheibe, die den Fahrerbereich abtrennt, und die Limo setzt sich in Bewegung.

»Wo geht's eigentlich hin?«, fragt Porty.

»Lasst euch überraschen.«

Ich gieße mir ein Glas Weißwein ein und stoße mit allen an. Auch mit Porty und Mike, die inzwischen von ihren Bandmitgliedern Alkoholika in die Hand gedrückt bekommen haben. Alle sind nur am Grinsen, Labern und Feiern. Bis auf Mike, der mich misstrauisch mustert, während er einen Schluck von seinem Bier nimmt.

Ich lächle ihn an. »Entspann dich, Mann. Alles ist gut.«

»Das bezweifle ich«, erwidert er, ohne zu lächeln.

Nietzsche.

Just doubt it.

Ich proste ihm lächelnd mit meinem Weinglas zu. Er lächelt ironisch zurück und nippt an seinem Bier. Ihm gegenüber zu sitzen, ist, tja, verstörend. Er ist so verdammt jung. Glattrasierte Babyhaut, nicht eine Falte. Bis auf die zwischen den Augenbrauen. Die Denkerfalte. Die *Just-doubt-it*-Falte.

Love you, man, denke ich. Auch wenn du manchmal einfach nur ein *pain in the ass* bist.

* * *

Es wird eine angesagte In-Pizzeria in Saarbrücken namens ›Da Franco‹, in der ich einen Sechsertisch auf der Terrasse reserviert habe. Und dafür 50 Mark investieren musste, denn normalerweise bekommt man auch unter der Woche keinen Tisch. Und schon gar nicht auf der Terrasse. Die Jungs sind durch die Alkoholika während der Fahrt schon recht angeheitert. Bis auf Mike und Porty, die sich zurückgehalten und stattdessen versucht hatten, mich auszufragen. Aber keine Chance. Mein Drehbuch für den Abend sieht vor, dass ich die Jungs erst beim Essen darüber informiere, wer ich bin und was ich mit ihnen vorhabe.

Nach der Vorspeise. Oder vor der Nachspeise.

»Ich bin Michael Wagner, dreiundvierzig Jahre alt und Musikmanager, Promoter, Producer, Ex-Musiker«, stelle ich mich nach dem Hauptgang vor. Wobei ich natürlich nicht meinen richtigen Nachnamen nenne, denn zwei Personen mit dem gleichen Namen am Tisch wäre irgendwie, nun ja, extrem auffällig. Dass ich mein Alter nach unten korrigiere, war nicht geplant, aber ich hatte das Gefühl, dreiundvierzig klingt irgendwie cooler als dreiundfünfzig. Zumal ich ja immer noch jünger aussehe, als ich bin. War schon damals so. Mike sieht aktuell aus wie achtzehn. Höchstens.

Bevor die Jungs ihre Fragen loswerden können, fahre ich fort.

»Und nein, ich bin nicht *der* Michael Wagner – der sich übrigens Wagener schreibt – und ich habe auch nicht seine

Connections, aber ich habe Connections. Connections, die euch sehr hilfreich sein könnten. Sofern ihr Bock habt, mit mir zusammenzuarbeiten. Der Plan wäre, ein Demo aufzunehmen, das ich euch vorfinanziere. In einem Studio eurer Wahl. Und danach zu versuchen, damit einen Plattenvertrag zu bekommen. Im Erfolgsfall bin ich mit zehn Prozent an allen Einnahmen beteiligt. Kein Vertrag. Handschlag.« Ich nehme einen Schluck von meinem Wein. »Fragen? Dann jetzt. Oder schweigt für immer.«

»Was hast du vorher gemacht? Als Musiker meine ich.«

Mike.

War klar.

Aber ich bin vorbereitet. Als Inspiration für meine Fake-Vita diente mir die Autobiografie von Lutz Graf-Ulbrich, besser bekannt unter seinem Künstlernamen Lüül, die ich letztes Jahr gelesen habe. Lüül war in dieser neuen Gegenwart zwar jünger als ich, aber das Setting passt. Zusammenfassung: Geboren 1945 in K-Town. Erste Band mit sechzehn, damals noch als Gitarrist. Coversongs. Auftritte in Schulen und Jugendzentren. Abitur. 1963 Umzug nach Berlin. Weil: Keine Lust auf die Bundeswehr. In Berlin schnell Kontakt in die damalige Musikszene gefunden. Eine Zeitlang war ich Roadie und Mädchen für alles für Achim Reichel und dessen Band. Gleichzeitig Jobs als Bassist in diversen Beatbands. Ende der 60er bin ich im Dunstkreis von Agitation Free, Astra Temple und Tangerine Dream gelandet. Drogen, Sex, Kommune 1 – das volle Programm.

An dieser Stelle unterbricht mich Mike aufgewühlt. »Tangerine Dream? Ohne Scheiß?«

Diese Stelle meiner Fake-Vita habe ich mir nur für Mike ausgedacht, da ich weiß, wie sehr er damals Tangerine Dream liebte. Und sie auch dreißig Jahre später lieben wird. Auch wenn Edgar Froese 2015 starb. Die Band veröffentlichte danach in neuer Besetzung immer noch Alben und ging auf Tour.

»Ohne Scheiß«, lüge ich. »Zu der Zeit standen die Jungs aber erst am Anfang ihrer Karriere. Bezahlbare Synthis und so gab es erst Anfang der 70er.«

»Krass …«, murmelt Mike.

»Anyway«, fahre ich fort. »Berlin hat mich irgendwann frustriert. Weil: Ich wollte kein hired gun mehr sein, sondern meine eigene Band, weshalb ich 1970 nach London gezogen bin.«

»Warum London?«, fragt Hannes.

»London war Anfang der 70er das Mekka. Zu der Zeit explodierte dort alles. Musiktechnisch. Kulturell. Gesellschaftlich. Auch wenn es die Beatles nicht mehr gab. Aber sie hatten etwas losgetreten, das danach richtig Fahrt aufnahm. Ich hatte ein paar Kontakte über einen Kumpel. Das genügte mir, um dahin zu ziehen. Hey, ich war Single, frei, jung, wild. Und war immer mit leichtem Gepäck unterwegs. Mein Bass, meine Gitarre, ein Koffer mit Klamotten und Bücher. Mehr brauchte ich damals nicht.«

Ich nehme einen Schluck von meinem Wein und mustere dabei die Jungs über den Rand meiner Brille hinweg. Sie wirken, tja, beeindruckt. Was ich erhofft hatte.

»Na ja, und dann bin ich irgendwie ins Umfeld von Sabbath reingerutscht«, fahre ich mit meiner Geschichte fort. »Und wurde für einige Zeit der Bass-Tech von Geezer. Das war kurz vor den Aufnahmen zu ›Vol. 4‹.«

Meine alte Band starrt mich fassungslos an.

»Black Sabbath?«, hakt Roland nach. »Mit Ozzy?«

»Klar, mit Ozzy«, sage ich. »Dio und Gillan kamen erst viel später. Und natürlich …« Ich breche ab. Räuspere mich. Wollte gerade Tony Martin sagen, aber der war erst ab 1989 Sänger von Sabbath. Glaube ich.

»Tony Martin?«, fragt Pete.

Offensichtlich war Tony Martin doch schon 1988 der Sänger von Sabbath.

»Genau. War 'ne wilde Zeit damals …« Ich nehme einen Schluck Wein. Hoffe, dass es irgendwie, tja, gedankenverloren wirkt.

»Wie ging es weiter?«, will Porty wissen.

»Irgendwann war ich raus, da ich eine eigene Band finden und Rockstar werden wollte. Wurde ich aber leider nicht.«

Die Jungs hängen gebannt an meinen Lippen. Jetzt nur nicht übertreiben, denke ich und übertreibe dann doch.

»Danach habe ich mich einige Zeit als Barkeeper und Bassist einer Coverband im Westend durchgeschlagen, bevor ich das Angebot bekam, in die Managementfirma von Don Arden einzusteigen. Als Promoter.«

Mike bekommt Spock-Ohren. »Der Vater von Sharon Osbourne? Der Sabbath gemanagt hat?«

»Genau der. Aber Sharon hieß damals noch Arden. Da könnte ich euch Stories erzählen …«

Spätestens jetzt habe ich die ungeteilte Aufmerksamkeit meiner alten Band. Inklusive Mike.

»Erzähl«, drängt er.

»Das sind Geschichten, die zu einer anderen Zeit an einem anderen Ort erzählt werden wollen«, erwidere ich und grinse mein jüngeres Ich an. Mike ist *not amused.* Klar, wäre ich damals nach so einem Spruch auch nicht gewesen.

»Anyway«, fahre ich fort. »Ab diesem Zeitpunkt war ich jedenfalls auf der anderen Seite des Business. Und habe mein neues Handwerk von der Pike auf erlernt. Anfang der 80er bin ich zurück nach Berlin und habe mit einem Freund zusammen eine eigene Management- und Promotion-Firma gegründet. Die bis heute aktiv ist.«

»Mit welchen Bands hattest du zu tun?«, will Roland wissen.

»Accept. Trance. Kreator. Sodom. Voivod. Tygers of Pan Tang. Praying Mantis. Unter anderem. Die jetzt alle aufzuzählen, würde den Rahmen sprengen.«

Trotz meiner guten Vorsätze habe ich maßlos übertrieben. Aber ein Geschichtenerzähler muss tun, was ein Geschichtenerzähler tun muss: Übertreiben und *rulen* bis zum Schluss.

Nach dem Hauptgang bequatscht sich die Band vor der Tür des Restaurants. Gefühlt eine halbe Stunde. In *real time* wohl eher zehn Minuten. Danach haben sie massig Fragen. Ich vertröste sie auf später. Genauso, wie ich es in meinem Drehbuch des Abends geplottet habe. Mein Drehbuch, das ich bis jetzt ziemlich perfekt umgesetzt habe. In der nächsten Szene werde ich dann alle Fragen der Jungs beantworten. In einer neuen Location.

* * *

Wir bekommen einen Ecktisch am Rande der Tanzfläche zugewiesen. Von einer sexy Mittzwanzigerin, deren Job es ist, Gästen wie uns Tische am Rande der Tanzfläche zuzuweisen. Sofern Tische direkt an der Tanzfläche verfügbar sind. Was aktuell der Fall ist. Weil: Dienstag. Es sind mehr Mädchen als Gäste anwesend, bei denen es sich zum größten Teil um Männer in meinem Alter handelt. Den Reaktionen der Jungs nach zu urteilen, war noch keiner von ihnen jemals in einem Table-Dance-Club. Fettes Grinsen in fast allen Schnäuzchen. Nur nicht in Mikes. Auch nicht, als ich jedem 50 Mark für einen *Private* mit einer Stripperin in die Hand drücke. Mike, der mir gegenüber am Tisch sitzt, gibt mir die Kohle mit den Worten »Kein Bedarf« zurück.

Hätte ich damals so eine Einladung ausgeschlagen? Ganz sicher nicht.

Die Jungs gehen mit den Mädchen ihrer Wahl in Richtung der Treppe zum Keller, während mich Mike misstrauisch fixiert.

»Geld scheint für dich keine Rolle zu spielen.«

»Geld spielt für mich nur eine Rolle, wenn ich es nicht habe.«

»Wie hieß eigentlich deine erste Band?«

War ich damals wirklich so anstrengend und, tja, ernsthaft, wenn es ums Business ging? Wenn es um meinen Job und meine Zukunft ging? Ja, war ich. Ehrgeizig und verbissen. Schnell gereizt und aggro, wenn etwas nicht so lief, wie ich es geplottet hatte, was ich offensichtlich schon 1988 konnte. Das mit dem Ehrgeiz und der Aggressivität ist heute, also später, im Jahr 2018, nicht mehr mein Thema. Könnte eventuell am Alter liegen. Mike spiegelt mich. Klar. Er ist ich. War ich.

Kann ich mich aktuell mit ihm und seiner Art identifizieren?

Nein.

Ich frage mich, ob er sich bewusst ist, wie er drauf ist. Ja, er ist sich dessen bewusst. Aber er stellt es nicht in Frage. Er ist, wie er ist. Und er ist sogar stolz darauf.

»Kennst du nicht, glaub mir«, erwidere ich.

»Einfache Frage, einfache Antwort.«

Fuck.

Beim Plotten meiner Fake-Vita habe ich vergessen, meiner angeblichen Band aus den 60ern einen Namen zu geben. Was ich jetzt spontan nachhole.

»The Growlers.«

»Sagt mir nichts.«

»Natürlich nicht. Das war lange vor deiner Zeit. Und wir waren eine Coverband, die niemals irgendwas aufgenommen hat.«

Ich lehne mich in die Polster und beobachte die Stripperinnen. Alle im Alter meiner ehemaligen Band. Sexy. Schlank. Teilweise tätowiert. Outsider. Wie wir damals. Wie Mike und seine Jungs aktuell. Am Rande der Gesellschaft. Wenn nicht sogar außerhalb davon. Freiwillig. Sie hassen Spießer, die jeden Tag in einem Job arbeiten, der sie unglücklich macht, und die nur für ihren Jahresurlaub, ihr Bankkonto und ihre neuen Autos leben. Die Bausparverträge und Lebensversicherungen haben. Die das Risiko scheuen wie der Teufel das Weihwasser und sich nichts außer, tja, Planungssicherheit wünschen. Die letztlich aber eine Illusion ist. Weil: Es gibt keine Sicherheiten, keine Absicherungen. Weder 1988 noch dreißig Jahre später. Dennoch träumen diese Menschen davon, ein eigenes Haus zu besitzen. Und Kinder. Sind verheiratet. Mit einem Partner, mit dem sie seit Teenagerzeiten zusammen sind und den sie vermutlich schon lange nicht mehr lieben. Und mit dem sie auch schon ewig keinen Sex mehr hatten. Dafür mit ihren Affären.

»Wie kamst du auf uns?«, reißt mich Mike aus meinen Gedanken. »Uns kann eigentlich niemand kennen. Und schon gar nicht irgendein ein alter Sack von außerhalb. Und komm mir jetzt nicht wieder mit ›Das ist eine Geschichte, die zu einer anderen Zeit et cetera‹. Also: Wieso wir? Soweit ich mich erinnere, hast du gerade mal einen Song von uns gehört.«

»›Shoot Out the Lights‹«, erwidere ich.

»Woher weißt du überhaupt, wie der Song heißt?«

»Na ja, im Chorus heißt es doch ›Shoot out the lights‹.«

»Der Chorus ist nicht zwangsläufig der Titel des Songs.«

Ich erinnere mich plötzlich an Nirvana, die drei Jahre später mit einem Song die Welt erobern werden, dessen Titel nicht als Text in ebenjenem Song vorkommt.

»Sorry, aber es wäre meiner Meinung nach ziemlich dämlich, einen Song mit so einer plakativen Line im Chorus nicht so zu benennen.«

»Fair enough«, murmelt Mike, nimmt einen Schluck von seinem Drink und sieht kurz zu der Stripperin, die gerade an einer der Stangen Masturbation simuliert, was Mike aber offensichtlich kaltlässt. »Okay, ich formuliere es anders. Wusstest du, dass es uns gibt, und hast uns gezielt im Proberaum besucht? Falls ja: Woher wusstest du das? Hat dir eine deiner Connections einen Tipp gegeben? Was die Frage nach sich zieht, wer genau diese Connection war. Und woher die uns kennen sollte. Wir sind in der Besetzung erst seit ein paar Wochen zusammen und haben noch nicht einmal live gespielt. Oder war das alles nur ein einziger großer Zufall? Also, dass du Sonntag bei uns reinspaziert bist.«

Ich hasse ihn. Und liebe ihn gleichzeitig. Denn ich hätte damals einem potentiellen Manager die gleichen Fragen gestellt. Auch wenn es damals keinen Manager gegeben hat.

Erneut ist Improvisieren angesagt.

»Ganz ehrlich, Mike: Solche Infos haben dich nicht zu interessieren. Nur so viel: Ja, ich habe einen Tipp bekommen. Und das alleine sollte euch schon zeigen, dass die Band Gesprächsthema in der saarländischen Musikszene ist. Nicht zuletzt, weil Porty euer Sänger ist. Er ist bekannt wie ein bunter Hund. Vor allem durch sein Pop-Projekt.«

Fuck. Namen vergessen.

»Boom?«, sagt Mike überrascht. »Davon weißt du?«

Puh.

»Dinge zu wissen, ist mein Job«, sage ich. »Und jeder in der Szene weiß, dass Porty nicht der Typ für seichten Pop ist. Er ist Rocksänger. Vermutlich der geilste Rocksänger, den das Saarland je hervorgebracht hat. Und jetzt hat er zum ersten Mal eine *richtige* Rockband. Und dazu noch mit Pete, einem Gitarristen, den alle Rockbands der Umgebung haben wollten, der sich aber für Porty und SHE entschieden hat. Klar, dass sich so etwas rumspricht und die Erwartungen dementsprechend hoch sind.«

Mike wirkt überrascht und nippt an seinem Jacky-Cola.

»Ich war auf dem Weg von München nach Saarbrücken«, fahre ich fort. »Als ich an Homburg-Einöd vorbeikam, erinnerte ich mich an den Tipp einer meiner Connections, die aus dem Saarland stammt. Wir sind uns letzte Woche mehr oder weniger zufällig in München über den Weg gelaufen und in der Nacht amtlich zusammen versumpft. Und dabei waren eben auch Porty und seine neue Rockband ein Thema. *Word of mouth*. So läuft es halt. So lief es schon immer. Und wird es immer laufen.«

Mike trinkt seine Jacky-Cola aus. »Ich brauch jetzt noch einen«, murmelt er. Ich bestelle zwei und wir stoßen an.

»Was ist dein Traum?«, frage ich. »Rockstar werden?«

»That's right, ma'am.«

»Was würdest du dafür tun?«

»Alles.«

Ich weiß, dass er es ernst meint. Todernst. Klar, weiß ich das. Ich weiß aber auch, dass sich sein Traum nicht erfüllen wird. Dafür wird er nächsten Samstag die Liebe seines Lebens kennenlernen. Und diese in knapp vier Monaten wieder verlieren.

»Dann lass dich auf was Neues ein«, sage ich. »Lass dich auf mich ein.«

»Trotzdem hast du nur einen Song von uns gehört. Porty hin oder her.«

»Ich bin bekannt für meine Intuition«, erwidere ich. »Ich rieche Erfolg, wenn du verstehst, was ich meine.«

»Nein, verstehe ich nicht.«

»Vertrau mir einfach.«

»Vertrauen ist für assholes.«

»Was hast du zu verlieren, Mike? Was habt ihr als Band zu verlieren? Nichts.«

»Doch«, erwidert Mike sachlich. »Eine weitere Illusion.«

Ich muss kurz schlucken. Weil: Er hat recht.

»Wo wohnst du eigentlich?«, fragt er.

»Berlin«, antworte ich so halb wahrheitsgemäß, da ich seit Sonntag ja kein Zuhause mehr habe.

»Und dahin fährst du die Tage wieder zurück?«

»Nein.«

»Warum nicht?«

»Weil ich spontan beschlossen habe, erstmal hierzubleiben.«

»Weswegen?«

»Euretwegen.«

Mike lächelt. Spöttisch. Eindeutig.

»Was?«, hake ich gereizt nach.

»Wo genau bist du? Im Saarland. Dem *place to be* für Metal und Hard Rock im Jahre des Herrn 1988.« Er lacht auf. »Nenn mir eine Band aus unserem Genre aus dem Saarland oder der Pfalz, die es geschafft hat. Nur eine einzige.«

Mir fällt keine ein. Weil: Es gibt keine. Weder 1988 noch die Jahre danach.

»Was genau willst du mir erzählen, Basser?«, frage ich. »Dass es niemals eine erfolgreiche Band aus dem Saarland geben wird, nur weil es bis jetzt noch keine gab?«

»Siehst du nach einem Song wirklich so viel Potential in uns, dass du glaubst, für dich könnte was bei rausspringen?«

»Wenn ihr kein Interesse hat, kein Problem«, erwidere ich betont gelangweilt. »Macht euer Ding alleine. Wobei ich sicher bin, dass deine Band das anders sieht.«

Mike ist anzumerken, dass er hin- und hergerissen ist. Zwischen seinem, tja, gesunden Menschenverstand und der Hoffnung, dass ich sowas wie ein *saviour* bin.

»Mein Problem ist, dass ich nicht sicher bin, ob ...«

»Don't give me your fucking problems«, unterbreche ich.

»Marillion«, sagt Mike. »He knows, you know.«

»Korrekt.«

Er grinst. Was ein gutes Zeichen ist.

»Okay, dann lass uns was draus machen.«

Wir stoßen an, als der Rest der Band auftaucht. Wenn ich das Grinsen der Jungs richtig deute, verliefen ihre Privates offensichtlich sehr, tja, befriedigend.

»Was ist der Plan?«, fragt Porty und lässt sich neben mich in die Polster fallen.

»Hier noch ein bisschen abhängen und dann home«, erwidere ich.

»Ich hab 'ne bessere Idee«, sagt er. »Metal-Disse. Im Wald. Zwischen Elversberg und St. Ingbert. Kennen nur Insider.«

Mir wird heiß und kalt. Weil: Ich kenne den Club. Ich habe

über ihn geschrieben. In meinem zweiten Roman. War ein Flashback meiner Protagonistin, die 1988 Teil einer Metal-Clique im Saarland war und die im Roman zum ersten Mal Gäste des Clubs waren.

Der sich ›Metal Heart‹ nennt.

»Die Disse heißt ›Metal Heart‹«, erklärt Porty. »Die ist der Knaller.«

»Sehr geile Idee, Mann«, sagt Mike und grinst.

»Bist du dabei, Manager?«, fragt Porty.

Ich nicke. Natürlich nicke ich. Auch wenn ich nicht zum ersten Mal seit vorgestern mehr als nur ein bisschen überfordert bin.

11
Metal Heart 2.0

Porty sitzt auf dem Beifahrersitz der Limo und lotst den Fahrer durch den Wald.

Mein Hirn droht zu implodieren. Weil: Dieser Abstecher zum ›Metal Heart‹ hat damals nicht stattgefunden. Jedenfalls nicht mit SHE. Den Club habe ich schon ein Jahr zuvor kennengelernt. Nach einem Gig mit meiner Clubband auf der Air Base Zweibrücken hatten uns zwei Mädels angequatscht. Deutsche Mädels. Roberta und Christiane. Was überraschend war, denn Deutsche sah man eher selten bis gar nicht in einem Rockclub der Amis. Es sei denn, die Mädels kannten einen Ami, der sie am Gate abholte, sich für sie verbürgte und sie dann ›einschreiben‹ ließ. Roberta und Christiane – beide blond, auftoupierte Haare, knallrote Lippen, schwarze Bandshirts ohne Ärmel, Jeans, Cowboystiefel – erklärten uns, sie seien mit zwei Amis reingekommen. Aber die seien irgendwann nach dem zweiten Set meiner Band so dermaßen besoffen gewesen, dass die Mädels sie in die Wüste geschickt hätten. Aber uns fänden sie klasse. Also mich und Keith, den Gitarristen/Sänger, der aussah wie Jimi Hendrix. Nach unserem Auftritt wollten sie uns beide noch in einen Metal-Club mitnehmen. Der Rest der Band wurde gar nicht erst gefragt. Keith und ich seilten uns nach dem Einladen des Equipments ab und fuhren mit den Mädels in deren Auto zu dieser ominösen Disse im Wald. Ich hatte nicht die geringste Ahnung, wie ich in der Nacht nach Hause kommen würde, aber das war mir ehrlich gesagt scheißegal. Notfalls konnte ich bei einem der Mädels nächtigen. Ob mit oder ohne Sex. Hauptsache Bett. Wobei es wohl auf Sex hinauslaufen würde. Die Frage war nur, ob mit Roberta oder Christiane. Was keine Rolle spielte. Hauptsache Party. Sex war die Zugabe. Die es damals immer gab. Und in dieser Nacht mit Roberta.

»Sicher, dass wir hier richtig sind?«, ruft Roland in Richtung Porty auf dem Beifahrersitz. Doch der hört ihn nicht. Weil: Die verdunkelte Plexiglasscheibe, die den Fahrerraum vom Rest der Limo abtrennt, ist nicht nur blick-, sondern auch schalldicht.

»Er kann dich nicht hören«, erkläre ich. »Aber mach dir keinen Kopf, der Kutscher kennt den Weg.«

»Na, denn …«, murmelt Roland.

Ich sehe zu Mike, der die Welt ausgeblendet hat und irgendetwas in seinen Notizblock schreibt. Vermutlich eine Idee für einen neuen Songtext.

* * *

Es dauert ewig, bis wir endlich die Lichtung erreichen, auf der für eine Dienstagnacht – es ist inzwischen weit nach Mitternacht – ziemlich viele Autos parken. Mit Kennzeichen aus Frankreich, Luxemburg, Trier, Saarbrücken, Mannheim, Homburg, Zweibrücken, Neunkirchen. Auf den Motorhauben der Wagen sitzen langhaarige, aufgestylte Männer und Frauen in Lederhosen, hautengen Stretch-Jeans, Cowboystiefeln, Lederjacken, Jeansjacken, Bandshirts. Sie trinken Bier, Wein, Whisky. Joints machen die Runde. Sie lachen, feiern, haben sichtlich Spaß.

Als unsere Limo anhält und wir aussteigen, drehen sich alle Köpfe in unsere Richtung. Und jeder fragt sich, wer wohl diese Band ist, die in so einer Poser-Limo ankommt. Die Jungs genießen die Aufmerksamkeit sichtlich und sind nur am Grinsen. Auch Mike. Klar, er kennt das ›Metal Heart‹ ja schon und weiß, was uns erwartet. Nicht mehr und nicht weniger als ›Metal Wonderland‹.

Der Club sieht von außen genauso aus, wie ich ihn in Erinnerung hatte: Ein unbeleuchtetes, altes, baufällig wirkendes, wie aus der Zeit gefallenes Haus. Kein Schild mit dem Namen des Ladens über dem Eingang, nur eine matte Glühbirne. Es ist alles so, wie ich es in meinem Roman beschrieben hatte. Aber ich befinde mich hier nicht in einem meiner Romane, in einer Erinnerung, das hier ist live.

Meine alte Band und ich entern den vollen Laden, der nur aus einem einzigen, riesigen Raum mit Tanzfläche und Tresen besteht. Im hinteren Teil eine Empore mit Sitzecken. Ich bin geschockt. Ich hatte das Innere des Clubs komplett anders in Erinnerung. Es gibt keinen Keller, in dem ein DJ Thrash Metal auflegt. Auch den Dachboden, auf dem ein Rotwein trinkender, alter Indianer im Schneidersitz auf Jules und ihre Clique wartete und ihnen Fragen stellte, bevor sich eine *secret door* öffnete, gibt es nicht. Das alles fand nur in meiner Fantasie statt. Wobei ich beim Schreiben ebenjenes Kapitels geschworen hätte, dass das ›Metal Heart‹ genau so aussah.

Wir sichern uns eine Sitzecke auf der Empore, die gerade frei wird. Ich bin rechtschaffen aufgewühlt. Metal-Publikum anno 1988. Wunderhübsche, sexy Frauen in sexy Klamotten mit langen Haaren. Sexy Typen in sexy Klamotten mit langen Haaren. Blaues Neonlicht. Aus den Boxen dröhnt Whitesnake, gefolgt von Mötley Crüe. Meine alte Band ist geflasht. Ich auch. Ich schlage mich zum Tresen durch, um Jacky-Cola für alle klarzumachen, als Mötley Crüe von White Lion abgelöst werden.

Wait. Wait.
I never had a chance to love you …

Unser Song damals. Prophetisch. Auch wenn Aimee und ich das zu der Zeit noch nicht wussten.

Als ich den Tresen erreiche und meine Bestellung aufgebe, entdecke ich sie.

Sie steht an einem der Tische am Rande der Tanzfläche. Zusammen mit vier Jungs, die wie Musiker aussehen. Sie ist jung. Und wunderschön. Lange, blonde Haare. Hautenge Stretch-Jeans mit Leopardenmuster, die ihren Knackarsch perfekt betonen. Kurze, schwarze Lederjacke. Darunter ein weißes T-Shirt. Pumps. Sie lacht, trinkt. Amüsiert sich bestens.

Aimee.

Alive and well.

Mein Herz setzt mehrere Schläge aus. Vielleicht bleibt es auch einfach kurz stehen.

Das kann nicht sein, das ist ein Traum. Dass muss ein Traum sein. Ich schließe die Augen. Bin fassungslos. Geschockt. Entsetzt. Überwältigt. Komplett neben der Spur.

Die Frau hinterm Tresen stellt mir sechs Jacky-Cola auf einem Tablett hin. Ich lege ihr 30 Mark auf den Tresen und bestelle einen doppelten Whisky. Ohne alles. Äuge angespannt über die Schulter zu Aimee und ihren Begleitern. Bin sicher, dass es sich um ihre Band handelt, auch wenn ich diese damals nur von Autogrammkarten kannte und lediglich einmal bei einem Konzert gesehen habe. Sie lacht, wirft den Kopf in den Nacken und gibt dann einem ihrer Musiker High five.

Das kann nicht sein, das ist unmöglich. Mike und sie werden sich erst nächsten Samstag kennenlernen.

Die Frau hinterm Tresen stellt mir meinen Whisky hin, den ich auf ex kippe. Mein Hirn rödelt auf Hochtouren und mein wild klopfendes Herz droht, aufgrund von Überlastung den Dienst einzustellen. Ich versuche, mich runterzufahren, und stecke mir eine Kippe an. Sehe dabei über die Schulter zu meiner alten Band. Sie quatschen, lachen, haben Spaß. Auch Mike wirkt inzwischen entspannt und im Partymodus.

Was soll ich tun? Irgendwie versuchen, zu verhindern, dass Aimee und Mike sich schon heute Nacht kennenlernen? Falls das nämlich passieren würde, würde das sehr wahrscheinlich, tja, alles ändern.

Mit offenem Ausgang.

Nein, die beiden dürfen sich heute Nacht nicht zufällig über den Weg laufen und kennenlernen, auf keinen Fall.

Mir fallen drei Mädchen auf, die neben mir an der Bar herumlungern und die ich auf Anfang zwanzig schätze. Griffig. Kompakt. Auch wenn die drei sich aufgestylt haben – inklusive auftoupierten Haaren und sexy Klamotten –, machen sie auf mich eher den Eindruck, *Mauerblümchen-Metal* zu sein.

Egal. Ich habe aktuell nicht wirklich die Auswahl.

»Bonjour, mesdames«, sage ich.

Sie mustern mich. Abschätzig. Eindeutig.

»Keine Sorge, ich will euch nicht anbaggern.«

»Würdest du eh nicht schaffen«, erwidert eins der Mädchen spöttisch. »Wir stehen nicht auf welkes Fleisch.«

Aua.

Ich räuspere mich. »Es geht nicht um mein Fleisch, es geht um Frischfleisch.« Ich sehe zu meiner alten Band. Die Mädchen folgen meinem Blick. »Was haltet ihr von den Jungs?«

»Sahneschnittchen.«

»Yummie.«

»Leckbar.«

Leckbar?

Alter …

Ich fummele drei 50-Mark-Scheine aus meinem Portemonnaie und schiebe sie ihnen zu. »Kümmert euch um sie. Vor allem um den mit den Lederhosen und dem Mötley-Crüe-Shirt.«

»Kümmern?«

»Lenkt ihn ab.«

»Von was?«

»Von dem hier«, erkläre ich mit raumgreifender Geste. »Aber vor allem von anderen Frauen.«

Die Mädels tauschen skeptische Blicke.

»Nur ablenken?«

»Right.«

»Also nicht ficken oder so?«

»Was ihr draus macht, ist euer Ding«, erwidere ich schulterzuckend. »Die Kohle ist nur dafür, dass ihr euch zu ihnen setzt und ein bisschen Spaß habt. Deal?«

Die Mädels beratschlagen sich kurz außerhalb meiner Hörweite. Dann dreht sich das neben mir sitzende Girlie zu mir um. »Aber sowas von Deal!« Sie greift sich die Scheine und verteilt sie an ihre Freundinnen.

»Dann ran an den Speck«, sage ich. »Eure Getränke gehen natürlich auf mich.«

Die Mädels schweben mit dem vollen Getränketablett zu den Jungs und setzen sich zu ihnen. Ich atme tief durch. Hoffe, dass mein Plan aufgeht. Dann teile ich der Tresenkraft mit, dass ab jetzt alle Getränke der drei Mädels und der Jungs in der Sitzecke auf mich gehen. Sehe dann erneut unauffällig zu Aimee und ihren Jungs. Einer ihrer Band, ein supergut aussehender Typ mit langen, schwarzen Haaren – soweit ich mich erinnere, der Gitarrist –, kommt gerade mit einem Tablett zurück zum Stehtisch. Darauf Tequila. Fünf Gläser sowie Salz und Zitronenscheiben.

Ich wende eilig den Blick ab. Ertrage es nicht, Aimee zu sehen. Weil: Sie wird mich/Mike nicht erkennen. Wie auch? Das Kennenlernen wird erst nächsten Samstag stattfinden.

Ich drehe mich auf dem Barhocker um. Mike und der Rest der Band scheinen Spaß mit den Mädels zu haben. Ich entspanne mich ein bisschen, beschließe aber, am Tresen zu bleiben und meine alte Band nicht zu stören. Die Tanzfläche füllt sich, als der DJ ›Turbo Lover‹ von Judas Priest auflegt. Ich beobachte die Tanzenden, bei denen es sich zum größten Teil um Tänzerinnen handelt. Und beim Chorus ist plötzlich auch Aimee auf der Tanzfläche. Ohne Lederjacke. In ihrem weißen White-Lion-T-Shirt, dessen Ärmel sie abgeschnitten hat. Kein BH. Sie hält ein imaginäres Mikro in der Hand und singt den Priest-Song mit.

Ich schnappe nach Luft. Sie ist so verdammt cool, souverän, sexy, einzigartig.

Und sie war vor dreißig Jahren ›mein Mädchen‹.

Ich bestelle bei der Tresenfrau einen weiteren Whisky ohne alles. Nach dem Song geht Aimee zurück zum Stehtisch, an dem ihre Band schon im Aufbruch begriffen ist. Als alle kurz darauf in meinem Rücken an mir vorbei in Richtung Ausgang gehen, bleibt mein Herz wirklich für einen kurzen Moment stehen.

Aimee lebt.

Im Hier und Jetzt.

Genauso wie ich.

Ich schließe die Augen, versuche, das alles irgendwie auf die Reihe zu kriegen, was mir natürlich nicht gelingt. Das würde niemandem gelingen.

Als ich mitbekomme, wie die Tür des Clubs hinter Aimee und ihrer Band ins Schloss fällt, atme ich tief durch. Alles ist gut. Jedenfalls für heute Nacht. Ich sehe zu Mike, der ins Gespräch mit einem der Mädels vertieft ist. Ich bestelle eine Flasche Jack Daniel's und eine Flasche Cola und gehe damit zu den Jungs. Roland und Hannes diskutieren leidenschaftlich – vermutlich über mich –, während Porty und Pete mit zwei der Mädels knutschen. Mike knutscht nicht. Noch nicht. Aber mir ist klar, dass er auf die Kleine steht, die ihr Bestes gibt, um ihn von sich und ihren Vorzügen zu überzeugen, was ihr gelingen wird. Mike wird heute Nacht irgendwo im Saarland übernachten und zum Schuss kommen. Und er wird Aimee erst nächsten Samstag kennenlernen.

So wie damals.

Ich setze mich an den Rand der Sitzecke und mixe mir einen Jacky-Cola. Jede Faser meines Körpers schreit nach Aimee. Es zerreißt mich vor Sehnsucht nach ihr.

Sie lebt.

Ihr Herz schlägt.

Sie ist real.
1988 ist real.
Und ich bin mittendrin.

TEIL 4
LOVESONG

12
Good Clean Family Entertainment You Can Trust

Der Anfang von ›Tom Sawyer‹ von Rush.

In brüllender Lautstärke.

Der Klingelton meines iPhones!

Ich schrecke im Bett hoch, taste im Halbschlaf nach dem Phone. Finde es neben mir auf dem Bett. Es dauert eine Weile, bis mir klar wird, dass es nicht geklingelt hat.

Natürlich nicht.

File under: Alles nur geträumt.

Ich könnte schreien. Und gleichzeitig heulen. Nicht zuletzt, weil sie drin ist in meinem Kopf. Und meinem Herzen.

Aimee.

Ich quäle mich aus dem Bett und mache mir einen Kaffee. Fühle mich desorientiert, total zerschlagen. Kann mich nicht erinnern, wann mich der Fahrer der Limo gestern Nacht – heute Morgen? – am Hotel abgesetzt hat. Oder wie ich es in mein Zimmer geschafft habe. Und schon gar nicht, wer noch in der Limo mit dabei war. Mike, Pete und Porty nicht. Glaube ich. Die sind wohl mit den Mädels versumpft.

Bei Kaffee und Kippen auf dem Balkon manifestiert sich eine Frage in meinem Kopf, die mir keine Ruhe lässt: Wieso muss ich eigentlich bis Samstag warten, um Aimee kennenzulernen? Ich weiß doch, wo sie wohnt. Hohlstraße in Neunkirchen. In einer WG zusammen mit ihrer Freundin Andrea. Dachgeschoss. Mit Blick aus dem kleinen Küchenfenster aufs Ellenfeldstadion, der Heimat von Borussia Neunkirchen. Die Hausnummer weiß ich nicht mehr, könnte ich aber in meinem Kalender von 1988 nachschlagen. Was, wenn ich da morgen einfach vorbeifahren und klingeln würde. ›Mitchell/Kreutzer‹ stand auf der Klingel, soweit ich mich erinnere. Es gab keine Gegensprechanlage, aber einen Türöffner.

Okay, Gedankenspiel: Angenommen, Aimee wäre wirklich zu Hause und würde mir die Tür öffnen. Was würde ich sagen?

»Hey, Aimee. Ich bin's, Michael. Also Mike. Wir kannten uns mal. 1988. Also jetzt. Und wir hatten ziemlich genau vier magische Monate zusammen. Aber dann kam der Flugtag auf der Ramstein Air Base und danach war nichts mehr wie davor … Was ich sagen will: Egal, was du tust: Geh nicht auf den Flugtag am 28. August. Das wird ungut enden.«

Won't work.

Ich kann die Ereignisse weder beschleunigen noch forcieren. Ich muss bis Samstag die Füße stillhalten und dem Drang widerstehen, sie zu kontakten. Ich muss Geduld haben. Und versuchen, nicht allzu sehr an sie und das, was wir damals hatten, zu denken.

Was dabei hilfreich ist: Ich habe ja noch ein zweites Ziel und diesbezüglich in knapp zwei Stunden einen Termin.

* * *

»Was ist das?«

Aus Erfahrung weiß ich inzwischen, dass sich diese Frage nicht auf den Inhalt – einer der Artikel zum Thema ›Flugtagkatastrophe 1988‹, von denen ich bezüglich der Recherche zu meinem Roman ziemlich viele abgespeichert habe – bezieht, sondern auf mein MacBook, das aktuell auf dem Schreibtisch des Bürgermeisters von Ramstein-Miesenbach steht.

»Spielt keine Rolle. Lesen Sie bitte einfach«, sage ich. »Es geht um Leben und Tod.«

Der Bürgermeister sieht mich über den Rand seiner, äh, randlosen Brille an. Misstrauisch. Skeptisch. Wenn er nicht glauben würde, ich sei vom ›Spiegel‹, wäre ich vermutlich schon längst hochkant aus seinem Büro geflogen.

»Bitte. Es ist wirklich wichtig.«

Er rückt sich seine Brille zurecht und beginnt, den Artikel zu lesen.

»Mit den Pfeiltasten geht's weiter«, erkläre ich und zeige es ihm. Dass er auf Anhieb mit zwei Fingern auf dem Trackpad des MacBook scrollen kann, traue ich ihm nicht zu. Ich setze mich wieder in den Sessel vor seinen Schreibtisch, während er weiterliest. Und zunehmend gereizter wirkt. Irgendwann schiebt er fast schon angewidert den Laptop von sich weg.

»Flugtagkatastrophe 1988? Das durchstoßene Herz? Explodierende Flugzeuge? Tote? Verletzte? Was zum Geier ...?«

»Das ist der ›Rheinpfalz‹-Artikel, der am 29. August 1988, einen Tag nach der Katastrophe beim Flugtag veröffentlicht wurde.«

»Der Flugtag findet erst am 28. August statt!«, blafft mich der Bürgermeister an. »Und jetzt haben wir April. Das ist eine dreiste Fälschung!«

»Keine Fälschung«, erwidere ich. »Die Flugfigur der Frecce Tricolori hieß ›Das durchstoßene Herz‹. Und diese ist extrem riskant, denn dabei fliegen Jets aus drei Richtungen aufeinander zu und passieren ...«

»Wer immer Sie sind und was immer das hier sein soll – das ist lächerlich«, unterbricht mich der Bürgermeister. »Heutzutage kann man alles fälschen. Und Sie sind auch nicht vom ›Spiegel‹. Sie sind einer dieser militanten Flugtaggegner und Amerikahasser. Einer dieser friedensbewegten Vollidioten, die glauben, sie könnten die Welt retten. Was Sie und Ihre Leute sind ...«

»Ich habe keine Leute«, unterbreche ich sachlich. »Ich bin alleine. Und ich weiß, was passieren wird. Sie müssen sich bei den zuständigen Stellen dafür einsetzen, den Flugtag abzusagen.«

»Was Sie und Ihre Leute sind«, fährt der Bürgermeister unbeirrt fort. »Naiv, weltfremd und dumm. Niemand wird den Flugtag absagen. Da können Sie noch so viele gefälschte Zeitungsartikel vorlegen. Das alles ist nur Panikmache. Der Flugtag ist keine Gefahr. Für niemanden. Es besteht kein Anlass, dagegen zu demonstrieren oder diesen in Frage zu stellen. Und jetzt verlassen Sie bitte mein Büro. Sofort!«

Ich klappe das MacBook zu, nehme es an mich und bin verschwunden. Ich bin *fake news*. Auf allen Ebenen. Ich kam nicht einmal dazu, zu fragen, an wen ich mich auf Seiten der Amerikaner wegen des Flugtags wenden müsste. Wobei ich sicher bin, dass diese Frage unbeantwortet geblieben wäre.

Auf dem Weg zurück zum Benz wird mir schlecht, da mir eine Frage im Hirn herumspukt, die mich *on the edge* bringt: Wie könnte ich als Einzelner den Flugtag verhindern? Wie könnte ich etwas verhindern, was in den Jahren zuvor niemand geschafft hat zu verhindern? Ich erinnere mich, dass es schon lange vor 1988 jedes Jahr Proteste und Demos gegeben hat. Organisiert von den GRÜNEN, der Friedensbewegung und weiteren alternativen, außerparlamentarischen, politischen Gruppierungen, mit dem Ziel, die Flugtage auf der Air Base zu beenden. Anti-Fluglärm-Demos. Anti-Flugschau-Demos. Anti-Kriegs-Demos. Ohne Erfolg. Die Verantwortlichen des Flugtags – amerikanische Militärs – hatten die Proteste zu keiner Zeit ernst genommen. Ebenso wenig wie die lokalen Medien, Politiker und die Besucher des Flugtags. Alles, was das Publikum wollte, war, einmal im Jahr einen unbeschwerten Tag auf dem ansonsten für Deutsche nicht zugänglichen Gelände der Ramstein Air Base zu verbringen. Amerikanisches Eis, Burger, Popcorn, Hot Dogs, Coke, Miller Beer, einmal eine Galaxy, eine F-16 oder eine B-52 von innen sehen und natürlich als Hauptattraktion die Flugvorführungen, die immer gegen Mittag begannen. Oberflächlich ging es darum, die Freundschaft und Verbundenheit mit den Amis zu demonstrieren und diese zu feiern, aber im Kern ging es ausschließlich um Werbung. Werbung und Akzeptanz für Waffen und Kriegsgeräte. Und Kriegsgeräte dienten schon immer nur einem Zweck: Zu töten. Die Faszination des Todes, der sich als *good clean family entertainment you can trust* ausgab. Krieg, Tod und die Milliardenumsätze der Waffenindustrie waren für die Besucher der Flugtage aber nie ein Thema. Und die vor dem Gate demonstrierenden ›militanten, linken Aktivisten‹ nervten nur. Was der Flugtag für die Besucher war: Ein riesiges Volksfest. Nicht mehr und nicht weniger. Für die Masse stand dieser Tag in keinem direkten Zusammenhang zum US-Militär, zur Waffenindustrie und zum Krieg. Im Gegenteil. Es war ein Fest der *good vibrations* und der Freundschaft. Klar. Wie viele deutsch-amerikanische Ehen gab es in der Region, wie viele zweisprachig aufgewachsene Kids, wie viele Deutsche hatten Wohnungen und Häuser an GIs und deren Familien vermietet, wie viele Deutsche arbeiteten bei der Air Force und der Army und waren finanziell von den Amis abhängig? Zehntausende? Mehr? Vermutlich. Amerika war der Freund, der große Bruder, der Arbeitgeber, nicht der Feind. Established since 1945. Dass die Ramstein Air Base amerikanisches Hoheitsgebiet war, eine Enklave Amerikas mitten in der Pfalz, mit den Gesetzen der USA, interessierte kaum jemanden. Ebenso wenig, dass mit den Kriegsgeräten der Amerikaner, welche die Besucher am Flugtag bestaunten und bewunderten, ›Feinde‹ der US of A angegriffen und tausendfaches Leid über die Bevölkerung dieser Länder gebracht wurde.

None cared.

Und schon gar nicht am Flugtag.

Dass die Flugvorführungen eine potentielle Gefahr für Leib und Leben der Besucher darstellen sollten, wie es die Gegner des Flugtags immer behaupteten, war für die Gäste, die an diesem ›Tag der offenen Tür‹, auch ›Open Day‹ genannt, aus der ganzen Region angereist kamen, einfach nur absurd. Dieser Tag im Sommer auf der Ramstein Air Base war jedes Jahr ein einmaliges Highlight, dass sich niemand durch Proteste oder Kritik am Sinn einer solchen Veranstaltung nehmen lassen wollte.

Ich schließe den Benz auf und klemme mich hinters Steuer. Plan: Ich muss demnächst unbedingt diese naiven, weltfremden, dummen, militanten Flugtaggegner, Amerikahasser und friedensbewegten Vollidioten, wie der Bürgermeister sie titulierte, kontaktieren.

Aber jetzt brauche ich dringend *something completely different.*

13
Saccostrafzettelbezahlstelle

Ich stehe gefühlt seit einer halben Stunde vor dem Musikladen namens ›Music Store‹ in der Eisenbahnstraße in Lautern, in dem ich damals meine Gitarren, Saiten, Plektren, Kabel, Amps, Gurte, Effektgeräte, Bässe etc. gekauft habe, und starre wie paralysiert ins Schaufenster. Mein Herz klopft wild und ich fühle mich wieder wie Anfang zwanzig.

Weil: Da steht ein Rickenbacker 4003 Bass in Schwarz mit weißem Schlagbrett! Der Bass, den sowohl Geddy Lee von Rush als auch Chris Squire von Yes, Roger Glover von Deep Purple, Cliff Burton von Metallica und Lemmy spielten. Und natürlich Paul McCartney. Wobei die wohl alle das Vorgängermodell, den 4001 hatten. Egal. Das Teil ist mein Traum, seit ich Bass spiele. Aber ich habe ihn nie besessen, auch wenn ich ihn mir hätte leisten können, da ich zu der Zeit jedes Wochenende Gigs mit meiner Ami-Clubband hatte und verdammt gut verdiente. Doch irgendwie war ich damals zu, tja, vernünftig, um mir alle paar Monate einen neuen Bass zu kaufen.

Ich betrete den Laden. Was seltsam ist: Uwe Reinhardt, der Inhaber, sieht noch genauso aus wie 1988.

Scherz.

Es werden letztlich der Rickenbacker-Bass, zwei E-Gitarren (Gibson Les Paul Standard und Fender Stratocaster), ein Keyboard (Oberheim OX-Ba), ein Gitarren- und ein Bass-Amp (Marshall- und Peavey-Kombo), ein TASCAM-4-Spur-Tape-Recorder sowie Zubehör wie Mikro plus Mikroständer, Mixer und alle benötigten Kabel.

Endpreis: An die 8.000 Mark.

File under: Frustkauf? Möglich. Aber egal. Aktuell kann ich mir alles leisten. Was mich vermutlich auf Dauer auch nicht glücklich machen wird. Weil: Glück ist immer nur der Moment. Und im Moment bin ich einfach nur glücklich. Ich habe aktuell alle Zeit der Welt, um kreativ zu sein. Musikalisch. Seltsamerweise verspüre ich nicht die geringste Lust zu schreiben und vermisse es auch nicht. Hat mich 1988 schon so einverleibt, dass es wie damals nur ein Thema für mich gibt? Die Musik. Auch wenn ich mich an das Thema erst wieder rantasten muss. Vor allem körperlich. Ich bin eingerostet, habe keine Übung mehr, muss meinen Körper, meine Finger, Hände, Schultern, alles, wieder ans Spielen gewöhnen. Klar, nach über zwanzig Jahren, in denen ich weder Gitarre noch Keyboard oder Bass gespielt habe.

Beim Beladen des Benz wird mir klar, warum ein Coupé zwar supersexy ist, sich aber nur bedingt zum Transport von Musik-Equipment eignet. Letztlich bekomme ich alles unter, auch wenn ich dazu den Beifahrersitz missbrauchen muss und die Sachen auf der Rückbank so hoch stapele, dass ich im Rückspiegel nichts mehr sehen kann.

Ich lasse den SEC da stehen, wo ich ihn geparkt habe, und beschließe spontan, mir das Kaiserslautern von 1988 reinzuziehen. Ohne Mall, Nordsee, TK Maxx, H&M, Primark, Thalia, Zara, Hugo Boss und Konsorten. Aber dafür mit einem Plattenladen namens ›Pop Shop‹, in dem ich von 1986 bis Mitte 1987 gearbeitet habe. Gute Idee oder blöde Idee, dem Laden einen Besuch abzustatten? Ich bin unschlüssig. Weil: Wenn ich wirklich wieder anfangen sollte, Platten zu kaufen – die einen nicht unerheblichen Teil meines Lebens im Jahre 2018 ausmachten –, würde das nicht bedeuten, dass ich mich damit abgefunden habe, im Jahr 1988 gestrandet zu sein? Habe ich wirklich das Bedürfnis nach einem *home* mit einer Stereoanlage, Boxen und mit massig Platten, für die ich ja auch Regale benötige? Oder kann ich mir vorstellen, auf längere Sicht im

Hotel zu wohnen? Nein, kann ich nicht. Eine eigene Butze wäre schon sehr willkommen. Problem: Ich bin nicht existent, da ich mich nicht ausweisen kann. Von daher dürfte es schwierig werden, einen Miet- oder Kaufvertrag für eine Wohnung/ein Haus abzuschließen. Egal. Ich will jetzt einfach willenlos in Vinyl wühlen. Auch wenn ich weder Plattenspieler noch eine Anlage besitze. Aber das würde ich auch ohne Amazon und Co. hinbekommen. Das Bedürfnis, meinen Facebook-Freunden mitzuteilen, was mir gerade passiert, ist übermächtig. Alleine der Gedanke an Facebook führt mir vor Augen, was es hier nicht gibt, was aber 2018, tja, normal war.

Internet, WLAN, Google, Facebook, Mobilfunknetz, Handys/Smartphones, iPads, MacBooks, E-Books und E-Book-Reader, GPS und Navis, Instagram, eBay, DVDs, Blu-rays, Streaming, Phishing-Mails, Bluetooth – es sei denn, man hat die passenden Geräte dabei –, Klimawandeldiskussionen, gendern, Weinflaschen mit Schraubverschluss, laktosefreie Milch und Butter, Fruktosemalabsorption aka Fruchtzuckerunverträglichkeit, eine große Koalition, eine Frau als Kanzlerin, das wiedervereinigte Deutschland, die AfD, die LINKE, Schäuble im Rollstuhl, Fukushima, Nirvana, Grunge, Helene Fischer, SUVs, E10-Benzin, islamistische Selbstmordanschläge, Fake News, Halloween, Schweinegrippe, Sushiläden und Nagelstudios an jeder Ecke, Starbucks, Subway, E-Autos, E-Bikes, Inlineskates, Lastenfahrräder, Online-Banking, Euro-Disney, massig TV-Kanäle, Ausweisscanner an Kippenautomaten, Pay-TV, SKY, DAZN, Amazon, Netflix, Tattoos – die haben aktuell eher Knackis, Schiffschaukelbremser oder Rockstars aus den US of A –, Segway, Fingerfood/Streetfood, Silikon und Botox, Veggie-Produkte, Läden, die 24 Stunden offen haben, Anglizismen wie ›Carsharing‹, ›Framing‹, ›Pinkwashing‹, ›Mansplaining‹, ›Cancel Culture‹, ›Content Note‹, ›Sensivity Reader‹, ›Influencer‹, ›Bodyshaming‹, ›Executive Assistant Producer‹, ›Meeting‹ oder ›mindfulness-based stress reduction‹, Menthol-Zigaretten als Bausatz, LED-Glühbirnen, Ballermann und Pistengaudi, Klangschalentherapie, posttraumatische Belastungsstörungen, Carmageddon, Lara Croft, Angry Birds, iTunes, MP3, Streaming, Thunderbolt- und Lightning-Anschlüsse, USB-C-Anschlüsse, S-Klasse Benz von 2015, den Euro, Tesla – nur als Band –, Reisefreiheit in Richtung Ostblock, Drogentests bei Alkoholkontrollen, riesige LED-Flachbildschirme, CDs über 74 Minuten, Videobeweis beim Fußball, m/w/d und Unisex-Toiletten, Kaffee-Vollautomaten, Multiplex-Kinos, 1-Euro-Läden – wie auch, ohne Euro? –, Dosenpfand, Champions League, Rauchverbot in Kneipen und Restaurants, neue Bundesländer, Fertiggerichte, Helikoptereltern, Super-Deluxe-Special-Edition-180-g-Remastered/Remixed-Vinyl-Box-Sets, Hartz IV, ›Das Dschungelcamp‹, ›Deutschland sucht den Superstar‹ und ›Bauer sucht Frau‹, Fridays for Future, E-Zigaretten, Beck's Lime/Green Lemon/Lemon Zero/Ice/Summer Holunder, 24-Stunden-TV, TWIX, jedes Jahr von jedem Automobilhersteller mindestens vier neue Automodelle, deutsche Gangsterrapper, Sneaker, Magnum Eis, Tetra Paks, Hundekotbeutel, feuchtes Toilettenpapier und nicht zu vergessen: Latte Macchiato, Coffee oder sonst was to go, Bowles und Smoothies.

Was es gibt: Kippen für 2 Mark und den Liter Benzin für 60 Pfennig, die DDR, Helmut Kohl, Metallica, Judas Priest, Pink Floyd, die Rolling Stones, Rush, Cinderella, Bon Jovi und Iron Maiden. Und natürlich billigen Alkohol.

Vermisse ich irgendetwas von dem, was es damals nicht gab beziehungsweise aktuell nicht gibt? Nein. Okay, das Internet vielleicht. Ein bisschen. Aber wir alle kamen damals auch ohne klar. Und ich werde auch jetzt ohne zurechtkommen.

Ohne meine Freunde vermutlich eher nicht.

Die Vorstellung, den Rest meines Lebens in dieser Zeitschiene verbringen zu müssen, ist für mich immer noch der reinste Horror. Ich will zurück zu meinen Freunden, meinem alten Leben, meiner Arbeit, meinem Haus in Lichtenrade, meinen Platten, meinen Katzen, um die sich während meiner Abwesenheit immer meine Nachbarin Tanja kümmerte, meiner S-Klasse, meinen Romanen, meinem Alltag, meiner *daily routine*.

Und vor allem zurück zu Diana.

Ich sollte mir diese Hirnfickereien sparen. Wenn ich Bock auf meinen alten Plattenladen und Vinyl habe, dann sollte ich dem Laden einen Besuch abstatten und Vinyl kaufen. Auch wenn ich noch keine Anlage habe. Immer ein Schritt nach dem anderen. Eine Vorgehensweise, die ich schon seit knapp zwanzig Jahren praktiziere und verinnerlicht habe. Quasi ein *state of mind*. Und daran hat auch der, tja, Zeitsturz ins Jahr 1988 nichts geändert.

Trotzdem ist es zum Heulen.

Alles.

Ich gehe mit zwei randvollen Tüten mit Vinylalben – ein paar Neuerscheinungen, aber hauptsächlich Alben aus den 70ern – zurück zum Benz, wobei mir auf dem Weg ziemlich viele Leute seltsame Blicke zuwerfen, die ich nicht wirklich deuten kann. Doch irgendwann kapiere ich: Ich trage meine Kopfhörer aus dem Jahr 2018. Und die sind per Bluetooth mit meinem Phone gekoppelt und besitzen kein Kabel.

Als ich beim Benz ankomme, entdecke ich einen Strafzettel unter dem Scheibenwischer. Egal. Zahlt die Daimler AG, denn der SEC – Kennzeichen: BB-BS-560 – ist ja immer noch auf Bruno Sacco zugelassen. Wobei ich mich frage, ob Sacco seine Strafzettel selbst zahlen muss, was ich bezweifle. Dafür gibt es bei Benz bestimmt eine eigene Abteilung.

Saccostrafzettelbezahlstelle oder so.

14
Ricky

Mein jüngeres Ich sitzt mit einer Kippe im Mundwinkel und Akustikgitarre spielend auf der Bank vor dem Proberaum. Heute in Jeans und mit Rolling-Stones-Shirt. Und mit seinen geliebten Turnschuhen. Die guten, alten, knöchelhohen, weißen Adidas Top Ten.

Knöchelhohe, weiße Adidas Top Ten?

Fuck.

Ich trage die auch. Schon seit Sonntag. Aber auf meinen steht ›30th Anniversary Edition‹.

Mir wird heiß und kalt. Was soll ich tun? Hoffen, dass Mike nicht auf meine Treter starrt und blöde Fragen stellt, die ich nicht zu beantworten wüsste? Auf der anderen Seite: Wenn ihm meine Schuhe bis jetzt nicht aufgefallen sind, werden sie ihm hoffentlich auch jetzt nicht auffallen. Mentale To-do-Liste: Neue Turnschuhe kaufen. Dringend. Also alte Turnschuhe. Original Top Ten von damals. Was ja auch nicht das Schlechteste ist.

Als Mike mich und den neuen/alten Benz entdeckt, legt er die Ovation auf die Bank und kommt auf mich zu, während ich aussteige. Dass ich noch auf einen Abstecher beim Proberaum vorbeifahre, war nicht geplant. Wie so ziemlich alles seit meiner *Rückkehr*. Ich lasse mich treiben. Was bleibt mir auch anderes übrig? Ich habe keinen Plan, keinen geregelten Tagesablauf, keine Ankerpunkte in Form von Schreibprojekten, Branchentreffen, Treffen mit Freunden …

»Was ist das jetzt?«, fragt Mike verwundert. »Wo ist das Science-Fiction-Geschoss?«

»Wieder zurück bei der Produktionsfirma«, sage ich und könnte mir im gleichen Moment auf die Zunge beißen. Offiziell bin ich in der Musik- und nicht in der Filmbranche.

»Produktionsfirma?«, hakt Mike nach. »Hast du etwa auch Connections in die Filmbranche?«

»Ein paar«, sage ich. »Nicht der Rede wert.«

»Ein paar Connections in der Filmbranche reichen, dass die dir so einen Wagen zur Verfügung gestellt haben?«

Das Nerv nervt.

Taktik: Ablenken.

»Probt ihr heute?«

»Nee, haben alle abgesagt, sind komplett fertig nach gestern Nacht. Mir egal. Ich bin mir selbst genug. Wollte ein bisschen an einem neuen Song arbeiten.«

»Wie war deine Nacht?«, frage ich. »Erfolgreich?«

»Kommt drauf an, was du unter erfolgreich verstehst.«

»Gevögelt?«

»Was glaubst du?«

»Yes, ma'am.«

»Klar. War aber nicht wirklich ein Highlight. Und selbst?«

»Nicht gevögelt.«

Mike grinst und inspiziert dann den SEC. »Sehr geil. Tausend Mal geiler als das Science-Fiction-Teil.«

»Sehe ich genauso«, lüge ich. Wenn ich ehrlich bin, vermisse ich mein S-Klasse-Coupé mit all den Annehmlichkeiten, die ein Wagen aus meiner Zeit so zu bieten hatte.

Mike entdeckt die Gitarrenkoffer und die Amps im Wagen. »Warst du shoppen?«

Ich nicke.

»Was genau?«

Ich öffne die Beifahrertür des Benz, klappe den Sitz nach vorne und nehme die Gitarrenkoffer von der Rückbank.

»Look for yourself.«

Mike öffnet den ersten Koffer. Die Les Paul.

»Alter! Darf ich?«

»Klar.«

Er kniet sich hin, nimmt die Gibson aus dem Koffer und spielt sie. Ehrfürchtig. So wie ich damals eine nagelneue Gibson Les Paul gespielt hätte. Der feuchte Traum eines jeden Gitarristen. Und ja, das war ich anfangs: Ein Gitarrist. Zum Bass wurde ich eher gezwungen, da ich 1984, in meiner ersten Band, der Sänger war. Aber keine Gitarre spielen durfte, da wir zwei super Gitarristen hatten. Dass Iron Maiden knapp dreißig Jahre später mit drei Gitarristen am Start sein würden … tja. 1984 war das nicht angesagt. Außer im Genre Southern Rock, aber damit hatten wir nichts am Hut. Als uns damals der Basser verließ, blieb dessen Job an mir hängen. Weil: Ich hatte als Sänger ja als Einziger noch zwei Hände frei.

Mike packt die Les Paul zurück ins Case. »So geil«, sagt er. »Wahnsinn.«

Er öffnet den zweiten Koffer. Die Strat. In Sunburst. Interessiert ihn aber nicht wirklich. Dann entdeckt er den Basskoffer.

»Was ist da drin?«

»Mach auf«, sage ich.

Mike öffnet den Basskoffer und schnappt nach Luft.

»Geddys Bass!«

»So sieht's aus.«

Er nimmt den Ricky aus dem Case, befestigt den Gurt und hängt ihn sich um. Er sieht geil an ihm aus. Richtig geil. Dann spielt er ein Rush-Riff. ›The Spirit of Radio‹. Er grinst. Ich auch.

»Like?«, frage ich.

»Love«, antwortet er, während er weiterspielt. »Big big love.«

Ich lächle. Kurz. Dann sacken meine Mundwinkel nach unten. Weil: Mir wird klar, was ich in den letzten dreißig Jahren verloren habe. Diese Leidenschaft, diese Begeisterung, dieses Herzklopfen. Diese Liebe. Und sei es auch ›nur‹ die Liebe zu einem Bass. Dieses unbedingte Wollen, dieses Begehren. Hatte ich Herzklopfen, als ich den Rickenbacker gekauft habe? Ja. Ein bisschen. Aber letztlich ist es nur ein Bass. Damals war es mehr. Damals war es alles.

Ich treffe eine Entscheidung. Spontan. Klar. Alles ist aktuell mehr oder weniger spontan.

»Vorschlag«, sage ich. »Du kannst den erstmal spielen und ich krieg dafür deinen Charvel.«

Mike starrt mich an, als würde mir gerade in Lichtgeschwindigkeit ein Horn aus der Stirn wachsen. Oder zwei.

»Du verarschst mich …«

»Nope, ma'am.«

»Und ich darf den auch live spielen? Ich meine, ich habe ja noch 'ne andere Band, 'ne Coverband. Und mit der spiele ich fast jedes Wochenende in irgendwelchen ranzigen Ami-Clubs.«

Ich weiß, liegt mir auf der Zunge.

»Kratzer, Bier- und sonstige Flecken, Macken und so werden sich vermutlich nicht vermeiden lassen«, fährt Mike fort.

»Was ist der Sinn eines Musikinstruments?«, frage ich.

»Es zu spielen?«

»Korrekt. Also spiel den Ricky. Dafür wurde er gebaut. Macken, Kratzer, Bier- und sonstige Flecken gehören dazu.«

Jahre später werden Musiker richtig Kohle dafür zahlen, um auf ›alt‹ und ›benutzt‹ getrimmte Gitarren oder Bässe spielen zu dürfen. ›Vintage‹ wurde das genannt.

»Deal?«, hake ich nach.

»Wie könnte ich so ein Angebot ablehnen?«, erwidert Mike und grinst dabei über beide Ohren.

Auch wenn man die aufgrund seiner langen Haare nicht sieht.

* * *

Nach einer halben Stunde Jammen mit Mike im Proberaum – er mit dem Rickenbacker, ich mit meiner neuen Les Paul, die ich über Petes Marshall-Amp spiele – spüre ich, wie ich körperlich an meine Grenzen komme. Alles tut weh. Beide Ellbogen, linkes Handgelenk, rechtes Handgelenk, rechter Unterarm, rechte Schulter. Nicht wirklich überraschend, nach zwanzig Jahren Abstinenz in Sachen Gitarre/Bass spielen. Wobei das Spielen an sich kein Problem darstellt. Irgendwie erinnert sich mein Körper an alles. Ich muss nicht nachdenken, meine Finger finden automatisch die Riffs, die Akkorde, die Licks.

Magic.

Wieso habe ich eigentlich zwanzig Jahre keine Gitarre mehr gespielt? Hauptsächlich wohl aus Ermangelung von Zeit. Vielleicht aber auch aus dem Grund, dass ich alleine keine Freude am Spielen hatte. Musik machen war für mich immer Teamwork. Das Problem mit Teamwork: Menschen mit ihren Launen, Dramen, Egos, Stimmungen, Ansichten, Problemen, Hirnfickereien, Krankheiten, Freundinnen und Ex-Freundinnen. Es mussten immer Kompromisse gemacht und ewig lange Diskussionen geführt werden, um alle Beteiligten auf ein *d'accord* zu bringen. Was ich immer als extrem anstrengend empfunden habe und was letztlich alle meine Bands gekillt hat. Ich war einmal zu oft abhängig von Menschen und hatte Ende der 90er die Schnauze gestrichen voll von Abhängigkeiten jeglicher Art. Und fand danach zurück zu dem, was mich seit meiner Kindheit begleitete und was ich schon immer geliebt habe: Schreiben. Ich musste mich mit niemandem absprechen, meine Ideen nicht verteidigen, brauchte keine Meinungen von außen, musste keine Kompromisse eingehen und um ein *d'accord* kämpfen. Weil: Das *d'accord* war ich. Eine Befreiung auf allen Ebenen.

Ich schalte den Marshall aus und packe die Paula zurück in den Koffer. »Ich muss.«

»Klar, kein Ding.« Mike lehnt den Rickenbacker gegen seine Bassbox und mustert mich nachdenklich. Oder skeptisch. Die Grenze bei ihm ist da fließend. »Und wie geht's jetzt weiter? Mit uns?«

»Ihr probt die nächsten Wochen erstmal euer Set, dann gucke ich mir das an«, erwidere ich. »Und danach überlegen wir zusammen, welche Songs wir für ein Demo aufnehmen. Und in welchem Studio.«

»Von wie vielen Songs reden wir?«

»Zehn. Mindestens. Besser zwölf. Um eine Auswahl zu haben. Die sechs besten Songs nehmen wir auf.«

»Wir?«

»Ihr.« Ich räuspere mich. »Wie viele habt ihr aktuell?«

»Sechs«, erwidert Mike.

»Kriegt ihr sechs neue Songs hin in zwei bis drei Wochen?«

Mike zuckt mit den Schultern. »Ich hab massig in der Schublade.«

Ich weiß, denke ich, sage aber: »Na, dann ...«

»Und das Studio zahlst echt du?«, hakt er nach.

»Ich strecke euch die Kohle vor.«

»Und du glaubst, diese Investition zahlt sich aus?«

Ich nicke.

»Schon 'ne konkrete Idee bezüglich 'ner Plattenfirma?«

Er erwischt mich erneut auf dem falschen Fuß. Nein, ich habe natürlich keine konkrete Idee bezüglich einer Plattenfirma. Mit denen kam ich erst ab 1992 in Berührung. Unter anderem mit Sony in Frankfurt. Da hatten wir mit meiner Berliner Band mal einen Termin bei dem A&R. Martin Linde. Der hatte damals ›The Slags‹ gesignt. Und die ›Lemonbabies‹. Und die ›Lassie Singers‹. Sofern ich mich richtig erinnere. Meine Band hat er nicht gesignt. Vermutlich aus dem Grund, dass wir keine Frauenband waren. Die Frage bleibt, ob Martin Linde schon 1988 am Start war.

»Nein, noch nicht«, antworte ich. »Ein Schritt nach dem anderen. Das Demo und neue Songs haben jetzt erstmal Priorität.«

Mike nickt.

»Wo wohnst du eigentlich aktuell?«, fragt er.

»Hotel in Saarbrücken.«

»Für wie lange?«

Bis mindestens 28. August, denke ich, sage aber: »Keine Ahnung. Mal abwarten, wie sich die Dinge entwickeln.«

»Hast du keine anderen Verpflichtungen?«

»Nein«, erwidere ich. Außer zu versuchen, den Flugtag im August zu verhindern und dir die Liebe deines Lebens wegzuschnappen, um sie zu retten.

»Keine Frau, Freundin, Kinder?«

»Macht das einen Unterschied?«

Er lacht auf. »Nein. Vergiss die Frage. Bin einfach neugierig.«

Er verschließt seinen Basskoffer mit dem Charvel und reicht ihn mir.

»Thanks«, sage ich. »Dann bis …«

… Samstag im ›Einhorn‹, will ich sagen, breche aber ab, als mir klar wird, dass ich das nicht wissen kann.

»Morgen?«, hakt Mike nach.

Improvisieren ist angesagt. Immer und immer wieder.

»Nee«, sage ich. »Macht ihr erstmal euer Ding die Tage. Wochenende dann wieder. Steht irgendwas an?«

»Samstag Konzert in Homburg, im ›Einhorn‹. Mit der ›Richard Head Band‹, meiner Ami-Clubband.«

Puh.

»Perfekt«, sage ich. »Dann sehen wir uns da.«

Ich schnappe mir den Basskoffer und den Koffer mit meiner nagelneuen Les Paul und bin verschwunden.

* * *

Zurück im Hotel, packe ich Mikes Charvel-Bass aus und könnte heulen. Ich habe meinen originalen Bass von 1988 wieder! Der rote Charvel-Bass, der mich über drei Jahre begleitet hatte, bevor ich ihn 1990 kurz vor meinem Umzug nach Berlin zugunsten eines Fender Precision verkaufte.

Das alles ist absurd. Irreal. Ich komme immer noch nicht drauf klar, dass es kein Traum ist. Dass ich wirklich zurück bin. In meiner eigenen Vergangenheit. Die ich vermutlich durch mein Auftauchen komplett verändern werde. Wenn ich das nicht schon längst getan habe. Wo soll das alles hinführen? In eine neue Vergangenheit und damit auch in eine neue, unbekannte Zukunft? Mir wird zunehmend bewusst, dass ich nicht alles, was gerade passiert, durch Gedankenarbeit erklären und bewältigen kann, so wie ich es seit Jahrzehnten gewohnt bin. Ich muss etwas tun. Einfach nur tun und nicht zu viel denken. Kein Problem, eine meiner leichtesten Übungen.

Scherz.

15
Überleben in der Vergangenheit für Dummies

Ich habe geträumt.

Von dem Samstag im ›Einhorn‹ 1988.

Und dieser Samstag ist heute.

Erneut.

Ich sitze mit Kaffee und Kippen auf dem Balkon des Hotelzimmers. Meine Hand mit der Kaffeetasse zittert, als ich sie zum Mund führe. Ich erinnere mich an alles, was damals geschah, als wäre es gestern gewesen.

Aimee arbeitete als einzige Angestellte hinter dem Tresen der Konzertlocation, einem Nebenraum der Kneipe. Mikes Band mit ihren Top-40-Coverversionen ging ihr am Arsch vorbei. Sie kriegte erst spitze Ohren, als Mike gegen Ende des Gigs mit dem Gitarristen das Instrument tauschte und ans Mikro trat, um einen Song von Marius Müller-Westernhagen zu singen. ›Mit Pfefferminz bin ich dein Prinz‹. Dass der Basser plötzlich zum Gitarristen mutierte und die Lead Vocals übernahm, hatte sie so nicht erwartet. Und das machte Mike für sie interessant. Nach dem Gig saß Mike alleine am Tresen und genoss sein Feierabendbier, als er von Aimee angesprochen wurde. Irgendwann kam sie hinter dem Tresen hervor und setzte sich neben ihn. Sie fanden sich gegenseitig anziehend, interessant, faszinierend, sexy. Die beiden verstanden sich prächtig, tranken, lachten und quatschten, bis die Kneipe irgendwann weit nach Mitternacht dichtmachte. Danach versumpften sie zusammen mit dem Livemixer von Mikes Band bis 5 Uhr morgens in einer üblen Spelunke außerhalb Homburgs, mitten im Nirgendwo. In dieser Nacht verliebten sie sich und küssten sich bei der Verabschiedung an Mikes Golf, während die Sonne aufging. Wobei die Initiative von Aimee ausging, die meinte: »Ich küsse dich jetzt einfach.«

Mike und Aimees *magic moment pt. 1.*

Selbst dreißig Jahre später erinnere ich mich, dass ihr Kuss nach Kippen, Rotwein, Schnaps, Kaugummi und Gummibärchen schmeckte. Und dass sie perfekt küsste. Was eine Kunst für sich ist. Und die Vorstufe von Sex. Die Voraussetzung für Sex. Jedenfalls für mich. Damals wie heute. Mit einer Frau, die nicht küssen kann, bin ich nie im Bett gelandet. Und werde es auch nie.

Ich nehme einen Schluck Kaffee und frage mich, ob heute Abend alles genau so passieren wird, wie es damals passiert ist. Falls das alles nicht passiert, bedeutet das, dass ich die Vergangenheit geändert und nur durch mein Auftauchen Aimees Tod schon verhindert habe?

Was soll ich tun? Mich einmischen? Den beiden *reingrätschen*? Versuchen, meinem jüngeren Ich die Liebe seines Lebens wegzuschnappen? Aber wie sollte mir das gelingen? Sie ist sechsundzwanzig, Mike dreiundzwanzig. Beide sind Musiker. Und jung und sexy. Ich bin dreiundfünfzig, kein Musiker mehr und weder jung noch sexy. Ich könnte der Vater der beiden sein.

Brainfuck Deluxe.

Ich weiß nicht, was richtig und falsch ist. Ich weiß nicht, was ich tun müsste, um Aimee zu retten. Für diese Art von Ausnahmezustand gibt es kein Handbuch, keinen Ratgeber.

Überleben in der Vergangenheit für Dummies.

Oder: *How to save the love of your life from death.*

Was ich aber auch ohne Ratgeber weiß: Ich *muss* heute Abend im ›Einhorn‹ dabei sein. Alles Weitere wird sich ergeben.

Irgendwie.

Ich trinke den Kaffee aus und bestelle mir telefonisch bei der Rezeption ein Frühstück aufs Zimmer. Wie seit vier Tagen, in denen ich das Hotel nicht verlassen habe. Ich habe im hoteleigenen Restaurant zu Mittag und zu Abend gegessen und jeden Abend mindestens eine Flasche Weißwein und eine halbe Flasche Rotwein vernichtet. Habe mich ausgeklinkt aus 1988. Hatte nach zwei Tagen und Nächten das Gefühl, ich könnte irgendwo sein. Beziehungsweise nirgendwo. Sowohl räumlich als auch zeitlich. Was nicht das schlechteste Gefühl war. Dachte kurzzeitig, dass alles irgendwie okay sei. War es nicht. Ich habe sauschlecht geschlafen und übel geträumt. Hatte nicht die geringste Energie, mich um die Verhinderung des Flugtags zu kümmern. Oder um meine alte Band. Habe nur Gitarre und Bass geübt. Exzessiv. Nach zwei Tagen wandelten sich die Blasen auf den Fingerkuppen meiner linken Hand zu Hornhaut. Grundvoraussetzung, um ein Saiteninstrument spielen zu können. Durch den Schmerz zur Kunst.

Oder so.

Es klopft und ich öffne. Sibylle. Mitte zwanzig. Schulterlange, dunkle Haare. Immer ein bezauberndes Lächeln im Schnäuzchen. Sie wundert sich über mein neues Musik-Equipment, das ich im Wohnzimmer der Suite aufgebaut und verkabelt habe.

»Du bist Musiker?«, fragt sie, während sie das Tablett mit meinem Frühstück auf den Balkontisch stellt.

»Ex-Musiker.«

»Aber du machst doch offensichtlich Musik.«

»Nicht mehr beruflich, nur zum Spaß. Habe schon ewig nicht mehr gespielt.«

»Ist man nicht immer Musiker, wenn man Musik macht?«

Interessante Frage. Werde ich bei Gelegenheit drüber nachdenken.

* * *

Nach dem Frühstück werfe ich mich in Schale. Testlauf für heute Abend. Mein aktuelles Outfit. Also das aus 2018. Als ich mich im Spiegel betrachte, wird mir klar, dass meine Klamotten so ziemlich die gleichen sind wie vor dreißig Jahren. Was sagt das über mich? Das ich klamottentechnisch irgendwann in den späten 80ern steckengeblieben bin? Vermutlich. Aber mein ›normales‹ Outfit ist keine Option. Kein Bandshirt, keine Cargohose und vor allem keine Turnschuhe. Wobei Turnschuhe klargehen sollten, aber eben nicht meine abgeranzten, niemals gewaschenen ›30th Anniversary Edition‹ Adidas Top Ten. Heute Abend muss ich seriös wirken.

* * *

Nach dem Shoppen in der Saarbrückener Fußgängerzone betrachte ich mich im Spiegel: Schwarze, enge Jeans, nagelneue Adidas-Treter – Top Ten Hi Basketball – weißes, bis zu den Ellbogen hochgekrempeltes Hemd, dezentes, schwarzes Shirt ohne Aufdruck für drunter. Keine neue Lederjacke, meine passt perfekt zu dem Outfit. Gewöhnungsbedürftig – jedenfalls für mich –, aber definitiv seriös.

Hoffe ich.

Abendessen danach im Restaurant des Hotels. Dazu Riesling. Mein Herz klopft wild. Zur Beruhigung einen kleinen Whisky nach dem Essen. Nützt nichts.

War irgendwie klar.

16
Einhorn

Als ich im ›Einhorn‹ in der Karlsbergstraße in Homburg ankomme, ist der Laden noch ziemlich leer. Ich bestelle mir am vorderen Tresen ein Bier und nehme es mit in den Konzertsaal. Der Tresen dort ist noch unbesetzt. Mike, der meinen Rickenbacker umgeschnallt hat, und seine Band machen gerade Soundcheck.

Meine alte Clubband, die Richard Head Band.

Charlie an den Keyboards, Keith, der Ami, an der Gitarre und am Gesang und Mo, der Engländer, an den Drums. Wie oft hat man uns damals gefragt, wer von uns denn jetzt eigentlich dieser ominöse Richard Head sei. Keiner von uns. Der Witz mit dem Bandnamen erschließt sich nur, wenn man weiß, dass es für den Vornamen ›Richard‹ im Amerikanischen auch noch eine Art von Verballhornung/Verknappung/Synonym gibt. Wobei der Spruch auf der Rückseite unserer T-Shirts, die wir bei Konzerten verkauften, eigentlich keine Fragen offenließ: *Gimme (Richard) head 'til I'm dead.*

Öhem.

Als Mike mich entdeckt, nickt er mir lächelnd zu. Ich nicke zurück. Rob, der Mixer der Band, T-Shirt-Verkäufer, Fahrer und Mädchen für alles, steht an seinem Mischpult in der Mitte des Saals und wirkt kurz irritiert, als er mich sieht. So, als käme ich ihm bekannt vor. Dann widmet er sich wieder seinem Mixer.

Ich ziehe meine Lederjacke aus, hänge sie über einen Hocker am Tresen und setze mich. Der Tresen, hinter dem demnächst Aimee arbeiten wird. Zu behaupten, ich wäre aufgeregt, wäre die Untertreibung des Jahres.

Ich trinke mein Bier aus und besorge mir ein neues am Haupttresen. Treffe dabei auf Porty und Hannes.

»Pete und Roland wollten auch noch kommen«, sagt er. »Klar. Müssen ja checken, was unser neuer Basser live so drauf hat.«

Oh, der hat einiges drauf, denke ich und stoße mit ihnen an. Die beiden nehmen einen Tisch im hinteren Bereich des Konzertsaals in Beschlag, während ich mich wieder an meinen Platz am immer noch unbesetzten Tresen der Location setze und kurz unauffällig mein Phone checke: 19:32 Uhr. Das Konzert soll um 21 Uhr starten. Langsam sollte dann auch mal Aimee auftauchen.

Was sie dann auch knapp zehn Minuten später tut.

Ich schnappe nach Luft, als ich sie entdecke, und mein Herz setzt erneut ein bis zwei Schläge aus. Wobei ich versuche, mir nichts anmerken zu lassen. Und vor allem versuche ich, sie nicht anzustarren. Was mir eher weniger gelingt. Sie sieht umwerfend aus. Hautenge Jeans. Turnschuhe. Ärmelloses schwarzes Mötley-Crüe-Shirt. Die langen, blonden Haare offen. Dezente Schminke.

Mir wird schlecht. Das alles ist kompletter Irrsinn, das kann nicht wahr sein. Aber es ist wahr. Was ebenfalls wahr ist: Aimee schenkt mir nicht die geringste Aufmerksamkeit. Was ich mir schönrede, da sie noch nicht am Start zu sein scheint und Flaschen einordnet, den Bestand und die Kasse checkt und so weiter.

Ich trinke mein Bier aus und versuche, mich zu beruhigen. Ich brauche einen Whisky. Soll ich bei ihr bestellen? Sie ansprechen? Einfach so? Als würde ich sie nicht kennen?

Nein, no fucking way. Ich besorge am Haupttresen fünf Jacky-Cola, von denen ich vier meiner ehemaligen Band spendiere, die inzwischen komplett ist.

»Haut rein«, sage ich zu den Jungs, während ich die Gläser auf ihrem Tisch abstelle und dann zurück zum Tresen gehe.

Der Saal füllt sich langsam und Aimee nimmt inzwischen die Bestellungen der Gäste entgegen. Und würdigt mich weiterhin mit keinem Blick. Warum auch? Ich bin nichts weiter als ein Gast. Der bis jetzt noch nicht mal etwas bei ihr bestellt hat.

Würde ich heute Nacht mit Mike tauschen und alles, was noch kommen wird, noch einmal erleben wollen? Hell yeah! Aber ich kann nicht tauschen. Ich kann nur versuchen, zu verhindern, dass Aimee und Mike sich heute Abend kennenlernen. Denn ich weiß – im Gegensatz zu Mike –, was heute Abend passieren wird.

Oder glaube, es zu wissen. Nach der Nacht im ›Metal Heart‹, die damals nicht stattfand, bin ich mir nicht mehr so sicher.

Die Erinnerungen an diesen Abend, diese Nacht jagen mir einen Schauer über den Rücken. Diese Nacht war einfach nur *magic*. Auf allen Ebenen. Mit nichts vergleichbar, was ich davor mit einer Frau erlebt habe. Mit nichts vergleichbar, was ich danach mit Frauen erlebt habe. Der Beginn einer Liebe, die einmalig war. Auch wenn weder Aimee noch ich das damals ahnen konnten. Und schon gar nicht, dass diese Liebe nur vier Monate dauern würde.

Und der Auslöser für alles, was danach kam, war ›Pfefferminz‹.

Das heißt, ich muss irgendwie verhindern, dass Aimee Mikes Performance bei dem Westernhagen-Song mitbekommt.

Die Frage ist nur, wie?

Improvisieren.

So wie ich es schon mehrmals seit meiner Rückkehr getan habe. So wie ich damals als Musiker bei Jam-Sessions improvisiert habe. Zum Beispiel bei ›Radar Love‹ von Golden Earring, das Mike und seine Coverband heute Abend bestimmt auch spielen. Der Song diente letztlich nur einem Zweck: Unser Set zu strecken, um auf die von den US-Clubs verlangten fünfundvierzig Minuten pro Set zu kommen. Alleine mit ›Radar Love‹ und den Improvisationen im instrumentalen Mittelteil kamen wir an guten Abenden auf knapp zwanzig Minuten. Insgesamt mussten wir fünf Sets spielen. Und das meistens vor wenigen bis gar keinen Zuschauern. Und die wenigen Besucher waren zum größten Teil sturzbesoffen, trugen ihre US-Militäruniformen und krakelten immer wieder nach ›Free Bird‹, ›Home Sweet Home‹ und ›Cocaine‹, auch wenn wir die Songs schon mehrfach gespielt hatten. Frauen, die man abschleppen konnte, waren auch eher selten anwesend. Außer ab und zu samstags im ›Officers' Club‹ auf der Air Base in Ramstein. Ein Highlight. Was aber eher selten der Fall war. Zum größten Teil spielten wir in kleinen USAF-Clubs auf irgendwelchen Air Bases im Umkreis von 300 Kilometern um Kaiserslautern. Hahn, Spangdahlem, Sembach, Ramstein, Bitburg, Zweibrücken, Wiesbaden, Baumholder, Mainz, Darmstadt, Gießen, Würzburg, Nürnberg, Stuttgart, Ansbach, Mannheim-Sandhofen.

Ein Knochenjob, klar. Auf der anderen Seite war ich frei. Ich hatte zu der Zeit keine feste Beziehung, vögelte mich so durch und musste nicht mehr jeden Tag um 10 Uhr im ›Pop Shop‹ antanzen, dem Plattenladen, in dem ich eine Ausbildung zum, tja, Bürokaufmann machte. Weil: Der Chef des ›Pop Shops‹, ein Alt-Hippie namens Heinz, hatte mich gefeuert. Aufgrund der Gigs mit meiner Ami-Clubband war ich schon seit Monaten nicht mehr montags in der Berufsschule aufgetaucht. Wie auch, wenn ich Sonntagnacht erst gegen 4 Uhr nach Hause kam? Nach einem Gig in Würzburg. Oder Nürnberg. Da steht man nicht nach drei Stunden Schlaf einfach so wieder auf und quält sich in die Berufsschule.

To cut a long story short: Einer meiner Lehrer in der Berufsschule hatte schon seit Wochen telefonisch versucht, meinen Ausbilder im ›Pop Shop‹, also Heinz, zu erreichen, um ihm mitzuteilen, dass ich schon länger nicht mehr montags in der Berufsschule präsent gewesen sei. Und jedes Mal landete ebenjener Lehrer bei mir am Telefon. Und jedes Mal konnte ich ihn mit dem Hinweis abwimmeln, dass der Chef nicht da sei. Nur an einem Tag nicht, an dem ich gerade in der Mittagspause war. Da nahm Heinz ab. Und feuerte mich am selben Tag. Dieser Moment, als ich mit meiner Sporttasche über der Schulter, in der sich nicht nur mein Kündigungsschreiben, sondern auch ›Pride‹, das neue Album von White Lion befand, aus dem Laden trat und mein Gesicht der Sonne entgegenstreckte, war einfach nur Wahnsinn. Ich wusste, dass ich jetzt frei war. Wirklich frei. Nie wieder um 7 Uhr aufstehen. Nie wieder Berufsschule. Nie wieder *bullshit*. Von niemandem. *School's out forever* sozusagen. Ich war ab diesem Tag für mich selbst verantwortlich. Mit allen Konsequenzen. Und es machte mir keine Angst, im Gegenteil. Ich war so glücklich, wie ich es noch nie in meinem Leben war. Ich brauchte keine Ausbildung als irgendwas, um meinen Lebensunterhalt bestreiten zu können. Ich verdiente damals auch ohne abgeschlossene Ausbildung Kohle. Richtig Kohle. Seit 1986 spielte ich mit meiner Clubband drei bis vier Gigs die Woche und kam Sonntagnacht mit knapp 800 Dollar in bar nach Hause. Unversteuert, klar. Damals war der Wechselkurs Dollar zu D-Mark ungefähr eins zu zwei. Wozu brauchte ich eine fucking Ausbildung als was auch immer? Ich verdiente zu der Zeit mehr Geld, als ich als Bürokaufmann je verdient hätte. Den größten Teil legte ich zur Seite und leistete mir keinen Rickenbacker oder neues Equipment. Wozu auch? Mein damaliges Equipment war perfekt.

Meine alte Clubband startet ihr Set mit ›Cat Scratch Fever‹ von Ted Nugent. Und ich weiß immer noch, wie man den Song auf dem Bass spielt. Wieso erinnere ich mich plötzlich wieder an all diese Details aus meiner Zeit als Club-Musiker? Eine Zeit, die dreißig Jahre zurückliegt. Der Grund könnte eventuell sein, dass ich seit ein paar Wochen gezwungen bin, erneut im Jahr 1988 zu leben. Und aktuell meine alte Band live sehe. Mit mir am Bass im Alter von dreiundzwanzig.

Ich trinke meinen Jacky-Cola aus und sehe zu Aimee, die

den Tresen rockt. Immer ein Lächeln im Schnäuzchen, wenn sie Gäste bedient, immer positiv und offen für einen Plausch. Und immer flirtiv. Was aber nichts zu bedeuten hat, das gehört zum Job. Ob als Musiker oder als Tresenkraft. In beiden Fällen ist man eine öffentliche Person. Was wir damals liebten.

Ich versuche, mich zu erinnern, ob ich Aimee während des Konzerts im ›Einhorn‹ wahrgenommen habe. Nein, habe ich nicht. Wenn ich auf der Bühne stand, habe ich mich ausschließlich auf die Musik und das Publikum konzentriert. Auf Frauen im Publikum. Auf eine Frau im Publikum. Die ich mir aussuchte und ihr direkt in die Augen sah, während ich spielte. Und wenn es mir gelang, sie zum Lächeln und zum Tanzen zu animieren, hatte ich gewonnen und ›abgeliefert‹. Ob ich sie danach abschleppen würde oder nicht, spielte keine Rolle. Alles, was ich an Bestätigung als Musiker und Mensch brauchte, lag in diesem Moment, in dem Lächeln dieser einen Frau im Publikum, die ich mir rausgepickt hatte. Wobei die Auserwählte nicht einmal besonders hübsch oder sexy oder sonst was sein musste. Es genügte, dass sie Teil des Konzerts meiner Band war. Wenn ich es nicht schaffte, diese Frau zum Lächeln oder Tanzen zu bewegen, hatte ich wohl einen schlechten Tag. Das Ganze funktionierte ausschließlich mit Frauen. Irgendwelche besoffenen Typen in Kutten oder US-Uniformen zum Headbangen zu animieren, war keine wirkliche Befriedigung. Ich erinnere mich an unsere REFORGER-Tour 1987 in Norddeutschland. Wobei das die Abkürzung für ›Return of Forces to Germany‹ war. Großmanöver der NATO, das jedes Jahr abgehalten wurde. *On german soil.* Im Oktober 1987 fanden diese Manöver in der Nähe der Lüneburger Heide auf einem riesigen Truppenübungsplatz östlich von Soltau statt. Und wir hatten das Angebot, da vier Abende hintereinander in einem der Festzelte zu spielen. Mitten in einem Gebiet, in dem *war games* stattfanden. Und zu *war games* gehörten am Abend Entertainment. In Form von lauter Rockmusik. Lesungen, Tanzperformances oder Podiumsdiskussionen über den Sinn oder Unsinn von Kriegen waren eher nicht so angesagt. Ich erinnere mich, dass wir im Vorfeld innerhalb der Band lange diskutiert hatten, ob wir das Angebot annehmen sollten, aber letztlich war uns allen klar, dass wir zusagen würden. So ein Angebot bekam man als Clubband eher selten. Und die Aussicht auf die Kohle, die wir in diesen vier Tagen verdienen würden, war einfach zu verlockend. 4.000 Dollar für jeden. Benzin, Essen und Übernachtung in einer Pension in Soltau gingen natürlich auf uns. Dennoch blieb genug übrig. Auch wenn das Ganze für uns mehr als nur ein bisschen seltsam anmutete. Und vice versa. Zivilisten waren bei solchen Manövern eher selten dabei. Und Langhaarige schon gar nicht. Es gab auf dem riesigen Truppenübungsplatz mehrere Festzelte, die von Countrybands, Top-40-Bands und eben auch von Rockbands wie uns bespielt wurden. Unser erster Gig in dem Festzelt, das unser Zuhause für die nächsten Nächte sein würde, war, tja, strange. An die zweitausend stiernackige, kurzgeschorene Rambo-GIs in tarnfarbenen Militärklamotten standen in knapp dreißig Meter Entfernung vor der Bühne, als wir mit ›Tush‹ von ZZ Top unser Set eröffneten. Sie tranken Bier und beäugten uns misstrauisch. Auch die weiblichen GIs. Und das zu einer Zeit, als in der BRD die Vorstellung, dass Frauen Dienst an der Waffe leisteten, vermutlich ausschließlich mit Pornos assoziiert wurde. Nach dem Ende von ›Tush‹ gab es vereinzeltes Klatschen. Aber wirklich nur vereinzelt. Ich sah fragend zu Keith, der mit den Schultern zuckte und zu unserem Bandleader Charlie sah, der hinter seinen Keyboards stand.

»Begrüß sie, Keith«, sagte er. »So wie man Kumpels begrüßt, die man schon lange nicht mehr gesehen hat. Erzähl ihnen, dass wir über 600 Kilometer gefahren sind, um heute Abend hier für sie zu spielen. Und dass wir glücklich sind, sie heute Abend unterhalten zu dürfen. Und erzähl von deiner Zeit bei der Army! Plapper einfach drauf los. Das kannst du doch!«

Und ob Keith das konnte. Sein Plappern ähnelte seinen Gitarrensoli: Kein Ende in Sicht. Keith war 1982 als GI aus den US of A nach Ramstein gekommen, war aber vor drei Jahren aus der *war machine* ausgestiegen und schlug sich seitdem als Musiker durch.

Keith sah fragend zu mir.

»Do it!«, sagte ich. Keith atmete tief durch, nahm einen Schluck aus seiner Whisky-Pulle, die auf seinem Marshall-Amp stand und wandte sich dann an die GIs. Nicht ohne vorher kurz auf seiner Fender Strat die amerikanische Nationalhymne anzustimmen. Wie Hendrix damals bei Woodstock. Klar. Dann erzählte er genau das, was Charlie ihm gesagt hatte. In *American English*, seiner Muttersprache. Er lachte und würzte seine Ansage mit ein paar schmutzigen Slang-Wörtern, die nur Amis verstehen konnten. Und er erzählte den GIs, dass auch er mal einer von ihnen gewesen war. Und dass er noch immer proud darüber sei, seinem country geserved zu haben. Gemurmel unter den Amis. Vereinzelt Pfeifen und Zustimmungsbekundungen.

»Lass uns ›Rebel Yell‹ vorziehen«, rief ich ihm zu.

Keith wandte sich an Charlie. »›Rebel Yell‹?«

Charlie nickte.

»Let's get the fucking cunts by the fucking balls, ay!«, brüllte Mo mit seinem Cockney-Akzent und zählte ein. Charlie und Keith starteten den Song. Als Mo und ich einstiegen, brach die Hölle los und die zweitausend GIs stürmten grölend in Richtung Bühne. Uns gefror das Blut in den Adern. Die wollten uns massakrieren! Nein, wollten sie nicht, sie wollten nur feiern. Zusammen mit uns. Was danach kam, war eine einzige, riesige Party für alle Beteiligten. Nicht zuletzt für uns, denn im Normalfall spielten wir in Ami-Clubs höchstens vor einer Handvoll Leuten. Das hier war ein unfassbares Highlight. Auch, wenn es extrem seltsam anmutete, dass alle die gleichen Army-Klamotten trugen. Aber Army und Individualität passten noch nie zusammen. Letztlich spielten wir fast drei Stunden ohne Pause, bevor uns der Manager des Zeltes und unser Ansprechpartner den Saft abdrehte. Weil: Sperrstunde. Morgen ging das Manöver weiter und die *soldier* mussten zurück in ihre Unterkünfte. Als wir am nächsten Tag gegen Nachmittag wieder im Festzelt auftauchten und uns erstmal einen nach nichts schmeckenden US-Kaffee reinpfiffen, erfuhren wir vom Manager, dass es gestern nach unserem Auftritt massig Schlägereinen gegeben hatte. Und Vergewaltigungen. Wir waren geschockt. Auch wenn das alles nicht im direkten Zusammenhang mit unserer Performance stand und wir nur unseren Job gemacht hatten, beschlossen wir, am zweiten Abend vermehrt ruhige Songs zu spielen. Für alle Fälle.

Der aktuelle Song meiner ehemaligen Clubband reißt mich aus meiner Erinnerung und schnürt mir die Kehle zu. ›Keep On Loving You‹ von REO Speedwagon.

And I meant every word I said
When I said that I love you
I meant that I love you forever

Habe ich das Aimee je gesagt? Oder immer nur gedacht?

Ich sehe zu ihr, versuche, Blickkontakt herzustellen. Irgendwann sieht sie in meine Richtung. Ich deute auf meinen leeren Jacky-Cola. Sie nickt und stellt mir kurz darauf ein volles Glas hin. Ich lächle sie an. Sie lächelt zurück.

Unverfänglich. Professionell.

Was habe ich erwartet? Ehrlich? Dass sie mich irgendwie ›wiedererkennt‹. Dass sie sich an das erinnert, was wir hatten. *Remember the future* und so. Was natürlich totaler Quatsch ist. Wie sollte man sich an etwas erinnern, das noch nicht stattgefunden hat?

Porty kommt zu mir. »Scheiß Band. Aber der Basser ist geil.«

Wir lachen. Er bestellt bei Aimee einen Wodka Lemon, während ich mich erinnere, dass ›Pfefferminz‹ im Set meiner alten Clubband wirklich erst als Zugabe kommt. Porty bekommt von Aimee sein Getränk hingestellt, wobei er kurz mit ihr quatscht.

»Du kennst die?«, frage ich danach und nicke in Richtung Aimee.

»Aimee? Klar«, sagt er. »Sängerin von ›Romeo's Delight‹. Die proben in Neunkirchen in der Rombach. Geile Sau. Aber ich bin geiler.« Er kichert. »Hab ihr grad erzählt, dass der Basser der scheiß Band jetzt bei uns mitmischt und seine beknackte Clubband demnächst verlässt. Sie war nicht wirklich beeindruckt. Tja. Typisch Aimee.«

Ich nippe an meinem Getränk. Mir war nicht bewusst, dass Porty sie kannte. Wie auch? Dieses Gespräch eben hat ja nicht Mike geführt, sondern sein älteres Ich aus der Zukunft und hat damals nicht stattgefunden. Hat Portys Gespräch mit Aimee damals stattgefunden? War meine neue Band bei dem Konzert anwesend? Ich bin ziemlich sicher, dass das nicht der Fall war. Aber ich kann mich auch täuschen. Erinnerungen können täuschen.

»Der Gitarrist von Aimees Band ist übrigens der Knaller«, sagt Porty und reißt mich aus meinen Gedanken. »Uwe. Den sollten wir bei Gelegenheit abwerben.«

»Du meinst, *ich* sollte den abzuwerben.«

»Gehört das nicht zu deinem Job?«

»Aber sowas von«, erwidere ich. »Und für Pete wäre ein zweiter Gitarrist okay?«

»Nein«, sagt Porty und lacht. »Aber für die Band wäre es okay.«

»Dann mach mich mit dieser Aimee bekannt und ich gebe alles.«

»Später. Willst du nicht zu uns kommen?« Er nickt zum Tisch, an dem meine alte Band sitzt.

»Nach dem Gig«, sage ich. Porty klopft mir auf die Schulter und geht zurück zu seinen Jungs, die damals auch meine Jungs waren. Meine Gemütslage schwankt zwischen Euphorie und Depression. Euphorie, weil: Aimee. Depression, weil: Aimee. Sie hat jetzt durch Porty die Info, dass Mike demnächst Teil der saarländischen Musikszene sein wird. Und sie wird dadurch bereit sein für ›Pfefferminz‹ und Mikes Solo-Performance. Ich befürchte, alles wird genauso passieren, wie es vor dreißig Jahren passiert ist.

Habe ich noch irgendeine Chance, dazwischenzugrätschen und den Ablauf des Abends und der Nacht zu verändern?

Meine ehemalige Clubband spielt gerade ›Radar Love‹. In der Kurzfassung. In deutschen Clubs muss man ja keine fünf Sets spielen, sondern nur eins, das knapp sechzig Minuten dauert. Plus Zugabe. Wie viel Zeit habe ich noch, bis ›Pfefferminz‹ kommt? Ich habe nicht die geringste Ahnung. Mich selbst im Alter von dreiundzwanzig auf der Bühne zu sehen, ist übrigens extrem verstörend. Mikes Bühnenpräsenz und seine musikalischen Fähigkeiten sind meiner Meinung nach noch ausbaufähig, aber seine charismatische Ausstrahlung und sein Selbstbewusstsein sind beeindruckend.

War ich damals wirklich so? Das Bild, das ich zu der Zeit von mir hatte, war ein anderes. Ich empfand mich weder als charismatisch noch war ich wirklich selbstbewusst. Eher unsicher. Und zweifelnd. An mir, meinem Talent, meinem Können. An allem. Aber seltsamerweise war ich auf der Bühne das genaue Gegenteil davon.

Ich brauche noch einen Drink. Den mir Aimee hinstellt, nachdem ich nonverbal auf mich aufmerksam gemacht habe. Und sie lächelt mich erneut kurz an, bevor sie sich wieder den anderen Gästen widmet. Das Set meiner alten Clubband rauscht an mir vorbei. Ich kenne noch jeden einzelnen Song und könnte diese im Schlaf spielen. Auch wenn diese Songs der Hauptgrund dafür waren, dass ich so dermaßen die Schnauze voll von Coversongs hatte. Ich wollte eine Band, die ausschließlich eigene Songs spielte. Auch wenn das bedeutete, dass ich kein regelmäßiges Einkommen mehr haben würde, da ich zu der Zeit ausschließlich von der Clubband lebte. Aber das war wir damals komplett egal. Ich war dreiundzwanzig, hatte das Leben noch vor mir und einen Traum. Und der hatte nichts mit Kohle und Absicherung zu tun. Ich wollte Rockstar werden und habe mir damals geschworen, dass ich als 40-Jähriger nicht auf irgendwelchen kleinen Bühnen stehen und Songs covern werde. So wie unser damaliger Bandchef und Keyboarder Charlie, der 1988 schon Ü40 war. Falls ich es in zehn Jahren nicht ›geschafft‹ haben sollte, würde ich alles hinwerfen und mein komplettes Musik-Equipment verkaufen.

Was ich 1998 dann auch getan habe.

Irgendwann bin ich so angetrunken, dass ich fast die »Zugabe!«-Rufe überhöre. Heißt: Jetzt kommt die erste und einzige Zugabe: ›Mit Pfefferminz bin ich dein Prinz‹.

Fuck.

Als die Band zurück auf die Bühne kommt, Mike sich die Strat von Keith schnappt und Keith sich meinen neuen Rickenbacker umschnallt, wird mir schlecht.

Ich muss Aimees volle Aufmerksamkeit bekommen.

Jetzt!

Ich trinke hektisch meinen Jacky-Cola aus und sehe zu ihr. Sie erwidert meinen Blick. Ich deute auf mein leeres Glas und lasse mich dann spontan vom Hocker kippen. Bekomme im Fallen noch halb mit, dass Aimee entsetzt in meine Richtung sieht.

Perfekt!

Im Gegensatz zu meinem Aufprall auf dem Boden. Mir wird kurz schwarz vor Augen. Die Schmerzen in meiner Schulter und der Hüfte sind, tja, unangenehm. Äußerst unangenehm.

Wie durch einen Schleier höre ich Mikes Stimme.

»Draußen ist es grau. Ich sitz mit dir hier, blau. Ob ich mir ein Küßchen klau? Lass das doch, du alte Sau!«

Ich schließe die Augen, könnte schreien vor Schmerzen. Was ich aber nicht tue. Natürlich nicht. Als ich die Augen öffne, ist Aimees Gesicht über mir. Ganz nah.

»Alles okay mit dir?«

Ihre wundervollen grünen Augen.

Ihre Stimme.

Die ich seit dreißig Jahren nicht mehr gehört habe.

Tief. Rauchig. Kratzig. Sexy.

Ich habe noch so viele Bilder von ihr im Kopf, aber nicht den Klang ihrer Stimme. Es gab damals keine Handys, keine Sprachnachrichten. Alles, was mir blieb, war ein Demotape ihrer Band. Aber ihre Singstimme ist eine andere als ihre Sprechstimme. Und die hatte ich komplett vergessen.

»Bist du verletzt?«

Ich schüttele den Kopf. Sie hilft mir hoch. Ich kann sie riechen. Ihr Parfüm. Ihr Haarspray. Auf einen Schlag ist alles wieder da. Als wäre es nie weg gewesen. Ein Trigger, der mich auch nach dreißig Jahren noch triggert. Ich weiß plötzlich wieder, wie sie küsst, knutscht, wie sich ihr Körper anfühlt, wie sie schmeckt, wie sie bläst, wie der Sex mit ihr ist, was sie denkt, fühlt, woran sie glaubt, wovor sie Angst hat, wovon sie träumt …

Sie hält mich mit einer Hand fest, während sie mit der anderen den Hocker wieder aufrichtet.

»Neger, die sind dunkel. Im Dunkeln lässt sich's munkeln. An der Macht, da sind die Weißen. Darauf reimt sich sch… sch… sch…«

»Geht's?«, fragt sie. Ich nicke und lasse mich von ihr auf den Hocker bugsieren. Sie sieht über die Schulter zur Bühne.

»Pippi ist kein Name. Und auch kein Getränk. Mancher muss schon rennen, wenn er nur an Pippi denkt!«

Sie wirkt überrascht. Elektrisiert.

Wie damals.

Der ältere Gast, der gerade mit seinem Barhocker umgekippt ist, ist vergessen. Sie ist bei Mike. Er hat ihre volle Aufmerksamkeit.

»Ich muss dann wieder«, sagt sie knapp und eilt zurück hinter den Tresen, als Porty bei mir auftaucht.

»Alles okay, Mann?«

»Besorg mir einen Whisky«, murmele ich. »Ohne Cola.«

»Geht klar.«

»Glaubst du an den lieben Gott? Oder an Guevara? Ich glaube an die Deutsche Bank, denn die zahlt aus in bar …«

Ich sehe zu Aimee, die zu Mike auf der Bühne sieht.

Sie grinst.

Das war's. Der Abend wird genauso ablaufen wie 1988. Die beiden werden sich nach dem Konzert in ihre eigene *bubble* hineinquatschen. In eine *bubble*, in der alles andere keine Rolle mehr spielt. Es geht nur um sie und ihn.

Und genauso kommt es. Mike setzt sich nach dem Gig an den Tresen und bestellt ein Bier. Und wird von Aimee angesprochen. Er wirkt überrascht, aber durchaus angetan. Aimee stellt Mike das Bier hin, kommt dann hinter dem Tresen hervor, setzt sich neben ihn und stößt mit ihm an.

Ich schließe die Augen. Fühle mich einsam, verloren, hilflos. Ich bestelle mir am Haupttresen einen Kaffee, wo ich auf Porty, Pete, Roland und Hannes treffe, die im Aufbruch begriffen sind. Porty zieht einen Schlüssel aus seiner Hosentasche und gibt ihn mir.

»Proberaumschlüssel«, erklärt er grinsend. »Falls du Bock hast, mal wieder ein bisschen Mucke zu machen.«

»Du kannst meinen Marshall benutzen, kein Problem«, sagt Pete.

Ich lächle bemüht, während ich den Schlüssel einstecke und »Danke« murmele. Als die Jungs weg sind, setze ich mich alleine an einen Tisch und trinke meinen Kaffee. Rauche. Denke nach. Hadere. Grübele. Soll ich trotz allem versuchen, mich einzumischen und Aimees und Mikes *magic moment pt. 1* zu, tja, sabotieren?

Egal, einen Versuch ist es wert.

Ich trinke meinen Kaffee aus und gehe rüber zur Konzertlocation. Mike sitzt immer noch neben Aimee am Tresen. Inzwischen trinken beide Wein. Die Anlage meiner alten Clubband ist abgebaut und die beiden sind die Einzigen, die noch am Start sind.

»Hey, Manager«, sagt er, als er mich entdeckt.

Ich warte darauf, dass er sagt: »Setz dich doch zu uns.« Sagt er aber nicht. Natürlich nicht. Hätte ich damals auch nicht gesagt. Selbst wenn wir einen Manager gehabt hätten. Aimee scheint überrascht zu sein, dass es sich bei dem Manager von Mikes Band um den alten Mann handelt, der während des Konzerts im Suff vom Hocker gekippt ist.

»Ich wollte mich nur verabschieden«, murmele ich.

»Ich muss dir noch kurz Aimee vorstellen«, sagt Mike. »Sie ist Sängerin einer Rockband aus Neunkirchen.«

»Romeo's Delight«, erklärt Aimee.

»Und sie suchen auch noch einen Manager«, sagt Mike. »Hast du zufällig noch Kapazitäten frei?«

»Klar«, erwidere ich. »Hi, Aimee. Michael.«

»Hi, Michael«, sagt sie. »Falls du Bock und Zeit hast, komm doch mal in der Rombach in Neunkirchen vorbei.« Sie zückt ihre Visitenkarte und gibt sie mir. Lächelt dabei. Ein Lächeln, das mich zerreißt. Weil: Es ist nichts weiter als ein unverfängliches Lächeln. Ein professionelles Lächeln. Kein Lächeln mit dem Versprechen auf ›mehr‹. Mir wird klar, dass es heute Nacht keinen Platz für mich in Mike und Aimees *bubble* geben wird. Auch nicht durch Sabotage. Diese Nacht gehört alleine den beiden.

»Klar, warum nicht?«, erwidere ich so sachlich wie möglich und stecke die Visitenkarte ein. »Schönen Abend noch«, sage ich mit einem Kloß im Hals und wende mich ab. Bekomme noch mit, dass Mike und Aimee sofort wieder weiterquatschen.

Ich fahre frustriert, niedergeschlagen, desillusioniert und angetrunken zurück in mein Hotel. In meinem Kopf nur ein Gedanke: Es wird alles genau so passieren, wie es damals passiert ist. Und ich konnte es nicht verhindern. Weil: Damals ist jetzt und jetzt ist Mike am Start. Ich bin nichts weiter als ein Relikt aus der Zukunft. Ein Geist. Ein Phantom. Gestrandet in einer Welt, die mir fremd ist, auch wenn sie vor dreißig Jahren meine Welt war. Jetzt ist sie nichts weiter als *terra incognita*.

Ein Gefühl der Sinnlosigkeit macht sich in mir breit, so intensiv, dass es mich zu zerreißen droht. Ich bekämpfe es auf meinem Hotelzimmer mit weiteren Whiskys, meiner neuen Gibson Les Paul und dem TASCAM-4-Spur-Taperecorder. Und natürlich mit meinem Bass von damals, den mir Mike ausgeliehen hat.

Als die Sonne aufgeht, habe ich an die fünf Tracks aufgenommen und kann mich nicht mehr erinnern, welcher Tag heute ist, wer ich bin und schon gar nicht, wo ich bin.

Was nicht das Schlechteste ist.

17
Born to be a Rockstar

Ich lehne rauchend gegen die Motorhaube des Benz, der auf dem Parkplatz der Rombach steht, einem Proberaumkomplex in den *outskirts* von Neunkirchen, und warte. Auf Aimee. Keine Ahnung, ob sie heute mit ihrer Band probt, aber davon gehe ich aus. Auch wenn es Sonntagnachmittag ist. Damals spielten Wochentage keine Rolle, wenn es darum ging, zu proben. Es gibt keinen anderen Weg, um als Band zusammenzuwachsen. Und natürlich live spielen. Soweit ich mich erinnere, habe ich mit SHE jeden Tag geprobt, an dem ich keinen Gig mit meiner Coverband hatte. Und dass heute Bands in dem Gebäude, einer ehemaligen Lagerhalle, proben, ist nicht zu überhören. Mindestens vier. Die Kakophonie der Rhythmen und Melodien in Verbindung mit der Lautstärke ist der blanke Horror. Wobei ich mich frage, wie laut es erst in den Proberäumen sein muss. Aber damals war Lautstärke ein Muss. Je lauter, desto geiler. Niemand trug Ohrstöpsel oder machte sich Sorgen um sein Gehör. Ich auch nicht. Und bezahlte das mit drei Hörstürzen und einem Tinnitus, der seit 1996 Teil meines Lebens ist. Das Fiepen, Rauschen, Zirpen und Zischen ist seitdem mein ständiger Begleiter und manchmal mehr, manchmal weniger stressig. Ich habe mich über die Jahre damit arrangiert. Blieb mir ja auch nichts anderes übrig. Trotzdem wünschte ich mir, ich hätte damals diesbezüglich ein bisschen besser auf mich aufgepasst. Weil: Ein Tinnitus ist nicht heilbar. Wenn Gehör futsch, dann richtig futsch. Forever.

Die Nacht war die Hölle. Albträume im Breitwandformat. Ich wachte erst gegen Mittag auf und mir war kotzübel. Beim ersten Kaffee hörte ich mir die 4-Spur-Aufnahmen von gestern Nacht an und löschte alle Tracks. Die Ideen waren ganz nett, aber die musikalische Umsetzung unter aller Sau. Ich habe nicht mehr annähernd die musikalischen Fähigkeiten, die ich 1988 hatte. Und schon gar nicht, wenn ich besoffen bin.

Nach dem rudimentären Frühstück – Kaffee, Kippen, Kaffee – schnappte ich mir meinen Kalender von 1988. Weil: Ich glaubte, mich zu erinnern, dass Mike heute wegen eines Gigs auf dem Weg nach Nürnberg ist. Und ich erinnerte mich richtig. Ab Montag hat seine Band dann ein mehrtägiges Engagement im ›Topper Club‹ auf der Rhein-Main Air Base in Frankfurt. Heißt: Er ist erstmal raus. Und ich bin am Drücker. Sowas Ähnliches wie ein Lächeln umspielte meine Lippen, denn mir war klar, wie ich die Zeit während seiner Abwesenheit nutzen würde.

Ich stecke mir eine neue Kippe an, als sich die Tür der Rombach öffnet und Aimee rauskommt. In ihrem Schlepptau: Die Musiker ihrer Band.

»Der Herr Manager«, sagt sie lächelnd, als sie mich entdeckt und auf mich zukommt. Mein Herz rast. Ihre Jungs bleiben am Eingang der Rombach stehen, stecken sich Kippen an, öffnen Biere und beäugen mich und Aimee misstrauisch. Vor allem der kurzhaarige Keyboarder, dessen Namen ich vergessen habe. An die Namen der anderen – langhaarigen – Musiker erinnere ich mich noch, auch wenn Aimee mir sie damals nicht persönlich vorgestellt hatte. Man lernte sich damals auch so in den Metal- und Rockclubs der Umgebung kennen. Wo ebenjener kurzhaarige Keyboarder aber niemals präsent war.

»Hey«, sage ich so locker wie möglich. Das Bedürfnis, sie zu fragen, wie ihre Nacht war, ist übermächtig, aber das kann ich nicht fragen. Wir kennen uns ja nicht. Auch wenn ich sie kenne.

»Spät geworden gestern?«, frage ich stattdessen.

»Ja, ziemlich«, erwidert sie. »Aber alles gut. Wir sind schon seit zwei Stunden am Start. Muss ja. Von nichts kommt ja bekanntlich nichts.«

»That's right«, erwidere ich lächelnd. Sie hatte damals die gleiche Einstellung wie ich bezüglich unseres Jobs, war genauso ehrgeizig und zielgerichtet wie ich. Wenn nicht sogar ein bisschen extremer. Und gnadenloser. Wer eine Nacht durchfeiern konnte, konnte am nächsten Tag auch proben. Was sie tat. Auch wenn mir mit dem Abstand von dreißig Jahren klar ist, dass Party machen und Nächte durchfeiern sich nicht gerade positiv auf ihr Instrument, ihre Stimme, auswirken wird. Bassisten, Gitarristen, Keyboarder und Drummer haben es da definitiv einfacher.

Plötzlich taucht der Keyboarder neben uns auf.

»Wer ist der Kerl?«, fragt er seine Sängerin, ohne mich anzusehen.

»Er managt seit kurzem Portys neue Band«, erklärt Aimee.

»Ah, ja?«, murmelt der Keyboarder und mustert mich abschätzig. »Du bist wer genau?«

»Michael Wagner. Hi.«

»Nie gehört. Es sei denn, du bist der Michael Wagner. Was ich aber bezweifle.«

»*Der* Michael Wagner schreibt sich *Wagener*«, korrigiere ich.

Der Keyboarder sieht zu Aimee, die mit den Schultern zuckt.

»Und du bist?«, frage ich den Keyboarder.

»Gregor Becker.«

»Nie gehört«, erwidere ich. »Du bist aber nicht zufällig der Sohn von Heinz Becker, oder?«

Aimee kichert, was Gregor gar nicht gefällt.

»Ich erklär euch gleich alles«, sagt sie zu ihm. »Gebt mir fünf Minuten.«

Gregor wirkt nicht begeistert, trollt sich dann aber und geht mit der Band zurück in die Rombach.

»Dein Lover?«, frage ich.

Aimee lacht. »First of all he's my keyboard player«, erwidert sie in perfektem *American English.* Klar, sie ist die Tochter eines Amis und einer Deutschen. Mehr weiß ich nicht über ihre backstory. Irgendwie spielte das damals auch keine Rolle. Alles, was zählte, war die Gegenwart.

»Und jetzt kommt wohl die Frage, warum ich hier bin …«, sage ich.

»Yes, Sir.«

Ich bin kurz davor, mich ganz weit aus dem Fenster zu lehnen, was mir bewusst ist. Aber es fühlt sich richtig an, weshalb ich mich rauslehne.

»Ich habe noch nicht einen Ton von euch gehört, habe nicht die geringste Ahnung, ob du und deine Jungs gut oder scheiße seid, weiß nicht, wie deine Stimme klingt und ob ihr geile Songs am Start und Potential habt. Und ob ihr das alles wirklich wollt: Erfolgreich werden. Aber das spielt auch erstmal nicht die geringste Rolle. Du bist charismatisch, hast eine super positive Ausstrahlung, kannst Leute von dir begeistern, hast etwas, was nur ganz wenige Sängerinnen haben: Das gewisse Etwas. Einen Wiedererkennungswert als Künstlerin. Und das ist das A und O in unserer Branche.«

War das zu dick aufgetragen? Wenn ich Aimees Grinsen richtig deute, war es das nicht.

»Wow. Okay. Thanks. Und jetzt? Willst du unser Set hören?«

»Yes, ma'am. Wobei mir drei, vier Song reichen. Eigene Songs. Keine Cover.«

»Wir haben keine Coversongs im Programm«, erwidert sie. »Hatten wir nie.«

»Perfekt.«

Sie mustert mich nachdenklich. »Das alles kommt jetzt ein bisschen überraschend …«

»Life is what happens while you're busy making other plans«, zitiere ich John Lennon.

»Okay. All good. Ich check das mit den Jungs.«

»Kein Stress«, meine ich. »Ich habe alle Zeit der Welt.«

Was natürlich eine Lüge ist. Ich habe nur knapp vier Monate.

»Bin gleich wieder bei dir.« Sie wendet sich ab und geht auf den Eingang der Rombach zu.

Ich schnappe nach Luft. Nicht nur wegen Aimee. Zu einem großen Teil auch, weil ich bluffe. Ich habe nichts. Keinen Namen, keine Reputation, keine Connections. Ich bin ein *fake*. Was mir aber gerade komplett egal ist. Ich muss alles versuchen, Aimee von mir zu überzeugen. Mit allen Mitteln. Ob fair oder unfair. Ich will sie. Und ich will, dass sie lebt. Und mich liebt. Erneut.

Keine Zigarettenlänge später taucht sie wieder auf.

»Wir spielen dir vier Songs vor, okay?«

Ich nicke.

»Aber vorher würden die Jungs und ich gerne wissen, wer genau du bist und was du früher gemacht hast und so.«

»Kein Problem«, erwidere ich und folge Aimee in den Proberaumkomplex. Der Raum der Band ist der zweite rechts. Aimee hält mir die Tür auf.

»Alter vor Schönheit«, sagt sie grinsend.

Bin ich angespannt? Ja, klar. Auch wenn meine Legende mit Berlin, London, Don Arden, Sabbath und allem steht und ich diese inzwischen sogar noch ein bisschen ausgeschmückt und ergänzt habe. Aber meine Sorgen erweisen sich als unbegründet. Die Jungs sind neugierig und interessiert an mir und fragen mich aus.

Nur Gregor nicht.

Der mustert mich abweisend und lächelt nicht mal, während sich der Rest der Band über meine Anekdoten aus meiner Zeit in London amüsiert. Also meiner behaupteten Zeit in London.

Irgendwann spüre ich, dass ich die Band auf meiner Seite habe.

Bis auf einen.

Ich greife mir einen Stuhl und will, dass sie mir die vier Songs vorspielen. Ich setze mich und höre zu, während sie loslegen. Wobei ich versuche, nicht allzu offensichtlich auf Aimee zu starren, die großartig ist.

Born to be a rockstar.

Die Songs sind sehr, tja, keyboardlastig, was daran liegen könnte, dass der Keyboarder sie geschrieben hat. Er scheint sowas wie der Bandboss zu sein. Wobei ich damals immer dachte, das sei Aimee. Die Songs schwanken zwischen AOR und, tja, AOR. Auch wenn Uwe, der Gitarrist, ein ziemlich hartes Metal-Brett spielt und wirklich perfekt zu SHE passen würde, wie Porty gestern Nacht ja schon andeutete. Nach den vier Songs applaudiere ich und frage dann, wer mein Ansprechpartner bezüglich Business-Entscheidungen ist.

Aimee und Gregor sagen gleichzeitig »Ich«.

O Mann.

Ich gehe mit den beiden nach draußen. Mache ihnen den Vorschlag, uns morgen zum Abendessen zu treffen und alles in Ruhe zu besprechen. Wobei der eigentliche Plan war, ein Abendessen alleine mit Aimee abzugreifen.

»Wir suchen das Restaurant aus und du zahlst«, sagt Gregor.

Mein Bedürfnis, ihm eine reinzuhauen, ist übermächtig, aber ich habe noch nie in meinem Leben irgendjemandem eine reingehauen, weshalb ich einfach nur nicke.

»Aimee oder ich rufen dich an«, fährt er fort. »Hast du eine Visitenkarte?«

Fuck.

To-do-Liste: Visitenkarten in Auftrag geben.

»Aktuell nicht«, erwidere ich. »Alle weg.«

»Scheinst ja ziemlich viel zu checken gerade.«

»Zu checken ist mein Job«, sage ich. »Zettel? Stift?«

Aimee zieht ein kleines Notizbuch aus ihrer hinteren Hosentasche und reißt eine Seite raus. Das Notizbuch mit ihren Textideen, erinnere ich mich. Das hatte sie immer dabei. Ebenso wie einen Kugelschreiber.

»Merci«, murmele ich, schreibe die Nummer meines Hotels auf und gebe ihr den Zettel zurück. Gregor versucht, ihn sich zu greifen, doch Aimee lässt den Zettel in ihrer Hosentasche verschwinden.

»Stress dich nicht, Greg«, sagt sie kühl. »Ich kümmere mich darum.«

Gregor wirkt angepisst, macht auf dem Absatz kehrt und verschwindet in der Rombach. Ohne sich von mir zu verabschieden.

»Er ist manchmal ein bisschen … eigen«, erklärt Aimee schulterzuckend.

»Du meinst übermotiviert?«

»Oder so. Aber eigentlich ist er ein netter Kerl. Und ein großartiger Keyboarder und Songschreiber.«

Und gut im Bett?, will ich nachhaken, verkneife es mir aber.

»Okay, dann bis morgen«, sage ich stattdessen. »Du meldest dich?«

Sie nickt.

»Wenn ich nicht da bin, hinterlasse eine Nachricht bei der Rezeption.«

»Du wohnst im Hotel?«

»Erstmal ja. Das alles war so nicht geplant. Aber jetzt ist es, wie es ist. In meinem Job muss man flexibel sein.«

»Alright«, sagt sie. »Dann bis morgen.«

»Bis morgen.«

Sie wendet sich ab und geht zurück in den Proberaumkomplex.

Ich sehe ihr hinterher. Sie ist real. Sie ist wirklich real.

Ich brauche einen Drink.

Auch wenn ich vermutlich noch massig Alkohol im Blut habe.

* * *

Es ist Spätnachmittag und ich sitze an der Bar meines Hotels und pfeife mir ein Bier rein. Normalerweise wäre das die Zeit für mein Mittagsschläfchen, aber seit meiner Rückkehr hat es keins mehr gegeben. Ich habe ein neues Leben, ob ich will oder nicht. Und nein, ich will das alles immer noch nicht. Ich vermisse mein altes Leben. Meinen klar strukturierten Alltag, meine Katzen, meine Freunde, meinen Job, Diana, das Internet, mein Zuhause in Lichtenrade. Das hier ist nicht mein Leben. Ich lüge, bluffe, manipuliere. Und ich missbrauche Aimee und Mike. Ich spiele mit ihren Träumen. Ich benutze sie. Für meine Zwecke. Ich spiele Gott. Ist das wirklich der Weg, um Aimee zu retten? Oder will ich sie einfach nur ›zurück‹? Aus rein egoistischen Beweggründen. Muss ich wirklich alle verarschen, belügen und betrügen, um mein Ziel zu erreichen?

Vielleicht. Eventuell. Aber wenn ich ehrlich bin, habe ich nicht den geringsten Plan, was ich tun soll und ob ich durch irgendetwas den Lauf der Ereignisse ändern kann.

Ich bestelle mir ein weiteres Bier bei der sehr netten und hübschen Bedienung hinterm Tresen. Sie ist geschätzte Mitte zwanzig, hat blonde Haare, die sie aktuell zu einem Pferdeschwanz gebunden hat und ein bezauberndes Lächeln. Und: Sie hat einen osteuropäischen Akzent, den ich mehr als nur ein bisschen, tja, geil finde. Sie heißt Majka, wie ich gestern Nachmittag erfahren habe, als ich einen Milchkaffee bei ihr bestellte. Als sie mir das frisch gezapfte Bier hinstellt, lächelt sie mich an. Ich bin aktuell der einzige Gast am Tresen und beschließe, sie anzuquatschen. Anquatschen kann ich, das habe ich während meiner Zeit als Musiker gelernt. Eine Fähigkeit, die man auch im Alter nicht verliert. Sie wirkt aufgeschlossen, lässt sich auf ein Gespräch ein. Lacht über meine blöden Sprüche. Lässt sich von mir Feuer geben. Berührt dabei meine Hand. Bewusst. Was aber wie beiläufig wirkt. Die hohe Kunst des Flirtens. Ich überlege, sie zu fragen, wann sie Feierabend hat, und sie dann irgendwo zum Abendessen einzuladen, entscheide mich aber dagegen. Das ist sinnlos. Eine andere Mittzwanzigerin hat sich in meinen Kopf und meinem Herzen breitgemacht.

Zum zweiten Mal.

Dreißig Jahre später.

* * *

Ich esse alleine zu Abend. In einem Restaurant um die Ecke des Hotels. In meiner ehemaligen Zeitschiene habe ich regelmäßig alleine auswärts gegessen. Und dabei ein Buch gelesen. Doch in dieser Zeitschiene habe ich keine Bücher. Außer den E-Books auf dem iPad. Aber das ist keine Alternative zu richtigen Büchern. Zumal ich nicht einfach so das iPad auf den Tisch eines Restaurants packen könnte, ohne die *question from hell* beantworten zu müssen. Ich muss mir einen Buchladen suchen. Dringend. Wobei die Chance, dass ich Bücher finde, die ich 1988 noch nicht gelesen habe, eher gering ist. Egal, dann vielleicht endlich mal die Klassiker, die schon ewig auf meiner Liste stehen. ›Ulysses‹, ›Das Schloß‹, ›Krieg und Frieden‹. Alle drei stehen bei mir in Lichtenrade im Bücherregal. Und bei allen kam ich beim ersten Versuch nicht wirklich weit. Des Weiteren muss ich herausfinden, wer für die Proteste gegen den Flugtag verantwortlich ist. Die ›Rheinpfalz‹ sollte das eigentlich wissen. Und wo die ihren Sitz hat, weiß ich noch, da ich 1985 dort für drei Monate ein Praktikum absolviert hatte, während dem ich nur einen Artikel schreiben durfte. Einen kurzen. Einen sehr kurzen. Über die Jahreshauptversammlung des Hasenzüchtervereins Kaiserslautern, die im Jugendzentrum Kaiserslautern stattfand. Zum Glück für mich – und den Rest der Welt – blieb es bei dem Praktikum und ich hatte danach nie wieder das Bedürfnis, Journalist zu werden.

Nach dem Essen zücke ich so unauffällig wie möglich mein iPhone und lese ein E-Book. ›Der Exorzist‹. Kann mich nicht darauf konzentrieren und checke meine Bibliothek. In der sich natürlich auch meine vier Romane befinden. Ich frage mich, ob die eventuell auch schon 1988 funktionieren könnten. Oder andersrum: Sollte ich die vielleicht einem Verlag anbieten? Einfach aus dem Grund, dass ich dann wieder so etwas wie ein Ziel hätte. Ein konkretes Ziel. Und kein abstraktes Ziel, wie den Flugtag zu verhindern und Aimee vor dem Tod zu retten.

Als der Kellner mit der Rechnung und einem Grappa an meinem Tisch auftaucht, lasse ich das iPhone rasch in meiner Hosentasche verschwinden. Ich zahle und mache mich auf den Weg zurück ins Hotel. Hoffe, dass Majka noch hinterm Tresen der Bar am Start ist und sie mir ein Lächeln schenkt. Und einen Absacker eingießt. Das wäre ein halbwegs versöhnlicher Abschluss dieses seltsamen Tages im Jahre des Herrn 1988.

Ist aber nichts mit einem Lächeln von Majka, weil: Sie hat offensichtlich schon Feierabend. Den Absacker nehme ich alleine auf dem Balkon meines Zimmers ein.

Fick dich, 1988.

Damals warst du ein magisches Jahr.

Jedenfalls bis zum 28. August.

18
My Libido

Ich habe meine Paula in den Marshall-Amp von Pete eingestöpselt und spiele mit seinen Bodeneffekt-Geräten – damals ›Tretminen‹ genannt – von BOSS herum. Echo, Hall, Distortion, Digital Delay. Nach einer halben Stunde bin ich genervt. Das alles ist nicht meine Welt. Ich brauche nur ein Effektgerät: Distortion. So wie Kurt Cobain. Strophe clean, Chorus fette Verzerrung und massig Lautstärke.

Ich spiele das Riff von ›Smells Like Teen Spirit‹. Clean. Dann trete ich die, tja, Tretmine und alles explodiert. Ich grinse. So muss das klingen. Ich versuche, mich zu erinnern, wie der Song weiterging. Cleane Strophe. Nur zwei Gitarrentöne. Der Rest erledigt der Bass zusammen mit den Drums. Und natürlich der Gesang von Kurt. Der an seinem Erfolg zerbrochen ist. Was ich nie verstanden habe. Damals war Erfolg alles für uns. Wir hätten unsere Seelen verkauft, um so erfolgreich zu sein, wie Nirvana es wurden. 1988 konnte niemand ahnen, was knapp drei Jahre später mit der Musiklandschaft passieren wird. Grund dafür war ›Smells Like Teen Spirit‹. Grunge, Alternative Rock, Brit Pop, Indie Rock, Rap Metal und Crossover hatten in den 90ern alle anderen Spielarten des Rock gekillt. Hard Rock, Heavy Metal, AOR, Thrash Metal, Progressive Metal. Und damit natürlich alle unsere Helden der Achtziger.

›Nevermind‹ erschien im September 1991. Zu der Zeit lebte ich seit über einem Jahr in Berlin und hatte gerade meine neue Band gefunden, meinen neuen *Tribe*. AOR war für mich langweilig und ›auserzählt‹. Ich war voll auf dem Rotz-Rock-Trip. Dreckig, räudig, punkig, hart und schnell. Aber: Immer mit Songs und Melodien. Zum ersten Mal hörte ich ›Smells Like Teen Spirit‹ in dem Plattenladen, in dem ich zu der Zeit arbeitete. ›City Music‹ am Ku'damm, den es 2018 schon länger nicht mehr gab. Wie so vieles aus den 90er Jahren. Ich erinnere mich an den Moment, als meine Kollegin Heike die Nirvana-CD in den Player schob und aufdrehte. ›Smells Like Teen Spirit‹ war nicht weniger als eine Offenbarung. Das war die Zukunft des Rock'n'Roll. Und von einem Moment auf den anderen plötzlich auch die Gegenwart. Der Song war episch, einzigartig, genial. Anders als alles, was ich bis dahin gehört hatte. Und der Sänger war unfassbar. Heike und ich besorgten uns daraufhin am nächsten Tag Tickets für das Nirvana-Konzert im LOFT am Nollendorfplatz im November. Was eine gute Idee war, denn ein paar Tage später war das Konzert ausverkauft. In der Rückschau war es einfach nur heiß, eng, stickig und laut. Und Kurt Cobain wandte sich nicht einmal ans Publikum, sondern rotzte permanent auf seine Monitorbox. Wirkte komplett angepisst. Was ich nie verstanden habe. Das ist es doch, worum es geht: Aufmerksamkeit als Band zu bekommen, Platten zu verkaufen, ausverkaufte Konzerte zu spielen. Erst viel später habe ich verstanden, dass es für Kurt und Nirvana eben nicht darum ging. Sie waren eine Indie-Punk-Band und wurden von dem unfassbaren Erfolg überrollt und zerquetscht. Darauf konnte man sich nicht vorbereiten, das alles ging viel zu schnell und war drei Jahre später durch den Selbstmord von Cobain schon wieder vorbei.

Ich stelle mich vor den Mikroständer und singe drauf los. Versuche, mich an den Text der Strophe zu erinnern. Irgendwas mit *guns* und *bring your friends*, *pretend* und *self assured*. Egal. Die Melodie habe ich im Kopf, den Text kann ich improvisieren, wäre ja nicht das erste Mal. Aber die Strophe ohne Bass und Drums, nur mit diesen zwei Gitarrentönen zu singen, ist unmöglich. Weil: Die Gesangsmelodie folgt dem Bass, wohingegen die Gitarre immer nur die gleichen zwei Töne spielt. Auch im Pre-Chorus. Wenn auch rhythmisch variiert. Und an den Text des Pre-Chorus erinnere ich mich natürlich. Wer nicht?

Tja, vermutlich Menschen aus 1988.

Hello, hello, hello, how low.

Ich verliere mich so dermaßen in der Lautstärke des Marshall-Amps, im Riff des Chorus und meinem Gekrächze, dass ich gar nicht mitbekomme, dass Porty, Roland und Pete hinter mir stehen. Ich erschrecke mich und drehe den Lautstärke-Poti der Paula auf null.

»Oha …«, murmele ich. »Habe euch gar nicht gehört.«

»Kein Wunder, bei der Lautstärke«, sagt Porty amüsiert. »Da ist Pete ja der reinste Chorknabe gegen.«

Ich lächle bemüht.

»Du kannst ja richtig brüllen«, sagt Hannes überrascht.

»Krächzen trifft es wohl eher«, erwidere ich.

»Was war das für ein Song?«, fragt Pete. »Das Riff ist doch ›More Than a Feeling‹ von Boston, oder?«

»Nee. Das geht so …« Ich spiele das Riff von Boston an. »Ähnlich vom Rhythmus, das stimmt. Aber das hier ist was völlig anderes. Was ich gespielt habe, ist von …«

Ich breche ab. Weil: Dünnes Eis. Sehr dünnes Eis. Wie sollte ich den Jungs erklären, dass der Song drei Jahre später alles verändert und unsere musikalischen Helden gekillt hat?

»Ja?«, hakt Pete nach.

Ich räuspere mich. »Der Song ist von mir.«

»Echt? Okay. Wow. Wie heißt der?«

»›Smells Like Teen Spirit‹«, murmele ich.

»Was?«

»›Teen Spirit‹ ist ein Parfüm«, erkläre ich. »Amis lieben das.«

»Nie gehört«, sagt Hannes.

»Kein Wunder. Das Parfüm gibt es in Deutschland nicht«, erkläre ich.

»Aber bestimmt auf der Ramstein Air Base«, sagt Porty.

»Die Air Base ist nicht Deutschland«, sage ich.

»Hattest du mal 'ne Amifreundin, oder wie kamst du da drauf?«, fragt Roland.

»Hatte ich«, murmele ich. Die wahre Geschichte hinter dem Titel des Songs: Eine Freundin von Kurt Cobain hatte irgendwann mal gegenüber einer Freundin erwähnt, dass Kurt wie ›Teen Spirit‹ riechen würde.

Kurt smells like teen spirit.

Und Kurt hatte das mitbekommen und abgespeichert. *Simple as that.*

»Spiel nochmal«, sagt Porty.

Ich spiele das verzerrte Riff des Chorus erneut und krächze dazu ins Mikro.

»Geiler Scheiß!«, sagt Porty danach. »Vor allem die Zeile mit Mulatto und Albino. Falls ich das richtig verstanden habe …«

Ich zucke mit den Schultern. »Wortspielfickereien.«

»Und danach?«

»Noch mehr Wortspielfickereien: A Mosquito, my Libido …«

Porty lacht. »Macht echt null Sinn, klingt aber geil.«

Ich lächle bemüht.

»So richtig Metal ist das aber nicht«, sagt Pete.

»Das ist korrekt«, erwidere ich. »Metal überlassen wir Bonfire und Axxis.«

»Bonfire kenne ich«, sagt Pete. »Aber wer ist Axxis?«

Fuck.

Deren Debütalbum erscheint vermutlich erst 1989.

»Fiktive Band, die ich gerade erfunden habe«, erkläre ich.

»Geiler Bandname. Aber nur, wenn er mit zwei x geschrieben ist«, sagt Pete und lacht.

Puh.

»Schreib mal den Text auf«, sagt Porty. »Dann versuch ich, den zu singen.«

»Und zeig mir das Riff«, sagt Pete.

Mir wird heiß und kalt. Das fühlt sich ungut an. Ich kann doch nicht Nirvanas Welthit, tja, klauen. Auf der anderen Seite: Warum sollte ich den Song nicht mit meiner alten Band spielen? Es ist nur ein Song. Auch wenn ich den als meinen ausgegeben habe. Niemand wird irgendwas davon mitbekommen. Außer meiner alten Band.

Ich schreibe Porty die Lyrics des Refrains auf. Bei den Strophen muss ich wieder mal improvisieren, da ich mich nicht erinnere. Nirvana waren nie wirklich ›meine‹ Band. Also im Sinne von, dass ich mich näher mit den Lyrics beschäftigt hätte. Im Gegensatz zu Rush. Porty zieht sich mit dem Textblatt auf die Couch neben dem Eingang zurück, während ich Pete den Song erkläre.

»F, Bb, Gis, Cis. Das ist das Hauptriff. Im Intro clean und im Chorus dann fett verzerrt. In der Strophe dann das das hier. Auch clean.« Ich spiele die zwei Töne der Strophe. »C und F, hohe E- und H-Saite, erster Bund. Bisschen Chorus und Flanger drauf – fertig.«

Pete starrt mich fassungslos an. »Zwei Töne? What the fuck?«

»Weniger ist mehr«, erwidere ich schulterzuckend. »Der Bass ist in diesem Fall der Star.«

»Der Bass ist nie der Star«, erwidert Pete. »Es sei denn, es handelt sich um John Entwistle, Jaco Pastorius, Chris Squire, Geddy Lee oder Billy Sheehan. Oder um Lemmy.«

»Du hast Mike vergessen«, sagt Roland.

Wir lachen.

»Im Pre-Chorus dann so …« Ich zeige es ihm. Pete öffnet seinen Gitarrenkoffer, holt seine rote Kramer raus und stöpselt sie in den Marschall, während sich Roland hinters Schlagzeug setzt.

»Schnapp dir den Bass, alter Mann.«

»Hab keinen am Start.«

»Mike hat noch einen gebunkert. Für alle Fälle«, sagt Pete,

holt einen Basskoffer hinter Mikes Bass-Anlage hervor und öffnet ihn. Darin: Mein allererster Bass. Ein billiger Squier Precision in Schwarz mit weißem Schlagbrett. Ich schnappe nach Luft.

»Kommste damit klar?«, fragt Pete.

Wenn ich nicht mit meinem allerersten Bass klarkomme, dann komme ich vermutlich mit gar nichts klar. Ich schnalle mir den Squier um. Erkläre den Jungs dann den Aufbau des Songs und versuche, Roland beizubringen, wie man wie Dave Grohl spielt. Wobei ich den Namen natürlich nicht erwähne. Und selbst, wenn ich ihn erwähnen würde, könnte Roland damit nichts anfangen, weshalb meine Formulierung lautet: Straight, ohne Schnörkel, groovy, heavy, hart. Beim ersten Durchgang kommen wir nur bis zum Chorus, da mir plötzlich einfällt, dass danach ja zweimal der kurze ›Ey!‹-Teil kommt. Und der hat andere Akkorde. An die ich mich erst wieder erinnern muss.

»An der Stelle kommt jetzt ein kurzer anderer Teil«, sage ich. »Den habe ich aber noch nicht wirklich fertig. Gebt mir zehn Minuten, okay?«

»Nur keinen Stress«, sagt Porty, während ich mir Mikes Ovation schnappe, nach draußen gehe und mich auf die Bank vor dem Proberaum setze. Blauer Himmel. Fast schon T-Shirt-Wetter. April 1988. Was immer noch komplett surreal ist. Die Jungs drinnen proben weiter den Song. Na ja, jedenfalls den Anfang. Und ich muss versuchen, mich auf den verdammten ›Ey!‹-Teil zu konzentrieren. Problem: Ich habe mit keiner meiner Bands den Song jemals gecovert. Das hier ist ein kompletter Blindflug. Während ich irgendwann die Melodie des ›Ey!‹-Teils wieder im Kopf habe, versuche ich krampfhaft, die richtigen Akkorde dafür zu finden. Die Jungs, die im Proberaum in ohrenbetäubender Lautstärke Gas geben, sind dabei nicht wirklich hilfreich. Ich nehme die Ovation mit um die Ecke und setze mich auf die Stufen des ›Opossum‹. Die Jungs sind jetzt kaum noch zu hören. Während ich fast schon panisch versuche, die richtigen Akkorde für den fehlenden Teil zu finden, schießt mir ein krasser Gedanke durch den Kopf: Könnte ich vielleicht nicht nur Aimees Tod und den Flugtag verhindern, sondern auch den Selbstmord von Kurt Cobain? Indem ich ihm den Song seines Lebens klaue. Weil: Nirvanas Megahit wird schon 1988 durch eine andere Band veröffentlicht. Nirvana bleiben daraufhin eine Underground-Indie-Punk-Rock-Band. Kurt Cobain wird aufgrund des ausbleibenden Erfolgs nicht Selbstmord begehen. Wobei zu bedenken wäre, ob Nirvana den Song eventuell nicht so oder so schreiben und 1991 veröffentlichen würden. Nein, würden sie nicht. Nicht, wenn der schon drei Jahre früher von einer saarländischen Band namens SHE veröffentlicht wurde. Unter der Prämisse natürlich, dass er ein Welthit wird. Was die Frage nach sich zieht, ob so ein ikonischer Song auch schon 1988 funktionieren würde? Eingespielt von AOR-Rockern, die einen Punk-Rock-Song spielen. Vermutlich eher nicht. Ein Welthit ist immer ein Zeitgeist-Kid. Ein Kid, das ein Jahr davor oder ein Jahr danach niemals erfolgreich gewesen wäre. File under: ›Winds of Change‹ von den Scorpions. Und auch Nirvana und ihr Welthit waren Kids ihrer Zeit. 1988 war die Zeit dafür noch nicht reif. Ein paar Jahre später, nach dem Fall der Mauer, dem Zusammenbruch der DDR, der Wiedervereinigung, dem Implodieren der Sowjetunion, den Ereignissen während des Augustputsches 1991 in Moskau, dem zweiten Golfkrieg, dem ersten Jugoslawien-Krieg und so weiter, schon. Weil: Die Welt war nicht mehr dieselbe, nichts war mehr wie zuvor. Alle Zeichen standen auf Aufbruch, Neuordnung, Neuanfang. Für alle. Und da passten Nirvana perfekt rein, da sie *wirklich* neu waren. Sie trafen einen Nerv. Nicht zuletzt durch das legendäre Video zu ›Smells‹. Keine dauergewellten Metal-Poser in superteuren Schickimicki-Designer-Lederklamotten, sondern Kids von der Straße in zerrissenen Jeans und Longsleeve-Shirts, über die sie T-Shirts trugen und damit genau so aussahen wie ihre Fans. Orientierungslose, verzweifelte Kids auf der Suche nach einem Sinn, die in einer chaotischen Welt, die aus den Fugen geraten war, erwachsen werden mussten. Und deren Helden nicht mehr unsere Helden waren, sondern Nirvana, Alice in Chains, Pearl Jam, Soundgarden und wie sie alle hießen. Musiker, die damals so alt waren wie wir, aber von einer Generation verehrt wurden, die zu der Zeit Teenager waren.

Okay, angenommen Kurt Cobain würde kein Weltstar: Wäre er dann 1994 wirklich noch am Leben? Oder musste alles so kommen, wie es kam? Unabhängig von der Entwicklung seiner Band. Was die Frage nach sich zieht, ob einschneidende Ereignisse, die bis 2018 passierten, wirklich erneut passieren werden. Was, wenn es Nirvana, warum auch immer, nicht geben wird? Was, wenn es keinen Fall der Mauer und alles, was damit zusammenhängt, geben wird?

Ah, fuck. Ich mache mir zu viele Gedanken. Hirnfickereien, die nichts bringen. Worum es gerade geht und was zählt: Ich bin wieder Teil einer *Gang* und wir machen zusammen Musik. Wie sehr habe ich das vermisst. Auch wenn wir keinen eigenen Song spielen, sondern ein Cover des vermutlich größten Rocksongs der letzten zwanzig Jahre. Also in der Rückschau des Jahres 2018.

Nach zwei Zigaretten glaube ich, die richtigen Chords für den ›Ey!‹-Teil gefunden zu haben, und erkläre ihn den Jungs. Ein paar Durchläufe später klingt es schon richtig geil. Vor allem Porty kriegt sowohl Strophe als auch Chorus erstaunlich schnell und gut hin. Klar, bei der Röhre. Wir spielen den Song noch ein paar Mal komplett durch und alle werden mit jedem Durchgang sicherer. Auch wenn sich Pete beschwert, dass er nur zwei Töne in der Strophe spielen darf.

In einer Pause, in der wir auf dem Sofa rumlungern und über den Song, das aktuelle Set der Band und die Nacht im ›Metal Heart‹ quatschen, meint Porty, dass er übrigens Mitinhaber einer Kneipe in Zweibrücken sei, dem ›Crazy‹.

Ich weiß, liegt mir auf der Zunge, aber ich halte natürlich die Klappe. Er fragt, ob ich da nicht später vorbeikommen wolle, er und die Jungs seien nach der Probe dort. Er drückt mir einen Flyer des ›Crazy‹ in die Hand. Um den Laden zu finden, brauche ich keine Adresse, ich weiß noch genau, wo der ist.

»Mal sehen«, murmele ich und checke heimlich mein Handy. Schon nach 17 Uhr. Das Abendessen mit Aimee und Gregor!

Ich verabschiede mich überhastet – Geschäftstermine – und wir verabreden uns für morgen erneut im Proberaum. Pete drückt mir noch ein Tape mit dem Mitschnitt der Probe in die Hand.

»Ich find den Song geil«, sagt er. »Vor allem dieses Leise/Laut-Ding, diese Dynamik. Erinnert mich ein bisschen an die Pixies.«

»Ich liebe die Pixies«, murmele ich, wobei ich mich erinnere, dass Kurt Cobain in einem Interview die Band als großen musikalischen Einfluss genannt hatte. Wenn nicht sogar als den größten.

Auf der Rückfahrt nach Saarbrücken höre ich das Tape im Benz und bin überrascht, wie geil der Song klingt. Und wie nahe Porty im Chorus mit seinem Singgekreische Kurt kommt.

Könnte der Song vielleicht doch schon 1988 funktionieren?

* * *

Majka an der Rezeption. »Du hast Anruf«, sagt sie. »Eine Aimee. Sie hat Adresse von Restaurant in Neunkirchen gesagt. Und Uhrzeit.«

Sie schiebt mir einen Zettel zu, auf dem der Name des Restaurants, die Adresse und die Uhrzeit vermerkt ist.

19 Uhr.

Mir bleibt noch knapp eine Stunde, um zu duschen und mich frisch zu machen.

»Sexy Stimme die Lady hat«, sagt Majka und grinst. »Love interest?«

Ich stecke den Zettel ein. »Sei nicht so neugierig.«

»Bin ich aber. Von Geburt. Wassermann. Kann man machen nichts.« Sie legt den Kopf schief und grinst.

Gott, wie ich ihren Akzent liebe.

»Bestell mir bitte ein Taxi auf 18:30 Uhr. Thanks.«

»You're welcome«, sagt sie und greift zum Telefon, während ich auf die Aufzüge zugehe.

19
Tastenficker

Outfit: Dasselbe wie Samstag im ›Einhorn‹. Das Taxi steht pünktlich vor dem Hotel. Bin ich aufgeregt? Weniger als erhofft. Weil: Aimees Keyboarder/Lover ist dabei. Und der wird vermutlich auf Krawall gebürstet sein.

Ich trinke mein Bier im Taxi und habe knapp dreißig Minuten, um mir ein Drehbuch für das Gespräch auszudenken. Aber keine Chance. Ich bleibe auf der rudimentären Ebene eines Kurz-Pitches hängen. Gregor ist für mich nicht einschätzbar. Gibt es einen Wendepunkt und zeigt er sich interessiert an mir und meinen Plänen? Oder zieht er seine Antihaltung konsequent durch?

Als ich die Pizzeria betrete, entdecke ich die beiden an einem Vierertisch im hinteren Bereich des Gastraums. Aimee sitzt Gregor gegenüber. Klar, neben wen ich mich setzen werde. Die Begrüßung von Seiten des Tastenvirtuosen ist eher, tja, eisig. Ich hänge meine Lederjacke über den Stuhl und kremple die Ärmel meines Hemdes hoch. Als Gregor meine Tattoos sieht, wirkt er überrascht. Ob positiv oder negativ, kann ich nicht einschätzen. Ich bestelle einen Tempranillo und studiere die Karte. Aimee gibt mir Tipps bezüglich des Essens, da das hier sowas wie ihr Stammrestaurant ist. Ich vertraue ihr und entscheide mich für eine Pizza.

»Echt krasse Tattoos«, sagt sie, als wir alle mit unseren Getränken anstoßen. »Kenne keinen in deinem Alter, der sowas hat.«

»Wie alt bist du eigentlich?«, fragt Gregor.

Konzentration jetzt. Laut meiner offiziellen Vita, die ich

meiner alten Band und der Band von Aimee gepitcht habe, bin ich ja zehn Jahre jünger.

»Dreiundvierzig«, erwidere ich und wende mich an Aimee. »In England war das schon in den 70ern normal.«

Sie riecht so unfassbar gut. Das Bedürfnis, meine Nase hier und jetzt gegen ihren Hals zu drücken und *sie* einzuatmen, ist übermächtig.

»Du hast die in den 70ern machen lassen?«, hakt sie nach. »Krass. Sehen echt aus wie neu.«

Fuck. Sie hat natürlich recht. Der größte Teil der Tattoos wurde erst vor drei Jahren gestochen. Bis auf das Cover von ›Dr. Feelgood‹ auf dem linken Oberarm. Das ist von 1989 und war mein erstes Tat.

»Welche Bands hast du gemanagt und einen Plattenvertrag besorgt?«, fragt Gregor.

»Müsstet nicht *ihr* euch bei *mir* bewerben?«

Aimee kichert. Gregor nicht.

»Was genau ist der Plan?«

»Ich brauche ein Demotape, mit dem ich meine Kontakte abklappere«, erwidere ich.

»Haben wir«, sagt Aimee, zieht ein Tape aus ihrer Jackentasche und legt es mir hin.

»Und wem willst du das anbieten?«, fragt Gregor. »Was für Kontakte sind das?«

»Hat dich nicht zu interessieren«, erwidere ich knapp. »Erst, wenn jemand angebissen hat.«

Dann kommen unsere Essen. Wir schweigen. Aber nur kurz.

»Wie kamst du eigentlich auf uns? Was machst du hier? Woher kommst du?«

Die Situation stresst mich zunehmend. Ich will mit Aimee alleine quatschen, philosophieren, mich in ihren Worten verlieren, trinken, träumen. Und irgendwann knutschen. So wie damals. Aber das wird nicht passieren. Das hier ist ein Business-Meeting. Wobei Aimees körperliche Nähe bezüglich meiner Konzentration aufs Business nicht wirklich hilfreich ist.

»Bitte eine Frage nach der anderen«, erwidere ich mit vollem Mund.

»Okay, wie kamst du auf uns?«

»Über einen gemeinsamen Bekannten.«

»Mike, den neuen Basser von SHE«, erklärt Aimee. »Portys Band.«

»Ist doch scheißegal, wie ich auf euch aufmerksam geworden bin«, sage ich gereizt.

»Nein, finde ich nicht«, sagt Gregor und nimmt einen Schluck von seinem Bier.

Was für ein *pain in the ass*. Ich will, dass er sich verpisst. Oder explodiert.

Jetzt.

Ich ordere einen Weißwein und einen doppelten Whisky ohne Eis.

»Hast du uns schon mal live gesehen?«

»Ich habe euch im Proberaum gesehen«, knurre ich. »Das genügt mir. Alles, was ich brauche, ist euer Tape.«

»Was genau findest du an uns jetzt so … *special*? Sehr wahrscheinlich ausschließlich Aimee, richtig?«, fragt Gregor spitz.

Ich trinke meinen Whisky aus und treffe eine Entscheidung. Aus den Augenwinkeln bekomme ich mit, dass Aimee einen angespannten Eindruck macht. So, als würde sie ahnen, was jetzt kommt.

»Ich warte …«, sagt Gregor, ohne zu lächeln.

»Okay, Keyboarder«, sage ich. »Dann erzähle ich dir jetzt mal, was *wirklich* Sache ist …«

Aimee schnappt nach Luft. »Michael.«

Sie legt kurz eine Hand auf meinen Unterarm.

»Dein Keyboarder will die Wahrheit. Und die kriegt er.« Ich sehe Gregor an. »Euer *unique selling point* …«

»Unser was?«, fällt er mir ins Wort.

Ich stöhne.

»Entschuldigung, dass mein Englisch nicht das beste ist, aber das muss es auch nicht sein«, erwidert er schnippisch. »Ich bin für die Songs zuständig, nicht für die Texte.«

»Vielleicht sollten wir das Ganze an dieser Stelle einfach abbrechen«, mischt sich Aimee ein. Gregor sieht sie an. Sein Blick: Spöttisch.

»Nein, wieso? Alles wunderbar. Lass uns hören, was der Manager zu sagen hat.«

Ich bestelle bei der Bedienung, die gerade an unserem Tisch vorbeikommt, einen weiteren doppelten Whisky und sehe dann Gregor an.

»*Unique selling point* ist ein Begriff aus dem Marketing. Er bezeichnet das Alleinstellungsmerkmal eines Artikels, das sich dadurch von allen anderen Artikeln auf dem Markt unterscheidet. Er wird auch USP genannt. Und euer USP als Band sind weder die Songs – deine Songs – noch dein Keyboardspiel oder euer zugegeben sehr geiler Gitarrist. Und nur am Rande: Meiner Meinung nach ist der bei euch komplett unterfordert. Der braucht eine Metal-Band. Ohne Keyboards.«

Gregor wirkt aufgewühlt. Und irgendwie, tja, angepisst. Was nicht wirklich überraschend ist.

»Anyway«, fahre ich fort. »Euer USP ist Aimee. Und nur Aimee. Und das wird jeder Entscheider der Branche genauso sehen. Ob dir das gefällt oder nicht. Es ist ein Fakt. Komm damit klar, Tastenficker. Oder steig aus und kümmere dich um eine Solokarriere. Vielleicht haben Tangerine Dream ja aktuell Bedarf. Oder Modern Talking.«

»Okay, das war's«, sagt Gregor eisig und steht auf. »Danke fürs Gespräch.« Er sieht zu Aimee, erwartet offensichtlich, dass sie ebenfalls aufsteht.

Doch sie zögert.

»Aimee?«

Sie stöhnt und steht auf. Legt mir dabei kurz eine Hand auf die Schulter. Murmelt »Sorry«. Dann folgt sie ihrem Keyboarder nach draußen.

Die Bedienung stellt mir den Whisky hin, den ich exe. Ich starre vor mich hin. Was hatte ich erwartet? Dass sie sich gegen ihren Keyboarder/Songwriter/Lover stellt? Ja, irgendwie schon. Auch wenn absehbar war, dass sie das nicht tun würde. Sie ist ihrer Band gegenüber loyal. Dennoch werden sie und der Tastenficker heute Abend noch eine Menge Gesprächsbedarf haben.

Habe ich erneut in die Vergangenheit eingegriffen? Denn auch dieses Abendessen inklusive Eskalation hat damals nicht stattgefunden. Die für mich aber wichtigere Frage: Habe ich Aimee jetzt so abgeschreckt, dass sie keinen Kontakt mehr zu mir will?

Ich zahle bar und bestelle ein Taxi. Wenn ich schon ohne Auto unterwegs bin, kann ich auch durchdrehen.

20
Crazy

Es ist kurz nach 22 Uhr, als ich das ›Crazy‹ betrete. Eine typische 80er-Jahre-Rockkneipe mit kleiner Tanzfläche, vielen Sitzecken und Nischen. Und einem Tresen, der von Neonlicht dominiert ist. Aus den Boxen der Anlage dröhnt ›Kiss of Death‹ von Dokken. Ich schnappe nach Luft. Weil: Ich erinnere mich, als wäre es gestern gewesen.

»Herr Wagner! Schön, dass du es geschafft hast«, ruft Porty mir zu, als er mich entdeckt. »Setz dich. Was willst du trinken? Geht heute Abend alles auf mich.«

Ich ziehe meine Lederjacke aus und setze mich neben ihn an den Rand des U-förmigen Tisches. Unser damaliger Stammtisch. Die Band ist bis auf Mike komplett anwesend. Inklusive Hannes, der mir gegenübersitzt. Mehrere Mädchen haben sich unter die Jungs gemischt. Für einen Moment glaube ich, dass ich mich noch an alle erinnere, was natürlich Quatsch ist. Mädels kamen, Mädels gingen. Mit manchen hatten wir mehr Spaß, mit manchen weniger und mit manchen gar keinen. Aber allen Aktionen diesbezüglich gemeinsam war das Kratzen an der Oberfläche. Was nicht das Schlechteste war. Zu viel Tiefe und Ernsthaftigkeit stressten nur, wenn man Rockstar werden wollte.

Porty ruft nach einer der Bedienungen. Eine kleine, schwarzhaarige Schönheit mit vermutlich japanischen oder koreanischen Wurzeln taucht an unserem Tisch auf.

»Aiko, das ist Michael«, stellt er uns vor, wobei er Michael wie ›Maikel‹ ausspricht. »Unser neuer Manager.«

»Oh wow! Hi, Michael«, sagt Aiko lächelnd, wobei auch ihre Mandelaugen mitlächeln.

»Hey, Aiko.«

Sie trägt ein schwarzes Deep-Purple-Shirt mit abgeschnittenen Ärmeln.

»Seine Getränke gehen heute Abend alle auf mich«, erklärt Porty.

Aiko lächelt mich an. »Na, denn … Was darf's sein?«

»Weißweinschorle und Grappa.«

»Und für mich noch einen Jacky-Cola«, sagt Porty.

»Geht klar.« Sie entschwebt in Richtung Theke. Ich sehe ihr fasziniert hinterher.

»Geiler Arsch, was?«, sagt Porty grinsend.

»Knaller«, murmele ich.

»Aiko ist zwar erst seit einem Monat am Start, aber sie rockt den Laden notfalls auch alleine. Als hätte sie schon immer hier gearbeitet.«

»Deine aktuelle Affäre?«

»*Never fuck at work*«, erwidert Porty und lacht. »Davon abgesehen ist sie mir zu alt. Mitte dreißig. Geht gar nicht.«

Erinnere ich mich an Aiko? Nein. Vielleicht, weil sie damals nie eine Nachtschicht hatte, während wir mit der Band da waren. Wahrscheinlicher ist aber, dass sie damals als eine Frau jenseits der Dreißig – trotz ihrer unfassbar geilen Figur – einfach außerhalb unserer Wahrnehmung lag. Die Mädels, mit denen wir unterwegs waren, die mit uns abhingen und die wir vögelten, waren alle in unserem Alter. Oder jünger.

Als meine Schorle und der Grappa kommt, stoßen wir alle an. Gesellschaft – selbst von jungen Menschen – tut mir nach dem Fiasko mit Aimee und dem Tastenficker gut. Ein bisschen Ablenkung von dem einen, unguten Gedanken, der gerade wie ein durchgeknallter Hooligan auf Koks in meinem Hirn randaliert: Du kommst nie an Aimee ran und wirst sie deshalb auch nicht retten können.

Irgendwann beugt sich Hannes zu mir. »Ich hab es heute ja nicht rechtzeitig zur Probe geschafft. Brotjob und so. Aber ich hab noch mitgekriegt, wie die Jungs deinen neuen Song gespielt haben.«

»Ohne Bass?«

»Nee, den hab ich bedient«, mischt sich Porty ein. »Die vier Töne krieg selbst ich noch hin.«

»Und?«, frage ich Hannes.

»War auf jeden Fall sehr … interessant. Auch wenn der Text irgendwie seltsam ist und ich bei dem Song nichts zu tun habe.«

»Du musst nicht immer was zu tun haben«, lacht Porty.

Dokken wird von Bon Jovi abgelöst und dann von Ratt. Der Alkohol fließt in Strömen. Party like it's 1988. Dreißig Jahre später. Und diesen Abend gab es damals nicht für mich/Mike, denn der verdient sich gerade seine Brötchen im ›Topper Club‹ auf der Rhein-Main Air Base in Frankfurt. Bis Donnerstag. Je länger ich mit meiner alten Band und den Mädels sitze, trinke und feiere und die Musik meiner damaligen Helden höre, desto weniger muss ich an Aimee und das *supper from hell* denken. Und daran, dass ich nicht den geringsten Plan habe, wie ich nach diesem Fiasko an sie rankommen könnte.

Aiko bringt permanent Nachschub an unseren Tisch, wobei sie irgendwann meint: »Sehr geile Tattoos übrigens.«

Sie nimmt mich – beziehungsweise meine Tattoos – offensichtlich wahr, was mir mehr als nur ein bisschen surreal erscheint. Ich bin in der Runde der alte Sack, der Beobachter, der Außenseiter. Passiv und außen vor. Ich trinke einfach mit, lausche den Gesprächen der Jungs und Mädels und genieße den Moment, bin aber kein Teil des Moments. Der gehört alleine den Kids, die 1988 Anfang, Mitte zwanzig sind.

Irgendwann setzt sich Aiko neben mich, wobei es ›quetscht‹ besser trifft, denn unser Tisch ist komplett besetzt. Sie stellt mir eine Weißweinschorle und einen Grappa hin und hat einen Sekt für sich dabei.

»Feierabend«, sagt sie. »Noch Abrechnung machen, dann war's das.«

Wir stoßen an.

»Bleibst du noch ein bisschen?«

»Klar«, sage ich. »Bin ja quasi ein *stranger in a strange land*.«

»Wieso das?«

»Erzähl ich dir nach deiner Abrechnung.«

»Okay.« Sie trinkt ihren Sekt aus und geht zurück hinter den Tresen. Ich checke unauffällig mein Phone. 03:06 Uhr. Egal, was heute Nacht noch passiert: Ich werde dabei sein. Die Vorstellung, jetzt alleine zurück nach Saarbrücken in mein Hotelzimmer zu fahren, ist einfach nur deprimierend. Ich nippe an meinen Getränken, als ich mitbekomme, wie einer von Portys Angestellten die letzten Gäste rauswirft.

»Party over?«, frage ich.

»Nicht für uns«, erwidert er. »Wir schließen ab und feiern weiter. Der harte Kern. La familia.«

Plötzlich erinnere ich mich an etwas, das auf meiner To-do-Liste steht.

»Konspiratives Gespräch. Unter vier Augen. Kurz. Okay?«

Porty nickt und geht mit mir in den hinteren Teil der Kneipe, wo wir uns an einen Tisch setzen.

»Du kennst doch Gott und die Welt.«

»That's right.«

»Kennst du zufällig jemanden, der mir was besorgen könnte?«

»Koks? Das kann ich dir auch besorgen«, sagt er und lacht.

»Nee, was anderes. Aber genauso illegal wie Koks.«

»Was genau?«

»Je weniger du weißt, desto besser.«

Er lacht. »Andreas«, sagt er dann. »Warte vor der Tür, ich schick ihn raus.«

* * *

»Porty hat mir schon von dir erzählt.«

»Echt? Ich hoffe, nur Gutes.«

Andreas grinst. »Logisch.«

Wir stehen vor dem ›Crazy‹. Die letzten Gäste werden gerade hinauskomplementiert. Andreas nimmt einen Schluck aus seiner Bierflasche. Er ist an die 1,90 m groß, breit und massig wie ein Bär. Led-Zeppelin-Shirt. Grauer, dichter Schnurrbart. Lange, graue Haare, die er zu einem Zopf gebunden hat. Alt-Hippie. Und: Er ist vermutlich in meinem Alter. Auch wenn wir keine gemeinsame Vergangenheit hatten, finden wir uns sofort sympathisch, da wir in dieser Zeitschiene die gleiche Generation sind.

»Okay, um was geht's?«, fragt er.

»Ich brauche was. Keine Ahnung, ob du das besorgen kannst.«

»Ich kann so ziemlich alles besorgen.«

»Geht nicht um Drogen.«

»Wie gesagt, ich kann so ziemlich alles besorgen.«

Er lacht laut. Als ich dieses Lachen höre, erinnere ich mich wieder an ihn. Er war damals sowas wie das Mädchen für alles. Sowohl für die Band als auch für Porty und fürs ›Crazy‹. Bodyguard, Hausmeister, Elektriker, Zimmermann, Maurer, Therapeut, Seelsorger, Drogendealer, Fahrer, Roadie, Allesbesorger. Es gab nichts, was Andreas nicht draufhatte. Auch wenn ich mich erinnere, dass er loyal, integer und eine absolut ehrliche Haut war, frage ich mich, ob es eine gute Idee ist, um diese Uhrzeit und mit meinem vom Alkohol schon recht vernebelten Hirn diesen speziellen Punkt meiner To-do-Liste anzugehen.

Fuck it. Wenn nicht heute Nacht, wann dann?

Ich sage ihm, was ich brauche.

Er wirkt überrascht. »Okay. Bis wann?«

»Zeitnah. Ist das machbar?«

»Alles ist machbar. Sofern die Kohle stimmt.«

»Die stimmt. Brauchst du Vorkasse?«

»Ich muss erstmal rausfinden, was sowas kostet. Und wie lange es dauert. Ich meld mich.«

»Perfekt. Danke, Mann. Und kein Wort zu niemandem. Auch nicht zu Porty, okay?«

»Natürlich nicht.«

Wir geben uns High five.

* * *

Als wir zurück ins ›Crazy‹ kommen, sitzt Aiko am Rande des Stammtisches, auf dem inzwischen mehrere Flaschen Wein, Whisky, Wodka und Cola stehen. Ich gehe mit Andreas zum Tresen und schreibe ihm die Nummer meines Hotels auf.

»Wenn ich nicht da bin, hinterlasse eine Nachricht an der Rezeption.«

Andreas nickt, steckt den Zettel ein und geht hinter den Tresen, um sich ein neues Bier zu holen. Ich sehe zum Stammtisch. Aiko entdeckt mich, rutscht ein Stück zur Seite und bedeutet mir, sich neben sie zu setzen. Ich fühle mich wie in einem Film. Das alles ist irreal, total, tja, crazy.

Ich setze mich neben sie. Wir trinken und quatschen. Es fühlt sich vertraut an, so, als würden wir uns nicht erst heute kennen. Mit den Jungs und ihren Groupies quatschen wir eher weniger, die sind in ihrer eigenen Anbagger-*Bubble*. Irgendwann setzen wir uns an einen anderen Tisch. Weil: Es wurde einfach zu laut am Stammtisch. Und zu teeniemäßig. Und ich realisiere, dass ich immer betrunkener werde und mich zunehmend schwerer konzentrieren kann. Dennoch trinken und quatschen wir weiter. Irgendwann kommt Andreas vorbei und stellt uns zwei Tequila mit Zitronenscheiben und Salz hin. Wir kippen beide Gläser im Abstand des Flügelschlags einer *bat out of hell*.

Keine zehn Minuten später: Filmriss.

TEIL 5
MISSION

21
Bubble

In meinem Kopf der Text von ›Turbo Lover‹.

Und die Musik.

Ich komme langsam zu mir. Es ist verdammt hell. Ich fühle mich wie ausgekotzt, alles tut weh. Vor allem mein Rücken. In meinem Mund gefühlt zwanzig tote Hunde. Langsam realisiere ich, dass der Song nicht in meinem Kopf ist, sondern aus irgendwelchen Lautsprechern dröhnt.

Wo bin ich?

In einem Wohnzimmer. Eindeutig. Auf einem Matratzenlager. Mit Decke und Kopfkissen. Meine Jeans liegt daneben. Ich sehe nach links. Aiko. In T-Shirt und schwarzem Slip. Sie hat die Decke weggestrampelt und schläft noch. Neben ihr auf dem riesigen Matratzenlager weitere Personen, die ebenfalls noch pennen. Vermutlich Pete, Hannes und Roland. Mit den Mädels von gestern. Ich reibe mir die Augen. Mir fehlt nach den beiden Tequila jegliche Erinnerung an gestern Nacht.

Ich greife nach meiner Brille, die neben meinen Jeans liegt und setze sie auf. Sehe erst jetzt, dass dem Matratzenlager gegenüber Porty am Wohnzimmertisch sitzt und mehrere Lines klein hackt.

Und auf dem Tisch liegt mein iPhone!

Ich bin mit einem Schlag hellwach und ziehe mir eilig die Jeans an.

»Hey, Mann«, sagt Porty. »Alles gut? Wie war die Nacht?«

Ich setze mich neben ihn. »Ich bräuchte einen Kaffee. Nur Milch, danke.«

»Klar«, sagt Porty und geht zur offenen Küchenzeile. Ich

greife mir mein iPhone und stecke es eilig ein. Sehe zu Aiko. Wieso lag sie neben mir? Zufall? Oder lief da irgendwas? Auch wenn ich mich nicht mehr erinnern kann. Kann irgendetwas laufen, wenn man sich in einem quasi-komatösen Zustand befindet?

Porty kommt mit einer Tasse Kaffee zu mir, stellt sie mir hin und setzt sich neben mich. »Das Teil, das dir da irgendwie aus der Hose gerutscht sein muss …«

Er meint das iPhone. Ich nippe angespannt an dem heißen Kaffee.

»Sorry, war einfach neugierig. Hab sowas noch nie gesehen. Was genau ist das?«

»Ein Dummy«, murmele ich. »Ich habe einen Kumpel beim Film. Ausstatter. Er musste sich für einen Science-Fiction-Film ein mobiles Telefon ausdenken. Und das hat er mir nach den Dreharbeiten geschenkt.«

»Aber es funktioniert doch.«

»Nur als Uhr.« Ich ziehe das iPhone aus der Hosentasche und zeige ihm den Startbildschirm, auf dem Uhrzeit und Datum zu sehen sind. »Ein Gag, ein Gimmick, nichts weiter.«

»Und warum ist hinten das Logo von dem Label der Beatles drauf?«

»Das war ein interner Scherz meines Kumpels«, erwidere ich. »Der glaubt, dass Apple Inc. in der Zukunft auch Telefone bauen wird. Also Telefone für die Hosentasche, ohne Kabel und so.«

»Eine Plattenfirma, die Telefone bauen wird?« Er lacht. »Wie heißt der Film, für den dein Kumpel das entworfen hat?«

»›Matrix‹«, murmele ich. »Dauert aber noch, bis der rauskommt.«

Ich nehme einen Schluck Kaffee und sehe erneut zu Aiko.

»Was ist gestern Nacht passiert?«

»Ihr habt nach Aikos Dienstende gesoffen und gequatscht«, erklärt Porty. »Und dann irgendwann geknutscht.«

»Was?«

»Du erinnerst dich nicht mehr?«

»Nein. Der letzte Tequila war wohl schlecht …«

»Auch 'ne Line?«

»Danke, nein. Habe ich gestern Nacht was gezogen?«

»Nein.« Er zieht eine kleine Line. »Wir haben gegen 3 Uhr zugemacht und Privatparty gefeiert. Aber da warst du schon völlig in deiner eigenen *bubble* mit Aiko. Ihr beiden habt gar nichts mehr mitbekommen. Außer euch.«

Er kichert.

Bubble.

Mein Wort für Aimee und Mike im ›Einhorn‹.

Aiko wird wach und streckt sich. Sie zieht bezaubernd verwuschelt aus. Und irgendwie auch durchgenudelt. Wobei ich bezweifle, dass ich sie durchgenudelt habe. Ich habe nach Alk-Exzessen noch nie einen hochbekommen. Auch nicht mit Anfang zwanzig.

* * *

Ich sitze mit Aiko am Tisch auf dem Balkon, mit Blick auf den Eingang des ›Crazy‹ direkt gegenüber. Sie hat sich eine Decke um die Hüfte geschlungen. Wir trinken Kaffee und rauchen. Sie ist ungeschminkt und sieht anbetungswürdig aus.

»Nein, da ist nichts gelaufen«, sagt sie amüsiert. »Wenn was gelaufen wäre, würdest du dich erinnern. Mich vergisst man nicht.«

»Aber geknutscht haben wir …«

»Nach den Tequilas, korrekt. Aber nur kurz. Kotzen war für dich dann irgendwie wichtiger.« Sie lacht.

»Aua …«

»Ja, aua. Aber sowas von.«

»Wo habe ich hingekotzt?«

»Beim ersten Mal neben unseren Tisch. Beim zweiten Mal auf den Weg zum Klo.«

»Ach du Scheiße …« Ich nehme einen Schluck Kaffee. »Wie peinlich.«

»Nö. Unterhaltsam. Gegen Sonnenaufgang haben wir dann alle die Lokalität gewechselt.«

»Hierher? Zu Porty?«

»Genau. Andreas hat sich dich über die Schulter geworfen und hier abgelegt. Du hast geschlafen wie ein Baby. Wir haben dann noch bis 7 Uhr weitergefeiert.«

»Habe ich mir die Hosen selbst ausgezogen?«

»Nein, das war ich«, sagt sie. »Die Unterhose habe ich dir gelassen.«

»Danke.«

Wir lachen.

»Ich bin definitiv zu alt für sowas«, murmele ich.

»Vielleicht bist du einfach nur außer Übung.«

Ich sehe über die Schulter ins Wohnzimmer, wo der Rest des Partyvolks langsam zu sich kommt.

»Darf ich fragen, wie alt du bist?«

»Das hast du mich gestern Nacht schon gefragt.«

»Ich erinnere mich nicht mehr.«

»Vierunddreißig«, sagt sie. »Und du dreiundvierzig, richtig?«

Nein, zehn Jahre älter, denke ich, nicke aber.

»Wir haben die gleichen Zahlen«, sagt sie. »Nur in der falschen Reihenfolge.«

»Stimmt.« Ich trinke unbehaglich meinen Kaffee aus. Ärgere mich, dass ich mich in meiner Fake-Vita zehn Jahre jünger gemacht habe. Wozu? Was spielt das Alter für eine Rolle? Keine, genau. Auch wenn es sich im April irgendwie richtig angefühlt hatte.

»Eins würde mich interessieren …«, sagt sie.

»Raus damit.«

»Du hast gestern Nacht irgendwas von Drehbüchern erzählt. Und von Romanen. Von deinen Romanen. Und meintest, in einem davon würde auch das ›Metal Heart‹ eine Rolle spielen. Habe ich das richtig verstanden?«

Fuck.

Offensichtlich ist mein Bedürfnis, von meinem richtigen Leben zu erzählen, von dem ich nichts erzählen darf, so groß, dass mein Unterbewusstsein im Suff die Kontrolle übernimmt. Schizophren. Ich gebe vor, etwas zu sein, was ich nie war und nie sein werde. Und zwar Musikmanager. Ich stand immer auf der anderen Seite. Auf der Seite der Künstler. Ich bin kein Businessmensch, war ich nie. Aber in dieser Zeitschiene bin ich gezwungen, einer zu werden. Oder glaube, dazu gezwungen zu sein. Mich stresst und frustriert dieser Zustand zunehmend und es kostet mich unfassbar viel Energie, unter allen Umständen das ›Narrativ‹ aufrechtzuerhalten.

»Ja, stimmt«, murmele ich. »Ich habe mehrere Romane geschrieben. Aber keiner davon wurde veröffentlicht.«

»Warum nicht?«

»Weil ich keine Lust auf die Buchbranche habe. Mir genügt es, dass ich sie geschrieben habe.«

»Aber Bücher brauchen doch Leser«, sagt Aiko. »Das macht doch sonst keinen Sinn.«

Ich zucke mit den Schultern.

»Dürfte ich einen deiner Romane lesen?«

»Mal sehen. Vielleicht. Irgendwann.«

Ich will gerade aufstehen, um frischen Kaffee zu holen, als Andreas auf dem Balkon auftaucht. Er hat zwei volle Kaffeetassen in der Hand, die er uns hinstellt. »Milch? Zucker?«

»Nur Milch.«

»Für mich auch«, sagt Aiko.

»Kommt sofort«, sagt Andreas grinsend und ist verschwunden.

»Zucker macht fett und abhängig«, erklärt Aiko. »Und das geht beides nicht. Wobei fett wohl schlimmer ist.«

»Sehe ich genauso.«

Wie geben uns High five.

»Wo wohnst du eigentlich?«

»Hotel in Saarbrücken.«

»Hotel? Echt? Wieso das?«

Weil ich eine *mission* habe, denke ich. Ich erkläre ihr, dass das alles so nicht geplant und eher Zufall war. Aber da es so etwas wie Zufälle nicht gibt, habe ich das ernst genommen und mich auf dieses Abenteuer eingelassen.

»Interessant«, sagt sie, nippt an ihrem Kaffee und sieht mich über den Rand der Tasse an. Ihre Mandelaugen lächeln. Sie ist wirklich bezaubernd. Und extrem sexy. Und ich denke ans Vögeln. Auch wenn mir bewusst ist, dass Vögeln mit ihr nicht drin ist. Wobei ich nicht sicher bin, ob ich wirklich in Erwägung ziehe, sie vögeln zu wollen. Damals habe ich das immer in Erwägung gezogen. Bevor ich Aimee kennenlernte. Vögeln war kein großes Ding und gehörte einfach dazu. Die natürliche Konsequenz von quatschen, rauchen, trinken, feiern, lachen und knutschen. Doch damals ist nicht heute. Auch wenn damals jetzt doch irgendwie heute ist. Mit dem kleinen Unterschied, dass es sich um eine, tja, neue Zeitschiene handelt. Eine neue Gegenwart. Die erst durch mein Auftauchen und meine Einmischung entstanden ist. Es ist inzwischen so viel passiert, was damals nicht passiert ist, und ich habe immer noch nicht die geringste Ahnung, inwieweit ich für das alles verantwortlich bin. Dass ich schon Dinge im Kleinen geändert habe, ist mir bewusst. Aber beinhaltet das auch das ›große Ganze‹? Wie zum Beispiel die Ereignisse beim Flugtag im August?

O Mann. Komplizierte Scheiße das. Aktuell genieße ich einfach Aikos Anwesenheit und den Moment mit ihr. Ohne Hintergedanken. Na ja, fast ohne. Sie findet mich schon anziehend und faszinierend, wenn ich ihre Körpersprache, ihr Lächeln, ihre Blicke richtig deute. Aber vermutlich nicht als Mann, sondern eher als, tja, Mensch.

Aber was weiß ich schon.

* * *

Zusammenfassung des Tages: Ich bin am Arsch und penne gegen Nachmittag nochmal zwei Stunden. Komme danach immer noch nicht in die Gänge. Mir ist kotzübel und das Wetter ist beschissen. Bewölkt. Grau in Grau. Keine Sonne. Unfassbar deprimierend. Was für ein verlorener, sinnloser Tag. Ich kriege nichts auf die Reihe. Und schon gar nicht die Probe mit meiner alten Band. Wobei ich den Jungs zutraue, dass sie die durchziehen. Mit dreiundzwanzig hätte ich so einen Exzess auch locker weggesteckt. Selbst mit Koks.

Was positiv ist: Ich habe gestern Nacht – und den größten Teil des heutigen Tages – nicht einmal an Aimee und den Tastenficker gedacht.

Wobei die Frage bleibt, ob das jetzt wirklich positiv ist.

Erst gegen Abend schaffe ich es, mich aufzuraffen und im Hotelrestaurant was zu essen. Nach dem ersten Bier geht es mir schon besser. Leider ist in meinem Kopf dann auch Aimee wieder in charge.

Gegen Mitternacht genehmige ich mir einen Absacker auf dem Balkon meines Zimmers. Ich bin körperlich und geistig am Arsch, aber die Gedanken an Aimee und dieses Fiasko beim Abendessen mit ihr und dem Tastenficker lassen mich nicht zur Ruhe kommen.

Was habe ich damals in solchen Momenten getan?

Ich greife nach dem Briefpapier des Hotels und nach einem Kugelschreiber.

22
Fluchtag

Nach dem Frühstück lese ich auf dem Balkon den Brief, den ich gestern Nacht an Aimee geschrieben habe. Ich entschuldige mich darin für Montagabend und die Eskalation mit Gregor. Bekräftige dennoch meine Meinung, dass sie der Star ist, der USP. Schreibe dann ausschweifend über die kanadische Metal-Sängerin Lee Aaron, deren wirklicher Name Karen Lynn Greening lautet. Die Band, in die sie damals einstieg, nannte sich Lee Aaron. Wobei es keine Person dieses Namens gab. Ähnlich der Richard Head Band. Und Alice Cooper. Und aus Gründen des USP wurde aus Karen Lynn Greening irgendwann Lee Aaron. Und aus Vincent Damon Furnier wurde Alice Cooper. Dann verliere ich irgendwie den Faden – falls ich ihn jemals gehabt haben sollte – und schwadroniere über eine Namensänderung zu ›Aimee M.‹ und darüber, dass ich weiterhin großes Interesse an ihr als Künstlerin habe und dass sie sich bei mir melden solle. Als Letztes gebe ich ihr meine Telefonnummer.

Ich lege den Brief zur Seite. Der wird ganz sicher nicht abgeschickt. Zumal ich dann erklären müsste, woher ich ihre Adresse habe, denn auf ihrer Visitenkarte steht nur ihre Telefonnummer. Damals habe ich diese Art von Briefen ausschließlich für mich geschrieben. Um mir über meine Gefühlslage klar zu werden. Um zu verstehen, warum ich so fühle, wie ich fühle. Was auch immer funktionierte. Am nächsten Tag habe ich diese Briefe weggepackt und nicht abgeschickt. Es hätte für mich keinen Mehrwert gegeben, wenn ich dem Adressaten der Briefe meine Gedanken mitgeteilt hätte. 2018 hingegen hat man jeden Hirnfurz jetzt und sofort geschickt. Per WhatsApp, Messenger, Mail, SMS, Twitter, FB. Raus damit. Ohne Rücksicht auf Verluste. Ohne sich die Zeit zu nehmen, darüber nachzudenken, was man da geschrieben hatte. Jeder war immer und überall verfügbar. Wozu sollte man sich die Zeit nehmen, die 2018 offensichtlich für alle knapp war, über das Geschriebene nachzudenken? Und darüber, ob man seine Gedanken wirklich dem anderen mitteilen musste. Und ob es nicht vielleicht einfach genügte, sie in Worte zu fassen, um sich über seine Gefühlslage bewusst zu werden.

So wie 1988.

Soweit ich mich erinnere, habe ich damals keinen dieser Briefe jemals abgeschickt. Aber ich habe sie aufgehoben. Alle. In einer ranzigen Holzkiste vom Flohmarkt. Die im Keller meines Hauses in Lichtenrade steht. Beziehungsweise stand. Wie viele Briefe waren es? Fünfzig? Mehr? Keine Ahnung. Was klar ist: Der aktuelle Brief an Aimee wird auch in dieser Kiste landen. Theoretisch. Praktisch werde ich ihn wohl im Hotelsafe deponieren. In dem auch die 250 Mille in bar liegen. Wobei es inzwischen wohl eher 230 Mille sind.

Was mir zunehmend klar wird: Ich werde über das Thema ›Manager‹ nicht an Aimee rankommen. Nicht mit dem Tastenficker in der Band. Ich muss ihr auf Augenhöhe begegnen. Und die Geschäftsebene ist keine Ebene auf Augenhöhe.

Ergo: Ich muss wieder Musiker werden.

Okay, Plan: Ich schaffe mir das alte Liveset meiner Ami-Clubband drauf. Von Bryan Adams über Led Zeppelin, Bob Seger, Billy Idol, Heart, ZZ Top bis hin zu Journey. Die Setlist habe ich auf dem MacBook gespeichert. Mit der jeweiligen Tonart der Songs. Alles, was ich jetzt noch brauche, sind die Songs auf Vinyl. Weil: Achtzig bis neunzig Prozent der Alben, auf denen sich die Songs befinden, gab es 1988 noch nicht als CD. Jetzt muss ich mich demnächst wohl doch um einen Plattenspieler und eine Stereoanlage kümmern. Auch wenn ich mich weiterhin standhaft weigere, das als Eingeständnis zu interpretieren, dass ich mich mit, tja, 1988 in der Version 2.0 arrangiert habe.

* * *

Das Büro der GRÜNEN, die sich damals auch in der Friedensbewegung engagierten und regelmäßig Demos gegen den Flugtag organisierten, befindet sich in der, öhem, Karl-Marx-Straße in K-Town.

Die Adresse habe ich über die ›Rheinpfalz‹ recherchiert, denn eine Erinnerung, wo sich das Büro der GRÜNEN befindet, existiert nicht. Wie auch? Damals gingen mir Politik und Parteien am Arsch vorbei, ich hatte mich diesbezüglich nie engagiert und war auch nie auf einer Demo gegen irgendwas gewesen. Strauß, Kohl und wie all die anderen korrupten Arschgeigen, deren Namen ich vergessen habe, hießen, interessierten mich null. Ich glaubte nicht daran, dass man durch Demos die Welt retten oder die Pershing-II-Raketen der Amis *on german soil* verhindern konnte. Selbst dann nicht, wenn 300.000 Menschen, wie 1981 in Bonn, demonstrierten. Die einzigen Demos *on german soil*, die letztlich was bewirkt hatten, fanden 1989 in der DDR statt. Jedenfalls in der alten Zeitschiene. Musik und Politik passten für mich einfach nicht zusammen. Es sei denn, man war die Dead Kennedys, Bad Religion, Bots oder Fugazi. Oder Rage Against the Machine. In meiner ehemaligen Zeitschiene.

Auch wenn ich mich mit den ›linken Aktivisten‹ – oder wie immer man die damals nannte – nie identifizieren konnte, muss ich mich jetzt mit ihnen und der Tagespolitik auseinandersetzen. Ob es mir gefällt oder nicht. Und nein, es gefällt mir nicht. Aber ich habe keine Wahl, ich brauche Mitstreiter, Verbündete.

Als ich das Büro der GRÜNEN betrete, wird mir schlecht und ich habe den Impuls, das Büro sofort wieder zu verlassen.

Weil: Das alles ist eine scheiß Idee und komplett sinnlos. Mich verband damals nichts mit denen und mich verbindet auch dreißig Jahre später nichts mit denen. Ich habe schon die Hand auf der Klinke, als ich angesprochen werde.

»Hey, Mann.«

Ich blicke über die Schulter zu dem Ansprecher. Ein Mann mit Vollbart und schulterlangen Haaren, den ich auf Anfang dreißig schätze und der mehr in seinem Bürostuhl liegt, als dass er sitzt. Ihm gegenüber am Schreibtisch eine Frau Mitte zwanzig mit Bubikopf und hennarot gefärbten Haaren. Auch sie liegt eher in ihrem Stuhl als zu sitzen und mustert mich gelangweilt. Aus einem Kassettenrecorder dröhnt ›Buffalo Soldier‹ von Bob Marley. An den Wänden Plakate der GRÜNEN, der Demos gegen den *Fluchtag* aus den letzten drei Jahren, das unvermeidliche ›Atomkraft? Nein, danke!‹-Plakat, Poster von The Grateful Dead, Bob Marley, Che Guevara, Mao und, tja, Karl Marx. Und das im Jahre des Herrn 1988.

»Hey«, murmele ich und habe nicht die geringste Ahnung, wie ich den beiden mein Anliegen nahebringen könnte.

»Es geht um …« Ich breche überfordert ab.

»Ja?«, hakt Bartmann nach.

»Den Flugtag«, presse ich hervor.

»Ja?«

»Wir müssen den verhindern, es wird dieses Jahr Tote geben!«

»Meine Rede«, sagt Bartmann.

»Meine auch«, sagt Hennafrau.

»Sagen wir schon seit Jahren«, sagt Bartmann.

»Seit Jahren«, bestätigt Hennafrau.

»Aber dieses Jahr wird es wirklich passieren! 70 Tote und an die 1.000 Verletzte.«

»Aha. Und woher willst du das wissen?«, fragt Hennafrau. »Bist du aus der Zukunft?«

»So ist es«, erwidere ich.

Die beiden starren mich an.

»Nächstes Jahr im November wird die Mauer fallen und Deutschland gewinnt 1990 die Fußballweltmeisterschaft in Italien.«

»Das Zeug, das du rauchst, hätte ich auch gern«, sagt Bartmann und lacht. Hennafrau auch.

»Wer bist du überhaupt?«, fragt Bartmann dann.

»Namen spielen keine Rolle«, erwidere ich. »Wir müssen den Flugtag verhindern. Koste es, was es wolle. Es geht dieses Jahr wirklich um Leben oder Tod.«

»Wie jedes Jahr«, sagt Hennafrau.

»Vergiss es, Mann«, sagt Bartmann. »Der *Fluchtag* wird trotz unserer Proteste und Aktionen stattfinden, da machen wir uns nichts vor, da sind wir realistisch.«

»Auch wenn der Kreistag des Landkreises Kaiserslautern einstimmig Landrat Tartter beauftragt hat – ich zitiere: ›mit den zuständigen Dienststellen der US-Streitkräfte Verhandlungen mit dem Ziel aufzunehmen, den für 1988 geplanten Flugtag auf der Air Base Ramstein ausfallen zu lassen‹. Antragsbegründung: ›Gefährdung in unserem dichtbesiedelten Raum‹«, erklärt Hennafrau.

»Die Reaktion der Landesregierung war: Besorgnis über den latenten Antiamerikanismus«, sagt Bartmann.

»So sieht's aus«, sagt Hennafrau.

»Heißt übersetzt?«, hake ich irritiert nach.

»Es werden keine Verhandlungen mit den zuständigen Dienststellen der US-Streitkräfte bezüglich einer Absage des diesjährigen Flugtags stattfinden«, sagt Bartmann.

»Das dürfen wir nicht zulassen!«, rede ich mich in Rage. »Notfalls müssen wir uns an dem Tag alle am Gate der Air Base anketten oder gleich das Gate mit Lastwagen und Traktoren blockieren! Oder noch besser: Irgendwas direkt am Gate in die Luft jagen! Hauptsache, die sind gezwungen, den Flugtag abzubrechen!«

»Heftig …«, murmelt Bartmann.

»Total …«, murmelt Hennafrau.

»Oder mit Gülle die Zufahrt zur Base fluten!«

»Und weiter? Innerhalb von Minuten haben die mit Wasserwerfern wieder alles freigespritzt«, sagt Bartmann.

»Dann eben mit Traktoren den Zugang blockieren!«

»Wir werden nicht von Bauern unterstützt. Im Gegenteil. Die hassen uns. Wie so ziemlich alle.«

»Wie wär's mit brennenden Autos am Eingang zum Gate?«

»Nie im Leben!«

»Wieso nicht? Solche Aktionen sind doch genau euer cup of tea!«

»Äh, nein. Wir sind DIE GRÜNEN und nicht die RAF oder die Hisbollah«, erwidert Hennafrau. »Wir sind demokratisch gewählt und stehen zum Grundgesetz der BRD.«

»Aber ihr seid doch auch gegen Atomkraft, Aufrüstung, Pershings und den ganzen Dreck!«

»Das ist richtig. Und dagegen organisieren wir auch regelmäßig Demos«, sagt Bartmann. »Aber: Keine Gewalt.«

»In diesem Fall wäre Gewalt gegen Dinge gerechtfertigt. Weil es bei diesem Flugtag Tote geben wird!«

»Wir haben letztes Jahr ansatzweise sowas Ähnliches schon versucht«, erklärt Bartmann. »Haben uns mit achtzig Leuten vor das Gate gesetzt. Und was war das Ergebnis? Wir wurden von den Besuchern beschimpft, angepöbelt, getreten und angespuckt.«

»Und dann von den Amis abgeführt«, sagt Hennafrau. »Wurden zehn Stunden am Stück verhört und drangsaliert und kamen erst am nächsten Tag wieder raus.«

»Die Amis kennen da nichts«, bestätigt Bartmann.

»So wie alle faschistisch-imperialistischen Systeme«, sagt Hennafrau.

»Was genau ist euer Plan für dieses Jahr?«, hake ich nach.

»Das Übliche. Plakate auf dem Weg zur Base, Sprechchöre,

Menschenketten, trommeln, pfeifen, Flugzettel, Megaphone. Aber ehrlich: Das ist sinnlos. Die Amis sind hier in der Gegend heilige Kühe, da kannst du nichts machen«, sagt Hennafrau.

»Das Wort ist ›unantastbar‹«, sagt Bartmann. »Und weißt du, warum?«

Natürlich weiß ich das: Weil die US of A der größte Arbeitgeber der Region sind. Und man beißt nicht die Hand, die einen füttert.

»Weil es sich um die United fucking States of America handelt«, fährt Bartmann fort. »Die größte Militärmacht der Welt. Die lassen sich von niemandem vorschreiben, was sie zu tun oder zu lassen haben. Von Deutschen schon mal gar nicht. Und der *Fluchtag* ist nun mal die perfekte Werbung für ihr scheiß Militär.«

»Eine Absage wäre für die Waffenlobby auch nicht erwünscht«, sagt Hennafrau. »Der Flugtag muss einfach stattfinden. Um jeden Preis.«

»Kennt ihr vielleicht eine Gruppierung, die nicht solche Skrupel wie ihr habt?«, frage ich. »Keine Ahnung, irgendwelche gewaltbereiten anarchistisch-leninistisch-linksradikalen Amihasser? Gerne auch Kommunisten. Je extremer, desto besser.«

»Klar«, erwidert Hennafrau. »Aber woher sollen wir wissen, dass du nicht vom Verfassungsschutz bist?«

»Bin ich nicht.«

»Na, dann …«

Die beiden lachen.

* * *

Auf dem Weg zurück zum Benz erinnere ich mich, dass sich solche Vögel, nach denen ich gerade gefragt habe, regelmäßig im ›Benderhof‹, einer Studentenkneipe in der Richard-Wagner-Straße, rumgetrieben haben. Könnte das eine Option sein?

Die Sonne scheint. Frühling. Ein Vorgeschmack auf den

summer of '88. Der ziemlich sicher nicht mein Sommer werden wird. Oder glaube ich wirklich noch, dass ich den Flugtag irgendwie verhindern kann? Wobei es abgesehen von den ›Benderhof‹-Anarchisten-Vögeln vielleicht noch eine weitere Option gibt: Ich müsste direkt mit dem für den Flugtag Verantwortlichen auf der Air Base sprechen und ihm die Zeitungsartikel von damals zeigen. Aber wie soll ich herausfinden, wer derjenige ist, und wie kann ich ihn dann kontaktieren? Noch bleiben mir knapp dreieinhalb Monate. Auch wenn meine Energie zunehmend schwindet und ich emotional immer mehr an meine Grenzen komme.

Ich klemme mich hinters Steuer des Benz, der erneut einen Strafzettel unter dem Scheibenwischer hat, und starte den Motor. Was fange ich jetzt mit dem Rest dieses beschissenen Tages an? Erneut shoppen? Mich um eine Stereoanlage und Boxen kümmern? Mich betrinken? Pennen?

Was nicht möglich ist: Mich spontan auf einen Kaffee mit einem meiner Freunde zu treffen. Weil: Ich habe keine Freunde mehr. Die leben alle in der Zukunft. Einer Zukunft, die ich nicht mehr erleben werde, wenn ich richtig gerechnet habe.

Die Einsamkeit des Zeitreisenden ist das Übelste. Darauf hat mich kein Buch, kein Film, kein Song mit dem Thema vorbereitet. Wo und wie soll ich hier neue Freundschaften schließen? Mit Menschen meiner Generation? Die in dieser Zeitschiene roundabout 1940 geboren wurden und die mir deshalb vermutlich genauso fremd sein würden, wie die Generation meiner Eltern und die Generation von Mike und Aimee.

Ich fühle mich überfordert, verloren, frustriert und bin offensichtlich auf dem besten Weg, in eine Depression zu schlittern. Was in meiner ehemaligen Zeitschiene nie ein Thema gewesen war.

Plötzlich fällt mir ein, was ich noch erledigen muss. Unbedingt. Weil: Andreas benötigt das für den Auftrag, den ich ihm im ›Crazy‹ gegeben habe.

* * *

Auf dem Rückweg zum Hotel fahre ich über Zweibrücken und gebe im ›Crazy‹ einen Umschlag für Andreas ab. Ich hoffe, er kriegt das alles auf die Reihe. Selbst zwei Tage später bin ich immer noch recht mitgenommen von dem Exzess, bei dem ich Aiko kennenlernte, und kriege den Rest des Tages nichts mehr auf die Reihe. Außer Gitarre spielen. Und Bass. Und singen. Wobei meine Stimme extrem krächzig und mitgenommen klingt. Was für eigene Songs ja nicht das Schlechteste ist. Aber ich habe keine eigenen Songs. Und mache auch keine Aufnahmen. Ich tue einfach das, was ich auch damals getan habe: Songs covern. Stundenlang. Ohne auf die Uhr zu sehen. Ohne nachzudenken. Auf eine Art durchaus mit Sex vergleichbar. Weil: Mein Kopf ist währenddessen auf *Standby*.

Mein Herz leider nicht.

23
Hi Infidelity

Nach dem Frühstück schnappe ich mir meinen alten Bass und übe weiter. Problem: Ich kann mich nicht mehr wirklich an den genauen Ablauf aller Songs meiner Coverband erinnern. Ich werde wohl wirklich nicht drum herumkommen, mir einen Dreher und eine Stereoanlage zuzulegen und diese hier aufzubauen und anzuschließen. Und mir natürlich die Alben von damals zu besorgen. Was ich eigentlich vermeiden wollte. Weil: Die Symbolik. Niemand kauft Alben, einen Plattenspieler und baut eine Stereoanlage inklusive Boxen in einem Hotelzimmer auf, wenn er nicht vorhat zu bleiben. Oder gezwungen ist zu bleiben. Und schon gar nicht gibt so jemand eine Bestellung für etwas, tja, Längerfristiges bei einem Typen namens Andreas, der alles besorgen kann, in Auftrag.

* * *

Es wird ein Hifi-Laden in Homburg. Anlage von Sony, Dreher von Thorens, Boxen von Canton, Kabel von irgendwem. Wobei ich bei den Boxen einen Kompromiss eingehen muss: Sie dürfen nicht zu groß sein, da sie quer auf die Rückbank des Benz passen müssen. Alternative wäre gewesen, dass der Hifi-Laden sie gegen einen Aufpreis liefert. Aber erst in einer Woche, was keine Option ist. Jetzt ist jetzt, ich habe keine Zeit zu verlieren.

Danach: ›Pop Shop‹ in K-Town. ZZ Top: Fandango mit ›Tush‹. REO Speedwagon: ›Hi Infidelity‹ mit ›Keep On Loving You‹. Journey: ›Escape‹ mit ›Don't Stop Believin‹. Ozzy. Ted Nugent. Van Halen. Bob Seger. Journey. Whitesnake. Led

Zeppelin. Deep Purple. Stones. Mötley Crüe. Billy Idol. Bon Jovi. Joe Walsh. Toto. Und, und, und. Alles Alben mit den Songs, die ich damals mit meiner Coverband gespielt habe und die ich mir jetzt wieder draufschaffen will. Aber es gab einen Denkfehler: Ich hätte mir noch ein Tapedeck und Leertapes besorgen sollen. Weil: Dann könnte ich alle Songs auf Tape überspielen und müsste nicht nach jedem Song die Platte wechseln. Egal. Tapedeck ist auf Liste.

Auf dem Rückweg zum Hotel fahre ich spontan ab. Homburg-Einöd. Mike müsste laut meinem Kalender von damals wieder am Start sein.

Als ich den Proberaum betrete, beenden die Jungs gerade einen Song.

»Hey«, sage ich. »Alles gut?«

»Klar«, erwidert Porty. »Bei dir?«

»Ebenso.« Ich sehe zu Mike. »Und? Wie war's in Nürnberg und Frankfurt?«

»Woher weißt du das?«, fragt er.

Ah, fuck.

»Von mir«, sagt Porty.

Puh.

»Okay, na dann …«, murmelt Mike.

»Und? Wie lief's?«, hake ich nach.

»War für'n Arsch«, sagt er. »Anstrengend. Frustrierend. Keine Leute da. Aber die Kohle stimmte.«

Ich weiß, denke ich. Soweit ich mich erinnere, standen er und Aimee währenddessen regelmäßig telefonisch in Kontakt. Und haben sich auch Briefe geschrieben. Aber wiedersehen werden sich die beiden erst am Abend nach dem Rush-Konzert Anfang Mai. Was mich an mein doch recht surreales Erlebnis heute im ›Pop Shop‹ denken lässt. Ich stand wie erstarrt vor dem Konzertplakat von Rush, das deren Gig am 5. Mai 1988 in der Schleyer-Halle in Stuttgart ankündigte.

Mike und Aimees *magic moment pt. 2.*

Die Nacht, in der die beiden, tja, zusammenkommen.

»Und der Ricky?«, frage ich.

»Ist noch heile, wie du siehst«, sagt er und deutet auf den Rickenbacker-Bass, den er umgeschnallt hat. »War mein einziger Lichtblick. Ein Traum, den zu spielen. Thanks nochmal.«

»Nicht dafür«, murmele ich.

Porty wendet sich an Mike. »Nur am Rande: Wir haben in deiner Abwesenheit einen neuen Song geprobt. Willst du hören?«

»Klar«, sagt Mike.

»Aber dazu musst du dem Manager den Bass geben«, sagt Porty.

Mike ist überrascht. »Okay …«

Er gibt mir den Ricky, den ich mir umschnalle und der sich anfühlt, als hätte ich ihn schon ewig gespielt, auch wenn ich ihn jetzt zum ersten Mal spiele. Hannes setzt sich neben Mike aufs Sofa.

»Hast du bei dem Song nichts zu tun?«

»Nope«, erwidert Hannes. »Der funktioniert prächtig ohne Keyboards.«

Roland zählt ein und Pete startet mit dem Riff. Als wir alle einsetzen, klappt meinem jüngeren Ich die Kinnlade runter. Beim Chorus schnappt er nach Luft. Und der ›Ey!‹-Teil gibt ihm den Rest. Nach dem Song setzen wir uns zu ihm und Hannes. Roland holt aus dem Kühlschrank Flaschenbier für alle. Wir öffnen sie mit unseren Feuerzeugen und stoßen an.

»Geil«, murmelt Mike. »Von wem ist der Song?«

»Von mir«, erwidere ich.

»Nie im Leben.«

»Stimmt, den habe ich von ›More Than a Feeling‹ geklaut«, sage ich.

Alle lachen. Auch Mike.

»Geil, echt geil«, sagt er. »Aber klitzekleines Problem: Der klingt so gar nicht wie der Rest unserer Songs.«

»Mach dir deswegen keinen Kopf«, sage ich. »Ist alles eine Frage der richtigen Vermarktung und Promotion.«

»Aha. Na, dann …«, sagt er und nimmt einen Schluck Bier. »Und wie geht's jetzt weiter?«

»Pete zeigt dir den neuen Song und dann machen wir einen Termin, bei dem ich mir euer komplettes Set anhöre«, erwidere ich. »Dann wählen wir zusammen sechs Songs für das Demo aus.«

»Klingt nach einem amtlichen Plan«, sagt Porty.

»Kommst du eigentlich mit zum Rush-Konzert am 5. Mai?«, fragt Mike. »Wir haben noch einen Platz frei.«

Eiskalt auf dem falschen Fuß erwischt.

Nicht zum ersten Mal.

»Nicht so abwegig«, murmele ich. »Ich sage rechtzeitig Bescheid.«

»Was gibt's da zu überlegen?«, hakt er skeptisch nach. »Es ist fünf Jahre her, seit wir Rush zum letzten Mal gesehen haben. Fucking fünf Jahre!«

»Ich sage Bescheid, okay?«

Mike nimmt einen Schluck von seinem Bier und taxiert mich misstrauisch.

24
New World Man

Das Klingeln des Telefons reißt mich aus dem Tiefschlaf.

Die Uhr auf dem Nachttisch zeigt 10:23 Uhr.

Wo bin ich?

In meinem Hotelzimmer, eindeutig.

Wer bin ich? Michael oder Mike? Oder beide? Oder keiner davon?

Seit wann bin ich? Offiziell seit 1945, inoffiziell seit 1965.

Ich greife nach dem Hörer.

»Ja?«

»Die Gibson Explorer ist abholbereit. 1.500 Mark.«

»Okay«, murmele ich. »Wo?«

»Hotelparkplatz.«

»Ich bin in zehn Minuten da«.

* * *

Andreas wartet an seinem Opel Kadett in der äußersten Ecke des Hotelparkplatzes. Als er mich mit meinem Kaffee in der Hand entdeckt, grinst er.

»Der Herr Manager. Schönen guten Morgen.«

»Morgen«, murmele ich.

»Hat alles geklappt. War nicht einfach, aber egal.«

Er zieht einen Briefumschlag aus seiner hinteren Hosentasche und hält ihn mir hin. Ich stelle die Kaffeetasse auf der Motorhaube seines Opel ab und öffne den Umschlag. Darin: Ein Personalausweis und ein Führerschein. Beide ausgestellt auf einen gewissen Michael Wagner, geboren am 30.01.1945 in Kaiserslautern.

Und: Die Fotos sind aktuell.

»Alter …«

»Geil, was?«, sagt Andreas, während ich die Dokumente genauer in Augenschein nehme.

»Den Unterscheid wird keiner merken«, sagt er. »Kompliziert könnte es nur werden, wenn das Finanzamt ins Spiel kommt. Falls du mit denen irgendwann zu tun haben solltest. Die werden sich sicher wundern, warum du erst mit dreiundvierzig bei denen vorstellig wirst.«

»Finanzamt versuche ich weiterhin zu vermeiden«, erwidere ich. »So wie ich den Scheiß die letzten dreiundzwanzig Jahre vermieden habe.«

»Willkommen im Club«, sagt er und lacht.

Ich krame die 1.500 D-Mark aus meiner Hosentasche und drücke sie ihm in die Hand.

»Danke, Mann. Aber wie gesagt, das bleibt …«

»… unter uns, klar«, unterbricht er mich. »Bin doch nicht bescheuert.«

»Schon gefrühstückt?«, frage ich.

* * *

Während sich Andreas über das üppige Frühstück hermacht, das ich auf den letzten Drücker organisieren konnte, erzählt er mir von sich und seinem Leben in den 70ern. File under: Heroin. Konsumiert und verkauft. Knast. Zwei Mal. Danach hat er radikal mit H und seinem Umfeld Schluss gemacht und ist aus Landau in der Vorderpfalz, seinem Geburtsort, weggezogen. Nach Hermeskeil. Hatte dort eine Affäre. Danach Umzug nach Zweibrücken. Wegen einer anderen Affäre. Hat keine abgeschlossene Ausbildung, kann aber alles. Keine Kinder, keine feste Beziehung.

»Und aktuell nicht mal eine Affäre«, sagt er lachend. »Und wie hast du die 70er verbracht?«

»Wie alt bist du eigentlich?«, frage ich.

»Dreiundfünzig.«

Wie alt ich in dieser Zeitschiene nun auch offiziell bin, nämlich zehn Jahre jünger als er, weiß er, weshalb ich ihm erneut meine Fake-Vita auftischen muss. Die ich inzwischen regelrecht hasse. Wie soll ich Freundschaften und Vertrauen aufbauen, wenn ich jedes Mal aufpassen muss, mich nicht zu verplappern? Mit der Konsequenz, dass dann nachgehakt wird und ich eventuell als Lügner und Betrüger auffliege.

Und als, tja, Zeitreisender.

Aber hauptsächlich als *fake*. Wobei ich ziemlich sicher bin, dass dieses Wort in diesem Zusammenhang damals noch nicht gebräuchlich war.

»Spannende Story«, meint Andreas, nachdem ich zu Ende erzählt habe. »Klingt nach einem Roman, der noch geschrieben werden müsste.« Er trinkt seinen gefühlt sechsten Kaffee aus. »Brauchst du sonst noch was?«

»Eine Zeitmaschine wäre irgendwie nett.«

»Wohin willst du damit? Zurück in die 70er?«

»Eher zurück in die Zukunft«, erwidere ich.

»Die interessiert mich nicht. Kann nicht besser werden als in den wilden 70ern.«

Er hat vermutlich recht.

»Okay, ich hör mich trotzdem mal um, wer sowas im Angebot haben könnte«, sagt er und lacht. Ich lache mit. Auch wenn mir eigentlich zum Heulen zumute ist. Ich hoffe immer noch vor jedem Einschlafen, dass am nächsten Tag wieder alles ›normal‹ ist und ich diese riesige Verantwortung los bin: Aimee retten und/oder den Flugtag verhindern. Und meine alte Band zu Superstars machen. Ich bin nicht Gott, nur ein fucking Zeitreisender wider Willen, der versucht, seinen Weg zu finden.

* * *

Zurück auf dem Zimmer, nehme ich den neuen Perso und den Führerschein genauer in Augenschein. Ich bin sicher, ein Laie würde beide niemals als gefälscht identifizieren. Ein Bulle vermutlich auch nicht.

Neue Welten tun sich auf. Ich könnte endlich ein Bankkonto eröffnen. Oder ein Bankschließfach mieten. Was sich irgendwie sicherer als ein Konto anfühlt. Und ich könnte mich nach einer Wohnung umsehen. Oder einem kleinen Häuschen. Zur Miete. Und mich häuslich einrichten und sesshaft werden. Mit Stereoanlage, kleinem Probe- und Aufnahmeraum. Und dann vielleicht irgendwann der Katzenabteilung des Tierheims einen Besuch abstatten.

Ich wische den Gedanken beiseite. Ich bin noch nicht so weit. Nicht solange ich jede Nacht beim Einschlafen hoffe, am nächsten Tag wieder im Jahr 2018 aufzuwachen.

25
Saviour/Destroyer

Mike quatscht mich vor dem Proberaum an, nachdem mir meine alte Band ihr Set präsentiert hat. Aber es geht nicht um die Auswahl der sechs Songs für das geplante Demo, sondern erneut um das Rush-Konzert in Stuttgart nächsten Donnerstag.

»Und? Wie sieht's aus? Bist du dabei?«

Ah, fuck. Ich habe das Konzert komplett verdrängt. War die letzten Wochen damit beschäftigt gewesen, zu üben, mir das Set meiner alten Clubband draufzuschaffen, zu trinken, zu schlafen und nicht an Aimee zu denken. Habe versucht, an gar nichts zu denken. Natürlich auch nicht an Rush und das bevorstehende Konzert in Stuttgart. Das letzte Konzert *meiner* Band, die mich seit Anfang der 80er Jahre begleitet, habe ich 2013 auf der ›Clockwork Angels‹-Tour in Köln gesehen. Die letzte Rush-Tour, die ›R40‹-Tour, fand 2015 leider nur in Amerika statt. Dass es die letzte sein würde, erfuhren die Fans erst danach. Neil Peart, der gottgleiche Drummer, hatte keine Lust mehr auf Touren und wollte mehr Zeit mit seiner Familie verbringen. Und offensichtlich hatte er auch körperliche Probleme.

Was in der alten Zeitschiene an dem Abend des Rush-Konzerts geschah: Während Mike mit seinen Kumpels in Stuttgart ist, hat Aimee einen Gig mit ihrer Coverband in einem kleinen Studenten-Club namens ›Kramladen‹ im Unigebiet von Kaiserslautern. Was Mike weiß. Weil: Er und Aimee sind seit dem Abend im ›Einhorn‹ sowohl telefonisch als auch schriftlich in Kontakt. Wobei es mehr Briefe als Telefonate gab. Was bedeutet, dass sich die Liebe der beiden zum größten Teil über das Schreiben entwickelte. Ähnlich wie beim Chatten im Internet 2018. Briefe waren 2018 total oldschool und uncool. 1988 sind sie, tja, essentiell und der einzige Weg, um wirklich in Kontakt zu bleiben, wenn man sich nicht sehen kann. Und die beiden haben sich seit dem Kuss bei Sonnenaufgang auf dem Parkplatz der Kneipe bei Vogelsbach nicht mehr gesehen, da sie zu hundert Prozent mit ihren Leben und ihrer Musik beschäftigt waren. Aimee mit ihrer Band, dem Studium und dem Job im ›Einhorn‹ und Mike mit SHE und der Clubband. Er hatte ihr natürlich auch ein Mixtape geschickt, so wie man das damals machte, wenn man dem anderen zeigen wollte, was er einem bedeutet. Und dabei die eigenen Worte, trotz unzähliger Briefe, nicht genügten, um den Sachverhalt, dass man den anderen, tja, liebte, adäquat auszudrücken.

Songs did the job.

Ich erinnere mich, dass ich einen von Aimees Briefen in ›1988‹ eingebaut habe. Den Brief, den sie während ihrer Schicht im ›Einhorn‹ geschrieben hatte. Auf die Rückseite eines Konzertplakats der Richard Head Band, das noch irgendwo rumlag. Sie meinte, sie hätte das ganze ›Einhorn‹ umgegraben, um Papier zu finden, sei aber nicht fündig geworden. Bis sie auf ein nicht aufgehängtes Plakat von Mikes Clubband gestoßen sei. Das sie dann fast komplett vollschrieb.

> *God, Babe, you really got me! Du hältst mich auf eine Art fest, die kein Festhalten ist und die dadurch, daß es kein Loslassen gibt, ein Loskommen verhindert.*

Und das war nur einer von vielen unique selling points, die Mike damals an Aimee so faszinierten. Sie war klug, gebildet, sexy, hatte Humor, konnte schreiben, sich ausdrücken, ihre Gedanken in Worte fassen. Wie er auch. Vor Aimee war das bei seinen Frauen nicht wirklich der Fall gewesen.

But you have to know that there's always a price you have to pay for everything you get in life. I'm so glad you remember the sea! Und ich bin froh, daß du bereit bist, dich mit mir reinzuwagen. Und ich bin froh, zu wissen, daß wir beide schwimmen können. Außerdem haben wir ja auch noch unsere musikalische Schwimmweste. Unbezahlbar das Ding! Also, was soll uns schon passieren?

Offensichtlich war da etwas, das beide gespürt haben. Das Gefühl, endlich das Yin zu seinem Yang gefunden zu haben. Den passenden Deckel zu seinem Topf. Die beiden ahnen – wissen? –, dass sie zusammengehören. Und das alles ohne Sex und gemeinsamen Erlebnissen im *real life*. Wobei für beide der Intellekt des anderen und die Gemeinsamkeiten schon irgendwie eine Art von Sex darstellten. Oder die Vorstufe dazu.

Anyway. Mit Aimees Brief und ihren Zeilen im Kopf und im Herzen heult Mike beim Rush-Konzert während des Songs ›Mission‹ wie ein Schlosshund. Weil ihm bewusst wird, dass er Aimee will. Wirklich will. Mit allem. Ohne Wenn und Aber. Sie gehören zusammen. Für immer. Nach dem Konzert lässt er sich von seinen Kumpels im Unigebiet von K-Town absetzen und trifft auf Aimee, die zusammen mit ihrer Band nach dem Gig abbaut und die Anlage im Bandbus verstaut. Mike ist durch das Rush-Konzert emotional aufgeladen und euphorisch, da er Aimee endlich wiedersieht. Aimee geht es nach ihrem eigenen Konzert ähnlich und die beiden erleben eine magische Nacht, die so nicht geplant gewesen war, aber nach der die beiden ›zusammen‹ sind.

Die Erinnerung an diese Nacht beschert mir eine Gänsehaut *all over*. Das alles ist so lange her, aber plötzlich wieder so unfassbar präsent.

Und vor allem real.

Was soll ich tun? Die einmalige Gelegenheit wahrnehmen, um meine Lieblingsband auf der ›Hold Your Fire‹-Tour noch einmal zu sehen? Oder Mikes Abwesenheit an dem Abend nutzen, um mich bei Aimee ins Spiel zu bringen? Falls ich wirklich *forever* in dieser Zeitschiene gestrandet sein sollte, könnte ich Rush in den Jahren bis 2013 noch ziemlich oft live sehen. Aber wer hat schon die Möglichkeit, ein Konzert seiner musikalischen Helden auf dem Höhepunkt ihrer Kreativität und in relativ jungen Jahren noch einmal erleben zu können?

Wie immer ich mich entscheide, ich bin sicher, es wird die falsche Entscheidung sein.

»Nee, schaffe ich zeitlich nicht«, erwidere ich. »Keine Chance.«

Mike starrt mich fassungslos an. »Was kann wichtiger als ein Rush-Konzert sein? Nach über fünf Jahren Warten!«

Aimee, denke ich.

Sage aber: »Geschäftstermin mit einem Businesspartner. Abendessen. Es geht unter anderem auch um euch.«

»Aha«, murmelt Mike. »Und mit wem genau? Jemand von einer Plattenfirma?«

»Ich rede prinzipiell nicht über ungelegte Eier«, erwidere ich.

»Na, dann …«, sagt Mike knapp. »Viel Spaß.«

Er geht zurück in den Proberaum. Ich sehe ihm hinterher und mir schnürt es die Kehle zu. Nicht zum ersten Mal, seit ich im Jahr 1988 gestrandet bin, wird mir die Absurdität des Ganzen bewusst. Ich muss mein jüngeres Ich belügen und betrügen und versuchen, ihm Aimee auszuspannen. Mit dem Ziel, sie zu retten. Auch wenn ich immer noch nicht weiß, wie genau. Und ich auch immer noch nicht sicher bin, ob das der richtige Weg ist.

Was ich aktuell bin: *Saviour* und gleichzeitig *Destroyer*.

Wobei das Pendel definitiv in Richtung *Destroyer* ausschlägt.

* * *

Im ›Opossum‹ gibt es Diskussionen bezüglich der Songauswahl. Was absehbar war. Geht natürlich hauptsächlich um ›Smells Like Teen Spirit‹. Hannes ist dagegen. Weil er bei dem

Song nichts zu tun hat, auch wenn er seine Argumente anders verkauft. Mike ist ebenfalls dagegen. Aus dem nachvollziehbaren Grund, weil der Song nicht nach SHE klingt. Womit er natürlich recht hat. Dennoch ist der Rest der Band dafür, den Song aufzunehmen. Ich auch. Hannes und Mike sind nicht begeistert, fügen sich aber der Entscheidung der Mehrheit. Was Mike hasst. Also Mehrheitsentscheidungen.

»Irgendwelche Ideen bezüglich eines Studios?«, frage ich.

Porty schlägt das ›Black Rose Studio‹ von Bert – Norbert Berger von Cindy & Bert – in Zweibrücken vor. Um die Ecke. Bezahlbar. Minimaler Aufwand, das Band-Equipment da hinzubringen.

»Welches Studio würdet ihr nehmen, wenn Geld keine Rolle spielen würde?«, frage ich in die Runde.

»›Dierks Studios‹ in Stommeln«, erwidert Pete wie aus der Pistole geschossen.

»Los Angeles«, sagt Porty. »Egal, welches Studio. Hauptsache L. A.«

»›Horus Sound Studios‹ in Hannover«, sagt Roland. »Frank Bornemann. Eloy«.

»Das Studio von Conny Plank. ›Connys Studio‹. In Wolperath bei Köln«, sagt Hannes. »Meine Mutter kannte ihn. Stammt wie sie auch aus Hütschenhausen. Haben zusammen die Schulbank gedrückt.«

»Conny Plank ist leider letztes Jahr an Krebs gestorben«, sage ich. »Keine Ahnung, was mit dem Studio jetzt ist.«

»Hab ich gar nicht mitbekommen«, murmelt Hannes.

Wie auch? Ohne Internet und Daily News und Wasserstandsmeldungen aus der Hölle. Die ich aktuell sowas von gar nicht vermisse.

Ich sehe zu Mike. »Und du?«

»›Polar Music Studios‹ von ABBA in Stockholm«, sagt er ohne zu lächeln. »Falls das nicht machbar sein sollte, dann eben ›Abbey Road‹.«

Der Arsch weiß genau, dass beides nicht machbar ist. Genauso wenig wie die ›Dierks Studios‹ oder ein Studio in Los Angeles.

»Okay, ich check das«, erwidere ich knapp und ordere eine letzte Runde bei Ali, dem Barkeeper des ›Opossum‹, der mit richtigem Namen Thorsten Albrecht heißt und geschätzt in meinem Alter ist. Also in meinem richtigen Alter, nicht in dem Alter, das seit heute offiziell in meinem Perso steht.

* * *

Ich stehe mit Porty vor dem ›Opossum‹, während der Rest der Band drinnen weiter diskutiert.

»Haste eigentlich schon Kontakt mit ›Romeo's Delight‹ aufgenommen?«, fragt er.

Ich nicke und nehme einen Schluck von meinem Weißwein.

»Und?«

»Griff ins Klo.«

Porty lacht. »Der Piano Man, right?«

»Genau der.«

»War klar. Der wird der Band das Genick brechen. Denkt, er sei der Boss und schnallt nicht, dass das Aimee ist. Ohne Aimee sind die nichts weiter als eine von vielen durchschnittlichen AOR-Combos.«

»Treffender hätte ich es nicht formulieren können«, erwidere ich, als Mike, Roland, Pete und Hannes aus der Kneipe kommen.

»Wie sieht's aus, Porty?«, fragt Mike. »›Crazy‹?«

»Klar.«

Mike sieht mich an. »Du auch, Manager?«

»Nicht heute«, erwidere ich und muss an Aiko denken. Keine Ahnung, ob sie heute am Start ist oder nicht. Macht auch keinen Unterschied. Heute Nacht brauche ich keine Party und keine Gesellschaft. Heute Nacht will ich einfach nur alleine sein. Und mich mental auf Donnerstagabend vorbereiten.

»Wer nicht will, hat schon«, sagt Mike und geht mit dem Rest der Band zu ihren Autos, die um die Ecke vor dem Proberaum stehen.

»Mike?«

Er sieht zu mir.

»Könntest du mir Donnerstag vielleicht ein Tour-Shirt mitbringen?«

»Kein Konzert, kein Shirt. Sorry. Die Regeln sind die Regeln«, sagt er und wendet sich ab.

Ah, fuck. 1988 ein Tour-Shirt von Rush oder irgendeiner anderen Band zu bekommen, ohne auf dem betreffenden Konzert gewesen zu sein, ist so gut wie unmöglich. Was mich zu der Frage bringt, warum ich mir damals bei dem Konzert kein Shirt gekauft habe. Wird sich Mike in dieser neuen Gegenwart eins besorgen?

Was auch immer er tun wird: Die Vergangenheit ist seit meiner Rückkehr nicht mehr die Vergangenheit, die ich kannte, und entwickelt eine Eigendynamik, die mir Angst macht. Auch wenn es ein extrem tröstender Gedanke wäre, das alles in der Hand zu haben. Im Sinne von *A spirit with a vision is a dream with a mission*, wie Neal Peart, der Drummer und Texter von Rush es so treffend formuliert hatte. Und zu wissen, dass am Ende alles gut wird. Aber das Leben ist nun mal kein Songtext.

Und das Leben als Zeitreisender wider Willen schon gar nicht.

26
Don't Stop Believin'

Auf dem Rückweg zum Hotel frage ich mich, ob meine Motive wirklich so selbstlos sind, wie sie nach außen hin erscheinen könnten. Tue ich das alles wirklich für die Band oder ausschließlich für mich? Für mich wäre es definitiv die Erfüllung eines Traums. Einmal in einem renommierten, professionellen Studio aufnehmen. Einem Studio mit einer *history*. Dreißig Jahre danach. Und ich wäre dabei. Wenn auch nicht als Musiker, sondern nur als eine Art von *musical director*.

Damals hatten wir unser Demo wie von Porty vorschlagen natürlich in Zweibrücken im Studio von Bert aufgenommen. Und diesen dabei auch kennengelernt. Auch wenn er mit dem laufenden Betrieb nichts zu tun hatte, dafür gab es seinen Geschäftsführer und Tontechniker Kurt Doll, der zusammen mit uns das Demo produzierte. Kein Vergleich zu einem Studio wie das ›Horus Sound‹ oder die ›Dierks Studios‹, klar. Dennoch war das damals für uns ein absolutes Highlight. Weil: Es war für jeden von uns das erste professionelle Demo. Doch in der neuen Zeitschiene werde ich alles dafür tun, dass die Jungs ihr Demo in einem großen Studio aufnehmen können. Die Frage ist nur, wo das alles hinführen soll? Glaube ich wirklich, dass meine alte Band mit einem angeblich von mir geschrieben Song, der erst 1991 von einer Band namens Nirvana veröffentlicht werden wird, die Charts knacken, richtig durchstarten und Rockstars werden könnten? Mit meinem jüngeren Ich am Bass. Der sich irgendwann aufgrund des weltweiten Erfolgs dann die Birne mit einer Schrotflinte wegblasen wird? Womöglich auch noch in Verbindung mit dem Tod der Liebe seines Lebens, was er nie verkraftet hat?

In meiner ehemaligen Zeitschiene war es mein Job als Geschichtenerzähler, Dinge zu Ende zu denken. Im *real life* war mir das eher selten gelungen. Auch in der neuen Zeitschiene kann ich das *real life* nicht zu Ende denken. Ich muss mich ausschließlich auf meinen Instinkt und meine Intuition verlassen.

Und mein Instinkt sagt mir, dass es eine bescheuerte Idee ist, 1988 einen Song von Nirvana aufzunehmen.

In welchem Studio auch immer.

* * *

Majka an der Rezeption. Ein Anruf für mich. Von einem gewissen Gregor Becker.

»Was wollte er?«

»Weiß nicht. Er hat gebeten um Rückruf.«

»Hat er eine Nummer hinterlassen.«

Majka schiebt mir einen Zettel mit der Nummer zu.

»Thanks.«

»You're welcome.«

»Reservierst du mir bitte für 20 Uhr einen Tisch im Restaurant?«

»Wie viele Leute?«

»Nur für mich«, erwidere ich. Dann fällt mir ein, was ich Majka schon länger fragen wollte. »Liest du?«

»Ja. Wieso fragst du?«

»Kennst du zufällig einen guten Buchladen in der Nähe?«

›Buchhandlung Schatz‹, sagt sie, ohne lange überlegen zu müssen. »Seitenstraße von Fußgängerzone. Chefin ist supernett und lustig. Ältere Dame. Kennt alles. Super Auswahl.«

»Kannst du mir die Adresse aufschreiben?«

Was sie tut.

»Thanks again.«

»You're welcome again.«

* * *

Nach dem Abendessen sitze ich mit meinem neuen/alten Charvel-Bass auf dem Balkon und spiele ›Rebell Yell‹ von Billy Idol mit, der im Zimmer aus der Stereoanlage dröhnt. Wobei ich den Song nicht wirklich üben muss, da der Basspart in meinen Genen gespeichert ist. Inzwischen fällt mir das Bassspielen so leicht wie 1988. Jedenfalls im Sitzen. Länger als eine halbe Stunde im Stehen ist vermutlich nicht drin. Weil: Schulter. Alte Schulter. Aber Finger und Hände sind wieder am Start. Wie beim Schreiben. Das ich seltsamerweise immer noch kein Stück vermisse. Mein alter Beruf spielt aktuell nicht die geringste Rolle. Ich schreibe nicht mal mehr Tagebuch. Jetzt ist jetzt. Und jetzt ist Musik wieder die Nummer eins. Und ja, ich will wieder Musiker sein, kein Fake-Manager. Wobei die Frage im Raum steht, ob man wieder Musiker sein kann, wenn man das Kapitel schon seit über zwanzig Jahren abgeschlossen hat.

›Rebell Yell‹ ist zu Ende. Ich lehne den Bass gegen den Balkontisch und gehe ins Wohnzimmer. Nehme das Billy-Idol-Album vom Plattenteller und greife nach ›Escape‹ von Journey, auf dem ›Don't Stop Believin'‹ drauf ist. Dabei fällt mein Blick auf den Zettel mit der Nummer des Tastenfickers. Was will der Kerl? Sich entschuldigen? Mich beschimpfen? Ich gieße mir einen Grappa ein und wähle spontan die Nummer auf dem Zettel. Nach drei Mal klingeln nimmt jemand ab.

»Becker.«

»Wagner.«

»Ah, Michael. Gregor hier.«

»Du hattest angerufen?«

»Ja, hab ich. Schön, dass du zurückrufst.«

»Um was geht's?«

»Es geht um …«

»Ja?«

»Unser Abendessen«, sagt er und schweigt dann.

»Ja?«

»Ich … Das lief irgendwie … unrund.«

»Das ist korrekt.«

»Ich wollte mich entschuldigen, ist echt blöd gelaufen.«

Ich merke, dass es ihm kein Stück leidtut, er aber kiloweise Kreide frisst. Was so nicht unbedingt zu erwarten war. Vermutlich wurde er von Aimee unter Androhung eines Fickstopps zu dem Anruf genötigt. Er meint, falls ich trotzdem noch Interesse an seiner Band haben sollte, könnte man sich ja nochmal mit allen Beteiligten treffen und über alles reden.

Hat er eben wirklich von ›seiner Band‹ gesprochen?

O Mann.

Ich erwidere sachlich, dass ich die nächsten Wochen erstmal beschäftigt sei und ich mich danach bei ihm melden würde.

»Oder bei Aimee«, sagt er. »Kein Problem.«

»Alles klar. Bis dann.«

Ich lege auf und denke: *There is no if.* Niemals. Das Ding ist durch, da lässt sich nichts mehr kitten oder gutmachen. Wobei ich eh niemals vorhatte, Aimees Band zu managen. Alles, was ich wollte, war, an sie ranzukommen.

Was mir bis jetzt nicht wirklich gelungen ist.

Ich checke mein iPhone, ob ich ›There Is No If …‹ gespeichert habe. Habe ich. In einer Playlist namens ›Catharsis‹, in der sich auch so uplifting Songs wie ›Ask Me Yesterday‹ von Tom Keifer, ›Bloodflowers‹ von The Cure oder ›Will I See You In Heaven‹ von den Jayhawks befinden.

Ich greife mir die Les Paul, stöpsele sie in den Marshall und starte den Cure-Song auf dem iPhone. Erinnere mich sofort an die Akkorde und die Lyrics. Auch wenn ich den Song nie mit einer Band gespielt habe. Wie auch? Meinen letzten Gig mit einer Band hatte ich 1996 und das Album ist von 2000. Ich singe mit. Erinnere mich, ohne nachdenken zu müssen, an den Text und schaffe es, ohne Fehler bis zum Ende dranzubleiben und mich nicht einmal zu verspielen oder zu versingen.

Ich stelle die Paula zur Seite. Wie kann es sein, dass sich gewisse Songs so tief in die Psyche eingraben, dass man sich sofort wieder an sie erinnert? Musik ist pure Magie, anders ist das nicht erklärbar. Zum Runterkommen lege ich Journey auf, schnappe mir den Bass und spiele ›Don't Stop Believin'‹ mit. Erinnere mich bei den ersten Tönen sofort, in welcher Tonart der Song ist und wie man den genialen Basspart von Ross Valory spielt. Wobei ich mit Abstand denke, dass eher Jonathan Cain, der Keyboarder, oder Neal Schon den erfunden haben. Anyway: Ich schaffe es, den Song fehlerfrei bis zum Ende zu spielen.

Sieht aus, als wäre ich im Jahr 1988 angekommen.

Jedenfalls musikalisch.

TEIL 6

LIVE AND DANGEROUS 2.0

27
Einmal Basser, immer Basser

Donnerstag. Der Tag, an dem Rush in Stuttgart spielen und Aimee mit ihrer Coverband im Unigebiet von K-Town.

Wie wird sie auf mein Auftauchen reagieren? Wie wird sich der Abend entwickeln? Werden wir zum Quatschen kommen? Wie viel Zeit werde ich haben, bevor Mike auftaucht? Wie wird Mike reagieren, wenn ihm klar wird, dass ich Rush abgesagt habe, um beim Konzert von Aimee sein zu können? Habe ich einen Plan?

Nein.

Außer, dass ich versuchen muss, mit Aimee in Kontakt zu treten. Was vermutlich erst nach dem Konzert möglich sein wird. Oder davor. Heißt: Ich muss spätestens gegen 17 Uhr da sein, da das Konzert um 20 Uhr beginnt.

Beim Frühstück treffe ich eine Entscheidung. Ich werde vorerst hier im Hotel bleiben. Weil: Some kind of Familienanschluss. Ich bin noch nicht bereit für eine Wohnung oder ein Häuschen im Grünen. Weder im Saarland noch sonst wo. Auch wenn ich inzwischen die Gesellschaft von Katzen mehr als die von Menschen vermisse. Aber Katzen in einem Hotel? No way. Katzen brauchen einen Garten. Oder zumindest einen Balkon. Wobei ich den im Hotel ja hätte.

Hm.

Outfit: Army-Cargohose, Rush-T-Shirt, Sneaker, Lederjacke. Gegen 16 Uhr bestelle ich mir ein Taxi nach K-Town, was mich ein Vermögen kostet. Kurz vor 17 Uhr bin ich im Unigebiet und muss mich zum ›Kramladen‹ durchfragen, da ich mich nicht mehr erinnern kann, wo der war. Finde ihn irgendwann.

Vor dem kleinen Kellerclub steht ein Van mit französischem Kennzeichen. Plötzlich erinnere ich mich wieder. Sowohl an den Namen der Band – ›Surprises‹ – als auch daran, dass der Drummer und der Gitarrist Franzosen sind.

Ich will gerade den Club betreten, als mir Aimee in die Arme läuft.

»Michael …«

Sie sieht wie immer unfassbar klasse aus. Jeans, T-Shirt, Sneaker, Haare offen, nicht toupiert, ungeschminkt. Und sie wirkt mehr als nur ein bisschen überrascht.

»Was machst du hier? Woher wusstest du, dass wir hier spielen? Oder ist das jetzt … Zufall?«

»Kein Zufall«, erwidere ich. »I drink and I know things. That's my job.«

Aimee lacht. »Zu trinken oder zu wissen?«

»Beides.«

»Klar.« Sie grinst. »Und du bist heute Abend privat hier, schätze ich.«

»Da schätzt du richtig.«

»Dachte ich mir schon. Klar, nach dem beschissenen Abendessen Montag …«

»Dein Keyboarder hat sich übrigens telefonisch bei mir entschuldigt. Hast du ihn dazu genötigt?«

»Was? Nein!«

»War nicht abgesprochen?«

»Nein, no way«, murmelt sie. »Ändert aber vermutlich eh nichts mehr, schätze ich. Der Managerzug ist wohl abgefahren.«

Ihre Band kommt aus dem Laden und geht zum Bus, um weiter auszuladen.

»Bin gleich bei euch!«, ruft Aimee ihnen zu.

»Alles gut«, erwidert einer der vier mit einem charmanten französischen Akzent. »Ist nicht viel mehr.«

»Das sind Yves, Markus und Pierre. Gitarre, Keyboards und Drums. Und Klaus, unser Mixer.«

»Wo ist euer Basser?«

»Jörg? Keine Ahnung. Der ist überfällig. Bier?«

Ich nicke. Aimee verschwindet im Club und kommt kurz darauf mit zwei Bierflaschen zurück. Wir stoßen an und setzen uns auf die Umrandung eines Blumenbeets in der Nähe.

»Nach unserem Abendessen sind mir einige Sachen klargeworden ...«

Ich sehe sie fragend an. Ihr Blick, ihre Augen killen mich und ich muss mich zusammenreißen, nicht über sie herzufallen.

»Es war ein Fehler, Berufliches und Privates zu vermischen«, fährt sie fort. »Zumal in einer Band, die ein sehr fragiles Gebilde ist, wie eine Familie. Und wenn da Eifersucht, Neid, Machtspiele oder ähnliche negative Dinge ins Spiel kommen, ist das komplett kontraproduktiv. Oder wenn man eingespielt ist und die Chemie stimmt und dann jemand aussteigt ... Aber das weißt du ja selbst.«

Ich nicke. Natürlich weiß ich das. Und das war genau der Grund, warum ich irgendwann das Thema ›Bands‹ zu den Akten gelegt hatte.

»Anyway, ich habe das mit Greg nach dem Abendessen beendet. Also die private Ebene. Und zwar so, dass ihm klar sein sollte, dass es keinen Sinn macht, nachzuhaken.«

»Wie hat er reagiert?«

»Professionell«, erwidert Aimee. »Aber ›Tastenficker‹ war echt keine nette Formulierung.« Sie grinst mich an.

»Aber lustig«, erwidere ich. Auch wenn ich mir die Formulierung von Flake, dem Keyboarder von Rammstein, ausgeborgt habe.

»That's right.« Sie lacht.

»Hatte die Entscheidung gegen deinen Keyboarder auch ein bisschen was mit Mike zu tun?«

Sie sieht mich überrascht an. »Was meinst du?«

»Na ja, ich war an dem Abend im ›Einhorn‹ dabei. Und

dass ihr beiden zusammen ›wuscht‹, war ja nicht zu übersehen. Ihr wart total in eurer eigenen *bubble*.«

Sie wendet den Blick ab und nimmt einen Schluck Bier.

»Oder interpretiere ich das falsch?«

»Nein, das interpretierst du genau richtig«, erwidert sie ernst. »Mike ist etwas ganz Besonderes. Ich kenne keinen anderen Musiker, der so, wie soll ich sagen, vielschichtig ist wie er. Der sich für so viele Dinge außerhalb der Musik interessiert. Der so viel nachdenkt und grübelt.«

Und analysiert, zweifelt und hadert, denke ich.

»Und analysiert«, sagt sie.

»Ja, er ist schon sehr special. Wie du.«

Sie sieht mich an. Lächelt. »Thanks.«

Yves, Markus und Pierre kommen aus dem Club zu uns.

»Mauvaises nouvelles«, sagt Yves und wirkt dabei gestresst.

»Bad news? Was ist passiert?«, fragt Aimee angespannt.

»Mutter von Jörg hat angerufen. Im Club«, erklärt er. »Jörg hatte accident avec motocyclette. Ist in hôpital maintenant.«

»What the fuck? Das kann doch nicht wahr sein! Fuck! Fuck! Fuck!«

Aimee ist am Rande eines Nervenzusammenbruchs.

»Wie geht's ihm?«, frage ich.

»Ganz okay«, erwidert Markus. »Aber wohl Schienbeinbruch.«

»Was machen wir maintenant?«, fragt Yves.

Ich bekomme innerlich Schnappatmung. Das ist meine Chance! Nach dem langen Üben fühle ich mich inzwischen wieder *ready and willing*. Und vor allem *able*. Aber ich muss cool bleiben, darf mir nichts anmerken lassen. Es darf auf keinen Fall so rüberkommen, als wäre ich geil auf den Job. Was ich aber natürlich bin.

Ich stecke mir eine Zigarette an und wende mich an Aimee.

»Habt ihr einen Bass am Start?«

»Was?«, fragt sie irritiert.

»Habt ihr einen oder nicht?«

»Oui«, erwidert Yves. »Komplette Equipment aus den Proberaum. Bass, Ampeg-Amp und Box. Warum fragst du?«

»Donnez moi the setlist«, sage ich.

Yves, Markus, Pierre und Aimee starren mich an.

»Je suis bassiste«, sage ich. »Oder besser: Ich war mal einer. Aber einmal Basser, immer Basser. Zeigt mir eure Setlist, dann sage ich euch, ob ich das rocken kann.«

»Fucking hell ...«, murmelt Aimee.

* * *

Ich sitze mit Yves auf einer Bank hinter dem Club, beim Eingang zum Backstage-Bereich, der zu zwanzig Prozent Backstage und zu achtzig Prozent ein Getränkelager ist. Zwischen uns liegt die handgeschriebene Setlist der Band. Drei Sets à jeweils vierzig Minuten. Knapp fünfzig Songs. Über dreißig Songs habe ich damals bis zum Erbrechen in irgendwelchen Ami-Clubs gespielt und kann die inzwischen auch wieder spielen. Den Rest kenne ich, habe diese aber nie live gespielt, was ich Aimee, die bei uns steht, und Yves wissen lasse.

»Ich brauche Bier, Sandwiches, einen Block und Kugelschreiber«, sage ich zu Aimee. »Wobei ein Edding besser wäre. Und natürlich Jörgs Bass.«

Sie sieht fragend zu Yves, der grinst.

»Guter Plan. Ich 'ole Bass, Block und alles und du Bier und Sandwiches, d'accord?«

»Seid ihr sicher, dass ...«, fragt Aimee und wird von Yves und mir gleichzeitig unterbrochen.

»Oui!«

Wir geben uns grinsend High five.

Aimee seufzt.

* * *

Yves hat seine wunderschöne, weiße Fender Strat aus den 70ern am Start und ich den sehr geilen schwarzen Music Man StingRay-Bass des verunfallten Bassisten. Auch so ein Traumbass, den ich damals nie gespielt habe. Wir sitzen immer noch auf der Bank hinter dem Club und gehen zusammen die Setlist durch. Yves schreibt mir die Tonarten der Songs auf, die ich schon kenne. Die zum Glück fast alle in der Tonart sind, wie ich sie geprobt habe. Einen Song, den ich in C-Dur gelernt habe, ad hoc in D oder A spielen zu müssen, wäre schon rechtschaffen stressig. Zumal, wenn man schon seit über zwanzig Jahren nicht mehr auf einer Bühne stand und deshalb auch keinerlei Routine in Bezug auf *Live* hat.

Aimee bringt uns belegte Sandwiches und Biernachschub, während Yves mir die Songs erklärt. Ich mache mir akribisch Notizen, was Aimee irgendwie, tja, beeindruckt.

»Kriegen wir hin«, sage ich zu ihr, was Yves gestisch mit dem Daumen hoch bestätigt.

Aimee lächelt gequält. »We'll see …«

»Wie viel Zeit haben wir noch?«

Aimee sieht auf ihre Uhr. »Knapp eineinhalb Stunden.«

»Sollte reichen.«

»Das wäre extrem wünschenswert«, sagt sie angespannt, wendet sich ab und ist verschwunden.

Yves lacht.

»Was?«, hake ich nach.

»C'est Aimee. Immer unter … wie sagt man?«

»Strom?«

»C'est vrai.« Er lacht. »Professionel. Une Rockstar.«

Oh ja, das ist sie.

»Okay, weiter«, sage ich. »I just died in your arms tonight.«

»H-Moll. E-Moll. A-Moll. Fis-Moll. Le chorus.«

»Okay.« Ich beiße in mein Sandwich, nehme einen Schluck Bier und schreibe mir dann die Akkorde auf. »Strophe?«

»H-Moll. G. A. Fis-Moll.«

»Okay, lass uns durchspielen. One, two, three, four …«

Ich singe mehr oder weniger textsicher mit. Guide Vocals nennt man das. Ohne Anspruch auf Professionalität. Als wir zum Chorus kommen, setzt mein Herz einen oder zwei Schläge aus. Weil: Eine Frauenstimme in meinem Rücken, die die Leadstimme übernimmt und mir einen Schauer über den Rücken jagt.

Ich sehe über die Schulter.

Aimee.

Sie hat sich zu uns gekniet und singt weiter. Ich wechsle automatisch in die Background-Stimme, was damals Teil des Jobs war und gerne als ›Backing Vox‹ bezeichnet wurde.

Zusammen singen wir den Chorus zu Ende und lächeln uns dabei an.

It must've been some kind of kiss.
I should've walked away.

Puh.

Spätestens ab jetzt gibt es kein Zurück mehr.

»Très geil«, sagt Yves grinsend, als wir den Song beenden.

»Fand ich auch«, sagt Aimee lächelnd.

»Thanks«, murmele ich.

»Haut rein. Soundcheck in einer halben Stunde.« Sie wendet sich ab und geht. Ich sehe ihr hinterher. Kann nicht glauben, dass ich heute zusammen mit der großen und letztlich einzigen Liebe meines Lebens auf einer Bühne stehen und Musik machen werde. Zum ersten Mal. Damals hatten wir uns nie eine Bühne geteilt.

»Okay. ›Your Song‹. Ist bekannt?«, reißt mich Yves aus meinen Gedanken.

Ich nicke. Der Song war damals auch auf einem Mixtape, das ich für Aimee aufgenommen habe. Und wir liebten ihn beide.

* * *

Nach dem Soundcheck, bei dem wir ›Rebell Yell‹ spielten, was überraschend gut klappte und Klaus, der Mixer, uns zwei Daumen hoch gegeben hat, ziehe ich mich mit meinen Notizblättern in eine ruhige Ecke des Clubs zurück und ordne sie chronologisch anhand der Setlist. Gehe nochmal in Gedanken alle Songs durch. Wo könnte es Probleme geben? Bei den Songs, die ich noch nie live gespielt habe, klar. Aber ich kenne die Songs in und auswendig und muss eigentlich nur ein Auge auf meine Notizen haben. Wobei mir bewusst wird, dass ich einen Notenständer brauche. Auch wenn das beknackt aussieht. Ich schaffe es, einen zu organisieren, stelle ihn rechts von mir auf die Bühne und packe meine Zettel drauf, als Aimee dazukommt.

»Du kriegst ein Mikro, okay?«

»Ich soll Background singen?«

»Hast du doch bei ›I Just Died In Your Arms Tonight‹ bewiesen, dass du das draufhast.«

Ich schlucke kurz.

»Mach einfach. Bei den Songs, die du kennst und bei denen du dich sicher fühlst, okay?«

»Okay«, murmele ich.

Sie legt mir eine Hand auf die Schulter. »Du rockst das, ganz sicher.«

»Wenn, dann rocken *wir* das.«

»Aber sowas von.«

Sie nimmt ihre Hand wieder weg. Leider.

»Zwanzig Minuten. Ich muss mich noch umziehen.«

»Ich nicht.«

Wir lachen. Ein vertrautes Lachen. Als würden wir uns schon ewig kennen.

Öhem.

Bin ich aufgeregt? Nein, jetzt nicht mehr. Die Vorfreude ist größer als die Angst, es zu verkacken. Ich weiß, was ich tun muss, fühle mich sicher, der Music-Man-Bass ist der Knaller, ebenso der Amp und die Box. Aimee und ihre Band sind Profis und zudem noch extrem nett und dankbar, dass ich eingesprungen bin. Sie werden mich musikalisch auffangen, wenn ich ins Schwimmen kommen sollte.

File under: Musikalische Schwimmweste.

Mein erster Auftritt seit über zwanzig Jahren. Warum spukt mir das Wort ›surreal‹ durch den Kopf? Rhetorische Frage, klar.

Ich brauche einen Schnaps. Gute, alte Tradition vor dem Gang auf die Bühne. Established since 1984, als ich meinen ersten Gig hatte.

28
On Stage

Ich sitze am Tresen und kippe einen Grappa, als Yves neben mir auftaucht. »On y va. Ready?«

»Mehr oder weniger«, murmele ich und gehe mit ihm durch die Gäste zur Bühne. Der kleine Laden ist rappelvoll, was für mich aber keinen Unterschied macht. Ob ich nur vor dem Barpersonal oder vor tausend Leuten spielte, war mir immer komplett egal. Ich wollte immer das Beste geben, die geilste Show abliefern. Und wenn nach dem Konzert gar nichts mehr bezüglich ›Sozialkontakten‹ lief, bestand ja immer noch die theoretische Möglichkeit, eine der ›Tresenschlampen‹, wie ich die Damen hinter der Bar damals liebevoll nannte, abzuschleppen. Was aber eher selten geklappt hat. Wobei: Bei dem Gig meiner Berliner Band in Bielefeld, nach dem ich …

»Aufgeregt?«, unterbricht Yves meine Gedanken, als wir die Bühne entern, auf der schon die Band steht. Nur Aimee fehlt noch.

»Geht so«, erwidere ich. Er klopft mir grinsend auf die Schulter und geht auf seine Seite der Bühne. Auf dem Bass-Amp stehen mehrere Flaschen Bier und eine Flasche Wasser. Ich öffne ein Bier, nehme einen Schluck, hänge mir den Bass um, schalte den Amp ein, stimme kurz nach, checke den Sound und bin dann bereit. Neben meinem Mikrofonständer, rechts neben Aimees Ständer, der Notenständer mit meinen gesammelten Notizblättern. Ich sehe zu Yves, der sich gerade seine Strat umhängt und mir zugrinst. Ebenso Markus an den Keyboards und Pierre hinter der Schießbude. Alle geben mir den Daumen hoch.

Jetzt fehlt nur noch sie.

Mein Herz rast, als die Musik aus den Boxen des Clubs runtergedreht wird und Aimee die Bühne betritt. Leoparden-Stretch-Jeans, ärmelloses weißes Shirt, geschminkt und ready to rock. Auf dem Weg zu ihrem Mikro legt sie mir kurz eine Hand auf die Schulter und flüstert mir ins Ohr. »Wir rocken das, alter Mann, alright?«

Ich nicke.

Sie tritt ans Mikro und begrüßt das Publikum.

Ich schließe kurz die Augen. Blende alles aus. Mike. SHE. Diana. Ramstein. Rush. 1988. Und ja, auch Aimee. Pierre zählt ein und wir legen mit ›Here I Go Again‹ von Whitesnake los. Es dauert bis zur zweiten Strophe, bis ich mich halbwegs sicher fühle. Aimee wirft mir beim Singen immer wieder Blicke zu. Grinst. Was extrem hilfreich ist. Nach dem dritten Song – ›Baby Love‹ von Mother's Finest, ein doch recht anspruchsvoller Song als Basser, zumal, wenn man als Basser nie slappen gelernt hat – entspanne ich mich. Und beginne langsam, den Gig zu genießen. Ein Traum. Aimee gibt alles, sie ist die perfekte Entertainerin, hat das Publikum und ihre Band komplett im Griff, wofür ich sie bewundere. Und für ihre Stimme, ihre Ausstrahlung, ihre Professionalität, ihre Power. Für den Sex, den sie ausstrahlt. Bei ›Jump‹ von Van Halen, dem letzten Song des ersten Sets, bin ich wieder komplett im *Live-and-dangerous*-Modus des Jahres 1988. Übersetzt: Ich muss mich nicht mehr auf den Song konzentrieren, sondern habe die Muse, mir im Publikum ein weibliches Wesen auszusuchen, das ich zum Lächeln bringen will. Es wird die kleine Dunkelhaarige mit den vollen Lippen, die ich auf Anfang zwanzig schätze und die keine zwei Meter von der Bühne entfernt inmitten der Menge steht und schon seit mehreren Songs begeistert mitgeht. Doch sie würdigt mich mit keinem Blick und schmachtet stattdessen Yves an.

Tja.

* * *

In der Pause sitze ich alleine mit einem Bier in der Hand vor dem Club und rauche. Versuche, zu verarbeiten, was gerade passiert ist und immer noch passiert. Ich bin Aimee so nah, wie ich es in dieser Zeitschiene noch nie war. Ist es da realistisch zu hoffen, dass ich ihr im Laufe des Abends vielleicht noch näherkomme?

Dann kapert wieder Mike meine Gedanken. Ich weiß, dass er aktuell genauso aufgedreht und genauso in Aimee verliebt ist wie ich. Was mich ankotzt. Also meine Gedanken an mein jüngeres Ich und die damit irgendwie einhergehende, tja, Verantwortung für ihn. Und ja, ich habe das Gefühl, ebenjene Verantwortung zu haben. Ob es mir gefällt oder nicht. Und nein, es gefällt mir nicht.

Ich nehme einen Schluck von meinem Bier, als Aimee aus dem Club auf mich zukommt.

»Hey.« Sie setzt sich neben mich. Wirkt aufgedreht, euphorisch. Und irgendwie glücklich. »Knaller«, sagt sie und nimmt mir meine Zigarette aus der Hand. Zieht daran und gibt sie mir zurück. Was man damals nur mit Menschen machte, die man mochte. Und auf die man eventuell auch scharf war. Eine Art von Intimität und Vertrautheit, die nur Raucher verstehen, die in den 80ern sozialisiert wurden.

»Knaller ist hier nur eine«, erwidere ich.

Sie lacht. Heiser. Kehlig.

»Wobei es wohl eher special trifft. Denn das bist du. Auf allen Ebenen.«

Sie legt den Kopf schief und scannt mich mit ihren wundervollen, grünen Augen. »Soll das sowas wie ein Kompliment sein?«

»Hell yeah!«

»Und auf allen Ebenen? Du kennst doch gerade mal eine.«

Ich will widersprechen, kann mich aber im letzten Moment noch zusammenreißen.

»Stimmt. Aber diese Ebene ist magic und einzigartig.«

»Hör auf zu schleimen«, sagt sie amüsiert und boxt mir gegen den Oberarm, als Yves, Pierre und Markus mit Bieren in den Händen dazukommen.

»Bis auf den fehlenden Slap-Bass bei ›Baby Love‹ war das doch schon richtig amtlich«, sagt Markus amüsiert.

»Set deux irgendwelche Probleme?«, fragt Yves.

»Eventuell ›Nothing's Gonna Stop Us Now‹.«

»Weswegen?«

»Synthi-Bass.«

Alle lachen.

»C'est vrai«, sagt Yves und sieht zu seinem Keyboarder Markus. »Brauchen wir Michael da überhaupt? Was hat Jörg da immer gespielt?«

»Nicht viel«, erwidert Markus kichernd.

»Nicht viel krieg ich hin«, sage ich.

»Aber wir brauchen dich bei den Backing Vocals«, sagt Aimee. »Kriegst du die auch hin?«

Der Song war ebenfalls einer der Songs auf dem Mixtape, das ich Aimee damals geschickt habe. Die Backing Vocals sind quasi in meiner DNA gespeichert. »Davon gehe ich aus.«

Wir stoßen alle mit unseren Getränken an.

»Dann bis gleich«, sagt Aimee lächelnd, steht auf und geht zurück in den Club. Ich sehe ihr hinterher. Vergöttere sie. Bewundere sie. Liebe sie. Will sie.

Dann habe ich eine Idee und wende mich an die Band.

»Wollen wir Aimee überraschen?«

Die Jungs sehen mich fragend an.

* * *

Die Band und ich sind schon auf der Bühne, während Aimee noch backstage ist und sich vermutlich umzieht. Ich habe die Jungs bezüglich des Überraschungssongs instruiert. Blues in G.

Abschläge auf die eins. Viermal. Dann Blues-Schema. Sollte kein Problem für Profis sein. Und das sind sie. Auch wenn sie bis auf Yves und Markus den Song weder gehört, geschweige denn jemals gespielt haben. Ich tausche mit Yves den Music Man gegen seine Strat, als ich Aimee entdecke, die aus dem Backstage kommt. Ich zähle den Song ein und trete an ihr Mikro.

»Draußen ist es grau. Ich sitz mit dir hier, blau. Ob ich mir ein Küßchen klau? Lass das doch, du alte Sau!«

Aimee starrt fassungslos zur Bühne.

»Neger, die sind dunkel. Im Dunkeln läßt sich's munkeln. An der Macht, da sind die Weißen. Darauf reimt sich sch… sch… sch…«

Aimee geht zum Tresen und ordert irgendwas, vermutlich Schnaps, den sie auf ex kippt. Dann setzt sie sich auf einen Barhocker und wirkt rechtschaffen aus der Bahn geworfen. Sie ordert einen weiteren Schnaps und trinkt auch diesen auf ex. Wie kann es sein, dass der alte Mann ausgerechnet den Song spielt, der sie im ›Einhorn‹ auf Mike aufmerksam werden ließ? Der alte, tätowierte Mann, dessen Tattoos seltsamerweise überhaupt nicht so aussehen, als seien sie vor über fünfzehn Jahren gestochen worden. Der alte, tätowierte Mann, der im ›Einhorn‹ während des Marius-Songs besoffen vom Barhocker gekippt ist. Und der heute Abend der Aushilfs-Bassist ihrer Coverband ist. Und von einem Moment auf den anderen vom Basser zum Gitarristen und Leadsänger mutiert.

So wie Mike.

Tosender Applaus, als wir den Song beenden. Ich bedanke mich und sehe zu Aimee, die mit einem Bier in der Hand zur Bühne kommt und mitgenommen wirkt. Sie überspielt das aber, tritt ans Mikro und stellt mich vor. Und erzählt kurz die Geschichte, wie es dazu kam, dass ich heute anstelle des eigentlichen Bassisten auf der Bühne stehe. Und dass wir nicht wirklich Zeit hatten zu proben.

»Applaus für Michael Wagner am Bass! Und manchmal auch an der Gitarre und am Gesang!«

Die Gäste lassen sich nicht lange bitten, was runter geht wie Öl. Aimee sieht über die Schulter zu mir. Irgendwie stolz. Und ein bisschen verliebt. Aber was weiß ich schon. Dann stellt sie den Rest der Band vor und sagt den nächsten Titel an. Irgendwie passenderweise ›Nothing's Gonna Stop Us Now‹. Ich blättere durch meine Notizen, kann den Zettel mit dem Song aber nicht finden.

Egal.

Ab hier kann mich niemand mehr stoppen. Ob mit oder ohne Notizen.

* * *

Das zweite Set, bei dem ich die meisten Songs kenne und auch schon gespielt habe, ist *easy peasy*. Die Band ist eingespielt, tight, groovt wie Hölle und Aimee hat alles im Griff. Da kann auch ein Aushilfsbasser nicht viel kaputt machen. Die Stimmung im Publikum ist super, alle haben Spaß, singen mit, tanzen, trinken, knutschen, johlen, feiern sich und uns ab.

Wie sehr habe ich das alles vermisst. Die Atmosphäre eines Live-Konzerts, das Miteinander, die Verbundenheit, die Euphorie des Moments. Alleine durch Live-Musik. Was ich nicht wirklich vermisst habe: Dass ich schwitze wie Sau und vermutlich stinke wie ein Iltis. Wie der Rest der Band auch. Aber die haben im Gegensatz zu mir ganz sicher Wechselshirts dabei. Wie hätte ich ahnen können, dass ich heute Abend nach über zwanzig Jahren wieder als Bassist mit einer Band auf der Bühne stehen und dadurch in dieser Zeitschiene nicht zum ersten Mal neue Ereignisse generieren würde? Das konnte niemand voraussehen. Nicht einmal ein Autor. Auch wenn der aktuell eher ein Ex-Autor ist.

Nach dem Ende des Sets beschließen Aimee und der Rest der Band, keine Pause zu machen, sondern das dritte und letzte Set direkt dranzuhängen.

»Schaffst du das?«, fragt Aimee spöttisch, aber durchaus liebevoll. »Also körperlich.«

»Scheißt der Bär im Wald?«, frage ich.

»Where else?«, erwidert sie und lacht. Nach weiteren vierzig Minuten ist alles vorbei.

Und ich bin am Ende.

Nachdem sich Aimee beim Publikum für den geilen Abend bedankt hat, gebe ich mir mit den Jungs High five. Aimee kommt zu mir, umarmt mich und hält mich fest. Ich lege eine Hand auf ihre Hüfte. Kann ihre schweißnassen Haare riechen, in denen noch ein winzig kleiner Rest ihres Haarsprays hängt.

»Du warst großartig. Danke für alles«, flüstert sie mir ins Ohr.

»*Du* warst großartig«, erwidere ich. »Danke, dass ich dabei sein durfte.«

Sie lächelt, küsst mich auf die Wange und verschwindet in Richtung Backstage.

Ich schließe kurz die Augen.

Fühle mich *lost*.

Und gleichzeitig so, als wäre ich zu Hause.

29
There Is No If ... (Part II)

Nach dem Gig sitze ich auf der Bank hinter dem Club. Yves' Akustikgitarre liegt neben mir. Es ist angenehm kühl, auch wenn mir mein Rush-Shirt noch immer am Körper klebt. Aimee und die anderen stehen vor dem Club mit Gästen zusammen, trinken, quatschen, lachen, lassen sich feiern.

Nicht mein Ding gerade. Ich muss alleine sein. Runterkommen. Auch wenn das Adrenalin noch immer in meinen Venen randaliert und ich mich, tja, glücklich fühle. Wie auf Droge. Weil: Aimee und ich auf einer Bühne. Mit der Coverband der Frau, die ich damals vergöttert und geliebt habe. So wie ich nie eine Frau davor oder danach jemals vergöttert, angebetet und geliebt habe.

Ich nehme einen Schluck aus der Jack-Daniel's-Flasche, die ich mir am Tresen besorgt habe. Fühle mich noch immer wie in einem Traum. Auch wenn mich das letzte Set physisch und psychisch an meine Grenzen gebracht hat. Und darüber hinaus. Vor allem physisch. Ich habe Rückenschmerzen, mir tut die rechte Schulter weh, ganz zu schweigen von beiden Handgelenken und Unterarmen. Klar, wenn man ins kalte Wasser springt und von einem Tag auf den anderen plötzlich zweieinhalb Stunden mit nur einer kurzen Pause wieder Bass spielt. Damals waren Gigs von so einer Länge völlig normal. Auch ohne Pause. Routine. Im Hotel habe ich aber nie länger als eine halbe Stunde geübt. Im Sitzen.

Ich sehe mich um. Niemand in der Nähe. Ich hole mein iPhone aus der Hosentasche. 22:34 Uhr. Wie viel Zeit habe ich noch, bis Mike auftauchen wird? Falls das Rush-Konzert schon vorbei ist, wovon ich ausgehe, dürften er und seine Buddies inzwischen auf der Rückfahrt sein. Ich habe also noch mindestens zwei Stunden. Ich greife mir Yves' Akustikgitarre und spiele den Anfang von ›There Is No If …‹ und singe dazu. Zum Runterkommen. Meine Stimme klingt krächzig, was nicht wirklich überraschend ist, da ich fast bei jedem zweiten Song Backing Vocals gesungen habe. Ich komme bis zum Chorus, als: »Wow, Mann! Was zum Geier ist das?«

Ich erschrecke mich zu Tode und drehe mich um.

Aimee.

Sie hat zwei Bier in der Hand, ist abgeschminkt, trägt schwarze Jeans und ein weißes Cinderella-Shirt.

»Äh … nichts«, stammele ich. »Hab nur so vor mich hingeklampft.«

Sie öffnet mit ihrem Feuerzeug beide Bier und hält mir eins davon hin. »Ich hab dich gesucht.«

Wir stoßen an.

»Auf den Gig«, sagt sie. Wir trinken. Sie rülpst. Ich auch. Wir kichern. Sie setzt sich neben mich. Entdeckt den Jackie.

»Deiner?«

»Jetzt auch deiner«, sage ich.

Sie nimmt einen Schluck. »Was hast du da eben gespielt?«

»Nur so eine Idee«, murmele ich.

»Nur 'ne Idee? Das klang aber schon ziemlich ausgearbeitet.«

Fuck. Aus der Nummer komme ich vermutlich nicht mehr raus.

»Ja, okay, ist schon ziemlich fertig.«

»Wie heißt der Song?«

Mir schnürt es die Kehle zu.

»›There Is No If …‹«, erwidere ich leise.

»Geiler Titel. Lovesong?«

»Mehr oder weniger.«

»Lass nochmal hören.«

»Aimee, ich …«

»Jetzt zier dich nicht so«, unterbricht sie mich lachend und rülpst erneut, was mich zum Grinsen bringt.

Okay, fuck it. Das hier ist die einmalige Chance, der Liebe meines Lebens den Song vorzuspielen, der nach ihrem Tod mein Song für uns war.

Und den sie nie gehört hat.

Bis jetzt.

Konzentrier dich, Mann. Jetzt geht es um alles.

Ich nehme einen Schluck Jackie, atme tief durch und beginne zu spielen und zu singen.

»Remember the first time I told you I love you. It was raining hard and you never heard. You sneezed and I had to say it over. ›I said I love you!‹ I said. You didn't say a word. Just held your hands to my shining eyes and I watched as the rain ran through your fingers. Just held your hands to my shining eyes and smiled as you kissed me …«

Aimee wirkt verzaubert. Fasziniert. Und irgendwie geschockt.

Ich breche ab.

»Nicht aufhören!«, sagt sie. »Weiter. Bitte. Das ist … Wahnsinn!«

Ja, Wahnsinn. Alles. Aber wenn ich jetzt den Chorus spiele, werde ich wohl heulen müssen.

»Spiel weiter. Für mich …«

Ich reiße mich zusammen. Konzentriere mich auf die Akkorde und singe den Chorus.

»›If you die‹ you said, ›So do I‹ you said. And it starts the day you make the sign. Tell me I'm forever yours and you're forever mine. Forever mine …«

Ich breche erneut ab. Weil: Kloß im Hals.

»Ich brauche eine Kippe …«, murmele ich und stelle die Gitarre neben mich. Aimee wirkt wie in Schockstarre.

»Alles okay?«, frage ich, während ich mir eine anstecke.

Sie schnappt nach Luft. »Ich habe noch nie so einen wundervollen Song gehört. Das ist so traurig. So real. Unfassbar. Den hast echt du geschrieben?«

»Yes, ma'am«, lüge ich und bemerke, wie meine Hand zittert, mit der ich die Zigarette zum Mund führe.

»Spiel nochmal. Den Chorus. Bitte. Ich will mitsingen. Die Lyrics stimmen so? ›If you die‹ you said, ›So do I‹ you said. And it starts the day you make the sign.«

Ich nicke. Und schlucke gleichzeitig. Falls das irgendwie möglich ist.

»Und dann?«

»Tell me I'm forever yours and you're forever mine. Forever mine …«, erwidere ich mit belegter Stimme.

»Got it.« Sie nimmt mir meine Zigarette aus der Hand und zieht daran. Sie wirkt aufgewühlt, begeistert. Ihre Augen strahlen.

»Wie soll ich den singen? Tief? Hoch? Traurig? Neutral? Leidenschaftlich?«

»Beim Schreiben hatte ich immer die Stimme von Robert Smith von The Cure im Kopf.«

Sie lacht auf. »Abgefahren.«

Sie will mir die Zigarette zurückgeben.

»Rauch zu Ende«, sage ich. Sie nimmt einen letzten Zug und lässt die Kippe dann in ihre inzwischen leere Bierflasche fallen.

»Okay, let's give it a try.«

Ich nehme die Akustikgitarre, zähle ein und wir singen den Chorus des Songs zusammen. Es klingt traumhaft. Perfekt. Mein Song für uns. Und jetzt sitzt sie mir gegenüber und wir singen den zusammen. Das alles ist so unfassbar und mit dem Verstand alleine nicht zu begreifen.

Sie grinst mich an. »Wow, man. Just fucking wow …«

Ich lächle gequält. *Fake news man* hat mal wieder seine Duftmarke gesetzt. Nichts, worauf ich stolz wäre. Was aber heute Abend irgendwie ein kleiner Trost ist: Ich war in den letzten zweieinhalb Stunden zum ersten Mal seit meiner Rückkehr wieder der, der ich war. Weil: *Live and dangerous 2.0.* In meiner Rolle als Musiker muss ich nicht lügen, betrügen, intrigieren und verarschen, sondern darf einfach nur ich sein. Also der unbedarfte, noch an die Macht und Magie der Musik glaubende 23-Jährige, dessen größtes Glück es ist, mit einer Band auf irgendwelchen Bühnen zu stehen.

»Ist der Song einer bestimmten Person gewidmet?«, fragt Aimee.

Ich zucke zusammen und brauche einen Moment, um zu antworten.

»Ja. Für eine sehr spezielle Person«, erwidere ich stockend. »Die leider viel zu früh gegangen ist …«

»Tut mir leid«, murmelt Aimee und legt mir eine Hand auf den Unterarm. »Sie war deine Freundin, right?«

Ich zögere. Nicke dann. Ihre Hand immer noch auf meinem Unterarm.

»Ich weiß nicht, ob das ein Trost ist«, sagt sie, »aber durch den Song hast du sie unsterblich gemacht.«

»Ja, vielleicht«, murmele ich und wende mich ab. Sie nimmt ihre Hand weg. Ich kämpfe gegen meine Tränen. Und gleichzeitig gegen das Bedürfnis, sie am Nacken zu mir ranzuziehen und zu küssen. Und ihr danach alles zu erzählen. Die ganze Geschichte. Die Wahrheit. Von meinem Leben im Jahr 2018. Von meinen Romanen. Vor allem von ›1988‹, den ich nie geschrieben hätte, hätte es sie nicht gegeben. Und hätte ich sie nicht verloren. Von meiner Zeitreise. Meiner *mission*. Dass Mike mein jüngeres Ich ist. Davon, dass wir damals zusammen waren. Von dem Flugtag auf der Air Base …

Doch ich schweige. Und mein Kloß im Hals wird immer größer, woran auch ein langer Schluck aus der Jackie-Flasche nichts ändert.

»Wollen wir vielleicht ein bisschen spazieren gehen?«, fragt sie. »Ich habe gerade keinen Nerv auf Smalltalk mit den anderen.«

Ich nicke. »Hast du zufällig ein frisches Shirt für mich am Start? Meins ist irgendwie …«

»Versweatet?« Sie lacht.

»Right. War ja nicht darauf vorbereitet, euch den Arsch zu retten.«

»Vor allem hast du meinen Arsch gerettet.«

»My pleasure.«

»Meins auch.« Sie küsst mich kurz auf die Wange. »Mit oder ohne Ärmel?«

»Mit.«

»Welche Band?«

»White Lion.«

»Leider nicht im Angebot.«

»Dann Journey. Wobei ich auch Styx oder Judas Priest nehmen würde. Oder Motörhead.«

»Journey geht klar«, sagt sie lachend, greift sich Yves' Akkustikgitarre und geht zum Backstage.

Ich fühle mich wie in einem Traum.

Den sich vermutlich Salvador Dalí ausgedacht hat.

Oder Philip K. Dick.

Wobei ich eher auf Philippe Djian tippe.

* * *

Aimees Journey-Shirt passt wie angegossen. Und: Es riecht nach ihr. Sie hat den Jackie in der Hand und trägt wie ich inzwischen Lederjacke, da es doch recht kühl geworden ist. Wir überqueren die Trippstadter Straße und schlendern ins Uni-Wohngebiet. Studentenbutzen in vierstöckigen, funktionalen Wohneinheiten, die alle gleich aussehen. Mittendrin ein paar Kneipen, ein Restaurant, zwei Cafés, ein Bäcker. Aktuell ist der kleinste Winkel dieser Trabantenstadt am südlichen Ende von Lautern durch Straßenlaternen erhellt. Das alles hat nicht den geringsten Charme und dient nur einem Zweck: Zu studieren. Tagsüber. Abends wird dann gefeiert. Unter anderem im ›Wisawi‹, meiner ehemaligen Stammkneipe, an der wir gerade vorbeikommen und die von außen aussieht wie ein Gewächshaus in Froschgrün. Keinen Kilometer von der Straße ›Am Harzhübel‹ entfernt, wo ich 1988 im Haus meiner Eltern gewohnt habe. Und wo diese aktuell immer noch wohnen. Und natürlich Mike.

»Wollen wir?« Ich nicke zum ›Wisawi‹.

»Vielleicht später«, sagt Aimee. »Lass uns einfach noch ein bisschen gehen. Wir haben ja alles, was wir brauchen.« Sie reicht mir den Jackie. »Warum hast du eigentlich als Musiker aufgehört?«

Im Gegensatz zu damals ist es jetzt sie, die Fragen stellt. Ich bin aktuell der Lehrer, sie die Schülerin. In der alten Zeitschiene waren die Rollen anders verteilt. Ich hing an ihren Lippen, habe es geliebt, ihr einfach nur zuzuhören, liebte ihre Gedanken, ihre Weisheit, ihre Ansichten. Aktuell hängt sie an meinen Lippen und kann offensichtlich nicht genug von mir und meiner Geschichte bekommen.

»Weil ich nicht mehr daran geglaubt habe«, erwidere ich, wobei ich ausnahmsweise nicht lügen muss. *»Losing my religion* und so.«

Ah, verdammt. Der Song von R.E.M. erscheint erst in den 90ern!

»Auch ein super Songtitel«, sagt Aimee.

Puh.

»An was hast du nicht mehr geglaubt?«, hakt sie nach. »An die Musik an sich oder an dich als Musiker?«

»An mich als Musiker«, erwidere ich und gebe Aimee die Jacky-Flasche zurück. Wir gehen in Richtung des Pfälzerwalds, der sich direkt an das Uni-Wohngebiet anschließt. »Dass ich niemals gut genug sein würde, um davon leben zu können. Ich war kein Virtuose. Weder als Sänger, am Bass und schon gar nicht an der Gitarre. Wenn ich meine Klampfe in die Hand genommen habe, dann immer nur, um Songs zu schreiben. Tonleitern, Musiktheorie, Schnelligkeit und Technik waren wir scheißegal.«

»Verstehe.« Sie wirkt nachdenklich. »Aber ehrlich: Wer so einen Song wie ›There Is No If …‹ schreiben kann, hätte sich doch auch als Songschreiber für andere Künstler durchschlagen können.«

»Ich war damals noch kein Songschreiber«, erwidere ich unbehaglich. »Jedenfalls nicht auf dem Niveau von heute.«

Ich lüge. Erneut. Ich könnte schreien. Und gleichzeitig heulen. Der Gedanke, ihr jetzt und hier wirklich die Wahrheit und nichts als die Wahrheit zu sagen, drängt vehement in mein Bewusstsein und fordert meine volle Aufmerksamkeit.

Was hast du zu verlieren, Motherfucker?

Die mir nur allzu bekannte Stimme meines persönlichen *little devils.*

Nichts, genau. Just do it. Öffne dein Herz und rette sie. Es ist der einzige Weg, sie zu retten. Alle anderen Ideen und Theorien sind Bullshit, und das weißt du.

Aimee reißt mich aus meinen Gedanken. »Ist der Song fertig?«

»Yes, ma'am.«

»Auch mit Text?«

»Yes, ma'am.«

»Lass hören.«

Sie hakt sich bei mir unter und lehnt kurz ihren Kopf gegen meine Schulter, als wäre es das Normalste der Welt.

»›If you die‹, you said, ›So do I‹, you said«, rezitiere ich stockend den Text. »But it ends the day you see how it is. There is no always forever. Just this …«

»Das ist das Ende?«

»Nein. Die letzte Zeile fehlt noch.«

»Come on …«

»›If you die‹, you said, ›So do I‹, you said. But it ends the day you understand. There is no if. Just and …«, murmele ich.

Sie schweigt. Wirkt abwesend, in sich versunken. Und hat sich immer noch bei mir untergehakt. Ich frage nicht nach, nehme stattdessen einen weiteren Schluck Jackie. Fühle mich langsam, aber sicher doch recht, tja, benebelt.

»Es geht um Abschied«, sagt Aimee leise. »Um loslassen. Und darum, weiterzugehen. Es gibt kein ›if‹. Kein ›Was wäre, wenn‹. Es ist immer so, wie es ist. Man kann es nicht ändern, nicht beeinflussen. Man muss lernen, damit zu leben. Right?«

Ich nicke aufgewühlt.

»Boah, das ist genial. Unfassbar …«

Sie hat recht. Weiß aber nicht, dass nicht ich genial bin, sondern Robert Smith.

Dann entdeckt sie einen Kinderspielplatz mit Schaukel am Waldrand, nimmt meine Hand und zieht mich in die Richtung.

»Ich muss schaukeln! Unbedingt. Habe ich schon seit über zwanzig Jahren nicht mehr gemacht.«

Sie lacht, setzt sich auf die Schaukel und schaukelt. Grinst, wirkt entrückt, glücklich, komplett mit sich im Reinen. Ich setze mich auf den Rand des Klettergerüsts gegenüber der Schaukel und vernichte weiter den Jackie.

Sie stoppt mit den Füßen die Schaukel und sieht mich an.

»Wer bist du, Michael?«

»Was meinst du?«

»Wer bist du wirklich? Was verbindet dich mit Mike? Warum seid ihr euch so ähnlich? Selbst mit euren Singstimmen und eurer Art, Bass zu spielen. Und Gitarre. Als ich ›Pfefferminz‹ hörte, dachte ich, ich spinne. Das war Mike am Mikro und an der Gitarre. Die ältere Version. Aber es war Mike. Verstehst du?«

Mir schnürt es die Kehle zu. Ich atme tief durch und treffe eine Entscheidung.

»Das liegt daran, dass ich Mike war«, erwidere ich. »Vor dreißig Jahren.«

Aimee wirkt irritiert. »What?«

»Mike ist ich und ich bin Mike. Keine Ahnung, warum wir in dieser Zeitschiene beide existieren, aber es ist nun mal so. Ich komme aus der Zukunft. Aus dem Jahr 2018. Ich bin kein Manager, kein Musiker, kein Songwriter. Ich bin Drehbuchautor und Schriftsteller. Ich habe über hundert Drehbücher geschrieben und vier Romane. Der letzte heißt ›1988‹, handelt von dir und mir und wurde verfilmt. Es ist unsere Geschichte. Von unserem Kennenlernen im ›Einhorn‹ über den heutigen Abend bis hin zum Flugtag auf der Air Base.«

Aimee starrt mich an. »Scary shit, man … Real scary shit … Du bist echt ein unfassbarer Storyteller.«

»Keine Story«, erwidere ich. »Die Wahrheit.«

Aimee legt den Kopf schief. Mustert mich. Dann lacht sie. Laut prustend. Kriegt sich kaum mehr ein. »Okay, das erklärt natürlich alles. Und macht auch irgendwie extrem Sinn.«

Ah, fuck. Was habe ich erwartet? Tja, dass sie irgendwie versteht. Ich nehme einen Schluck Jackie und warte, bis sie sich wieder eingekriegt hat.

»Der war gut«, sagt sie irgendwann, wobei sie immer noch am Kichern ist. »Richtig gut.«

»Ich weiß«, murmele ich, lächle bemüht und reiche ihr die Whisky-Flasche.

»Trotzdem seltsam«, sagt sie. »Du erinnerst mich wirklich total an Mike. An eine erwachsene, reife Version von ihm.«

»Und Mike erinnert mich an mich«, sage ich. »Also an den, der ich damals war. Aber er muss noch viel lernen.«

»Ich finde, er ist schon ziemlich perfekt. Also für sein Alter. Ein faszinierender Mensch. Tiefe, kluge Gedanken. Zum Leben, der Liebe, seiner Vision. Haben uns ja jetzt fast vier Wochen nicht gesehen. Und davor nur einmal.«

»Ich weiß«, sage ich. »Ich war im ›Einhorn‹ ja dabei.«

»Ah ja, stimmt.« Sie lacht erneut, während sie mir den Jackie reicht und dann weiter schaukelt. Im Gegensatz zu mir wirkt sie kein Stück benebelt. Noch nicht einmal leicht angetrunken. Ich erinnere mich plötzlich, dass sie recht ›trinkfest‹ war und mich an einem Abend im ›Poison‹ in Neunkirchen mit

Tequila unter den Tisch gesoffen hat. Ich habe zweimal in der Nacht gekotzt. Sie nicht einmal.

»Was hast du mit dem Song vor?«

»Warum fragst du?«

»Das wäre ja schon reizvoll, den mit einer Band aufzunehmen, oder?«

›Smells Like Teen Spirit‹ reloaded. Ich klampfe einen Song aus der Zukunft vor mich hin, den ich dann notgedrungen als meinen Song verkaufe und alle fahren darauf ab. Und ich sehe mich dann genötigt, das alles irgendwie, tja, durchzuziehen.

»Mal sehen«, murmele ich.

Sie checkt ihre Uhr und erschreckt sich. »Fuck!«

»Was ist?«

»Wir müssen zurück. Jetzt!«

»Wegen Mike?«

Sie wirkt überrascht. »Woher weißt du das?«

»Hast du doch erwähnt.«

»Habe ich das?«

»Keine Ahnung. Vielleicht hat es auch Mike erwähnt. Also, dass er nach dem Rush-Konzert noch kommen wollte.«

»Ah, ja?«

»Ist doch egal. Abflug.«

Ich reiche ihr meine Hand, die sie greift und sich von mir von der Schaukel ziehen lässt.

»Thanks.«

»You're welcome.«

30
Emotionaler Kindergarten

Mike steht mit einem Bier vor dem ›Kramladen‹, während Aimees Jungs den Bandbus beladen. Ich realisiere beim Näherkommen, dass er angepisst ist. Richtig angepisst. Das konnte man ihm damals immer ansehen. Selbst aus der Entfernung. Er trägt seine geliebte, teilweise an den Schultern schon zerrissene Jeansjacke, Lederhosen und seine Adidas-Treter.

Als Aimee ihn entdeckt, eilt sie auf ihn zu und fällt ihm um den Hals. »Mike!«

»Hey«, sagt er distanziert und umarmt Aimee irgendwie, tja, halbherzig.

Was Aimee irritiert. »Alles okay?«

Mike ignoriert sie und sieht zu mir.

»Mike. Das ist ja eine Überraschung.« Ich halte ihm den Jack Daniel's hin, den er mir ansatzlos aus der Hand schlägt. Die Flasche zerspringt auf dem Boden in tausend Scherben.

Aimee zuckt zusammen. »Mike!«

Er ignoriert sie. Ist völlig auf mich fixiert. »Was genau wird das?«, zischt er. »Was läuft hier?«

»Was meinst du?«

»Hör auf, mich zu verarschen! Du weißt genau, was ich meine!«, blafft er.

»Mike, alles ist gut«, versucht Aimee, ihn zu beschwichtigen, doch Mike ist *out there*. Da kommt er so schnell nicht wieder zurück, wie ich aus Erfahrung weiß.

»Nichts ist gut! Fickt euch! Beide!«

Er wendet sich ab und verschwindet aufgewühlt in Richtung Trippstadter Straße.

»Mike! Warte!«, ruft Aimee, doch Mike reagiert nicht.

»Was war das jetzt?« Aimee sieht mich an. Komplett überfordert. »Denkt er, wir hätten …?« Sie bricht ab.

»Genau das denkt er«, erwidere ich.

»Scheiße …«

Sie will ihm hinterher. Ich halte sie am Arm zurück.

»Vielleicht besser, wenn zuerst ich mit ihm rede. Offensichtlich bin ich ja sein Hauptproblem.«

Sie zögert, sieht zu ihren Jungs, die das Ganze mitbekommen haben und einen rechtschaffen irritierten Eindruck machen.

»Warte einfach hier, okay?«

Sie nickt zögernd. Ohne mich anzusehen. Wirkt furchtbar traurig und *lost*.

Was mir das Herz bricht.

Ich mache mich auf den Weg zur Trippstadter Straße. Fühle mich wie im falschen Film. Das alles kann nicht wahr sein. Auch wenn das, was eben passiert ist, typisch für Mike ist. Wenn er sich verraten, verarscht und betrogen fühlte, machte er dicht. Suchte nicht das Gespräch und hatte auch keinerlei Interesse an einer Klärung. Er zog sich einfach komplett raus und steigerte sich in seinen Hass auf Menschen hinein. Menschen, die ihn in seinen Augen verraten, verarscht und betrogen hatten. Dieser Zustand konnte damals durchaus mehrere Tage bis zu einer Woche andauern. Ob der Verrat/die Verarsche/der Betrug der Realität entsprach oder nicht, spielte für ihn in solchen Momenten keine Rolle. Es genügte, dass er sich so fühlte. Und Gefühle waren in dem Alter die Realität. Auch wenn es sich – objektiv betrachtet – um *fake feelings* handelte. Doch für einen 23-Jährigen, egal zu welcher Zeit und an welchem Ort, sind Gefühle ausschließlich subjektiv.

Und subjektiv ahne ich, wo Mike jetzt ist. Genau da, wo ich 1988 nach so einer Eskalation auch gelandet wäre.

Auch wenn der Alk gerade auf dem besten Wege ist, mir

das Hirn zu zerschießen, und meine Gedanken immer noch zum größten Teil beim Konzert mit Aimees Band, dem Cure-Song und unserem Spaziergang sind, frage ich mich, was genau ich gerade vorhabe. Versuchen, Mike zu überzeugen, zurück zu Aimee zu gehen und mit ihr zu reden? Damit sie doch noch ihren *magic moment pt. 2* erleben können? Wobei ich befürchte, dass es dafür zu spät ist. Die Leichtigkeit ist nach meiner Einmischung weg, andere Themen bedürfen einer dringenden Klärung. Ob sie danach noch die Kurve kriegen? Objektiv betrachtet spielt mir die neue Entwicklung natürlich gerade zu hundert Prozent in die Karten. Auch wenn ich dabei kein gutes Bauchgefühl habe. Ganz und gar nicht. Wer bin ich, dass ich mir anmaße, zu wissen, was passieren wird, wenn ich dies oder jenes tue? Oder nicht tue. Ich spiele Gott und behandele Mike und Aimee – eigentlich alle –, als wären sie nichts weiter als Schachfiguren, die ich nach Belieben hin- und herschieben kann. Ich benutze und manipuliere sie. Weil ich glaube, das tun zu müssen. Alleine mit dem Ziel, Aimee zu retten. Aber ich bin nicht berechnend und manipulierend. War ich nie, auch nicht mit dreiundzwanzig. Warum glaube ich aktuell, dass ich das a) könnte und dass es b) funktionieren wird? Ich habe Menschen gehasst, die so drauf waren. Mich haben diese Art von Machtspielchen nie interessiert und ich habe nie verstanden, wie Menschen daraus so etwas wie Befriedigung ziehen konnten. Die einzigen, die das geil finden, sind Kontrollfreaks, Narzissten, Missbraucher, Arschlöcher.

Nicht mein Thema. Ich kann nur das tun, was ich als richtig empfinde. Aber aktuell fühlt sich alles einfach nur falsch an. Ich bin nicht der *Master of Puppets*. Ich bin einfach nur ein gestrandeter, einsamer Zeitreisender, der versucht, seine vermeintliche *mission* zu erfüllen.

* * *

Das ›Wisawi‹ ist für eine Donnerstagnacht überraschend gut besucht. Ich entdecke Mike. Er sitzt am Tresen, hat seine Jeanskutte über den Barhocker gehängt. Die ranzige, an den Schultern ausgefranste Jeansjacke, die er von Roberta aus Zweibrücken vor einem Jahr nach ihrem gemeinsamen Besuch im ›Metal Heart‹ geschenkt bekommen hatte, wie ich mich plötzlich erinnere. Vor Mike auf dem Tresen stehen ein Bier und ein Schnaps, den er gerade kippt. Er trägt ein ›Hold Your Fire‹-Tourshirt. Was er in der alten Zeitschiene definitiv nicht gekauft hat. Aber inzwischen wundert mich gar nichts mehr. Sehr wenig bis gar nichts – bezüglich der ›kleinen‹ Ereignisse – ist aufgrund meiner Einmischung noch so, wie es damals war.

Ich stelle mich neben ihn. »Nettes Shirt.«

»Verpiss dich ...«

Ich verpisse mich natürlich nicht, sondern setze mich auf den freien Barhocker neben ihn und mache die Tresenkraft auf mich aufmerksam. »Ich hätte gerne das gleiche Gedeck wie der junge Mann hier.«

Mike mustert mich aus den Augenwinkeln. Misstrauisch. Abweisend. Und immer noch angepisst.

»Haben sie ›Mission‹ gespielt?«, frage ich, obwohl ich genau weiß, welche Songs Rush an dem Abend gespielt haben. Danke, Internet. Und danke, Hirn, fürs Erinnern.

Mike ignoriert mich.

»Klar haben sie ›Mission‹ gespielt«, fahre ich fort. »Sehr wahrscheinlich auch ›Time Stand Still‹ und ›Force Ten‹.«

Er ignoriert mich weiterhin. Die Tresenkraft stellt mir ein Bier und einen Wodka hin.

»Cheers«, sage ich und halte Mike mein Wodkaglas zum Anstoßen hin.

»Steck es dir sonst wohin«, knurrt er, ohne mich anzusehen.

»Immer wieder gerne«, sage ich und exe meinen Wodka. »Was ist mit ›Subdivisions‹ und ›Tom Sawyer‹? ›The Trees‹? ›Xanadu‹? ›Limelight‹? ›La Villa Strangiato‹?«

Haben sie alles gespielt. Bis auf ›Xanadu‹.

Mike sieht mich an. In seinem Blick eine Leere, die mich schaudern lässt.

»Alles«, murmelt er. »Außer ›Xanadu‹.« Er bestellt einen weiteren Wodka. »Du hast mich verarscht. Von wegen Geschäftstermin mit einem Businesspartner …«

»Habe ich nicht«, erwidere ich. »Der Termin war schon um acht vorbei.«

»Und woher wusstest du, dass Aimee mit ihrer Coverband im ›Kramladen‹ spielt?«

Dünnes Eis. Ein Spruch wie ›Ich trinke und ich weiß Dinge, das ist mein Job‹ würde aktuell vermutlich nicht so gut ankommen.

»Sie hat es erwähnt, als ich mir Romeo's Delight in der Rombach angesehen habe.«

»Hat sie das? Aha …« Die Tresenkraft stellt Mike den Wodka hin. »Du bist nicht mit nach Stuttgart gekommen, weil du dich in der Zeit an Aimee ranmachen wolltest. Du stehst auf sie.«

»Nein. Das alles war so nicht geplant!«

»Ich bin ganz Ohr«, sagt Mike, ohne zu lächeln.

»Der Basser hatte einen Motorradunfall und ich habe mich spontan als Ersatz angeboten«, erkläre ich so sachlich, wie es mir in meinem Zustand möglich ist. »Ich kannte den Großteil der Songs, war kein Problem. Nach über zwanzig Jahren wieder auf einer Bühne. Mit einer Band. Es war so unfassbar geil. Und das mit dem schwarzen Music Man StingRay des Bassisten. Und Ampeg-Box und Amp. Ein Traum. Danach waren Aimee und ich zum Runterkommen noch kurz Luft schnappen. Und Whisky trinken, okay. Geschäftsbesprechung, wenn du so willst. End of story.«

Mike wirkt überrascht. Nachdenklich. Starrt vor sich hin. Ich lege ihm eine Hand auf die Schulter, was sich extrem seltsam anfühlt. Weil: Ich lege mir ja quasi selbst eine Hand auf die Schulter. »Ich will nichts von Aimee, glaub mir.«

Er schüttelt meine Hand ab.

»Redet miteinander, verdammt nochmal. Jetzt. Ihr gehört zusammen.«

Er lacht bitter auf. »Woher willst du das wissen? Vielleicht gehört ihr beiden ja zusammen.«

Ich zwinge mich, nicht über Mikes Einwand nachzudenken.

»Krieg deinen Arsch hoch, Mike. Sie wartet auf dich am ›Kramladen‹. Chance of a lifetime. Nicht mehr und nicht weniger. Also erspar uns allen deinen emotionalen Kindergarten. Das ist so 80er.«

»Was?«

»Das ist scheiße«, korrigiere ich mich eilig. »Und war auch schon damals scheiße.«

»Damals?«

»Emotionale Kindergärten sind immer scheiße. Egal ob 1988 oder 2018.«

»Was laberst du da für einen Bullshit?«

Ich spüre, dass ich durch den Alk langsam, aber sicher die Kontrolle über meine Worte verliere und diese ohne Filter vom Hirn direkt zum Mund gelangen. Zeit für einen Espresso, den ich direkt ordere.

»Ich kenne dich, Mike«, sage ich, während ich am Espresso nippe. »Besser, als du denkst.«

»Niemand kennt mich. Und niemand versteht mich.«

»Aimee versteht dich.«

Er schweigt, trinkt sein Bier.

»Du bist wie ich damals.«

»Wie bin ich denn?«, fragt er spitz.

»Übermotiviert. Schnell reizbar, schnell beleidigt. Schnell begeistert, aber auch schnell gelangweilt. Unsicher. Du zweifelst oft und viel. An dir, der Welt, deiner Band, Gott und dem Universum. Auch wenn du nicht an Gott glaubst. Du machst dir viele Gedanken, manchmal zu viele. Du glaubst, dass du nicht gut genug bist. Als Mensch, als Musiker. Deshalb fühlst du dich sofort betrogen, verraten, hintergangen und verarscht. Zusammengefasst: Gehen fällt dir leicht, zu bleiben eher nicht. Habe ich was vergessen?«

Mike starrt mich an. »What the fuck …?«

»Wie bereits erwähnt: Du bist wie ich. Also so, wie ich damals war. Und ich bin wie du. Später. Irgendwann …«

»Alter …«, murmelt Mike und nimmt einen Schluck Bier.

»Du hast jetzt genau zwei Möglichkeiten«, sage ich. »Hide weiter in your shell und suhle dich in deinem Selbstmitleid, deiner Wut allen gegenüber und dem Gefühl, dass dich keiner versteht, du alleine auf der Welt bist und alle dich mies behandeln oder krieg deinen Arsch hoch und kämpfe um Aimee.«

Ich halte ihm mein Wodkaglas hin.

Er zögert. Dann stößt er mit mir an und wir beide kippen die Gläser auf ex.

»Ah, fuck …«, murmelt er, legt 10 Mark auf den Tresen und ist verschwunden.

Ich schnappe nach Luft. Bin emotional völlig am Ende. Bestelle einen weiteren Wodka. Und danach ein Taxi. Ich muss unter Leute. Alleine sein geht aktuell gar nicht.

31
Benderhof

Es wird der ›Benderhof‹ in der Richard-Wagner-Straße in Lautern. Studentenkneipe, Anarcho-Kneipe, Punk-Kneipe, Indie-Kneipe, Kiffer-Kneipe, Alt-68er-Kneipe. Und Stammkneipe von Wolfgang Niedecken, wenn der mit BAP in K-Town spielte, was in den 80ern ziemlich oft der Fall war. Damals war das nicht so wirklich mein Laden, weil: Indie-Kneipe, Kiffer-Kneipe, Alt-68er-Kneipe. Ich war eher im Rock'n'Roll-Bermuda-Dreieck ›Wladi Rockstock‹, ›Thing‹ und ›Smile‹ unterwegs. Ich wohnte damals um die Ecke und alles war fußläufig erreichbar. Warum es der ›Benderhof‹ wird? Keine Ahnung. Vielleicht, weil ich trotz allem, was heute Abend passiert ist, noch immer irgendwie im Flugtag-verhindern-Modus bin. Und Gleichgesinnte diesbezüglich treffe ich wohl eher im ›Benderhof‹ als im ›Wladi‹ oder im ›Thing‹.

Die Kneipe ist noch richtig voll, was mich wundert. Ich meine, es ist Freitagmorgen, wie kann das sein? In einer, tja, Weltstadt wie Lautern. Egal. Ich brauche einen Drink. Ich kämpfe mich zum Tresen durch. Das Publikum ist genauso, wie es in Erinnerung hatte: Alternativ. Links. Grün. Rot. Kein Metal. Nirgends. Es dauert ewig, bis ich meine Bestellung aufgeben kann. Beim Warten fallen mir zwei Frauen und drei Männer auf, die irgendwie, tja, konspirativ an einem Tisch in der äußersten Ecke der Kneipe sitzen und die ich auf Mitte zwanzig schätze. Eine der Frauen hat einen militärischen Kurzhaarschnitt und könnte auch eine GI Jane sein, die andere fette Dreadlocks. Die drei vollbärtigen Männer machen auf mich den Eindruck, direkt aus den 90ern zu kommen. File under: Grunge. Fehlen nur noch die Holzfällerhemden.

Anarcho-Terroristen.

Und aktuell potentiell Verbündete im Kampf gegen den Flugtag.

Ich gehe mit meinem Whisky zu ihnen.

»Darf ich?« Ich deute auf den einzig freien Stuhl am Tisch und setze mich, ohne eine Antwort abzuwarten. »Thanks.«

Ich schluckspechte meinen Whisky und sehe dann in die Runde.

»Ihr macht den Eindruck, als wärt ihr *ready and willing*. Also in Bezug auf gewisse Aktionen, die den *Fluchtag* betreffen.«

Die Anarcho-Terroristen starren mich an.

»Ich brauche Verbündete. Mit Eiern. Dicken Eiern. Richtig dicken Eiern.« Ich sehe zu den Frauen. »Sorry. Gilt symbolisch natürlich auch für Weibsvolk, klar.«

»Was genau willst du?«, fragt einer der Männer. »Und wer bist du?«

»Spielt keine Rolle. Worum es geht: Der Flugtag '88 muss verhindert werden. Weil: Es wird über 70 Tote und über 1.000 Schwerverletzte geben.«

»Woher willst du das wissen?«, fragt GI Jane.

»Ich bin aus der Zukunft. Ich habe Zeitungsartikel dazu. Moment …«

Ich fummele mein iPhone aus der Hosentasche, was ewig dauert, und scrolle durch meine Fotos. Bemerke aus den Augenwinkeln, dass die Anarchisten fassungslos auf das iPhone starren.

»iPhone nennt sich das. Normal in der Zukunft«, lallmurmele ich und versuche verzweifelt, die Scans mit den Artikeln zu finden. Erfolglos. »Egal«, murmele ich und stecke das iPhone wieder ein. »Ich schick euch das alles per Mail. Oder WhatsApp. Habt ihr Visitenkarten?«

»Nein«, erwidert einer der Männer.

»Wie auch immer …« Ich nehme einen Schluck Whisky

und sehe in die Runde. »Ich denke, wir sind uns einig, dass der Flugtag mit allen Mitteln verhindert werden muss.«

»Sehen wir genauso«, sagt die Frau mit den beeindruckenden Dreadlocks, die trotz ihrer Dreadlocks verdammt hübsch ist. Oder gerade wegen der Dreadlocks? »Was schlägst du vor?«

»Ich bin Manager einer Rockband. Und meine Jungs spielen ausschließlich in Ami-Clubs. Auch im ›Officers' Club‹ auf der Ramstein Air Base. Heißt: Wir hätten die Möglichkeit, auf die Base zu kommen. Ohne gefilzt zu werden. Bands und deren Equipment werden nicht durchsucht. Wir könnten Sprengstoff reinschmuggeln. Viel Sprengstoff. Den ihr natürlich noch besorgen müsstet. Was aber kein Problem darstellen sollte, denke ich. Und dann verstecken wir den in den Gitarrenboxen, da ist hinten genügend Platz. Und dann …«

Ich breche ab, nehme einen Schluck Whisky und versuche, mich zu konzentrieren, habe aber das Gefühl, langsam, aber sicher den Faden zu verlieren.

»Dann versteckt ihr euch irgendwo im Club und deponiert dort den Sprengstoff. Am besten im Backstage-Bereich der Bands. Und dann lasst ihr den am Morgen des Flugtags hochgehen.«

»Und da sind zu der Zeit keine Menschen im Club?«, fragt die Dreadlockfrau.

»Eigentlich nicht. Ja, okay, eventuell der Club-Manager. Oder Leute von der Putzkolonne. Aber eher unwahrscheinlich. Wie auch immer: Nach diesem Anschlag müssen die Amis den Flugtag einfach absagen! Thema: Gefahrenlage. Terroristen!«

Die Anarchos tauschen Blicke. Misstrauische Blicke, falls ich das in meinem inzwischen doch recht verpeilten Zustand richtig deute.

»Du bist nicht zufällig vom Verfassungsschutz?«, fragt GI Jane.

»Was? Nein, bullshit. Wobei ich das vermutlich auch behaupten würde, wenn ich wirklich vom Verfassungsschutz wäre.«

Ich kichere und trinke meinen Whisky aus.

»Verpiss dich«, macht mir einer der Männer eine doch recht klare Ansage. Die ich ignoriere.

»Das werde ich nicht. Das hier ist serious bullshit, Mädels. Und der einzige Weg, den Flugtag zu verhindern!«

»Verpiss dich«, wiederholt der Mann.

»Was seid ihr denn für Lackaffen?«, lalle ich. »Wollt ihr Action oder seid ihr nur fucking pussies?«

* * *

Das Nächste, an das ich mich erinnere: Ich liege auf den Gehweg vor dem ›Benderhof‹. Den metallischen Geschmack von Blut im Mund. Ich fahre mit der Zunge über meine aufgeplatzte, Oberlippe, die offensichtlich der Grund für den metallischen Geschmack in meinem Mund ist.

Ich rappele mich hoch, als ein Mann mit langen Haaren, die er zum Zopf gebunden hat, auftaucht und mir hochhilft. Der Barkeeper. Glaube ich.

»Alles okay, Mann?«

»Jaja, alles bestens, alles im Lack«, lallbrumme ich. »Was ist passiert?«

»Die Jungs und Mädels der Volksfront von Judäa sind passiert«, sagt er.

»Was?«

»Scherz. Egal. Ich hab dir ein Taxi bestellt.«

»Super Idee. Thanks«, sage ich, als ein Taxi neben uns hält und der Fahrer die Scheibe der Beifahrertür runterlässt.

»Ich hoffe, der kotzt mir nicht den Wagen voll!«

»Keine Sorge«, murmele ich. »Will nur pennen.«

»Wo musst du hin?«, fragt der mutmaßliche Barkeeper.

»Nach Hause …«

»Wo ist dein Zuhause?«

»Berlin«, murmele ich, klettere auf die Rückbank des Taxis und bin im nächsten Moment geistig und körperlich, tja, weg.

* * *

Irgendwann komme ich wieder zu mir. Habe nicht die geringste Ahnung, wo ich mich befinde. Erinnere mich vage an den ›Benderhof‹ und die Latzhosen tragenden Anarchisten. Sehr vage. Realisiere dann, dass ich auf der Rückbank eines Autos liege. Und dass sich ebenjenes Auto auf der Autobahn befindet.

Ich quäle mich in eine sitzende Position.

Taxi. Eindeutig.

»Äh …?«

Der Taxifahrer sieht kurz über die Schulter zu mir.

»Morgen«, sagt er, obwohl es noch stockdunkel ist.

»Wie lange war ich weg?«

»Ziemlich genau 100 Kilometer.«

What the fuck? Von Lautern nach Saarbrücken sind es 70 Kilometer. Höchstens.

»Wo sind wir?«

»Auf der Autobahn.«

»Das sehe ich. Auf welcher Autobahn?«

»A3. Höhe Flughafen Frankfurt«, erklärt der Taxifahrer. »Dann auf die A7 und weiter nach Berlin.«

»Was? Nein! No fucking way! Umdrehen. Sofort. Wir müssen auf die A6 nach Saarbrücken!«

»Die Ansage war Berlin.«

Ich stöhne. »Das war ein Missverständnis. Bitte nach Saarbrücken.« Ich nenne ihm die Adresse meines Hotels und äuge auf den Taxameter. Knapp 200 Mark. »Und schalten Sie das Ding aus. Ich gebe Ihnen dreihundertfünfzig für alles. Schwarz. Okay?«

Er überlegt kurz, dann schaltet er das Ding aus.

Ich lehne mich in den Rücksitz und schließe die Augen.

Was für ein unfassbar drecksbeschissener Scheißabend.

TEIL 7

TO YOUR SCATTERED BODIES GO

32
One Man Gang

Die Nacht war erneut die Hölle. Und wieder Albträume, an die ich mich aber zum Glück nicht mehr erinnere. Dennoch bleibt ein nicht greifbares Gefühl von Sinnlosigkeit und Trauer, das unter der Oberfläche vor sich hin gärt. Die Gedanken an Mike und Aimee verursachen mir Bauchschmerzen. Weil: Habe ich die beiden gestern Nacht wirklich um ihren *magic moment pt. 2* gebracht? Alleine durch die Tatsache, dass ich mich gegen Rush und für das Konzert von Aimee und ihrer Band entschieden habe?

Ich versuche, mich trotz meines amtlichen Hangovers auf meinen aktuellen Job zu fokussieren, der darin besteht, meiner alten Band ein Studio klarzumachen. Die Nummern der Studios besorge ich mir über die Auskunft. 118. Die Nummer wusste ich nicht mehr – Ü20 Jahre Google prägen – und musste sie erst bei Majka an der Rezeption erfragen. Als ich die Liste der Studios durchgehe, wird mir erneut bewusst, dass wir nur eine Chance haben: Die ›Horus Sound Studios‹ von Frank Bornemann in Hannover. Alle anderen Studios sind nicht realistisch. Schon gar nicht Mikes Vorschlag, die ›Polar Studios‹ von ABBA in Stockholm anzufragen. Wobei ihm das natürlich klar war. Ganz mein Humor. Damals wie heute. Und für diese Art von Humor liebe ich ihn. Unter anderem. Auch wenn ich nicht wirklich mit seinen Macken und Befindlichkeiten als 23-Jähriger klarkomme, wobei die damals wohl dazugehörten, aber in meinem Alter kein Thema mehr sind. Natürlich verändert man sich über einen Zeitraum von dreißig Jahren, lernt aus seinen Fehlern, geht weiter, macht neue Fehler, aber nie wieder die alten Fehler. Die Reise geht immer weiter. Und sie geht immer nach vorne. Und im besten Fall ist man dreißig Jahre später nicht mehr der, der man dreißig Jahre zuvor war. Oder man ist genau der, der man war. Aber die verbesserte Version 2.0. Falls man es geschafft hat, sich treu zu bleiben. Und nicht die Ideale verraten hat, die man als Teenager hatte. Und es vor allem geschafft hat, sich niemals zu prostituieren und vom Mainstream vereinnahmen zu lassen.

Bin ich meinen Idealen von damals treu geblieben? Bis auf ein Jahr, in dem ich eine willenlose Drehbuch-Nutte des TV-Mainstreams war, ja. Eine furchtbare Zeit, in der ich alles Geld der Welt, aber kein Leben, keine Freizeit und schon gar keine Freiheit hatte. Geschweige denn Freunde, eine Affäre, Sex, Spaß. Aber ohne Freiheit ist alles nichts. Selbst entscheiden zu können, wann man ins Bett geht und wann man aufsteht. Keinem Vorgesetzten Rechenschaft schuldig zu sein. Sich niemandem gegenüber verantworten und erklären zu müssen. Keine Termine zu haben. Und schon gar keine, öhem, Telkos. Das bedeutet für mich Freiheit. Der ich in der alten Zeitschiene alles andere untergeordnet habe. Woran sich auch dreißig Jahre später nichts geändert hat. Ein fester Job, bei dem ich jeden Tag zur gleichen Zeit irgendwo antanzen müsste, wäre ein Albtraum. Und ja, ich hatte in meinem Leben natürlich auch mal den einen oder anderen festen Job. Vier, um genau zu sein. Wobei der längste davon ein Jahr dauerte. Und zwei davon waren Jobs in Plattenläden. Über die beiden anderen möchte ich nicht näher nachdenken. Weil: TV-Branche-Jobs. File under: *Welcome to the machine*. Nach meiner Zeit als Musiker war ich mehr oder weniger eine *One Man Gang*.

Aktuell bin ich nicht frei und schon gar keine *One Man Gang*. Ich zerreibe mich zwischen meiner *mission* und der Realität, in der ich offensichtlich alles falsch mache. Und dieses ›Team-Ding‹ stresst mich zusätzlich. Es hängen inzwischen so viele Schicksale von mir, meinen Entscheidungen und meiner

Kohle ab, dass es mich killt. Ich will das nicht. Alles, was ich will, ist, Aimee retten. Aber wie soll das mit einem nicht wirklich zu Ende gedachten Plan funktionieren? Die neue Zeitschiene ist ein lebendiger, atmender, unberechenbarer Organismus, der offensichtlich eigene Pläne mit mir, Aimee, Mike und der Band hat.

Ich wähle die Nummer der ›Horus Sound Studios‹ und komme überraschenderweise sofort durch. Erfahre, dass das Studio bis Mitte September komplett ausgebucht ist. Was zu erwarten gewesen war. Ich will schon auflegen, als die Frau am Telefon »Einen Moment, bitte« sagt, den Telefonhörer zuhält und sich offensichtlich mit einem Kollegen unterhält. Dann: »Ich habe gerade erfahren, dass eine Band ihren Termin absagen musste. Der Sänger hat wohl seine Stimme verloren. Kann passieren, wenn man nur rumbrüllt.« Sie kichert. »Also: Sie könnten das Studio ab Samstag mieten. Bis einschließlich Mittwoch.«

Ich schnappe nach Luft. Fünf Tage. Reicht das? Inklusive Aufbau, Soundcheck, dem Aufnehmen von sechs Songs inklusive Gitarren- und Gesangs-Overdubs plus Endmix?

»Muss ich mich sofort entscheiden?«, hake ich nach, da ich nicht sicher bin, ob meine alte Band so kurzfristig dabei sein kann. Wobei eigentlich nur Hannes einen Brotjob hat und sich frei nehmen oder krankschreiben lassen müsste. Was natürlich immer eine Option als Festangestellter ist.

»Das wäre von Vorteil. Dass der Termin auch morgen noch frei sein wird, kann ich leider nicht garantieren.«

Natürlich nicht.

Fuck it, fünf Tage müssen reichen.

»Okay, wir nehmen den Termin.«

»Mit oder ohne Engineer?«

»Mit.«

»Wir bräuchten dann eine Vorabüberweisung. Zwanzig Prozent des Komplettpreises.«

»Kein Problem«, erwidere ich. »Wie viel?«

Sie sagt es mir. Schnappatmung. Weil: Ich rechne im Kopf die zwanzig Prozent auf hundert Prozent hoch. Sage dann trotzdem zu. Natürlich. Sie gibt mir die Kontodaten und die Auftragsnummer und auf Nachfrage auch die Adresse eines Hotels in der Nähe des Studios.

Als ich auflege, fühle ich mich euphorisch und gleichzeitig deprimiert. Aber da gibt es bestimmt irgendwas von Ratiopharm.

Falls es die Firma damals schon gab.

33
Little Baby Soul

Gegen Nachmittag tauche ich im Proberaum meiner alten Band auf. Sie spielen gerade ›Smells Like Teen Spirit‹ und es klingt, tja, bombastisch. Ich setze mich neben Hannes auf das versiffte Sofa und sehe ihnen zu. Porty, Roland und Pete geben alles, wohingegen Mike irgendwie gelangweilt wirkt.

Als sie den Song beenden, klatsche ich. Hannes nicht.

»Einen noch, dann Bandmeeting im ›Opossum‹«, sage ich.

»Geht klar, Boss«, sagt Porty, während Hannes zurück hinter seine Keyboard-Burg schlurft. Mike sagt nichts und stimmt stattdessen seinen Bass nach.

* * *

»Das ›Horus Sound‹? Du verarschst uns …?«

Die Jungs sind baff. Auch Mike.

»Keine Verarsche«, erwidere ich. »Hotel für uns um die Ecke habe ich auch schon klargemacht.«

Wir sitzen an unserem Stammtisch im ›Opossum‹ und Ali stellt uns gerade sechs Biere hin.

»Und wann?«, fragt Porty.

»Ab Samstag. Bis Mittwoch. Rückfahrt Donnerstag«, erkläre ich und erzähle die Story dazu.

»Alter, wie geil ist das denn?«, jauchzt Pete euphorisch. Mike macht irgendwie einen indifferenten Eindruck. Wobei ich davon ausgehe, dass er innerlich vor Freude gerade komplett ausflippt. Also ich wäre jedenfalls komplett ausgeflippt.

Hannes wirkt eher geschockt als euphorisch. »Ab Samstag? Bis Donnerstag?«

»So sieht's aus«, erwidere ich. »Gibt's ein Problem?«

»Na ja«, sagt er. »Das sind für mich vier Arbeitstage.«

»Nimm dir frei.«

»Geht nicht. Hab keine Ferientage mehr.«

»Dann lass dich krankschreiben«, sagt Porty.

»Ich weiß nicht«, druckst Hannes. »Das alles ist nicht so einfach, wie ihr euch das vorstellt. Ich bin …«

»Willst du uns verarschen?«, unterbreche ich gereizt. »Das ist eine chance of a lifetime. Für jeden von euch. Das kann der Beginn von etwas richtig Großem werden. Und du kommst hier mit deinen fucking Spießerproblemchen? Was willst du sein, Hannes? Ein Rockstar oder ein Spießer?«

Ich bemerke, dass Mike, Pete, Roland und Porty grinsen. Hannes nicht. Der wirkt geschockt. Kein Wunder, so hat er mich noch nicht erlebt.

»Wenn man einen Traum hat, tut man alles dafür, um den wahr werden zu lassen. Oder man bleibt für immer Sklave seines Brotjobs«, fahre ich fort. »Und dann ist es auch kein Brotjob mehr, sondern einfach nur ein fucking Job. Ist es das, was du willst? Was du wirklich willst?«

»Nein, ich …«, stammelt Hannes.

»Krieg das verdammt nochmal auf die Reihe«, knurre ich, wobei ich mir den Zusatz ›Tastenficker‹ verkneife, auch wenn er mir auf der Zunge liegt. »Vier Tage. Nur vier verdammte Tage, die dein Leben für immer verändern können. Euer aller Leben. Aber das wird nicht passieren, wenn ihr kein Team seid. Entweder einer für alle und alle für einen oder keiner für keinen.«

Hannes schweigt.

»Ich brauche eine Ansage bis spätestens Mittwoch. Kriegst du das hin?«

»Ich gebe alles«, erwidert er zurückhaltend.

»Okay, Treffpunkt Samstag um sieben vorm Proberaum. Dann einladen und los. Wenn wir da sind, bauen wir auf. Eventuell ist sogar noch Zeit, die Drums zu verkabeln und abzunehmen. Auf jeden Fall ist das ein halber Studiotag. Sonntag dann weiter Soundcheck und einen bis zwei Songs aufnehmen. Montag und Dienstag das gleiche Spiel. Mittwoch mixen und Donnerstag zurück. D'accord?«

Alle nicken. Wirken euphorisch, aber auch irgendwie überfahren und überfordert. Bis auf Mike, der den Eindruck macht, als sei das alles das Normalste der Welt.

»Kann sich jemand um einen Van kümmern? Wäre natürlich cool, wenn wir den schon Freitagabend haben könnten, dann wird direkt nach der letzten Probe eingeladen und wir kommen Samstag früher los.«

»Kein Ding«, sagt Porty. »Andreas hat da Connections. Und könnte uns bestimmt auch fahren.«

Natürlich. Wer einen Fake-Perso und Fake-Führerschein besorgen kann, sollte kein Problem damit haben, einen Bandbus zu organisieren und diesen auch zu fahren.

»Gibt da ein kleines Problem«, meldet sich Mike zu Wort.

»Ja?«, hake ich angespannt nach.

»Ich hab Samstagabend 'nen Gig. Ramstein Air Base. Gibt zweihundert Dollar.«

Der Rest der Band starrt ihn fassungslos an. Ich ebenso.

Dann grinst er. Dieses arrogante, freche Lausbubengrinsen.

»Sag ich aber ab. Wir haben einen Stand-By-Basser am Start. Jim Stacey von ›Break Point‹. Der rockt das mit links. Auch wenn er Rechtshänder ist. Und wenn Jim keine Zeit hat, rocken die Jungs das eben zu dritt. Gibt dann auch mehr Kohle für jeden.«

Alle lachen und geben sich High five. Ich erinnere mich, dass Jim Stacey kein Jahr später auf dem Cover des Albums ›Eat the Heat‹ von Accept zu sehen sein wird. Als zweiter Gitarrist. Ohne dass er auch nur eine Note auf dem Album gespielt hätte. Die darauffolgende Tour war eher ein Misserfolg und Jims Karriere als erfolgreicher Rockstar, mit der Betonung auf ›Erfolg‹ und ›reich‹, schon wieder beendet, bevor sie richtig begonnen hatte. Ähnlich wie Iain Finlay, dem ehemaligen Drummer der Richard Head Band, der ebenfalls 1989 bei der Hamburger Metal-Band Running Wild landete und mit ihnen ein Album einspielte. Kurz vor der Tour brach er sich aber den Arm und war danach raus.

Ich schließe kurz die Augen und atme tief durch. Bestelle dann eine Runde Wodka für alle, mit denen wir anstoßen.

»Auf Hannover und das ›Horus Sound‹!«

»Auf Hannover!«, erwidern alle, wobei Hannes das eher murmelt.

»Ab heute kein Feiern, keine Drogen und keine Exzesse mehr. Und Alk nur in Maßen«, sage ich. »Feiern können wir nach den Aufnahmen.«

Ich sehe zu Porty, der dieses arrogante, lausbubenmäßige Grinsen genauso drauf hat wie Mike.

»Kein Problem«, erwidert er.

»Sicher?«

»Trägt der Papst 'nen komischen Hut?«

»Immer«, murmele ich.

Alle gackern. Selbst mein jüngeres Ich. Plötzlich erinnere ich mich, wie Neil Peart sein jüngeres Ich nannte.

Little baby soul.

Was definitiv die bessere und schönere Formulierung ist.

»Und jetzt ab in den Proberaum. Die Uhr tickt«, sage ich. Die Jungs stehen auf und gehen zum Ausgang, wobei sie auf Hannes einreden. Außer Mike. Der scheint mit seinen Gedanken ganz woanders zu sein.

»Mike?«

Er sieht über die Schulter zu mir.

»Nur kurz …«

Er kommt zurück zum Tisch.

»Wie lief's gestern noch? Mit Aimee …«

Er lacht bitter auf. »Lief nicht.«

»Was?«

»Sie war nicht mehr da, als ich am ›Kramladen‹ auftauchte. Niemand war mehr da.«

Es dauert einen Moment, bis ich verstehe, was er gerade gesagt hat.

»Das … kann nicht sein«, stammele ich. »Sie meinte, sie würde auf dich warten!«

»Hat sie aber nicht«, erwidert Mike sachlich. »Fuck it. Ist, wie es ist. Sie hat sich entschieden. Kann ich ihr nicht verdenken. Ich war gestern einfach nur scheiße.« Er zuckt mit den Schultern. »War sonst noch was?«

»Nein«, murmele ich.

Mike geht nach draußen, als Ali an unserem Tisch auftaucht und mir die Rechnung hinlegt.

»Ich brauche noch einen Grappa.«

»Bring ich dir«, sagt Ali. »Geht aufs Haus.«

»Thanks.«

Ich starre wie in Trance vor mich hin. Versuche, zu begreifen, was Mike mir gerade erzählt hat.

Begreife es nicht.

34
Have a Little Faith in Me

Ich sitze auf der Bank vor dem Proberaum und klammere mich an meinem Bier fest, während die Band probt. Es ist kurz nach 21 Uhr und noch immer hell. Sommerzeit. Established since 1980. Was mir egal ist, denn aktuell werden meine beiden Gehirnhälften von einer äußerst unguten Frage in Geiselhaft genommen: Was habe ich getan?

Die Antwort ist: Ich habe die Vergangenheit und damit die Gegenwart geändert. Aimee und Mikes Gegenwart. Auch wenn ich genau das wollte. Weil: Es fühlte sich irgendwie, tja, richtig an. Ändere das, was damals passiert ist, dann wird es auch nicht so weit kommen, dass Mike und Aimee am Flugtag auf der Air Base sein werden.

Bullshit.

Ich habe Aimee und Mike auseinandergebracht, bevor sie überhaupt richtig zusammenkommen konnten. Mike wird nie das erleben, was ich mit Aimee erlebt habe. Weil ich mich eingemischt und alles zerstört habe.

Ich nehme einen Schluck Bier, während meine alte Band einen Song einzählt, der auf dem Demotape landen wird. Eine Halbballade namens ›Could This Be Love?‹. Musik ist von Pete und Hannes, der Text von Mike. Ja, es hätte Liebe sein können, aber jetzt ist es ein Trümmerhaufen.

Sei ehrlich, Motherfucker …

Mein *little devil.*

Du bist immer noch scharf auf sie. Aber du bist zerrissen.

Zwischen deinem Verlangen, deiner animalischen Gier nach ihr und ihrem 26-jährigen Körper, ihrer Haut, ihren Küssen, ihrem

Sex. Und andererseits deiner Verantwortung und deinem Mitgefühl gegenüber deinem jüngeren Ich, right? Anfangs wolltest du in dieser Zeitschiene nur eins: Dreißig Jahre später noch einmal das erleben, was du damals mit ihr erlebt hast. Den Zauber des ersten Kusses, die Magie dieser Nacht nach dem Rush-Konzert, das Gefühl, dass ihr zusammengehört.

Forever.

Egoistische Scheiße, Motherfucker. Und vor allem unrealistische Scheiße. Niemand kann dreißig Jahre später noch einmal genau das Gleiche erleben, was er damals erlebt hat. Dazu ist in diesen dreißig Jahren zu viel passiert. Bei dir. Du und Aimee – ihr gehört in dieser neuen Zeitschiene nicht zusammen. Sie und Mike gehören zusammen. Diese Erlebnisse und diese Gefühle stehen ausschließlich ihm zu, nicht dir. Du hast das alles schon einmal erlebt. Und dafür solltest du dankbar sein. Mike hat es noch nicht erlebt, und das sollte dir das Herz brechen. Er hat ein Recht darauf, das alles mit Aimee zu erleben. Dein ursprünglicher Plan war ein scheiß Plan. Und das weißt du. Das alles fühlt sich falsch an. Es bohrt in dir. Es belastet dich mehr als gedacht. Es lastet auf deiner Seele. Aimee bewundert dich und findet dich spannend und faszinierend, klar. Aber nicht als Mann. Du bist der Lehrer, sie die Schülerin. Schwärmerei. Nichts weiter. Get over it. Lass sie los. Auf allen Ebenen.

Heißt das übersetzt, dass ich ab jetzt in Kauf nehmen würde, dass sie am 28. August sterben wird?

Nein. Das heißt nicht mehr und nicht weniger, dass du in den dreißig Jahren etwas gelernt haben solltest. Etwas Essentielles. Und zwar, dass du a) niemanden retten kannst und b), dass alles so ist, wie es ist, weil alles so war, wie es war. Zusammengefasst: Have a little faith in me. Beziehungsweise in dich.

Ich hasse meinen *little devil.* Und liebe ihn gleichzeitig. So wie Mike. Und ja, mein *little devil* hat recht. Ich habe mich verrannt. In der Vorstellung, dass ich Aimee nur retten kann, wenn ich wieder mit ihr zusammenkomme. Ich muss neu denken. Und alles dafür tun, dass die beiden trotz meiner Einmischung zusammenkommen. Das bin ich meiner *little baby soul* schuldig.

Ich trinke mein Bier aus und betrete den Proberaum. Die Jungs beenden gerade die Halbballade.

»Ich brauche noch eine Kopie aller Texte und eine Aufnahme mit den sechs Songs.«

Mike greift nach einer DIN-A4-Mappe, die auf seiner Bass-Box liegt und komplett mit Aufklebern übersät ist, und gibt sie mir.

»Alle auf dem aktuellen Stand?«

Er nickt. »Selbst ›Teen Spirit‹. Auch wenn ich nicht wirklich raffe, was du damit sagen willst.«

Ich habe Porty und Mike die fertigen Lyrics, die ich raushören musste, erst letzte Woche aufgeschrieben. Zum Glück hatte ich den Song auf dem iPhone gespeichert.

»Musst du nicht verstehen. Nur fühlen.«

»Was ich fühle: ›I'm worse at what I do best and for this gift I feel blessed‹«, sagt Mike und lächelt gequält.

Pete drückt mir ein Tape in die Hand. »Ist von gestern. Alle Songs drauf.«

»Thanks«, erwidere ich und bin verschwunden.

* * *

Ich stehe in einer Telefonzelle um die Ecke des Proberaums und wähle Aimees Nummer. Befürchte aber, sie ist um die Zeit nicht zu Hause. Niemand von uns war damals um die Zeit zu Hause.

»Ja?«

Ich erschrecke mich.

»Äh, Michael Wagner hier. Aimee?«

»Nee, Andrea. Aimees Mitbewohnerin.«

»Aimee ist nicht da?«

»Nee, sie arbeitet heute Abend im ›Einhorn‹«, erwidert Andrea, an die ich mich jetzt plötzlich wieder erinnere. »Soll ich was ausrichten?«

»Nein, alles gut. Schönen Abend noch.«

»Gleichfalls.«

Ich lege auf und bekomme vom Fernsprecher 50 Pfennig spendiert.

* * *

Sie sitzt auf einem Barhocker hinter dem Tresen der Konzertlocation des ›Einhorn‹ und schreibt. Die Bluesband auf der Bühne, deren drei Bandmitglieder so aussehen, als seien sie Ü50, was sie vermutlich auch sind, gehen Aimee am Arsch vorbei. Beim Näherkommen realisiere ich, dass sie die Rückseite eines Konzertplakats vollschreibt. Eventuell das Plakat vom Auftritt der Richard Head Band? Wird das der Brief an Mike? Mit neuem Inhalt?

Ich stelle mich an den Tresen. »Hey.«

Sie sieht überrascht hoch.

»Michael …«

Sie faltet das Konzertplakat zusammen und legt es beiseite.

»Wir müssen reden«, sage ich.

35
Das Schlangenmaul

Beim ersten Kaffee auf dem Balkon meines Hotelzimmers erinnere ich mich plötzlich an ein Zitat des dänischen Philosophen Søren Kierkegaard.

Das Leben kann nur in der Schau nach rückwärts verstanden, aber nur in der Schau nach vorwärts gelebt werden.

Ich lebe aktuell rückwärts und beginne langsam zu verstehen. Und wieder zu leben. Vorwärts. Ohne Wiederholungen. Die mich eh immer gelangweilt haben. Ein neues Leben, das natürlich nicht das Leben ist, das ich damals hatte, was inzwischen aber auch keine Rolle mehr spielt. Weil: Es ist jetzt mein Leben. Und das Leben geht immer nach vorne. Selbst wenn es dreißig Jahre davor stattfindet und auf Lügen und *fake news* aufgebaut ist.

Meine alte Band lasse ich in Ruhe proben, die wissen, was sie tun. Ich konzentriere mich ausschließlich auf Hannover. Und aufs Packen. Was für mich nie *easy peasy* war. Zu viele Optionen an Klamotten, aber immer zu wenig Platz im Koffer. Es geht darum, eine Auswahl zu haben. Aber wie kann ich ohne Wetter-App wissen, wie das Wetter in Hannover sein wird? Kann ich nicht wissen. Wobei es sich seit ein paar Tagen wie Sommer anfühlt. An die 25 Grad, blauer Himmel, keine Wolken. Was mich kurz darüber nachdenken lässt, ob der Himmel anno 1988 anders aussieht als dreißig Jahre später. Chemtrailtechnisch und so. Keine Ahnung. Himmel halt. Blau. Mit Wolken, manchmal ohne. Wenn mit Wolken, sehen die an manchen Tagen genauso seltsam aus wie 2018.

Ich stopfe alle Klamotten, die ich am Start habe, in den

Koffer und will ihn gerade schließen, als mir einfällt, dass etwas fehlt.

Etwas Essentielles.

* * *

Ich stehe vor dem Schaufenster der ›Buchhandlung Schatz‹, die mir Majka empfohlen hat, und betrachte mir die ausgestellten Bücher. Was sofort auffällt: Kaum Krimis, die 2018 jede Buchhandlung dominieren. Ich betrete den liebevoll gestalteten Laden, der überraschend groß ist und sogar noch einen ersten Stock bietet, und sehe mich um. Bin sicher, dass ich hier fündig werde. Ich checke Bücher, die ich noch nicht kenne, und überfliege die Klappentexte, als die Besitzerin auftaucht. Eine schlanke, attraktive Frau mit blonden, schulterlangen Haaren und sehr stylischer, schwarzer Hornbrille, die meiner nicht gänzlich unähnlich ist. Dezente Schminke. Zart, zierlich, ein bisschen kleiner als ich. Sie trägt eine luftige, kurzärmelige, weiße Bluse, Jeans und Chucks. Alter? Schwer zu sagen. Aber was sie definitiv ganz und gar nicht ist: Eine ›ältere Dame‹, wie Majka es ausdrückte.

»Hallo«, sagt sie mit einer angenehm tiefen, rauchigen Stimme. »Kann ich Ihnen helfen?«

»Ich suche, tja, etwas Neues.«

»Oh, da habe ich einiges im Angebot«, sagt sie und lächelt. Ein bezauberndes, offenes, freches Lächeln.

»Nein, sorry, nicht wirklich etwas Neues«, korrigiere ich mich. »Etwas für mich Neues. Etwas, das ich damals nicht gelesen habe.«

»Definieren Sie ›damals‹«, sagt sie. »In den 60er Jahren? Den 70ern?«

Ah Mist.

»Ab den 60ern«, murmele ich.

Sie lacht. »Das ist jetzt zum Glück gar nicht weit gefasst. Welches Genre?«

Gute Frage. Auf jeden Fall keine Krimis. Es sei denn …

»Haben Sie etwas von Jörg Fauser?«

»Selbstverständlich. Alles. Ein herausragender Schriftsteller. Auch wenn einige seiner Romane unter ›Krimi‹ eingestuft werden, aber seine Bücher sind so viel mehr.«

»Ich weiß.«

»Sie haben schon etwas von ihm gelesen?«

Alles, denke ich, sage aber: »Nur ›Der Schneemann‹.«

»Kommen Sie«, sagt sie, geht zu einem Regal, das mit ›Romane Deutsch A-G‹ beschriftet ist, und greift zielsicher nach ›Das Schlangenmaul‹.

»Das hier werden Sie lieben.«

Ich lese den Klappentext und erinnere mich. Aber nicht mehr wirklich an den Inhalt.

»Nehme ich.«

»Sie wissen, dass er letztes Jahr bei einem Unfall umgekommen ist?«

Ich nicke.

»Was für ein Verlust. Was hätte dieser Mann noch alles schreiben können …«

Niemand konnte damals – und auch 2018 nicht – Fauser das Wasser reichen. Er war einzigartig. Ein Wahnsinniger. Nahm alles mit, was das Leben ihm anbot. Radikal. Extrem. Drogi. Alki. Aber hauptsächlich war er ein unfassbarer Schreiber. Einer meiner Helden, an die ich schreibtechnisch nie herankommen werde. Was niemand kann.

»Sehe ich genauso«, erwidere ich und checke das Fauser-Fach. Nehme spontan ›Rohstoff‹ aus dem Regal. »Das hier auch noch.«

»Sehr gute Wahl«, sagt sie. »Aber harter Stoff. Also Drogen und so. Opium, LSD, Heroin.«

Die Frau hat Ahnung von Literatur, so viel ist klar. Logisch, sonst wäre sie wohl kaum die Inhaberin eines Buchladens.

»Ich liebe harten Stoff«, erwidere ich und lächle sie an.

»Ihren Tätowierungen nach zu urteilen, glaube ich Ihnen das sofort«, sagt sie amüsiert.

»Michael«, sage ich spontan und halte ihr die Hand hin, die sie schüttelt.

»Lisa. Also eigentlich Elisabeth, aber den Namen mag ich nicht so wirklich.«

»Das ist Ihr Laden … dein Laden?«

»Established since 1982«, sagt sie in ziemlich perfekten US-Amerikanisch.

»Sehr cool.«

»Du bist nicht von hier, richtig?«, fragt sie.

»That's right, ma'am«, erwidere ich. »Ich bin aktuell sowas wie ein Tourist.«

»Sowas wie?« Sie lacht. »Entweder man ist Tourist oder ein Resident.«

»Okay, dann bin ich aktuell wohl ein Residenttourist.«

Sie lacht. »Wie kamst du auf meinen Laden? Zufall?«

»Ich wohne seit April in einem Hotel um die Ecke«, erkläre ich. »Aus beruflichen Gründen. Meine homebase ist aber Berlin. Eine der Mädels an der Rezeption hat mir den Tipp gegeben.«

»Berlin. Klasse. Tolle, spannende Stadt.«

»Nach dem Mauerfall umso mehr«, sage ich und könnte mir auf die Zunge beißen.

Sie starrt mich an.

»Scherz«, sage ich. »Okay, was noch? Ich brauche Futter fürs Hirn. Vielleicht Camus, Dante oder sowas. ›La divina commedia‹. Auch nie gelesen, klang aber schon immer sehr faszinierend. Nietzsche, Schopenhauer und Hesse kenne und liebe ich. Genau wie Kafka. Und Stephen King und Philip K. Dick. Aber von den beiden habe ich schon alles gelesen. Wie wäre es mit Hannah Ahrendt? Oder der Frankfurter Schule? Habermas, Adorno. Viel von den Jungs gehört, aber nie etwas gelesen. Oder die Hitler-Biografie von Joachim Fest. Die steht bei mir in Berlin im Regal. Ungelesen«, plappere ich drauf los und hoffe, sie hakt nicht wegen des Worts ›Mauerfall‹ nach.

Was sie zum Glück nicht tut.

»Puh«, murmelt sie. »Wo wollen wir da anfangen?«

»Das frage ich dich.«

Wir lächeln uns an.

»Okay, Vorschlag. Ich habe gleich Mittagspause und mache den Laden für eine Stunde zu. Wie wäre es, wenn wir das alles in Ruhe in meinem Stammcafé hier um die Ecke besprechen?«

Ein Angebot, dass ich nicht ablehnen kann.

Natürlich nicht.

* * *

Wir essen Sandwiches, trinken Kaffee und quatschen durchgehend. Ohne peinliche Pausen, in denen man überlegen müsste, wie man das Gespräch am Laufen hält. Es läuft einfach und die Zeit fliegt. Und: Wir gackern. Über alles und nichts. Manchmal mit Grund, meistens aber ohne. Unsere Themen: Bücher. Literatur. Autoren. Die Buchbranche.

»Darf ich fragen, wie alt du bist?«

»Rate«, erwidert sie grinsend.

»Nee, lass mal. Das kann nur in die Hose gehen.«

Sie lacht. »Ich feiere Ende August meinen 50ten.«

»Oh, wow. Echt gut gehalten.«

»Thanks.«

»Jungfrau. Richtig?«

»Korrekt. Und du?«

»Aquarius.«

»Oha.«

»Was oha?«

»Jungfrau und Wassermann: Hochexplosive Mischung.«

»Hochexplosive Mischungen: Immer gerne genommen.«

»Wie alt bist du?«

»Nur lächerliche drei Jahre älter«, erwidere ich, ohne groß nachzudenken. Erst danach wird mir bewusst, dass ich laut meiner Fake-Vita ja erst dreiundvierzig bin. Aber gegenüber einer Buchhändlerin, die ich weder retten noch der ich einen Plattenvertrag verschaffen muss, bin ich nicht gezwungen, zu lügen und benötige auch keine Fake-Vita.

»Auch verdammt gut gehalten«, sagt sie.

»Thanks.«

Letztlich überzieht sie ihre Mittagspause um fast eine halbe Stunde. Ihre Begründung: »Wenn dir das Leben Zitronen gibt, mach Zitronenlimonade draus.« Wobei in dem Fall eindeutig ich die Zitronen bin. Und die Frage bleibt, ob man als Einzelner mehrere sein kann. Also Zitronen.

Zurück in ihrem Buchladen, sucht sie mir fünf Bücher raus, wobei sie meint, dass sie Hannah Ahrendt (›Eichmann in Jerusalem‹) bestellen müsse. Sollte aber nächste Woche da sein. Im Package: Fauser (›Das Schlangenmaul‹/›Rohstoff‹), Dante (›Die göttliche Komödie‹), Kierkegaard (Die Hauptwerke) und Camus (›Die Pest‹). Und ›Die Flusswelt der Zeit‹, der erste Teil von Philip José Farmers ›Flusswelt-Zyklus‹. Was meiner Meinung nach im Original viel poetischer klingt: *To your scattered bodies go*. An dessen Einfluss auf mich als 19-Jährigen ich mich plötzlich wieder erinnere. Ich sage ihr, dass ich nächste Woche vorbeikomme. Offiziell wegen Hannah Ahrendt. Inoffiziell wegen ihr. Was ich ihr natürlich nicht sage. Dann tauschen wir spontan Telefonnummern, was ihre Idee ist.

»Ich bin von Samstag bis Donnerstag geschäftlich in Hannover«, sage ich und schreibe ihr auch noch die Nummer des Hotels in Hannover auf. »Für alle Fälle.«

Sie nickt und hakt nicht nach, was genau ich geschäftlich mache. Was ich sehr zu schätzen weiß.

Auf dem Weg zurück ins Hotel fühle ich mich seltsamerweise irgendwie, tja, glücklich. Ich habe endlich wieder Bücher – für mich zum größten Teil neue Bücher – am Start und eine

Frau in meinem Alter kennengelernt. Eine clevere, intellektuelle Frau mit Humor und einer Leidenschaft für Literatur. Was eine direkte Connection zu meinem alten Leben im Jahr 2018 darstellt. Und: Sie ist sexy und genau mein Beuteschema. Wobei körperliche Attribute für meine Definition von sexy noch nie wirklich eine Rolle spielten. Weder im Alter von dreiundzwanzig und schon gar nicht mit dreiundfünfzig. Eine Frau empfand ich zu allen Zeiten als sexy, wenn sie mich, tja, berührte.

Und Lisa berührt mich.

TEIL 8
HANNOVER HANGOVER

36
Mühelos awesome

Samstag. Um 6 Uhr reißt mich der Wecker aus dem Tiefschlaf. Horror. Dauert ewig, bis ich in die Gänge komme. Ich halte mich an Kaffee, lasse das Frühstück ausfallen und bin pünktlich um 7 Uhr am Proberaum in Einöd. Die Jungs haben gestern nach der letzten Probe noch den Bus beladen, den Andreas besorgt hat. Alle sind am Start, als ich ankomme. Auch Hannes, was mich nicht wirklich überrascht. So eine Chance würde sich selbst ein Keyboarder nicht entgehen lassen.

Alle sind total aufgedreht. Auch Mike. Klar. Wäre ich damals auch gewesen, wenn uns ein Manager einen Studioaufenthalt in den ›Horus Sound Studios‹ vorfinanziert hätte, in dem solche Bands wie Eloy, Kreator, Halloween, Demon, Paradise Lost und Celtic Frost Alben aufgenommen haben. Wir sind nur für ein Demo mit sechs Songs da. Ein Demo, das in der alten Zeitschiene in zwei Tagen im Studio von Bert aufgenommen und gemischt wurde. Für geschätzte 500 Mark. Aktuell haben wir fünf Tage für die Aufnahmen. Die mich ein Vermögen kosten.

Die Jungs drängen auf Abfahrt, wollen endlich los und sich in das Abenteuer Hannover stürzen.

»Geduld«, sage ich. »Es fehlt noch jemand.«

Die Band starrt mich irritiert an, als ein grüner Golf neben meinem Benz hält.

Aus dem Aimee aussteigt.

»Morgen, Jungs«, sagt sie, lächelt in die Runde und holt ihren Kram aus dem Kofferraum des Golf.

Mike ist sprachlos.

Im Gegensatz zu Porty. »Hey, Aimee.«

»Hey, Porty«, sagt sie und sieht verstohlen zu Mike, der wie der Rest der Band keine Ahnung hat, was gerade abgeht und völlig überrumpelt wirkt. Bevor irgendjemand Fragen stellen kann, erkläre ich, was der Plan ist.

»Ich habe Aimee für Hannover engagiert. Als Background-Sängerin.«

Alle grinsen und äußern verbal Zustimmung. Nur Mike nicht.

»Wir brauchen keine weiblichen Backing Vocals. Porty und ich singen die«, knurrt er.

»Natürlich werdet ihr die singen«, beschwichtige ich. »Aimee dient nur eurer Unterstützung und ist quasi das Sahnehäubchen obendrauf.«

»Geile Idee!«, sagt Roland.

»Super!«, sagt Pete.

»Wahnsinn!«, sagt Hannes.

»Das wird so rocken, Mann«, sagt Porty und knufft Mike gegen den Oberarm. Mike sieht misstrauisch zu Aimee, die ihn anlächelt.

Ich zücke den Schlüssel des Benz und halte ihn Mike hin.

»Straßenkarte, Wegbeschreibung, Adresse des Studios und des Hotels liegen auf der Rückbank. Tank ist voll, aber das könnte eng werden. Tankgeld ist in einem Umschlag im Handschuhfach. Falls ihr vor uns ankommt, wovon ich ausgehe, könnt ihr schon im Hotel um die Ecke des Studios einchecken. Ich habe euch ein Doppelzimmer reserviert.«

Mike ist fassungslos.

»Irgendein Problem?«, frage ich.

»Ich bin nicht sicher, ob …«, stammelt er und bricht dann ab.

»Mach den Kopf zu, Mike«, sagt Aimee und nimmt mir den Schlüssel für den Benz aus der Hand. »Ich fahre. Entspann dich.«

»Vergiss es«, erwidert Mike und krallt sich den Schlüssel.

»Kein Problem«, erwidert Aimee lächelnd, während Andreas Mikes Koffer, Rucksack und den Gitarrenkoffer, in dem sich seine Ovation befindet, bringt. »Ich lad dann mal um, was?«, sagt er grinsend und packt alles in den Benz. Mike wirkt noch immer überrumpelt.

»Wir rocken das. Okay?«, sagt Aimee.

Mike zögert.

»Wir rocken das, Mike. Okay?«

»Wir rocken das«, murmelt er.

»Thanks«, sagt Aimee lächelnd, küsst ihn auf die Wange und lädt dann ihr Gepäck in den Benz.

»Proberaumtape mit euren Songs hat Aimee«, erkläre ich. »Sie übt die schon seit Tagen. Für den Fall, dass ihr unterwegs schon mal zusammen singen wollt. Falls nicht: Im Handschuhfach liegen ›Moving Pictures‹, ›Permanent Waves‹, ›Exit Stage Left‹, ›Signals‹ und ›Hold Your Fire‹.«

Die ich gestern noch spontan in einem Plattenladen in Saarbrücken besorgt habe.

Mike seufzt. »Ah, fuck …«

»Dann wär ja alles geklärt«, sagt Porty. »Abflug?«

Ich nicke, packe meinen Koffer und den Rucksack in den Van und steige mit den Jungs ein. Sehe, wie Mike und Aimee in meinen Benz klettern und losfahren.

»Ready to rock?«, fragt Andreas auf dem Fahrersitz.

Ich nicke und hoffe, dass ich das Richtige getan habe.

* * *

Wir kommen gegen Mittag im Studio an und sind geflasht. State of the art 1988. Geiles Equipment, Amps, Gitarren, Bässe, Keyboards, ein riesiges Mischpult. Analog. Klar. Ein großer und zwei kleinere Aufnahmeräume. Der Himmel auf Erden. Tommy, der Engineer, ein sympathischer, langhaariger Berliner um die dreißig und sein Assistent Jan haben uns in Empfang genommen und erstmal alles gezeigt. Auch den Aufenthaltsraum, in dem wir Aimee und Mike dabei, tja, erwischen, wie sie die Gesanglines der Songs üben, wobei Mike seine Ovation spielt. Die beiden wirken total vertraut und *close*. Und ja, irgendwie *beloved*. So, als habe es das Fiasko in der Nacht nach dem Rush-Konzert nie gegeben.

Als Mike mich entdeckt, grinst er, zieht den Schlüssel des Benz aus seiner Hosentasche und hält ihn mir hin. »Die Karre steht in der Tiefgarage des Hotels.«

»Wie war die Fahrt?«

»Ein Traum«, erwidert er.

»Oh ja!«, sagt Aimee. »Und ich durfte sogar selbst fahren. 10 Kilometer oder so.«

Die beiden lachen und geben sich High five.

»Falls du den, warum auch immer, mal verkaufen willst, frag mich als Erstes«, sagt Mike.

»Träum weiter«, erwidere ich und stecke den Schlüssel ein. Dann laden wir das Equipment aus und die Jungs bauen auf. Tommy meint, wir könnten natürlich auch die vorhandenen Amps und Instrumente checken, was Pete, Hannes und Mike auch tun. Nur Roland nicht, der darauf besteht, sein eigenes Drumset aufzubauen. Die Stimmung ist entspannt, keiner stresst, alle sind supergut drauf und voller Vorfreude auf die nächsten Tage.

Während Tommy und Jan rund um Rolands Schlagzeug Mikros platzieren, essen wir am riesigen Tisch im Aufenthaltsraum zu Abend. Angela, mit der ich telefoniert hatte, die gute Seele des Studios und Mädchen für alles, hat uns beim Griechen gegenüber ein wahres Festmahl besorgt. Ich äuge beim Essen immer wieder zu Aimee und Mike, die nebeneinandersitzen und permanent miteinander tuscheln und lachen. Und Körperkontakt mit dem anderen aufnehmen.

Was mir das Herz bricht.

Und mir gleichzeitig ein Lächeln in mein inneres Schnäuzchen zaubert.

Um die Abnahme von Petes Amp – er hat sich trotz der riesigen Auswahl an Verstärkern, Boxen und Klampfen für seinen Marshall und seine Kramer entschieden – kümmern sich Tommy und Jan nach dem Essen, während Hannes noch immer diverse Keyboards checkt. Ich trinke im Regieraum ein Bier und versuche runterzukommen. Fühle mich wie in einem Traum. Summer of'88. Den weder Mike noch ich damals so erlebt haben.

Kurz vor Mitternacht schickt uns Tommy ins Hotel und meint, wir würden uns morgen um 10 Uhr sehen. Hannes, Pete, Roland und Andreas machen sich auf den Weg, während ich noch Porty, Mike und Aimee suche und sie im Aufenthaltsraum finde. Sie sitzen nebeneinander auf der Couch. Mike spielt Akustikgitarre und die drei üben zusammen Backing Vocals. Ich stehe an der Tür und höre zu, wie sie den Songs mit ihren Stimmen Leben einhauchen. Es klingt irrsinnig geil. Gänsehaut. Aimees Stimme hat genau die Klangfarbe, die den Songs gefehlt hat und passt perfekt zu den Stimmen von Mike und Porty. Das wird bombastisch ab morgen, das weiß ich. Und bin gerade mehr als nur ein bisschen neidisch auf meine *little baby soul.* Auf seine Jugend, seine Leidenschaft für die Musik und seine Band, auf dieses unbedingte Wollen und dieses Nicht-Wissen um die Zukunft. Dieses im Jetzt-Sein. Aber am meisten beneide ich ihn natürlich für seine Nähe zu Aimee, diese Energie zwischen den beiden, diese Verbundenheit. Dieses Versprechen: *I'm yours, you're mine.*

Reiß dich zusammen, Bach. Oder Wagner oder wie auch immer du dich nennst.

Mein *little devil.* Ich habe es befürchtet.

Du hast die beiden losgelassen. Also hör auf rumzuheulen und genieß den Moment. Halt dich einfach raus und kümmer dich ab jetzt um deinen Kram. Die beiden kommen klar ab hier. Ohne deine Einmischung.

Seltsamerweise muss ich bei der Formulierung ›kümmer dich ab jetzt um deinen Kram‹ sofort an Lisa denken.

Als sie den Song beendet haben, klatsche ich.

»Das ist so … fucking geil«, murmele ich.

»Thanks«, sagt Aimee und lehnt ihren Kopf gegen Mikes Schulter.

»Ihr habt schon eingecheckt, oder?«, frage ich.

Mike und Aimee nicken.

»Monsieur Sänger?«

Porty sieht zu mir.

»Wir beiden Hübschen gehen jetzt einchecken und dann noch einen Absacker trinken.«

Porty nickt, gibt sich mit Aimee und Mike High five und steht auf.

»Okay, dann bis morgen. 9 Uhr.«

»Geht klar«, sagt Mike und spielt das Eingangsriff von ›Smells Like Teen Spirit‹. Mir läuft es eiskalt den Rücken runter und ich sehe zu, dass ich mit Porty so schnell wie möglich verschwinde. Die Vorstellung, dass Aimee zusammen mit Mike und Porty den Chorus brüllkreischen und es unfassbar, tja, original klingen wird, macht mich fertig.

Auf dem Weg zum Ausgang meint Porty, dass der Song ein Hit werden wird. Ganz sicher.

Sag ihm die Wahrheit. Jetzt!, meldet sich mein little devil erneut zu Wort. Sag allen die Wahrheit. Ansonsten bist du wirklich nichts weiter als ein fucking fake. Und ein krimineller noch dazu!

»Wir werden sehen«, murmele ich, als wir den Aufzug entern. Nach dem Einchecken im Hotel – ich habe mir eine Junior Suite gegönnt – werden aus dem einen Absacker mit Porty an der Hotelbar dann letztlich, tja, einige. Zusammen mit Roland, Hannes, Andreas und Pete, die schon vor uns absacken. Weit nach Mitternacht tauchen auch Aimee und Mike auf, die sich aber nach einem Whisky recht zügig auf ihr Zimmer verabschieden.

»Match made in heaven, würd ich sagen«, meint Pete.

»Oder in hell«, sagt Porty.

Alle lachen. Nur ich nicht. Ich kippe stattdessen meinen

Grappa und hoffe inständig, dass ich die Vergangenheit/Gegenwart inzwischen so weit verändert habe, dass Aimee und Mike *safe* sind.

* * *

Zurück in meiner Junior Suite, packe ich mein Zeugs aus und richte mich häuslich ein. Dabei stoße ich auf die Tüte des Buchladens von Lisa. Ich kam in Saarbrücken irgendwie nicht zum Lesen und habe die Tüte einfach in meinen Koffer geworfen. Ich nehme die Bücher raus und lege sie auf den Tisch. Schnappe nach Luft, als ich ›Betty Blue‹ entdecke. Zwischen dem ›Schlangenmaul‹ und der ›Pest‹. Ein Geschenk von Lisa. Ich klappe es auf.

> *Ich denke, das könnte dir gefallen.*
> *Falls du es nicht längst schon kennst …*
> *Lisa*

Harter Tobak. Ich meine, sie hätte mir tausend Bücher unterjubeln können. Warum ausgerechnet ›Betty Blue‹? Sie kann nicht wissen, was mir das Buch damals bedeutet hat. Es hat mein Frauenbild so extrem geprägt, wie kein Buch davor und keines danach. Und meine Vorstellung von dem, was man Liebe nennt.

Ich gieße mir einen Grappa ein, greife mir das Telefon, dessen Schnur zum Glück gerade so bis auf den Balkon reicht, fummele den Zettel mit Lisas Telefonnummer aus meiner Geldbörse, stecke mir eine an und wähle ihre Nummer. 01:14 Uhr. Die Chance, dass sie noch wach ist, tendiert eher gegen null, aber ich muss es einfach versuchen. Ich habe Fragen. Viele Fragen.

»Ja, hallo?«

Ich zucke zusammen. Habe mit dem Anrufbeantworter gerechnet und mich schon innerlich irgendwie darauf vorbereitet, ebenjenen vollzulabern.

»›Betty Blue‹ …«, stammele ich.

»Michael?«

»Ebenjener.« Ich räuspere mich. »Wieso bist du noch wach?«

»Könnte vermutlich daran liegen, dass ich ein Nachtmensch bin.«

»Aber du musst doch jeden Tag früh raus.«

»Ich brauche nicht viel Schlaf. Wo bist du?«

»In einem Hotel in Hannover«, erwidere ich.

»Sind Hotels sowas wie ein Fetisch für dich?«

»Ich liebe Hotels.«

»Warum?«

»Sie sind das Gegenteil von Alltag.«

»Magst du deinen Alltag nicht?«

»Theoretisch schon. Praktisch eher nicht.«

»Klingt nach Künstler.«

»Klingt nicht nur so.«

»Was ist deine Kunst? Wofür brennst du?«

Fuck. Ich wusste, dass diese Frage irgendwann kommen würde.

»Fürs Schreiben.«

»Du bist Schriftsteller?«

»Fauser und Djian sind Schriftsteller. Ich bin nur ein Geschichtenerzähler.«

Sie lacht. »Unsinn. Man ist Schriftsteller, wenn man einen Roman geschrieben hat, ganz einfach. Hast du?«

»Habe ich. Vier, um genau zu sein.«

»Wow! Auch veröffentlicht?«

Ja, in der ehemaligen Zeitschiene, denke ich, sage aber: »Nein, noch nicht.«

»Welches Genre?«

»Krimi. Aber nicht nur.«

»Interessant …«

»Wofür brennst du?«, frage ich.

»Für was denkst du, brennt eine Frau, die Inhaberin eines Buchladens ist?«

Wir lachen.

»Und natürlich brenne ich auch für Schriftsteller.« Sie kichert.

»Warum ausgerechnet ›Betty Blue‹?«

»Dazu müsste ich ein bisschen ausholen.«

»Nur keine Hemmungen.«

Sie holt aus. Und ich liebe es. Sie hat eine extrem angenehme Telefonstimme. Und sehr überraschende, faszinierende Gedankengänge. Über Privates spricht sie ebenso wenig wie ich. Djian und ›Betty Blue‹ fordern unsere volle Aufmerksamkeit. Und es gibt so viel dazu zu sagen. Auch zu ›Blau wie die Hölle‹.

Die Frau macht mich fertig. Ich muss nicht mehr lügen. Darf wieder ich sein und über meine wahre Leidenschaft und meinen ›richtigen‹ Job sprechen. Sie gibt mir das Gefühl, *safe* zu sein. Und mich zu verstehen. Auch wenn sie nicht weiß, wer ich wirklich bin und woher ich komme. Wir reden und reden. Über alles und nichts. Kichern wie Teenager. Vergessen Zeit und Raum. Worüber wir nicht reden: Meine Romane. Das kann ich nicht. Auch wenn Lisa aus verständlichen Gründen mehr wissen will.

Als ich einen Blick auf mein Phone werfe, zucke ich zusammen. Es ist halb vier. Und mein Wecker klingelt um sieben. Ich muss den Stecker ziehen. Auch wenn ich noch ewig mit ihr weiterquatschen könnte. Und mich wundere, dass sie um die Uhrzeit noch immer am Start ist. Schweren Herzens lasse ich sie wissen, dass ich jetzt vernünftig sein werde und pennen gehe. Was sie versteht. Natürlich versteht sie. Warum auch immer. Wir scheinen uns zu kennen. Nicht erst seit dieser Woche.

Mühelos awesome.

Ein unerwartetes und extrem überraschendes Geschenk.

Als ich auflege, habe ich das Bedürfnis, mir einen weiteren Grappa und einen Wein einzugießen und sie nochmal anzurufen.

Teenagerliebe.

Irgendwie ziemlich strange als Ü50er.

37
Kein Kontakt zur Außenwelt

Als ich rechtschaffen platt den Frühstücksraum betrete, diskutieren die Jungs, in welcher Reihenfolge die Songs aufgenommen werden sollen. Aimee sitzt neben Mike und hält sich klugerweise aus der Diskussion raus. Ich bestelle mir einen Kaffee mit Milch. Statt Latte. Wobei ich nachhake, ob die Bedienung des Hotels die Milch vielleicht aufschäumen könnte. Sie ist verunsichert, sagt dann aber, dass das klarginge. Die Diskussion zwischen den Jungs wird zunehmend zielloser und, tja, emotionaler. Jeder hat dazu eine Meinung, aber keiner einen Plan, weshalb ich mich genötigt fühle, einzuschreiten.

»Aus Erfahrung: Nehmt als Erstes immer den Song auf, den ihr im Schlaf beherrscht. Zum Warmwerden. Wenn der im Kasten ist, dann abstimmen über den nächsten Song. Welcher Song bietet sich da an?«

»›Shoot Out the Lights‹« sagen Mike, Porty und Pete gleichzeitig und lachen dann.

»Dann wäre das ja geklärt«, erwidere ich und beäuge Aimee. Irgendwie sieht sie, tja, durchgenudelt aus. Genauso wie Mike. Haben sie gestern Nacht ihren *magic moment pt. 2* erlebt, den ich ihnen in dieser Zeitschiene letzte Woche versaut habe?

Sieht ganz danach aus.

Ich lächle, als mir die Bedienung einen Latte in der rudimentären 1988-Version hinstellt.

* * *

Während die Jungs zusammen mit Tommy und Jan Soundcheck machen, sitze ich alleine im Aufenthaltsraum auf dem Sofa und versuche, wach zu werden. Mit am Start: Kaffee und ›Das Schlangenmaul‹ von Fauser. Auch am Start: Eine Entscheidung, die ich gestern Nacht nach dem Telefongespräch mit Lisa getroffen habe. Ich werde mich bei den Aufnahmen raushalten. Komplett. Das ist das Projekt der Jungs, nicht meins. Alles, was ich tun kann, ist, sie emotional unterstützen und sie motivieren. Aber nicht aktiv als Musiker. Der Gig mit Aimee und ihrer Band im Unigebiet war aufwühlend, ein einziger Rausch, aber ganz ehrlich: Noch einmal müsste ich dieses Rock'n'Roll-Ding nicht haben. Ich hatte das damals bis zum Exzess. Dieser Strang im Buch meines Lebens ist definitiv auserzählt und mir wird schmerzlich bewusst, dass mir etwas fehlt. Etwas Existentielles.

Das Schreiben von neuen Geschichten.

Ich klappe ›Das Schlangenmaul‹ zu. Über was sollte ich schreiben? Oder besser: Über was will ich schreiben? Eine Geschichte darüber, was mir seit Anfang April passiert ist? Nein, unmöglich. Das kann ich nicht, konnte ich noch nie. Weil: Solange ich noch mittendrin in etwas stecke, dessen Ende nicht absehbar ist, kann ich nicht darüber schreiben. Das wäre dann nichts weiter als ein oberflächliches Tagebuch mit Wasserstandsmeldungen des jeweiligen Tages. Aber wer liest schon tägliche Wasserstandsmeldungen von anderen? Es sei denn, es handelt sich um das Tagebuch von Kurt Cobain.

Aimee kommt in den Aufenthaltsraum und lässt sich neben mich aufs Sofa fallen. Sie wirkt aufgedreht. Und glücklich.

»Danke«, sagt sie und lächelt mich an.

»Für was genau?«

»Für das alles hier. Aber hauptsächlich für Mike …«

»Alles gut mit euch?«

Sie nickt und grinst. Dann küsst sie mich auf die Wange und ist verschwunden.

Ich weiß, dass sie nicht Ende August sterben und Mikes Herz brechen wird. Die beiden sind *safe*.

Meine *mission* ist beendet.

* * *

Ich sitze an einem Tisch vor einem Café in der Fußgängerzone. Vor mir ein Kaffee, ein Glas Wasser sowie ein Schinken-Käse-Sandwich. Frühstück. Mein Hirn rödelt bezüglich einer neuen Romanidee auf Hochtouren. Mein Alltag in der ehemaligen Zeitschiene: Nachdenken über meine Geschichten und Ideen. Keine Dramen, keine stressigen Menschen, keine stressigen Beziehungen, keine Unternehmungen. Und schon gar keine Versuche, Menschen zu retten. Oder zu glauben, dass ich diese retten könnte. Ich bin nicht Gott. Oder der Teufel. Oder wer auch immer für Unglücke und Katastrophen zuständig ist.

Zum ersten Mal seit meiner Ankunft in der neuen Zeitschiene fühle ich mich frei. Befreit von dem Druck, Aimee retten und den Flugtag verhindern zu müssen. Ich kann den Flugtag nicht verhindern. Niemand kann das. Was ich aber offensichtlich ganz gut hinbekomme: Die Ereignisse im Kleinen zu ändern. Beim großen Ganzen ist das unmöglich. Es kommt so, wie es kommen muss.

Es sei denn, es geschieht eine Art von Wunder.

* * *

Zurück im Hotel, doppelklicke ich auf dem MacBook den Ordner ›Books‹ und darin den Ordner ›Books Ideen‹. Dann wird mir plötzlich bewusst, dass ich ein Problem habe.

Ein riesiges Problem.

Thema: Kein Kontakt zur Außenwelt.

Wie kann ich einen Drucker aus dem Jahr 1988 an ein MacBook von 2018 anschließen? Kann ich nicht, keine Chance.

Und wie bekomme ich dann meine auf dem MacBook gespeicherten Romane oder das, was ich neu schreibe, auf Papier? Weil: Per E-Mail an Verlage oder Testleser schicken, ist nicht.

Fuck.

Es klopft. Ich klappe das MacBook zu, schiebe es unter die Bettdecke und öffne.

Andreas.

»Die Jungs brauchen dich.«

»Weswegen?«

»Geht wohl um den Gitarrensound. Pete ist unschlüssig.«

»Ich bin Manager, kein Produzent.«

»Pete ist deine Meinung wichtig. Und allen anderen auch.«

»Sorry, aber ab hier müssen die Jungs alleine klarkommen und ihre eigenen Entscheidungen treffen. Das schaffen sie schon.«

»Aber Pete meinte …«

»Verlasst euch auf die Meinung von Tommy und Jan«, unterbreche ich. »Die wissen, was sie tun.«

Andreas zögert. Wirkt unschlüssig.

»Okay … Ich richte es aus«, murmelt er dann, wendet sich ab und geht auf die Aufzüge zu.

Darum geht es beim Loslassen: Loszulassen.

Alles.

* * *

Kurz vor Mitternacht treffe ich die Jungs und Aimee an der Hotelbar. Als sie mich entdecken, begrüßen sie mich überschwänglich. Ich stelle mich zu ihnen und ordere eine Weißweinschorle. Aimee prostet mir grinsend zu. Ich proste zurück. Mike stellt sich mit seinem Bier neben mich.

»Hab ich das richtig verstanden? Du willst nicht bei den Aufnahmen dabei sein?«

»Hast du zu hundert Prozent richtig verstanden.«

»Warum nicht? Ich meine, du bist doch unser Manager. Und jetzt interessiert es dich nicht, was wir da treiben?«

»Mich interessiert ausschließlich das Endergebnis, nicht der Weg dorthin. Schon mal in Erwägung gezogen, dass das ein riesiger Vertrauensbeweis ist? Dass ich an euch glaube? Dass ich sicher bin, dass ihr das alleine rockt? Mit der Hilfe von Tommy und Jan.«

Mike überlegt kurz. »Guter Punkt. Werde ich bei Gelegenheit mal drüber nachdenken.«

Wir lachen.

»Aber bei deinem Song musst du dabei sein«, sagt er dann. »Unbedingt.«

Ich zögere. »Wann ist der dran?«

»Morgen als Erstes. Gegen zehn. Wenn es wie heute so lange dauert, bis Pete seinen Sound gefunden hat, dann wohl eher gegen elf.«

Pete kommt dazu. Er hat einen Jacky-Cola in der Hand. »Wird wieder über meinen Sound gelästert, ja? Darf ich mitlästern?«

Er gackert und stößt mit uns an. Ich sehe zu Aimee, die am anderen Ende der Bar einen Cocktail trinkt.

»Danke übrigens«, sagt Mike.

»Für was?«, frage ich.

»Für die unfassbar geile und geniale Background-Sängerin.« Er sieht zu Aimee, die ihm eine Kusshand zuwirft. »Best thing that ever happened.«

»Ich weiß«, erwidere ich, trinke meinen Weißwein aus und bestelle noch einen. Auch wenn mir bewusst ist, dass mein Phone um 8 Uhr klingeln wird.

Scheiß drauf, man lebt nur einmal.

Okay, manchmal auch zweimal.

38
Smells Like Teen Shit

Als ich kurz nach 10 Uhr im Studio auftauche, sind die Jungs und Aimee schon am Start und spielen und singen sich warm. Ich begrüße alle und gehe dann in den Regieraum, ziehe mir einen Stuhl ran und setze mich neben Tommy ans Mischpult. Erkläre ihm, dass das mein Song sei und ich gerne den einen oder anderen Vorschlag machen würde.

»Kein Problem«, sagt er und ruft die Band inklusive Aimee in den Aufnahmeraum.

»Okay, Vocals«, sage ich und wende mich an Porty. »Den Chorus doppeln. Keine zweite Stimme, einfach nur doppeln. Zwei Spuren. Die Strophe nicht doppeln.«

Porty nickt, während sich Tommy Notizen macht.

Ich sehe zu Aimee und Mike. »Dann ihr beiden zusammen. Eine Spur, ein Mikro. Einfach Portys Vocals im Chorus doppeln.«

»Keine Backing Vocals in den Strophen?«, hakt Aimee nach. »Das könnte eventuell richtig geil werden.«

»Nein. Weniger ist mehr.«

»Okay.« Sie sieht zu Mike, der mit den Schultern zuckt.

»Sein Baby, seine Vision.«

Ich wende mich an Tommy. »Pete braucht vier Spuren für die Gitarren im Chorus. In der Strophe reichen zwei. Kein Schnickschnack. Einfach immer das Gleiche spielen. Nur mit leicht anderem Zerr-Sound.«

Ich sehe zu Pete, der nickt.

»Bass dürfte klar sein«, sage ich zu Mike.

»Kein Schnickschnack. Eine Spur.«

»Genau. Raw Power sozusagen.«

»Das wird nicht ›Smells Like Teen Shit‹, das wird der ›No Schnickschnack-Song‹«, sagt Tommy und lacht. »Okay, let's do this.«

»Eine Frage noch …«

Tommy sieht mich an.

»Spricht etwas dagegen, wenn Mike, Roland und Pete den Basic Track live aufnehmen? Also Bass, Drums und Gitarre? Overdubs danach. Und am Ende die Vocals.«

»Spricht nichts dagegen«, sagt Tommy. »Müsste nur nochmal kurz den Sound checken.« Er sieht zu Mike, Pete und Roland. »Kommt ihr damit klar?«

»Ist der Papst katholisch?«, fragt Pete.

»Vermutlich«, sagt Tommy und lacht. »Let's go.«

Er steht auf. Pete, Mike und Roland folgen ihm zum großen Aufnahmeraum. Ich setze mich zu Porty, Aimee, Hannes und Andreas aufs Sofa.

»Du weißt wirklich genau, was du willst«, sagt Aimee.

Kein Problem, wenn es den Song schon gibt, denke ich.

»Wie lief's bis jetzt?«, frage ich

»Ganz gut«, sagt Hannes. »Zwei Songs sind im Kasten. Fehlen nur noch Aimees Backing Vocals.«

»Die recorde ich gleich mit Jan in Studio 3, wenn die Jungs den Basic-Track deines Songs aufnehmen«, sagt sie.

»Seid ihr zufrieden bis jetzt?«

»Total«, erwidert Porty. »Das hier ist ein Traum. Auch wenn die Zeit rennt. Aber das kriegen wir hin bis Morgenabend.«

»Definitiv«, sagt Aimee.

»Auf jeden Fall«, sagt Hannes.

»Gab es eigentlich Probleme? Bezüglich deines Urlaubs, meine ich«, frage ich ihn.

»Es hätte welche gegeben, wenn ich gefragt hätte. Hab ich aber nicht. Hab mich krankschreiben lassen.«

»Good boy«, sagt Aimee.

»Weiß deine Band eigentlich, dass du gerade fremdgehst?«, fragt Porty.

»Die müssen nicht alles wissen«, erwidert Aimee. »Es reicht, wenn sie das fertige Demo hören.«

Sie lacht. Dieses kehlige, raue Lachen, das mich damals so unfassbar an ihr fasziniert hat. Und mich immer noch fasziniert. Aber völlig wertfrei, ohne Absichten, ohne *love interest.* Ich habe verstanden und meine Lektion gelernt.

Als Tommy zurückkommt, nehme ich ihn beiseite. »Nur kurz …«

Er mustert mich abwartend.

»Der Song ist ein Ausblick auf die Zukunft des Rock'n' Roll. Back to basics. Rotzig, räudig, dreckig. Tief verwurzelt im Punk. Iggy and the Stooges. MC5. Und aktuell Hüsker Dü, die Melvins und Sonic Youth. Aber vor allem die Pixies. Laut-Leise-Thema. Die Strophe lullt dich ein und der Chorus knallt so dermaßen, dass er die das Hirn wegballert.«

»Die Bands sagen mir gar nichts, sorry.«

»›Surfer Rosa‹ heißt das Debütalbum der Pixies«, erkläre ich. »Kam im März raus. Ist jetzt zu spät, das zu hören, aber vertrau mir. Und Pete. Der kennt das Album. Denk einfach an Iggy and the Stooges und die Sex Pistols und nicht an Cinderella, Dokken, Bon Jovi oder Mötley Crüe.«

»Okay«, murmelt er. »Das kriegen wir hin. Irgendwie.«

»Davon gehe ich aus«, sage ich. »Wir sehen uns Mittwoch nach dem Mix.«

Tommy nickt und setzt sich ans Mischpult. Drückt die Taste der Gegensprechanlage, die ihn mit Mike, Roland und Pete im Aufnahmeraum verbindet. »Ready when you are.«

Ich atme tief durch, verabschiede mich von Aimee, Porty, Hannes und Andreas und bin verschwunden.

* * *

Als ich auf der Straße vor dem Studio stehe, fühle ich mich platt. *To the bone.* Zum größten Teil geistig. Damals habe ich es geliebt, Teil eines Teams zu sein, aber mit dem Abstand von dreißig Jahren erschöpft es mich nur noch. Ich wollte nach dem Ende meiner Musikerkarriere keine Menschen mehr in meinem Leben, mit denen ich mich absprechen, denen ich meine Vision erklären, mit denen ich Kompromisse machen musste. Alles, was ich wollte, war, selbständig zu sein. Alleinverantwortlich. Für mich und meine Kunst. Und das wurde ich. Durch mein Schreiben. Und da will ich auch wieder hin. Ein einsamer, aber allein für sich selbst verantwortlicher Geschichtenerzähler. Die Frage ist nur, wie komme ich aus der Manager-Nummer raus? Und vor allem: Wie komme aus der ›Smells Like Teen Shit‹-Nummer raus?

* * *

Ich muss mich an der Rezeption des Hotels erkundigen, wo man eine elektrische Schreibmaschine kaufen kann. Weil: ›richtig‹ zu schreiben angefangen habe ich erst roundabout 1999. Und da hatte ich schon seit knapp zwei Jahren einen Mac, Word und einen Drucker. Notizbücher waren nie mein Ding. Ausgenommen meine Tagebücher. Wobei ich selbst die irgendwann nur noch am Computer schrieb.

»Quelle, Karstadt oder Hertie«, erklärt mir die Angestellte an der Rezeption. »Fußgängerzone. Nicht zu verfehlen. Oder Schneider Elektro. Ist aber nicht in der Fußgängerzone.«

Ich bedanke mich und notiere mir die Adresse von Schneider Elektro.

Think global, shop local.

Morgen, wenn die Geschäfte wieder offen sind.

* * *

Gegen Mitternacht treffe ich die Gang an der Hotelbar. Alle sind euphorisch, aufgedreht und in Feierlaune. Mike erzählt mir, dass sie den ganzen Tag mit ›Smells‹ beschäftig gewesen waren. Und dass Tommy sie richtig rangenommen habe. Vor allem bei den Vocals und Backing Vocals, was Porty bestätigt. Und Aimee. Sie wirkt so glücklich, entspannt, ganz bei sich. Und bei Mike. Die beiden ticken zusammen, sind ein Team. Ziehen an einem Strang. Ich schwanke zwischen Traurigkeit und Euphorie. Traurigkeit, weil mir diese Nähe und diese Vertrautheit zu Aimee in dieser neuen Zeitschiene nicht mehr vergönnt ist, und Euphorie, weil ich es irgendwie geschafft habe, die beiden, trotz meiner Einmischung, zu verkuppeln und ihnen ihren *magic moment pt. 2* zu ermöglichen. Durch die Musik.

Ich habe fertig.

Der *Master of Puppets* ist ab hier einfach nur ein Beobachter, der nichts weiter als wieder ein Geschichtenerzähler sein will. Ein Geschichtenerzähler ohne Geschichte ist aber kein Geschichtenerzähler, sondern ein, tja, *fake*.

Seltsamerweise schweifen meine Gedanken mehr als einmal ab. Zu Lisa. File under: *Wish You Were Here*. So seltsam es auch klingt, aber ich vermisse sie. Was würde ich dafür geben, dass sie jetzt hier wäre und wir diesen Moment teilen könnten. Und ich mit ihr über meine noch zu findende Geschichte reden und ihr erklären könnte, warum meine bereits geschriebenen Romane aktuell keinen Sinn mehr machen, da diese alle nach 1988 spielen. Ich frage mich, ob sie trinkfest ist, wie sie wohl feiertechnisch drauf ist und ob sie wie ich Spaß am Durchdrehen hat und auf Küssen steht. Und nach was ihre Küsse schmecken.

* * *

Ich sitze mit dem MacBook, Wein und Grappa auf dem Balkon und checke den Ordner mit meinen Romanfragmenten.

Mir fallen schon langsam die Augen zu, als ich plötzlich auf eine Idee stoße, die seit 1999 existiert und die ich bereits bis Kapitel acht geschrieben habe. Die Geschichte einer dysfunktionalen Familie aus dem Süden Deutschlands, die gezwungen wird, sich zusammen auf eine Reise in Richtung Norden zu begeben. Vier Generationen. Alle recht eigen, individuell und, tja, durchgeknallt. Und keiner der Protagonisten ist ein Teamplayer. Aber um ihre *mission* erfüllen zu können, müssen sie lernen, Teamplayer zu werden. Falls nicht, werden sie scheitern. Als Individuen und als Kollektiv.

Ich schnappe nach Luft, bin elektrisiert, gieße mir einen neuen Grappa ein und schluckspechte ihn. Das wird meine neue Geschichte! Weil: Sie ist so angelegt, dass sie zu keiner bestimmten Zeit spielt und durchaus auch in den 80er Jahren funktionieren könnte. Keine Handys, keine Jahresangabe, kein aktueller Bezug zur Gegenwart und zum Zeitgeist.

Zeitlos.

Ich erschrecke mich fast zu Tode, als das Telefon klingelt, klappe das MacBook zu, eile ins Zimmer und nehme den Hörer ab.

»Ja?«

»Ich bin's. Stör ich?«

Lisa.

Alter …

Ich habe gerade an dich gedacht, will ich erwidern, sage aber: »Kein Stück. Freu mich.«

»Puh, Glück gehabt.«

Mir spukt eine Frage im Kopf herum, die ich ohne groß nachzudenken stelle.

»Bist du trinkfest?«

»Was denkst du?«

»Ja, bist du.«

»That's right. Wie sollte ich sonst um die Zeit mit dir telefonieren können?«

»Mit Kaffee vielleicht?«

»Kein Kaffee nach Feierabend.«

Wir lachen.

»Warte kurz, ich nehme dich mit auf den Balkon.«

»Du nimmst nicht mich, sondern das Telefon mit«, korrigiert sie mich und gackert.

»Klugscheißerin …«, knurre ich.

»That's ebenfalls right.« Sie gackert erneut.

»Ich liebe dein Gackern«, sage ich, was sie nochmal zum Gackern bringt.

»So ganz normal bist du auch nicht.«

»Habe ich auch nie behauptet«, erwidere ich, während ich mit dem Telefon auf den Balkon gehe und mich an den Tisch setze.

»Was hast du als Getränk?«, frage ich.

»Rate.«

»Rotwein.«

»Right.«

»Und ich?«

»Bier«, sagt sie.

»Nope. Weißwein. Und Grappa.«

»Gefährliche Mischung.«

»So wie Wassermann und Jungfrau?«

»Genau so.«

Wir lachen.

Es ist so easy mit ihr, so seltsam vertraut, dass es fast schon spooky ist. Als würden wir uns aus einem anderen Leben kennen und hätten uns jetzt wiedergefunden. Ohne uns gesucht zu haben. Als würden wir zusammengehören.

Scary shit.

»Wie ist es bei dir?«, fragt sie.

»Alles gut«, antworte ich kurz angebunden, da ich das Thema ›moi als Musikmanager‹ vermeiden will. »Bei dir?«

»Daily business«, sagt sie. »Nichts Besonderes.«

Plötzlich habe ich eine Idee. Eine richtig geile Idee. Aber auch eine komplett verrückte Idee.

»Hast du Mittwochabend schon was vor?«

»Nein. Wieso fragst du?«

»Wir feiern hier eine Abschlussparty.«

»Was wird abgeschlossen?«

Ah. Mist. Ich komme um das Thema wohl nicht herum.

»Demoaufnahmen meiner alten Band.«

»Alte Band?«

Fuck.

»Nee, nicht alte Band. Quatsch, sorry«, korrigiere ich mich. »Die Band, die ich unter meine Fittiche genommen habe und der ich die Aufnahmen hier ermöglicht habe.«

»Bist du so etwas wie ein Musikmanager?«

»Nur als Hobby.«

»Und hauptberuflich machst du was genau?«

»Erkläre ich dir alles Mittwochabend. Falls du nichts Besseres vorhast.«

Sie zögert kurz. Dann: »Ich bin zu alt, um Zeit zu verschwenden. Und das Angebot klingt super aufregend. Ich bin dabei.«

Ich schnappe nach Luft.

»Ich mache Mittwoch den Laden ein bisschen früher zu und setze mich dann direkt in den Zug. Donnerstag dann zurück?«

»Yes, ma'am.«

»Donnerstag ist eh Tanja im Laden, das passt. Kann ich mit dir zurückfahren?«

»Kannst du.«

»Okay, ich checke die Zugverbindungen und sag Bescheid, wann ich da sein werde. Hannover Hauptbahnhof?«

»Korrekt.«

»Kannst du mich abholen?«

»Natürlich.«

»Aufregend. Wahnsinn. Fühlt sich irgendwie wie ein blind date an. Und irgendwie auch gar nicht.«

»Kein blind date«, sage ich. »Wir kennen uns. Irgendwie.«

»Stimmt. Fragt sich nur, woher.«

»Lass es uns rausfinden. Mittwoch.«

»Und falls wir es nicht rausfinden: Auch okay. Hauptsache wir sehen uns und können zusammen feiern.«

Sie kichert.

Als wir eine Stunde später auflegen, klopft mein Herz wild und ich fühle mich wie auf Droge. Als wäre es das erste Mal. Ich frage mich, wann ich das letzte Mal eine Frau in meinem Alter, tja, gedatet habe. Mit vierzig. Danach hatte ich nur noch Dates mit jüngeren Frauen. Die mich spätestens nach dem zweiten Treffen langweilten. Weil: Jungvolk. Dem ich nicht mehr angehörte. Mit Lisa bin ich auf Augenhöhe.

Wird sie Mittwoch wirklich auftauchen?

Das wäre ein Traum.

39
Gabriele 2000

Es wird eine Triumph-Adler Gabriele 2000, die im Schaufenster von Schneider Elektro steht. Alleine aus dem Grund, weil diese sexy aussieht. Und sich sexy anfühlt. Und, tja, orange ist.

Preis? Angemessen. Ich bin sicher, dass ich damit entspannt schreiben kann. Auch wenn das Schreibgefühl mit dem einer Mac-Tastatur des Jahres 2018 natürlich nicht annähernd vergleichbar ist. Egal. Jetzt ist jetzt und 2018 ist inzwischen nichts weiter als eine verschwommene Erinnerung. Zum Glück bin ich pragmatisch. Ganz nach dem Motto ›Gib mir die Gelassenheit, Dinge hinzunehmen, die ich nicht ändern kann, den Mut, Dinge zu ändern, die ich ändern kann, und die Weisheit, das eine vom anderen zu unterscheiden‹.

Ich erinnere mich dunkel, dass dieses Zitat von einem Extremisten erdacht wurde. Einem religiösen Extremisten. Wobei vermutlich alle *follower* von Religionen Extremisten sind. Ich war nie gläubig. Jedenfalls nicht im Sinne der katholischen Kirche, die ich hasste. Ich hatte damals nur eine Religion: Rock'n' Roll. Aber damals ist nicht mehr mein Damals. Mein Herz schlägt seit über zwanzig Jahren fürs Schreiben, für Bücher, für Literatur, für Geschichten. Während meine Gitarren und Bässe an der Wand im Keller meines Hauses in Lichtenrade verstauben. Genauso wie die in meinem Hotelzimmer in Saarbrücken.

Auch wenn diese nicht hängen, sondern stehen.

* * *

Zurück in meiner Junior Suite – wobei ich mich frage, ob es den Begriff damals schon gab oder nur ich ihn benutze –, packe ich Gabriele aus, stelle sie auf den Esstisch und schließe sie an die Steckdose an. Lege ein Blatt Papier ein und mache mich mit ihr vertraut. Was nicht lange dauert. Ich klappe das MacBook auf und öffne die Datei mit meinem Romanfragment von 1999. Beginne zu tippen.

ÜBER DIE FLÜGEL
Roman von Michael

Ich breche ab. Tja, was jetzt? Bach oder Wagner?

Wagner.

Natürlich. In dieser Zeitschiene gibt es nur einen Michael Bach, und das ist Mike.

Ein Zitat von Jonathan Safran Foer steht am Anfang des Romanfragments.

›Alles ist so, wie es ist, weil alles so war, wie es war …‹

Ich stutze. Versuche, mich zu erinnern, wann sein Roman ›Alles ist erleuchtet‹ veröffentlicht wurde. Bin ziemlich sicher, dass er nach 2000 rauskam. Ah, Mist. Soll ich trotzdem das Zitat als mein eigenes ausgeben? No fucking way. Dann wäre ich auf einer Stufe mit, tja, Konrad Kujau. Oder mit einem Zeitreisenden, der offiziell zehn Jahre jünger ist, als er ist, sich Michael Wagner nennt, behauptet, ein Manager zu sein, und Songs von Nirvana und The Cure als seine eigenen ausgibt.

Egal. Neue Zitate werden sich finden. Jetzt erstmal ein bisschen Strecke machen und die Kapitel, die ich bereits geschrieben habe, abtippen.

TEIL I
WARMLAUFEN
1
Vielleicht irgendwann, vielleicht auch nie

Das gleißend helle Flutlicht lässt die Regentropfen auf ihrer Nickelbrille funkeln und glitzern. Wie Diamanten. Es ist Nacht. Es regnet. Ihre dünnen, schneeweißen Haare kleben ihr nass und platt auf dem Kopf. Sie steht alleine am Anstoßkreis des menschenleeren Berliner Olympiastadions. Trägt eine schlabbrige, viel zu große, graue Jogginghose. Der Regen kriecht ihr in den Ausschnitt ihres ebenfalls viel zu großen Fußballtrikots, auf dessen Rücken unter der Nummer 5 ihr Name prangt.

HERTA.

Nach vier Stunden Abtippen bin ich erledigt. Ich habe alle acht Kapitel geschafft. Einundvierzig Seiten. Ab hier ist jetzt *Terra incognita* angesagt.

Wie mein Leben seit meiner Rückkehr.

Ich schalte Gabriele aus. Fühle mich euphorisch und gleichzeitig erschöpft. Es ist inzwischen später Nachmittag. Ich penne nochmal zwei Stunden und bestelle mir danach Abendessen aufs Zimmer. Lese dabei die abgetippten Seiten. Und bin begeistert. War ich auch schon ansatzweise beim Abtippen, aber das alles jetzt am Stück zu lesen, lässt mein Herz vor Freude jauchzen. Das ist richtig gut. Das wird definitiv mein neuer Roman.

Quasi mein Debüt.

Weiterschreiben später. Jetzt brauche ich erstmal Abstand.

* * *

Ich sitze an der Hotelbar, trinke Wein und beobachte die Gäste. Gedanken bei Lisa. Frage mich, ob sie Single ist. Geschieden? Verheiratet? Witwe? Hat sie Kids? Wo und wie lebt sie?

Ich erschrecke mich, als plötzlich Mike neben mir auftaucht und mich angrinst. »Der feine Herr lässt es ich gutgehen. Nice.«

Er bestellt sechs Jacky-Cola. Ich sehe über die Schulter. Die Gang nimmt gerade einen Tisch in Beschlag und grinst mir zu.

»Wie lief's?«

»Interessiert dich doch eh nicht«, erwidert Mike schnippisch.

»Sei froh, dass ich mich nicht einmische. Das wäre die Hölle. Für alle Beteiligten.«

»Weil du nie zufrieden bist?«

Du sagst es, *little baby soul.*

Ich nicke.

»Fair enough.«

»Was ist der Plan für morgen? Sind alle Songs im Kasten?«

»The work is done«, bestätigt Mike, während ihm die Bedienung ein Tablett mit den Jacky-Cola hinstellt. »Equipment ist schon abgebaut und im Bus verstaut. Tommy und Jan sind noch am Mixen. Mal sehen, wie weit sie kommen. Die beiden sind ziemlich durch. Wie wir alle. Das war echt ein Höllenritt. Vor allem ›Smells Like Anal Sex‹.« Er gackert und nimmt einen Schluck von seinem Drink.

»Heißt: Wenn alles glattläuft, können wir morgen gegen Nachmittag die Endmixe hören?«

»Right.«

Wahnsinn. Die Jungs – was auch Aimee einschließt – haben es echt gerockt. Was ich gehofft hatte. Nicht für mich, sondern ausschließlich für die Band.

»Wie lief's mit Aimee?«

»Im Studio? Perfekt«, sagt Mike. »Profi sie ist.«

»Und ansonsten?«

»Was meinst du?«

»Na ja, du und sie …«

»We belong together, denke ich«, sagt er lächelnd. »Und natürlich to the night.« Er nimmt das Tablett mit den Drinks und geht zu seiner Gang. Ich sehe zu Aimee, die mir zulächelt.

Bricht mir ihr Lächeln das Herz? Sollte nicht ich derjenige sein, der neben ihr am Mikro im Studio steht und Backing Vocals singt? Der sich mit ihr ein Doppelzimmer und einen gemeinsamen Traum teilt? Der mit ihr zusammen ist und seit Sonntag auch mit ihr zusammen Musik macht?

File under: *You could be mine.*

Nein, es bricht mir nicht das Herz. Weil: *There is no if.* Und schon gar kein *could. She was mine.* Für ziemlich genau vier Monate. Mehr war uns damals nicht vergönnt. Trotzdem war es mehr als alles, was ich je mit einer Frau davor erlebt hatte. Und das muss genügen. Ich bin glücklich, dass Mike etwas mit ihr erlebt, das ich damals nicht mit ihr erlebt habe. Und sie werden auch nach dem Flugtag noch so viel zusammen erleben.

Ich trinke meinen Wein aus und bestelle mir einen Jacky-Cola, den ich zum Tisch der Gang mitnehme. Alle sind komplett am Arsch, aber superglücklich. Und dankbar. Dass sie die Chance bekommen haben, in so einem Wahnsinnsstudio ihr Demo aufnehmen zu dürfen. Egal, wie es weitergeht, egal, ob das Demo Interesse bei Plattenfirmen oder Konzertveranstaltern weckt. Alles, was zählt, ist, dass sie das alles erleben durften. Und noch immer dürfen.

Ich bin nur am Grinsen und glücklich, dass meine alte Gang glücklich ist. Und dass ich einen neuen Roman schreiben werde. Aber vor allem, dass Lisa morgen auftauchen und mit mir feiern wird. Falls sie nicht Schiss bekommt und kurzfristig aus fadenscheinigen Gründen absagt.

* * *

Zurück in meiner Junior Suite, schalte ich Gabriele ein und schreibe das erste neue Kapitel seit, tja, fast zwanzig Jahren, das ich ›Handzoll‹ nenne. Sieben Seiten. Für die ich knapp eine Stunde brauche. Danach ist Schicht im Schacht und falle ins Bett. Voller Vorfreude. Auf Lisa, das Demo, den Roman, auf alles.

Life is good.

Selbst im Jahre des Herrn 1988.

40
Listening Session

Nach dem Frühstück werfe ich Gabriele an und schreibe weiter. Schaffe bis Nachmittag fast ein weiteres Kapitel. Wobei ich mir vorgenommen habe, die Kapitel kurzzuhalten, was normalerweise nicht gerade meine Stärke ist.

Danach tauche ich im Studio auf und treffe die Gang im Aufenthaltsbereich.

»Und?«

»Tommy hat die Ansage gemacht, hier zu warten, solange er und Jan noch mit Mixen beschäftigt sind«, erklärt Pete.

»Macht Sinn. Kein Engineer will beim Mixen der Songs die Band dabeihaben. Lasst die beiden einfach ihren Job machen.«

»Lassen wir sie ja«, sagt Mike. »Trotzdem schwierig. Ich meine, sie mixen *unsere* Songs. Und wie die klingen sollen, wissen wir ja wohl am besten.«

»Nein, wisst ihr nicht.«

»Doch«, insistiert Mike.

»Dann mix selbst.«

»Kann ich nicht.«

»Musik machen ist immer Teamwork. Falls du damit nicht klarkommst, mach dich selbständig, lerne das Handwerk eines Engineers, bau dir ein eigenes Studio und spiele alle Instrumente selbst ein. Oder such dir einen Job, bei dem du unabhängig von anderen Menschen bist.«

Er wirkt kurz nachdenklich.

»Wo er recht hat, hat er recht«, sagt Aimee.

»Jaja, schon gut«, knurrt Mike, als Tommy zu uns kommt.

»Ready?«, fragt er und grinst.

Heißt übersetzt: Er und Jan haben den Endmix gerockt und wir dürfen uns jetzt die Songs anhören.

»Ach nö, lass mal«, sagt Porty. »Wir sitzen hier gerade so gemütlich.«

Alle gackern.

»Ach ja«, fährt Tommy fort. »Ich habe mir erlaubt, einen Special Guest zur listening session einzuladen.«

* * *

»Hallo, alle miteinander«, wirft Frank Bornemann, Mastermind, Sänger und Gitarrist von Eloy und Inhaber des ›Horus Sound Studios‹ in die Runde und gesellt sich zu uns. Er trägt sein ikonisches Bornemann-Barett, oder wie immer man das Mützenteil auch nennt.

Ich bin überrumpelt, schaffe es aber trotzdem, mich vorzustellen. »Michael Wagner, hi. Ich bin der Manager.« Wir schütteln Hände. Wie alt ist er aktuell? Um die 40 schätze ich.

»Wenn unser Sound-Druide Tommy mir sagt, dass ich mir das anhören muss, dann bin ich natürlich neugierig.«

Ich habe dich mit Eloy 1996 im ›Metropol‹ in Berlin gesehen, will ich sagen, kann es mir aber gerade noch verkneifen.

»Ich bin übrigens Eloy-Fan seit ›Dawn‹«, sage ich stattdessen. »›Colours‹ und ›Silent Cries‹ sind meine Lieblingsalben. Und das Album mit Fritz Randow an den Drums.«

Und später dann ›The Tides Return Forever‹, ›Ocean 2 – The Answer‹, ›Visionary‹ und ›The Vision, the Sword and the Pyre I‹, denke ich.

»›Time to Turn‹. Das war in der Tat das erste Album mit Fritz, nachdem er wieder in die Band zurückkam«, sagt Bornemann. »Und er hat super getrommelt.«

Ich nicke überfordert. Kann immer noch nicht glauben, dass ich gerade mit Frank Bornemann über Eloy spreche, die es auch im Jahr 2018 noch geben wird.

»Das ist echt eine coole Überraschung, einen Eloy-Fan in meinem Studio zu treffen, der mit einer jungen Band als Manager Aufnahmen machen lässt«, sagt Frank Bornemann und stellt sich dann der Band vor.

Als Aimee an der Reihe ist, sagt diese: »Ich bin nur ein hired gun. Aimee Mitchell, Backing Vocals.«

»Hallo, Aimee«, sagt Bornemann. »Amerikanerin?«

»Halb, halb. Gemischte Schlachtplatte quasi.«

Bornemann lacht. »Okay. Bin gespannt.« Er nimmt sich einen Drehstuhl und setzt sich zu Tommy und Jan ans Mischpult.

»Und keine Sprüche von wegen ›Gitarre ist zu leise, Gesang ist zu laut, Bass ist nicht zu hören‹ oder Ähnliches, okay?«, sagt Tommy. »Und falls doch: Für jeden dummen Spruch sind fünfzig Mark für die Kaffeekasse fällig.«

Alle lachen. Dennoch ist die Anspannung und Aufregung mit Händen zu greifen. Was geht jetzt in Mike vor? Ist er sich bewusst, dass das hier ein Wendepunkt in seinem Leben und seiner Karriere darstellen könnte? Natürlich ist ihm das bewusst. Bewusst war er schon immer. Und daran werden auch die neuen Ereignisse in dieser Zeitschiene nichts ändern.

Tommy startet das Tape und dreht die Lautstärke hoch.

Das Anfangsriff von ›Shoot Out the Lights‹.

Fett, wuchtig, mächtig. Unfassbar. Die Backing Vocals von Porty und Mike sind großartig, aber erst Aimee setzt dem Ganzen die Krone auf und hebt den Song auf ein völlig neues Level. Bundesliga, statt Kreisklasse. Die danach folgenden vier Songs sind auf dem gleichen Niveau.

Ich bin platt. Meine alte Band inklusive Aimee auch. Die Songs klingen nicht nach einem Demo, das alles klingt wie ein, tja, richtiges Album. Frank Bornemann scheint das ähnlich zu sehen, was auch Mike bemerkt und genauso überrascht ist wie der Rest der Band. Ich sehe, wie Aimee Mikes Hand nimmt, diese kurz drückt und ihn auf die Wange küsst.

Nach dem fünften Song stoppt Tommy das Tape.

»Klasse«, sagt Bornemann. »Richtig gut.«

»You ain't heard nothing yet«, erwidert Tommy und dreht sich zur Band um. »Und jetzt der Song, den wir alle lieben. Und gleichzeitig hassen. Weil er uns fast einen ganzen Tag gekostet hat. Aber ich glaube, die Arbeit hat sich gelohnt.«

Er startet das Tape und dreht die Lautstärke noch einmal ein Stück nach oben.

Das Eingangsriff von ›Smells Like Teen Spirit‹ bläst uns alle weg. Räudig, rotzig, fett, dreckig, hart. Ganz nah am, tja, Original dran. Als der Chorus einsetzt, den Aimee, Porty und Mike zusammen kreischbrüllen, klappt Bornemann die Kinnlade runter. Er starrt Tommy an, der grinst, und sieht dann kurz über die Schulter zur Band. Er wirkt komplett geflasht. Alle wirken komplett geflasht. Der Song funktioniert. Auch in der 1988er Version meiner alten Band.

Das ist ein Hit. Und allen Anwesenden ist das bewusst.

Mir läuft es eiskalt den Rücken runter, als *little devil* sich zu Wort meldet.

Das ist alles nur geklaut, Arschloch. Zieh die Notbremse. Jetzt! Sonst wird es ein Unglück geben …

Ich ziehe nicht die Notbremse. Auch wenn ich die Konsequenzen dieses Eingriffs in die Musikgeschichte nicht wirklich abschätzen kann. Wobei die Frage wäre, wie genau ich jetzt noch die Notbremse ziehen könnte.

»Hört mal, Leute. Sorry, aber der Song ist geklaut. Von einer Band namens Nirvana, die 1991 damit einen Welthit haben werden. Klingt seltsam, ist aber so. Wir müssen den Song löschen.«

Keine Alternative. Natürlich nicht.

Nachdem der letzte Akkord über ›A Denial …‹ ausgeklungen ist, stoppt Tommy das Band und dreht sich grinsend zu uns um. Die Band applaudiert und ist völlig aus dem Häuschen. Frank Bornemann steht auf und kommt zu mir.

»Das war wirklich klasse, hat richtig Profil. Auch wenn der letzte Song irgendwie herausfällt. Aber auch besonders mächtig knallt und unter die Haut geht. Komplett anders als alles, was zurzeit angesagt ist. Da ist noch ein anderer Spirit drin. Sehr eindrucksvoll.«

»Ein Ausblick auf die Zukunft«, erwidere ich. »Die Zukunft des Rock'n'Roll.«

Er wirkt nachdenklich. »Ich spüre da großes Potential. Klasse Songs, gute Band, außergewöhnliche Vocal-Performance mit starken Backing Vocals. Für mich passt da alles. Würdet ihr mir von der Session ein paar Tapes ziehen? Ich hätte da vielleicht eine Idee ...«

Ich nicke. Versuche immer noch, irgendwie zu verstehen, dass Bornemann Interesse an der Band hat.

»Ich unterstütze gern und mit viel Leidenschaft junge Talente und Bands«, fährt er fort. »Und biete denen, und gegebenenfalls auch deren Managern, eine Zusammenarbeit mit mir an, die darin besteht, dass ich sie mit meinen Kontakten supporte und weiter voranbringe. Auch betreibe ich Akquise bei Plattenfirmen, Verlagen und Konzertagenturen, gebe aber auch kreativen Support. Bislang habe ich schon so einigen interessanten jungen Bands den Weg ins professionelle Musikbusiness geebnet. Natürlich erwarte ich dann auch, dass ich mit partizipiere, wenn eine Band in dieser Konstellation Karriere macht. Wenn der Erfolg eintritt, müssen alle Seiten davon profitieren, und das selbstverständlich zu fairen Bedingungen.«

»Klar«, murmele ich. »Logisch.«

Wir tauschen Visitenkarten, die ich mir in weiser Voraussicht letzte Woche habe drucken lassen.

»Du hörst von mir«, sagt Frank Bornemann. »Versprochen.«

Er klopft mir kurz auf den Rücken und geht dann zur Band, beglückwünscht alle zu den Aufnahmen und wendet sich dann an Aimee. »Es könnte sein, dass Eloy demnächst Background-Sängerinnen für eine Tour benötigt. Hättest du Interesse?«

»Aber sowas von!«, erwidert Aimee euphorisch und tauscht mit Bornemann Visitenkarten.

Mike kommt zu mir. »Danke, Mann«, sagt er. »Für das hier. Dass du an uns glaubst und uns das alles hier ermöglicht hast. Egal, was draus wird … Danke.«

»Ich habe euch einen Vorschuss gewährt, Mike. Wenn Kohle fließt, müsst ihr den erstmal abzahlen.«

»Jaja, schon klar. Trotzdem danke.« Er lächelt und geht zurück zu seiner Gang.

Ich schließe kurz die Augen. Fühle mich wie im falschen Film, aber gleichzeitig wie im richtigen. Dann schnappe ich mir Tommy, während die Band noch mit Frank quatscht.

»Wo kann man heute Abend feiern? Irgendein Club. Hauptsache Rockmusik.«

»Ist heute zwar kein idealer Tag mit großer Auswahl«, meint Tommy, »aber das ›UJZ Glocksee‹, eigentlich eine Konzertlocation, ist ein beliebter Musikertreffpunkt. Und mittwochs gibt's dort immer Rock- und Metaldisco.«

»Perfekt. Du und Jan seid natürlich auch eingeladen. Und Frank. Falls er Zeit und Lust hat. Getränke gehen auf mich.«

»Oh, wow, cool. Bin dabei. Ich frag Frank und Jan gleich.« Er schreibt mir die Adresse des ›UJZ Glocksee‹ auf.

»Kannst du allen Bescheid sagen? Ab 21 Uhr, okay? Ich bin jetzt erstmal raus.«

»Alles klar.«

»Du warst großartig, Tommy. Danke.«

»Das ist mein Job«, erwidert er grinsend und geht zu Bornemann und der Band.

* * *

Zurück im Hotel, spricht mich die Dame an der Rezeption an.

»Hallo, Herr Wagner. Es hat jemand für Sie angerufen.«

Sie gibt mir einen handgeschriebenen Zettel.

Ankunft 22:10 Hbf Hannover. Freu mich. Lisa.

Ich stecke den Zettel ein, bedanke mich und nehme den Aufzug zu meiner Junior Suite. Fühle mich emotional komplett überfordert. Und gleichzeitig glücklich. Was sich nicht unbedingt ausschließt.

41
Glocksee

Gegen 19 Uhr treffe ich im Hotelrestaurant auf Andreas, Hannes und Roland und setze mich zu ihnen.

»Wo sind die anderen?«

»Ein Teil davon vögelt vermutlich, der andere Teil ist nach dem Studio in einer Kneipe um die Ecke versackt«, erklärt Roland lachend. »Aber zur Abschlussparty sollten alle wieder am Start sein. In welchem Zustand auch immer.«

Ich bestelle mir ein Bier und stoße mit den Jungs an.

»Auf euch. Und darauf, dass Bornemann euch geil findet.«

»Meinst du, da wird echt was draus?«, fragt Hannes.

»Wir werden sehen«, erwidere ich. »Was ihr braucht: Geduld. Die Mühlen des Musikbusiness mahlen langsam. Nutzt die Zeit zum Proben und versucht, so viel wie möglich live zu spielen. Alles andere ist nicht in eurer Hand.«

Die Jungs wirken nachdenklich. Klar haben sie davon geträumt, dass Bornemann sie sofort unter Vertrag nehmen wird, aber so läuft das nicht. Weder 1988 noch 2018.

Nach dem Essen verabschiede ich mich. »Wir sehen uns gleich im ›Glocksee‹.«

»Was hast du noch vor bis dahin?«, fragt Andreas.

»Einen Special Guest vom Bahnhof abholen«, sage ich.

»Jon Bon Jovi? Steven Tyler? Tom Keifer? Mick Jagger?«, hakt Roland amüsiert nach.

»Matthias Jabs«, erwidere ich. Die Jungs lachen.

Ich bestelle mir an der Rezeption ein Taxi zum Bahnhof und bin frühzeitig da. Mache mich auf die Suche nach einem Blumengeschäft, das noch offen hat. Gibt keins. Dafür einen Kiosk, der kaltes Bier im Angebot hat. Kann ich Lisa mit einem kalten Bier aus der Dose beeindrucken? Einen Versuch ist es wert. Ich mache mich auf dem Weg zu Gleis 2. Keine Verspätung. Noch zehn Minuten. Ich setze mich auf eine Bank, öffne meine Dose und stecke mir eine an. Bei dem Gedanken, dass ich gleich Lisa treffen werde, bekomme ich eine Latte. Eine symbolische Latte, klar. In meinem Alter bekommt man keine Latte mehr ohne Hilfe von außen. Als Teenager kam es öfter vor, dass ich im Schlaf bei geilen Träumen, tja, abspritzte und mich am nächsten Morgen wunderte, warum die Unterhose nass war.

God bless teenagers.

Was man aber selbst als Ü50er noch bekommt: Herzklopfen. Hatte ich schon länger nicht mehr. Also 2018. In der neuen Zeitschiene aber schon mehrfach. Ich trinke meine Dose aus, als der Zug aus Saarbrücken einfährt und überraschend viele Menschen aussteigen, was mich irgendwie überfordert. Ich suche in der Menge nach ihr. Entdecke sie nicht. Laufe den Bahnsteig hoch, dann wieder runter. Keine Lisa. Verdammte Hacke. Und jetzt? Musste sie, warum auch immer, vielleicht den nächsten Zug nehmen? Wie zum Geier hat man es 1988 ohne Handys geschafft, sich zu treffen, wenn irgendetwas dazwischenkam und schiefging? Ich kann mich nicht mehr erinnern, aber irgendwie kam man immer klar.

Ich will zurück in die Bahnhofshalle, als: »Michael!«

Ich drehe mich um.

Lisa.

Sie trägt einen knallbunten Hippie-Rock, Chucks, T-Shirt mit dem Konterfei von Nietzsche. Darunter steht: ›Just Doubt It‹. Über dem Unterarm eine Jeansjacke, über der Schulter eine Sporttasche.

Sie sieht zauberhaft aus.

Und sie grinst.

Ich eile auf sie zu, umarme sie, drücke sie, halte sie einfach nur fest. Verliere mich in dem Geruch ihrer Haare, ihres Nackens.

»Was für ein Abenteuer«, sagt sie, als sie sich von mir löst und mir in die Augen sieht.

»Aber sowas von«, erwidere ich. »So geil, dass du es geschafft hast.«

»So geil, dich zu sehen«, sagt sie, zieht mich an meiner Lederjacke zu sich ran und küsst mich.

Ohne zu fragen, ob sie mich küssen darf. Ohne es anzukündigen. Sie küsst mich einfach. Nicht so, wie man einen ›Buddy‹ küssen würde, sondern so, wie man jemanden küsst, nach dem man sich verzehrt, den man begehrt. Den man will. Mit allem.

Als sich ihr Mund von meinem löst, schnappe ich nach Luft.

»Das musste jetzt einfach sein …«, murmelt sie und küsst mich gleich nochmal. Sie schmeckt nach Kirschen. Und Zigaretten. Was für eine wundervolle Mischung. Zeit und Raum verschwimmen, spielen keine Rolle mehr. Nichts spielt eine Rolle mehr. Alles, was zählt, ist dieser Kuss.

Magic moment.

Nach dem Kuss schnappen wir beide nach Luft.

»Boah …«

»Ja, boah«, sagt sie. »Ohne Zweifel.«

»Sagt die Frau, auf deren T-Shirt ›Just doubt it‹ steht.«

Wir gackern. Dann ziehe ich die für sie besorgte Bierdose aus der Tasche meiner Lederjacke und halte sie ihr hin. »Blumen waren aus.«

Sie lacht. »Wie romantisch.«

»Ja, ne?«

Ich nehme ihr die Sportasche von der Schulter und hänge sie mir um, während sie die Bierdose öffnet und einen Schluck nimmt.

»Ready to rock?«, frage ich.

»Mit dir immer«, erwidert sie, küsst mich auf die Wange, hakt sich bei mir unter und drückt sich an mich.

Herzklopfen.

Immer noch.

* * *

Das Taxi hält gegen halb elf vor dem ›Glocksee‹. Ich bezahle den Fahrer, während Lisa ihre Tasche aus dem Kofferraum nimmt.

»Was kriegst du?«, fragt sie dann.

»Mach dich locker. Der Abend geht auf mich.«

»Geht er nicht.«

»Shut up.« Ich ziehe sie zu mich ran und küsse sie, während das Taxi wegfährt.

»Geht in Ordnung«, murmelt sie danach, nimmt meine Hand und zieht mich zum Eingang des Jugendzentrums. Der Eintritt kostet 5 Mark. Lisa gibt ihre Tasche an der Garderobe ab. Drinnen steuern wir erstmal die Bar an.

»Rotwein?«, frage ich.

»Unbedingt.«

Ich bestelle bei einem der Barkeeper und sehe mich nach meiner Gang um. Entdecke Mike, Roland, Hannes, Andreas, Jan und Tommy an einem der Stehtische am Rande der Tanzfläche, die noch nicht wirklich bevölkert ist. Aus den Boxen dröhnt ›You Give Love A Bad Name‹ von Bon Jovi. Gähn. Aber egal. Weil: Lisa.

»Ist deine Band schon da?«, fragt sie.

»Ist nicht meine Band.«

»Du weißt, was ich meine. Die Band, die du unter deine Fittiche genommen hast«, sagt sie.

»Einige sind schon da«, erwidere ich, bezahle unsere Drinks, hake mich bei ihr unter und gehe mit ihr auf den Stehtisch zu, den die Jungs in Beschlag genommen haben, als plötzlich Aimee vor uns steht. Sie hat einen Jacky-Cola in der Hand.

»Mum?«, fragt sie, wobei sie rechtschaffen überrascht wirkt. »Was machst du denn hier?«

Es dauert einen Moment, bis ich realisiere, dass Aimee Lisa gerade ›Mum‹ genannt hat.

42
Milf

Ich stehe an der Bar und kippe einen Jack Daniel's.

Versuche, zu verstehen, was gerade passiert ist.

Verstehe es nicht.

Ich frage mich, ob es damals schon den Begriff ›Milf‹ gab. Wobei der Begriff kompletter Quatsch ist, weil: Nicht jede Frau in diesem Alter ist Mutter.

Lisa schon.

Ich sehe zu Aimee, die mit ihrer, tja, Mutter an einem der Tische steht und irgendwie amüsiert wirkt. Ich für meinen Teil bin mir nicht sicher, was meine Gefühlslage anbelangt. Ich schwanke zwischen geschockt und, tja, geschockt. Aimee hat mir zwar damals ansatzweise von ihren Eltern erzählt und dass diese seit fünf Jahren geschieden sind, aber ich habe sie nie kennengelernt. Und bei Aimees Beerdigung konnte ich nicht dabei sein, da ich zu der Zeit noch mit meinen Verletzungen vom Flugtag in der Uniklinik in Homburg lag. Auch dass ihre Mutter einen Buchladen hat, wusste ich nicht.

Ich bestelle mir einen weiteren Jacky und gehe damit zu Aimee und Lisa. Aimee klopft mir zur Begrüßung gackernd auf den Rücken.

»Kannst du dir nicht ausdenken, Mann«, lacht sie. »Ich dreh durch.«

Ich sehe zu Lisa, die mit den Schultern zuckt. »So ist sie halt.«

»Muss an den Genen liegen«, sagt Aimee grinsend.

»Du wusstest echt nicht, dass deine Tochter gerade in Hannover ist und mit meiner alten Band … ich meine, mit der Band, die ich unter meine Fittiche genommen habe, aufnimmt?«

Lisa schüttelt den Kopf.

»Wir telefonieren nicht jeden Tag«, erklärt Aimee. »Sie hat ihr Leben, ich meins. All good.«

»That's right«, sagt Lisa.

Die beiden umarmen sich kurz. Dann macht Aimee Mike, der am Tisch der Jungs steht, auf sich aufmerksam und winkt ihn zu uns.

»Darf ich vorstellen«, sagt Aimee. »Meine Mum. Lisa.«

»Was zum …?«

»Mum, das ist Mike. Der Bassist und Songschreiber der Band, für die ich gerade Backing Vocals aufgenommen habe.«

»Hallo, Mike.«

»Hallo, Frau … Mitchell«, sagt er überrumpelt.

»Schatz«, korrigiert Lisa. »Ich habe nach der Scheidung wieder meinen Mädchennamen angenommen.«

»Aha. Okay. Cool.« Er wendet sich an Lisa. »Du heißt eigentlich Schatz, ›Schatz‹?«, fragt er ironisch.

Aimee lacht. »Aber nenn mich bitte nicht so, wenn möglich.«

»Geht klar, Schatz«, erwidert Mike. Beide lachen. Sie küsst ihn auf die Wange. »Das musst du dir reinziehen. Meine Mum lernt vor ein paar Tagen in ihrem Buchladen in Saarbrücken einen Mann kennen, der sie dann für heute Abend nach Hannover einlädt. Und dieser Mann ist zufällig euer Manager.«

»Alter …«, murmelt Mike und sieht mich an.

Ich lächle, tja, vermutlich gequält.

»Kann man sich nicht ausdenken«, murmelt Mike.

Nein, kann man nicht, *little baby soul.*

»Falls wir uns nicht mehr sehen heute Nacht: Bis morgen beim Frühstück«, sagt Aimee zu Lisa. »Ich gehe mal davon aus, dass wir im gleichen Hotel sind.« Sie kichert, küsst ihre Mutter auf die Wange, nimmt Mike an die Hand und zieht ihn zum Tisch, an dem der Rest der Band steht und feiert.

Ich nehme einen Schluck von meinem Drink. Bin immer noch damit beschäftigt, zu verarbeiten, dass Lisa die Mutter von Aimee ist. Kann es nicht verarbeiten. Niemand würde das können.

»Backing Vocals?«, hakt Lisa.

Ich räuspere mich. »Aimee ist quasi der weibliche Chor für die Songs.«

»Aha. Okay.« Sie sieht den beiden nachdenklich hinterher. »Und Mike ist ihr neuer Freund?«

»Ist er.«

»Könnte passen. Er macht einen sehr sympathischen Eindruck. Und irgendwie erinnert er mich ein bisschen an dich. Also vom Aussehen.«

Ich lächle bemüht, während Lisa ihren Rotwein austrinkt.

»Noch einen?«, frage ich.

Sie bejaht. »Und einen Schnaps. Ich glaube, ich brauche jetzt auch einen.«

* * *

»Seit Aimee aus dem Haus war, verband Bret und mich nichts mehr«, erzählt Lisa und nippt an ihrem Whisky. Wir stehen immer noch an unserem Tisch am Rande der Tanzfläche, die inzwischen recht voll ist. Musik: ›I Want You to Want Me‹ von Cheap Trick. Die Band plus Tommy, Jan und Aimee haben Spaß an ihrem Tisch und feiern. Wobei Porty und Pete fehlen. Sind vermutlich irgendwo versumpft und erinnern sich jetzt nicht mehr an die Adresse des ›Glocksee‹.

»Wir hatten keine gemeinsamen Gesprächsthemen mehr«, fährt Lisa fort. »Keine gemeinsamen Highlights, auf die wir uns gefreut hätten, keine gemeinsamen Unternehmungen. Wobei die sich von Anfang an in Grenzen hielten. Und wir hatten keinen Sex mehr. Wobei Sex für Bret noch nie eine große Rolle spielte. Als ich vierzig wurde und zum ersten Mal in meinem Leben auf zwanzig Jahre meines Lebens zurückblicken konnte, wurde mir klar, dass ich die kommenden zwanzig Jahre nicht mehr mit so einem Mann an meiner Seite verschwenden wollte. Und ja, das wäre es gewesen: Verschwendung. Wir passten einfach nicht zusammen. Ich bin noch lange nicht bereit für ein Leben in Aspik, wenn du verstehst …«

Ich nicke.

»Klar verstehst du«, sagt sie lächelnd und küsst mich. »Trotzdem dauerte es noch fast weitere fünf Jahre, bis ich mich endlich dazu aufraffen konnte, mich zu trennen. Eigentlich fünf verlorene Jahre. Wäre da nicht der Laden gewesen, den ich roundabout dieser Zeit übernommen und zu dem gemacht habe, was er jetzt ist. Nicht mehr und nicht weniger als mein Leben.«

»Was macht dein Ex eigentlich beruflich?«

»Er ist Arzt im Krankenhaus auf der Air Base in Ramstein«, sagt Lisa. »Internist. Und spielt in seiner Freizeit Trompete in der Air Force Big Band.«

»Ein Musiker, der Arzt wurde?«

»Nein. Ein Arzt, der nebenbei Musik macht. Aber hauptsächlich ist er Texaner.« Sie trinkt ihren Whisky aus und beugt sich zu mir. »Ich könnte schon wieder …«

»Was genau?«

»Knutschen. Ich habe so lange nicht mehr geknutscht. Und ich liebe es.«

»Nur keine Hemmungen«, erwidere ich und wir knutschen, wobei sie ihren Unterleib gegen meinen drückt.

»Ups. Haben wir etwa einen Steifen?«, giggelt sie.

»Keine Ahnung, ob du einen hast. Ich schon.«

Ihre Hand gleitet zwischen meine Beine. »Nett.«

Sie lacht und küsst mich erneut, als: »Das glaubst du jetzt nicht …«

Ich drehe mich um. Porty. Bei ihm Pete. Beide amtlich angetrunken und richtig gut drauf.

»Was glaube ich nicht?«

»Das hier«, sagt Pete und nickt zu den beiden Männern, die hinter ihm und Porty stehen. Einer davon ist Frank Bornemann.

Und der andere Matthias Jabs, der Gitarrist der Scorpions.

»Hi«, sagt er. »Matthias Jabs.«

»Ich weiß«, murmele ich.

»Du bist Michael, der Manager der Band, nehme ich an.«

»Ja, bin ich. Hi, Matthias.«

»Frank meinte, ich müsste euch unbedingt kennenlernen«, fährt Matthias Jabs fort. »Und wenn ich schon mal ausnahmsweise in der Heimat bin und keine Termine habe …« Er schüttelt meine Hand, während ich immer noch versuche, das alles irgendwie gedanklich auf die Reihe zu bekommen.

»Krass, was?«, raunt mir Porty ins Ohr.

Ja, Mann. Krass. Aber sowas von.

»Ich stell dir mal die Band vor«, sagt Frank Bornemann und geht mit Matthias Jabs zum Tisch der Band. Porty und Pete folgen. Honigkuchenpferdegrinsen und so. Ich sehe, wie sich Matthias Jabs den Jungs und Aimee vorstellt und mit ihnen Hände schüttelt.

Overmuch.

»Wer war das?«, fragt Lisa.

»Rockstars«, erwidere ich. »Richtige Rockstars.« Ich trinke meinen Jacky aus. »Ich brauche noch einen.«

»Ich auch«, sagt Lisa. »Aber keinen Whisky. Irgendwas … Härteres.«

Sie kichert.

* * *

Wir stehen mit unseren Grappas vor dem Eingang des ›Glocksee‹. Der Laden ist inzwischen richtig voll und es stehen immer noch Gäste an. Ich schwitze wie Sau und sauge gierig die kühle Nachtluft in meine Lungen.

»Willst du noch lange bleiben?«, fragt Lisa.

»Was wäre die Alternative?«

»Du nimmst mich mit zu dir«, erwidert sie und lächelt mich herausfordernd an.

* * *

Wäre ich gefühlsmäßig, geistig und verbal noch auf dem Stand meines jüngeren Ichs, würde ich es so formulieren: Lisa und ich haben uns in dieser Nacht gegenseitig das Hirn – die Hirne? – aus dem Leib – den Leibern? – gevögelt.

Meine aktuelle Formulierung lautet: Wir sind wie liebestolle Teenager übereinander hergefallen, kaum dass wir meine Suite betreten hatten. Nach der ersten Runde saßen wir in Decken eingemummelt auf dem Balkon, süffelten Wein und rauchten. Quatschten. Lachten. Genossen den anderen und den Moment und konnten gar nicht genug voneinander kriegen. Die Runden zwei und drei verliefen dann eher altersgerecht. Mit weiteren Pausen auf dem Balkon. Dabei hörten wir Musik. MTV. Ohne auch nur ein Video gesehen zu haben. Ich hätte ihr so gerne die Jayhawks, Tori Amos, Heather Nova und Sarah McLachlan nähergebracht. Und, und, und. Was leider nicht möglich war. Weil: Dazu hätte ich mein Phone und die Bose-Box koppeln müssen. Per Bluetooth. Und das hätte Fragen von ihrer Seite aus nach sich gezogen. Viele Fragen. Dann doch lieber mit dem MTV-Mainstream-Dreck vorliebnehmen, der aber selbst mit dem Abstand von dreißig Jahren nur schwer zu ertragen war. Egal. Lisas Anwesenheit machte alles wett. Sie war so leidenschaftlich, zärtlich, wild, neugierig, offen und, tja, hungrig. Was nicht gleichbedeutend mit ausgehungert ist. Sie wollte einfach alles und jetzt. Was aus Erfahrung nie funktioniert, aber trotzdem immer einen Versuch wert ist.

Als die Sonne aufgeht, fallen uns beiden die Augen zu und wir schlafen Hand in Hand im riesigen Doppelbett ein. In meinem Kopf der Song ›Liebe ist alles‹ von Rosenstolz aus dem Jahr 2004 mit der Textzeile ›Lass es Liebe sein‹.

Das wäre extrem wünschenswert.

43
Encore

Als der Weckanruf des Hotels, den ich zum Glück gestern Nacht noch in Auftrag gegeben habe, uns nach drei Stunden Schlaf aus den Träumen reißt, fühle ich mich desorientiert und erschrecke mich, als ich realisiere, dass jemand neben mir liegt.

Dass *sie* neben mir liegt.

Der Moment der Wahrheit. Empfinde ich ihren Geruch, ihre Haut, ihr Atmen, ihre Anwesenheit, ihre Nähe nach der Nacht immer noch als attraktiv und anziehend? Empfinde ich *sie* immer noch als anziehend? Empfinde ich diese Nähe zu ihr, wie ich sie letzte Nacht körperlich und in den Nächten davor spirituell am Telefon empfunden habe, immer noch nicht als Bedrohung, sondern als gewünscht und als Bereicherung?

Oder war das alles nur ein Traum?

The heat of the moment und so. Öfter als einmal erlebt. Und meistens hatte ich nach dem Aufwachen das dringende Bedürfnis, mich so schnell wie möglich zu verpissen. Aber das hier ist kein Traum und ich verspüre auch nicht das geringste Bedürfnis, mich zu verpissen. Im Gegenteil. Ich will bleiben. Alles ist so, wie es sein sollte.

Close to perfect.

Sie kuschelt sich an mich. Was ich genieße. Zum ersten Mal nach Aimee. Weil: Zu nahe. Doch aktuell kann es mir gar nicht nahe genug sein.

Sie sieht durchgenudelt und glücklich aus.

So wie ich vermutlich auch.

* * *

Im Frühstücksraum des Hotels treffen wir auf Aimee und den Rest der Gang. Alle sehen irgendwie durchgenudelt aus, wobei vermutlich nur Aimee und Mike das auch wirklich sind. Und Lisa und ich natürlich. Hauptthemen: Die listening session, Bornemann, Matthias Jabs und der gestrige Abend. Alle wirken wie auf Amphetaminen, wobei diese damals noch keine relevante Rolle spielten. Hannes war heute als Erster am Start und hat sich darum gekümmert, im Studio Kopien des Demos zu ziehen, sowohl für Frank Bornemann als auch natürlich für uns, von denen er mir jetzt ein Tape in die Hand drück.

»Brauchen wir eigentlich noch einen Titel?«, fragt Porty.

»Hannover Hangover«, erwidert Mike und kichert.

»Gekauft!«, sagt Porty.

Alle lachen.

»›SHE – Demo 1988‹ sollte reichen«, sagt Pete sachlich und hat vermutlich recht.

»Wer entwirft das Cover?«, fragt Mike. »Und kümmert sich um einen Schriftzug?«

»Pete«, sagt Porty und sieht zu Pete.

»Ah, fuck you.«

»Immer wieder gerne.«

Ich bestelle für Lisa und mich Kaffee, während sie sich am Frühstücksbuffet bedient. Sie trägt Jeans, ihre Chucks und ein weißes T-Shirt und sieht einfach nur anbetungswürdig aus.

»Benz ist vermutlich nicht, schätze ich«, sagt Mike, der mir am Tisch gegenübersitzt.

»Da schätzt du richtig«, erwidere ich. »Aber dafür dürfen Aimee und du euch den Bandbus mit eurer Gang teilen. *Get used to it.* Denn ab jetzt heißt es: Live spielen. Wo immer man euch spielen lässt. In jedem Jugendzentrum, in jedem ranzigen Live-Club, in jeder Kneipe, jeder Klitsche, die Live-Konzerte veranstaltet.«

»Sieht so aus, als bräuchten wir einen Booker«, sagt Roland.

»Ich besorge euch einen«, sage ich und fühle mich wie ein

Verräter. Weil: Ich will nur noch raus aus der Manager-Nummer.

Lisa setzt sich neben mich und frühstückt, wobei sie unter dem Tisch meine Hand drückt und mich anlächelt. Danach verabschiedet sie sich von allen, meint, sie wolle sich vor der Rückfahrt noch frisch machen. Sie umarmt ihre Tochter und flüstert ihr etwas ins Ohr, woraufhin Aimee lacht. Was für mich der komplette *brainfuck* ist. Aus nachvollziehbaren Gründen. Ich bleibe noch auf einen weiteren Kaffee, während die Gang immer noch dabei ist, die Ereignisse der letzten Tage aufzubereiten. Dann verabschiede ich mich, wobei ich nochmal erwähne, dass die Hotelzimmer auf mich gehen, Alkoholika und Essen aber auf sie. Als ich an der Rezeption stehe und auf die Rechnung warte, taucht Aimee neben mir auf.

»Das mit dir und Mum … ich bekomme das gedanklich noch nicht so wirklich auf die Reihe.«

»Frag mich mal …« Ich ziehe meinen Geldbeutel aus der Hosentasche und drücke ihr 500 Mark in die Hand. »Deine Gage.«

»Thanks. Die Hälfte wird vermutlich eh für die Getränkerechnung draufgehen.« Sie lacht, während sie das Geld einsteckt. »Bis bald.«

Sie küsst mich auf die Wange und geht zurück zu den Jungs. Ich sehe ihr hinterher. Wehmütig. Ein bisschen. Aber das gehört dazu, wenn man verstanden hat, dass man loslassen muss. Vermutlich war mein Plan, sie zurückzubekommen und dadurch zu retten, von Anfang an zum Scheitern verurteilt und nicht wirklich durchdacht. Weil: Ich hatte die Konkurrenz durch Mike unterschätzt. Oder wollte sie nicht wahrhaben. Aber am meisten habe ich in dieser Zeitschiene vermutlich die Auswirkungen seiner Anwesenheit auf meine Gefühlswelt unterschätzt. Und die damit einhergehende Empathie für meine *little baby soul.*

Ich zahle alle Zimmer in bar und nehme den Aufzug. Als ich die Junior Suite betrete, sitzt Lisa auf dem Balkon. Und liest.

Die auf Gabriele geschriebenen Seiten von ›Über die Flügel‹!

Schnappatmung Deluxe.

Das hat noch niemand gelesen.

Weil: Erste Fassung. Unbearbeitet. Work in progress. Das lasse ich aus Prinzip niemanden lesen.

Bevor ich sauer werden kann, nimmt sie mir den Wind aus den Segeln. »Das ist … zauberhaft. Und total durchgeknallt. Supertraurig. Aber auch irgendwie superlustig. Und sehr berührend.«

Ich setze mich zu ihr auf den Balkon.

»Sorry. Es lag da halt rum. Und ich bin einfach neugierig. Darf ich zu Ende lesen?«

»Ist nur eine Idee, nichts weiter«, murmele ich.

»Eine Idee? Nee, das ist der Anfang einer Geschichte. Und was für eine. Ich liebe Herta, Lizzy und Hubert schon jetzt. Und natürlich den ständig furzenden Robert Fripp.« Sie kichert.

»Lies zu Ende«, sage ich seufzend. »Ich packe.«

Sie nickt und liest weiter.

* * *

Als Lisa in der Tiefgarage den Benz entdeckt, ist sie baff.

»Das ist deiner?«

»Yes, ma'am.«

»Der ist doch neu.«

»Yes, ma'am.«

»Und war bestimmt richtig teuer.«

»Geht so«, murmele ich.

»Butter bei die Fische«, sagt sie. »Womit verdienst du deine Brötchen?«

»Aktuell verdiene ich null und gebe nur Kohle aus. Für die Band.«

»Du weichst mir aus.«

»Nee, nicht dir. Nur deiner Frage.«

Sie lacht. »Spinner.«

»Ach was?«

Sie küsst mich und packt dann ihre Tasche in den Kofferraum. Wir kommen gegen 11 Uhr los. Das Wetter ist perfekt. An die 22 Grad, Sonne, kaum Wolken. A7 in Richtung Kassel.

»Hast du zu Ende gelesen?«

Sie nickt.

»Und?«

»Mehr. Bitte. So schnell wie möglich. Ich bin so gespannt, wie es weitergeht, wo das alles hinführt.«

Auf eine Insel, denke ich.

»Schreibst du das weiter?«

Ich nicke. Sie küsst mich auf die Wange. »Das wird großartig.«

»Mal sehen …«, murmele ich. »Wirf mal das Demotape rein. Liegt im Handschuhfach.«

Sie schiebt das Tape in den Player. Und ist begeistert.

»Wusstest du echt nicht, was für eine geile Sängerin deine Tochter ist?«

»Nein, Musik ist nicht meine Welt. Also war sie nicht. Bis gestern.«

»Dass sie eine eigene Band hat, weißt du aber?«

»Ja. Mehr aber auch nicht. War noch nie auf einem ihrer Konzerte. Kann mich nichtmal an den Namen erinnern.«

»›Romeo's Delight‹.«

»Aha … Meine Welt und ihre passen irgendwie nicht wirklich zusammen.«

Same here, denke ich.

»Aber reinschnuppern sollte okay sein. Zumal ich jetzt ja den perfekten Begleiter dafür habe.« Sie lehnt ihren Kopf gegen meine Schulter.

Deine Tochter war übrigens meine Ex, denke ich. Vor 30

Jahren. Sie war mein Leben, alles, was ich mir jemals von einer Frau erträumt hatte. Aber ich habe sie viel zu früh verloren.

»Wird Aimee dieses Jahr eigentlich beim Flugtag sein?«

»Wieso fragst du?«

»Bin einfach neugierig. Wie du.«

Sie seufzt. »Ja, sie ist da jedes Jahr. Verkauft an einem Stand Burger und Hot Dogs. Hat ihr Vater organisiert. Sind zum größten Teil Kollegen der Big Band.«

»Und trifft dann auch ihren Vater?«

»Eher nicht. Der hat vermutlich Dienst. Wie immer. Selbst während des Flugtags. Aber Aimee scheint da Spaß dran zu haben. Keine Ahnung, warum. Ich kann mit dem Flugtag, dem ganzen Militär-Quatsch und dem Zurschaustellen von Kriegsgerät nichts anfangen. Ich hasse das. Brot und Spiele für die Masse. Mainstream-Mist. Nicht meins.«

»Meins auch nicht«, murmele ich.

Auf der Höhe von Frankfurt fällt mir ein, dass ich gar nicht weiß, wo genau ich Lisa absetzen muss.

»Wo müssen wir eigentlich hin? Ich meine, wo musst du hin?«

»Eppelborn«, sagt sie. »Westlich von Neunkirchen, nördlich von Saarbrücken. Ein kleines Einfamilienhaus mit Garten. Das ich damals zusammen mit Bret gekauft habe und das er mir gnädigerweise nach der Scheidung überlassen hat. Aber nur, weil ich ihm Stress gemacht habe. Stress machen kann ich. Wenn ich dazu gezwungen werde.«

Sie lacht.

* * *

Gegen Nachmittag halte ich vor ihrem schnuckeligen Einfamilienhaus.

»Spricht eigentlich irgendetwas gegen eine Zugabe?«, fragt sie beim Aussteigen.

»Was meinst du?«

»Willst du vielleicht heute Nacht hierbleiben? Ich weiß auch nicht, aber ich glaube, ich mag gerade nicht alleine sein.«

Ich auch nicht, denke ich. Die Vorstellung, nach dem, was wir zusammen erlebt haben, alleine zurück in mein einsames Hotelzimmer zu kommen, deprimiert mich. Und zwar nicht zu knapp. Selbst Schreiben würde diese Leere nicht füllen können.

»Und? Bist du dabei?«

»Die Vorstellung, mit dir Zeit zu verbringen, ist ein Traum. Den ich mit jeder Faser meines Körpers bereit wäre, zu leben.«

»Der Herr Schriftsteller«, erwidert sie amüsiert. »Immer die richtigen Formulierungen zur Hand.«

»Geschichtenerzähler«, korrigiere ich.

»Whatever. Nevermind«, sagt sie und küsst mich auf die Wange.

»Hast du Grappa am Start? Also für später?«

»Nein.«

»Schwanzcreme?«

Sie lacht. »Was?«

»Vaseline.«

»Wundgevögelt, oder was?«

»Aber sowas von.«

»Frag mich mal.«

»Und? Hast du?«

»Nein. Wozu auch? War ja seit längerem inaktiv.«

»Dann lass uns noch shoppen gehen. Grappa, Schwanzcreme und irgendwas zu essen.«

* * *

Als ich nach dem Einkaufen meine und Lisas Sporttasche aus dem Kofferraum nehme und diesen dann schließe, sieht sie mich, tja, skeptisch an.

»Was?«

»Willst du nicht deine Schreibmaschine mitnehmen?«

»Nee, ich will nur vögeln.«

»Nimm sie trotzdem mit«, sagt Lisa ernst. »Vielleicht bist du nach dem Vögeln ja inspiriert.«

»Es gibt eine Zeit fürs Schreiben und eine Zeit fürs Leben«, erwidere ich. »Ich kann nicht schreiben, wenn ich lebe.«

»Fair enough«, sagt sie und küsst mich. »Komm, lass uns leben.«

* * *

Nach dem gemeinsamen Duschen kümmert sich Lisa Vaseline-technisch um meinen Schwanz. Was heilungstechnisch natürlich kontraproduktiv, aber letztlich komplett egal ist. Dann Abendessen, um das ich mich gekümmert habe. Lachs mit Spinat und Spaghetti. Den Rest des Abends sitzen wir weintrinkend, quatschend und knutschend auf ihrer Terrasse. Diese Vertrautheit und Übereinstimmung im Denken und Fühlen zwischen uns ist rechtschaffen, tja, beängstigend. Was verbindet uns? Und vor allem, warum? Sie ist, wenn ich richtig gerechnet habe, 1938 geboren. Ein Jahr vor dem Ausbruch des Zweiten Weltkriegs. Bei Ende des Kriegs war sie sieben Jahre alt. Ich weiß nicht, wie und wo sie aufgewachsen und sozialisiert wurde, wie und wo sie die Zeit zwischen 1939 und 1945 verbracht hat, ob ihre Eltern noch leben oder ihr Vater im Krieg fiel, ob sie Geschwister hat. Sie hatte eine komplett andere Kindheit und Prägung als ich. Dennoch *wuschen* wir zusammen. Wie kann das sein? Was verbindet Menschen, die eigentlich nichts verbindet? Vielleicht wirklich ein gemeinsames Leben davor? Von dem weder der eine noch der andere weiß?

Sie nimmt einen Schluck von ihrem Rotwein und atmet tief durch. »Ich habe das noch nie jemandem gesagt, aber ich bin jetzt in einem Alter, in dem ich kein Problem mehr damit habe, das zu sagen …«

Ahne ich, was kommt? Ja, tue ich. Habe ich Schiss vor dem, was kommt. Nein. Okay, vielleicht ein bisschen.

»Ich liebe dich. Auch wenn ich dich nicht kenne. Aber irgendwie kenne ich dich.« Sie nimmt mein Gesicht in ihre Hände und küsst mich über den Tisch hinweg.

»Danke«, sagt sie lächelnd, nachdem sie ihre Lippen von meinen gelöst hat. »Dafür, dass es dich gibt …«

Sie benötigt keine Erwiderung meinerseits. Was es für mich einfach macht.

Wir quatschen und knutschen bis weit nach Mitternacht und zum ersten Mal nach meiner unfreiwilligen Rückkehr ins Jahr 1988 hoffe ich beim Einschlafen, am nächsten Morgen nicht im Jahr 2018 aufzuwachen.

* * *

Als ich Freitag gegen Mittag wach werde, liegt ein handgeschriebener Zettel auf ihrer Seite des Bettes.

Das war magisch.
Hannover.
Du.
Alles.
Du bist magisch.
Danke.
Für alles.
Freu mich auf dich.
L.

Ich lächle.

Weil: Es ist noch immer 1988, und das mit Lisa war kein Traum.

Und das ist alles, was gerade zählt.

TEIL 9
LONG HOT SUMMER

44
Think different

Zurück in meinem Hotel, wird mir klar, dass ich nicht klarkomme. Mit Gabriele. Leider tendiere ich beim Schreiben dazu, viel zu viel zu schreiben, weshalb Gabriele mir mehr Arbeit machen würde, als ein Computer. Thema ›copy & paste‹. Mein Debütroman war in der ersten Fassung über fünfhundert Seiten lang. Was wäre das für ein Stress geworden, den mit Hilfe einer Schreibmaschine – selbst mit einer elektrischen – auf knapp dreihundert Seiten zu kürzen. Wobei ich mich frage, wie Schriftsteller vor der Erfindung des Computers ihre Bücher verfasst haben. Erste Fassung per Schreibmaschine oder per Hand war gleich die Endfassung? Niemals. Sie mussten vermutlich bei der Überarbeitung alles nochmal neu tippen. Oder sie waren schon so bekannt, dass ein Angestellter ihres Verlages diese Aufgabe für sie übernahm. Im Fall meiner Lieblingsautoren wie Djian, King, Hemingway, Irving, Fauser, Dick, Kafka, Farmer vermutlich eher eine Angestellte. Ich stutze: Habe ich damals wirklich nur Bücher gelesen, die Männer geschrieben haben? Nein. Ich hatte ziemlich viel von Ayn Rand im Regal und auch ›Frankenstein‹ von Mary Shelley. Ebenso wie ›Wuthering Heights‹ von Emily Brontë. Auf das ich durch den gleichnamigen Song von Kate Bush gestoßen bin, das ich aber nie zu Ende gelesen habe. Geprägt haben mich in den 80ern eindeutig, tja, schreibende Jungs. Eine Prägung, die bis heute anhält.

Ich erkundige mich bei Majka an der Rezeption, wo man in Saarbrücken einen Apple Macintosh kaufen kann, was sie nicht weiß. Auch ihre Kollegen nicht. Okay, ich brauche eine Computerfachzeitschrift. Vielleicht finde ich darin ja Werbeanzeigen für Mac-Dealer. Quatsch, brauche ich nicht. Auf dem Zimmer rufe ich die Auskunft an und lasse mir die Nummer von Apple Deutschland geben, die mir eine Liste aller Mac-Händler über die Faxnummer des Hotels zuschicken. Treffer! Es gibt einen in Saarbrücken. Keine Ahnung, was ein aktueller Mac – dessen Typenbezeichnung ich nicht kenne, da ich ja erst Ende der 90er mit einem Power Macintosh 7200 in die Apple-Welt eingestiegen bin – damals kostete. Vermutlich aber 4.000 bis 5.000 Mark. Ohne Drucker. Ich stecke 8 Mille ein. Für alle Fälle.

* * *

Der aktuelle Mac des Jahres 1988 nennt sich Apple Macintosh II und kam letztes Jahr auf den Markt. Der Nachfolger wird erst im September verfügbar sein, wie mir der doch recht nerdige Verkäufer erklärt. Und wenn ich mich recht erinnere, wird der erste ›richtige‹ Apple-Laptop namens ›Apple PowerBook 170‹ leider erst 1991 verfügbar sein. Okay, es gab schon 1989 ein Modell namens ›Portable‹, aber die Größe des Bildschirms ist ein Witz. Jedenfalls aus Sicht eines Zeitreisenden.

»Hatten Sie schon einmal einen Mac?«, fragt er.

»Tausende«, erwidere ich und versuche dabei, nicht zu kichern. »Power Mac, iMac, Powerbook, MacBook Air. Und natürlich massig iPods, iPads und iPhones.«

»Was?«

Ich beschließe spontan, ihn für den Rest seines Lebens komplett aus der Bahn zu werfen und lege mein iPhone auf den Tresen. »Das hier ist das iPhone 8. Elfte Generation, die kam 2017 auf den Markt. Das erste iPhone 2007.«

Sein Gesichtsausdruck: Unbezahlbar.

»Scherz«, sage ich. »Das ist nur ein Filmrequisit. Ich arbeite nämlich beim Fernsehen, müssen Sie wissen.«

Er starrt mich an. Fassungslos. Weiß nicht, ob er lachen oder weinen soll. Nach dem Bezahlen – knapp 6.000 Mark inklusive Drucker, Word 3, Disketten, Kabel, Adapter, Zubehör – hilft er mir, die Einkäufe zum Benz zu bringen. Versucht dabei, mich auszufragen, und will nochmal das iPhone sehen. Kann offensichtlich nicht glauben, dass es sich um ein Filmrequisit handelt. Ich tue ihm den Gefallen, bringe das iPhone mit meinem Fingerabdruck an den Start und drücke es ihm in die Hand, während ich mein neues Schreibwerkzeug im Kofferraum des Benz verstaue.

»Scrollen und wischen«, sage ich und gackere. Innerlich. Will ihn ja nicht komplett über die Klippe stoßen.

»Was?«

Ich zeige es ihm. Genauso wie der Mürrische an der Rezeption des Hotels in Homburg ist er fassungslos und starrt mich an.

»Sie kommen aus der Zukunft …«, stammelt er.

»Das ist korrekt«, erwidere ich. »Hab zwar nicht drum gebettelt, ist nun aber so, wie es ist.« Ich nehme ihm das iPhone aus der Hand, stecke es ein und schüttele seine Hand. »Wir sehen uns im September, wenn der neue Macintosh verfügbar sein wird. Und danach jedes Jahr, bei jedem neuen Modell. Aber ehrlich: Ich kann es kaum erwarten, endlich wieder einen iMac zu besitzen.«

Ich schließe den Kofferraum, klemme mich hinters Steuer und fahre weg. Sehe im Rückspiegel, wie mir der Verkäufer fassungslos hinterherstarrt. Irgendwie sind sie süß, die Menschen der Vergangenheit. Weil: Naiv. Und beneidenswert unschuldig. Niemand hätte 1988 auch nur ansatzweise erahnen können, wie die Welt dreißig Jahre später aussehen würde. Das Internet und die *global player* haben alles verändert. Sowohl das Denken und Fühlen der Menschen als auch deren Leben. Auf allen Ebenen. Es wird kein Zurück geben. Im Gegenteil. Schneller, höher, weiter, immer mehr. Von allem. Die Illusion, als Mensch real und vor allem auf irgendeine Art relevant zu sein, hat in der Zukunft die Realität ersetzt.

The new real.

Die Welt ist dreißig Jahre später undurchschaubar geworden. Es gibt keine einfachen Antworten, auch wenn viele Menschen glauben, dass es diese gibt. Gibt es nicht. Gab es noch nie. Selbst 1988 nicht.

Vermisse ich 2018? Nein, inzwischen nicht mehr. Was ich aber immer noch vermisse, sind meine Freunde und meine Katzen. Was mich zu der Frage bringt, wie ich die nächsten zwanzig, dreißig Jahre leben möchte. In einer Zeitschiene, in der ich schon mal gelebt habe, die aber keine Wiederholung der damaligen Gegenwart darstellt. Heißt: Ich werde vieles neu erleben. Habe vieles schon neu erlebt. Und ich fühle mich immer noch wie ein neugieriges Kind, dessen Spielplätze das Leben, Geschichten und Bücher sind. Ein Kind, das zwar kein Rockstar wurde, aber dafür ein Geschichtenerzähler. Ich denke, ich werde einfach weiterschreiben. So wie ich es seit knapp zwanzig Jahren tue.

Warum? Weil es mich heile macht. Weil es mich rettet. So wie mich damals die Musik gerettet und meinem Leben einen Sinn gegeben hat. Und: Es ist eine Möglichkeit, auf längere Sicht Geld damit zu verdienen. Nicht dass ich aktuell Geld benötigen würde, die Kohle aus dem Verkauf meiner 2015er S-Klasse wird noch eine Weile reichen. Nein, es geht darum, wieder das zu tun, was mich glücklich macht. Wirklich glücklich macht. Und das sind aktuell die Gedanken an meine Figuren aus ›Über die Flügel‹, die jetzt fast zwanzig Jahre auf mich gewartet haben und die jetzt endlich zum Leben erweckt werden wollen.

45
All or Nothing

Ich packe den Mac, den Monitor, die Tastatur und Maus sowie den Drucker auf den Esstisch meines Hotelzimmers und schließe alles an. Den Startton eines Mac aus dem Jahre 1987 zu hören, ist mehr als nur ein bisschen irritierend. Betriebssystem: MacOS 2.0. Processor speed: 16 MHz. RAM: 40 MB.

Steinzeit.

Aber wenigstens hat er schon einen Farbmonitor.

Nachdem ich die Druckersoftware und Word 3 installiert habe – mit Disketten! Vielen Disketten! –, starte ich Word und fummele mich ein, was mir aber recht schnell gelingt. Ich öffne ein neues Dokument, das ich als ›Üdf1988‹ abspeichere. Danach muss ich erstmal alles, was ich bereits auf Gabrielle 2000 geschrieben habe, neu abtippen. Einundvierzig Seiten. Fleißarbeit. Kein Stück kreativ, muss aber sein.

* * *

Lisa ist direkt nach Schließung des Ladens losgefahren. Hatte Sehnsucht. Und Hunger. Ich auch. Passt. Zumal ich den Anfang von ›ÜdF‹ komplett abgetippt auf den Mac übertragen habe und ab jetzt wieder kreativ sein darf. Beim Abendessen in einem Restaurant um die Ecke meines Hotels ist sie völlig aufgedreht, mit Tendenz zu durchgeknallt. Sie amüsiert sich köstlich über alles, aber vor allem über den stocksteifen, humorlosen Kellner. Als der mit der Rotweinflasche an unseren Tisch kommt und fragt, ob er nachschenken soll, greift sich Lisa blitzschnell die Flasche und nimmt einen kräftigen Schluck.

Dann rülpst sie und sagt: »Sie können die Flasche hierlassen«, was sich anhört wie »SekönndFlaschhierlasse.«

Als der rechtschaffen irritierte Stocksteife weg ist, gackern wir wie Teenager.

* * *

Nach dem Essen präsentiere ich Lisa meine Neuerwerbung.

»Oh, wow. Ein Computer.«

»Nein, ein Mac.«

»Ein was?«

»Apple. Macintosh.«

»Und das ist kein Computer?«

»Doch. Aber anders als die anderen. Think different und so.«

»Whatever. Was kann der?«

»Alles, was ich brauche, um zu schreiben.«

Ich wecke den Mac aus dem Ruhezustand, öffne Word und demonstriere es ihr. Copy & paste, korrigieren, löschen, unter anderem Namen abspeichern, Schriftart ändern etc.

»Wow! Das erleichtert das Schreiben natürlich ungemein«, sagt sie beeindruckt.

»Aber sowas von. Und drucken funktioniert auch.«

Ich schalte den Drucker ein und drucke eine Seite von ›Über die Flügel‹ aus. Lisa ist fasziniert.

»Das ist die Zukunft. Dauert aber noch ein bisschen, bis das Mainstream und bezahlbar für die Masse wird.«

Sie sieht mich an. Skeptisch. Misstrauisch. Irritiert.

»Du redest so, als würdest du wissen, was in der Zukunft passieren wird.«

»Ich bin nur ein Geschichtenerfinder. Mit viel Fantasie«, erwidere ich ausweichend. »Am Rande. Hättest du vielleicht Bedarf für Gabriele?«

»Gabriele?«

»Die elektrische Schreibmaschine.«

»Das war ja schon immer ein Traum von mir.«

»Die Gabriele?«

»Zu schreiben.«

»Über was?«

»Die Ehe mit einem Ami. Über die Amis in Deutschland. Über Ramstein …«

»Sie gehört dir«, sage ich. »Mach was draus.«

Sie fällt mir um den Hals und küsst mich.

»Das werde ich. Danke.«

* * *

Danach sitzen wir mit Rotwein, Weißwein, Espresso, Wasser und Grappa auf dem Balkon meines Zimmers. Es ist kurz nach halb zehn und immer noch hell. Gefühlt war es heute der heißeste Tag seit meiner Rückkehr im April. Validieren kann ich das ohne Internet und Wetter-App natürlich nicht, was auch komplett egal ist, denn inzwischen fühlt es sich wie 20 und nicht mehr wie 30 Grad an. Ich hasse Hitze. Damals verbrachte ich komplette Sommer in dunklen, muffigen, versifften Proberäumen. Schwimmbad mit Freunden? Eis essen in der City? Kurze Hosen und Flip-Flops? Niemals. Wir trugen Lederhosen und Cowboystiefel auch bei Ü30 Grad.

Creatures of the night.

Wir hassten die Sonne. Und Menschen. Spießer, Mitläufer, Dumpfbacken und, tja, Arschlöcher. Von denen es 1988 schon genauso viele gab wie 2018. Eigentlich waren wir damals Vampire. Oder Gothics. Die Nacht war unser Spielplatz. Den Tag und die Hitze überließen wir den anderen.

We belong to the night.

Und daran hat sich auch im Alter nichts geändert.

Lisas Satz »Du redest so, als würdest du wissen, was in der Zukunft passieren wird« geht mir nicht aus dem Kopf. Dennoch muss ich weiterhin schweigen. Und lügen. Was mich unfassbar stresst. Ich will nicht mehr schweigen und schon gar nicht lügen. Ich kannte Menschen, die ihre Leben komplett auf Lügen, Manipulationen, Kontrolle und, tja, Missbrauch aufgebaut hatten. Lügenprofis. Blender. Narzissten. Wobei dieser Begriff 1988 noch nicht wirklich im Mainstream angekommen war. Dennoch waren diese Menschen auch schon damals mitten unter uns. Aber ich will kein Teil dieser *Gang* sein. Lügen, verschweigen, manipulieren, missbrauchen war nie mein Thema, ich habe es gehasst. Trotzdem lüge und verschweige ich seit April. Weil ich mich irgendwie genötigt gesehen habe, es zu tun. Keiner hätte die Wahrheit verkraftet. Aber Lisa traue ich zu, dass sie irgendwie versteht und mir glaubt. Auch wenn ich immer noch nicht verstehe, wie und warum das alles passiert ist. Und vor allem, warum es ausgerechnet vier Monate vor der Flugtagkatastrophe passierte. Warum bin ich nicht in den 60ern oder 70ern gestrandet? Da hätte ich keine *mission* gehabt und mich um andere Dinge kümmern können.

O Mann. Ich kann so nicht mehr weitermachen. Ich habe die Schnauze voll. Das alles frisst mich innerlich auf und macht mich krank. Ich brauche eine Verbündete, einen Buddy, mit dem ich über das alles sprechen kann. Ist dieser Wunsch egoistisch? Ja, vermutlich. Aber was wäre die Alternative? Weiter lügen, betrügen, bescheißen und Menschen manipulieren?

Keine Alternative.

Gedankenspiel: Was, wenn ich Lisa hier und jetzt die Wahrheit erzählen würde? Mit allen Details. Über Aimee und mich damals. Inklusive ihres Todes auf der Air Base Ende August. Würde sie mir glauben? Oder würde sie in Erwägung ziehen, mich einweisen zu lassen? Oder das alles als einen saudummen Witz empfinden, wie es Aimee getan hat? Okay, angenommen, sie würde mir glauben: Die Leichtigkeit zwischen uns wäre danach vermutlich erstmal Geschichte und alles wäre plötzlich, tja, *serious*. Falls sie erfahren würde, dass ihre Tochter in der alten Zeitschiene in knapp zwei Monaten beim Flugtag ums Leben kommen wird. Könnte ich den Flugtag vielleicht außen vorlassen? Nein. Wenn, dann muss ich ihr die ganze Geschichte erzählen.

All or nothing.

Ich nehme einen Schluck Wein und treffe eine Entscheidung.

»Komm mit, ich will dir etwas zeigen.«

Sie sieht mich fragend an.

46
Lisa liest

Vor uns auf dem Esstisch liegt mein MacBook, das ich aufklappe und aus dem Ruhezustand wecke.

Lisa ist fassungslos. »Was ist das?«

Die *question from hell*. Klar.

»Ein mobiler Computer von Apple, der Laptop genannt wird«, erkläre ich.

»Die Firma, die deinen Computer gebaut hat?« Sie sieht zum Macintosh II.

Ich nicke und atme tief durch. »Das, was ich dir jetzt erzähle, ist schwer zu begreifen, aber es ist die Wahrheit.«

»Okay …«, murmelt sie angespannt.

»Das MacBook hier stammt aus dem Jahre 2018. Und hat natürlich nicht die Anschlüsse, die es 1988 gab. Heißt: Ich kann zwar drauf schreiben, aber das Geschriebene nicht ausdrucken, weshalb ich mit dem Macintosh II vorliebnehmen muss.«

»2018?«

»Ich komme aus der Zukunft, Lisa«, erwidere ich. »Ich weiß, was die nächsten dreißig Jahre alles passieren wird. Klar, ich war ja live dabei. Aber außer mir weiß das niemand. Du bist nach deiner Tochter der erste Mensch, dem ich das alles nach meiner ›Rückkehr‹ Anfang April erzähle. Wobei Aimee das alles für einen Scherz gehalten hat.«

Lisa starrt mich an. Wirkt irritiert mit Tendenz zu ›What the fuck?‹.

»Mike, der aktuelle Freund deiner Tochter, den sie dir in Hannover vorgestellt hat, ist mein jüngeres Ich. Also der, der ich 1988 war.«

»Du verarschst mich …?«

»Nein. Warum sollte ich? Ich hätte nicht den geringsten Vorteil davon.«

Ich gieße ihr und mir einen Grappa ein und wir trinken.

»Apple ist 2018 eine der drei größten Technologie-Unternehmen der Welt«, fahre ich fort. »Jahresumsatz: Roundabout 270 Milliarden US-Dollar, wenn ich mich recht erinnere. Ich würde dir ja jetzt gerne den Wikipedia-Eintrag dazu zeigen, aber ohne Internet …« Ich zucke mit den Schultern.

»Wikipedia? Internet?«

»Egal. Alles begann jedenfalls 2007 hiermit …« Ich greife in die Tiefen meines Rucksacks, der am Tisch lehnt, und ziehe das iPhone raus. »Das ist ein iPhone. Ein mobiles Telefon. Ein Mini-Computer. Mit dem Apple ab 2007 alles verändert hat. Die Art, wie Menschen miteinander kommunizieren, die Art, wie Menschen denken, fühlen und handeln. Die Art, wie Menschen in der Zukunft leben. Und lieben.«

Lisa wirkt überfordert. Klar, wäre ich umgekehrt wohl auch. Ich gebe ihr einen kurzen Abriss über die Geschichte der Firma Apple – zusammengefasst: Vom Underdog zum *global player* – und des Internets. Wobei ich es nicht wirklich schaffe, ihr das Internet zu erklären. Und den ganzen Rest schon gar nicht: TV auf Tablets. Video-on-Demand. Streaming. WLAN. Selfies. Likes. Follower. Influencer. Instagram. Netflix. Spotify. Deezer. Je mehr ich versuche, ihr zu erklären, wie Menschen im Jahre 2018 leben und ticken, desto absurder erscheint mir das alles. Wie absurd muss das alles erst auf eine Frau wirken, die ein Jahr vor Beginn des Zweiten Weltkriegs geboren wurde und aktuell im Jahr 1988 lebt.

»Ich glaube, ich brauche noch einen Grappa«, murmelt sie.

»Ich auch.« Ich klappe das MacBook zu und nehme es mit auf den Balkon, während sie sich die Grappa-Flasche greift und uns am Tisch einschenkt. Wir trinken und stecken uns Zigaretten an.

»Ich bin nicht sicher, ob ich verstehe, was genau du da erzählst …«, sagt sie dann zögernd.

Das frage ich mich inzwischen auch. Die Entwicklung, welche die Welt und die Menschen in nur dreißig Jahren genommen haben, ist einfach nur, tja, unfassbar. Aber hauptsächlich ungut und beängstigend. Und alles begann Anfang 2007. Mit dem ersten iPhone. Definitiv. Danach gab es kein Zurück mehr. Aber das alles realisiert man wohl erst, wenn man sich plötzlich dreißig Jahre früher wiederfindet.

»Okay, worum es geht«, fahre ich fort. »Ich bin kein unveröffentlichter Amateur-Schriftsteller. Ich habe seit 2012 vier Romane geschrieben, die alle bei großen Verlagen veröffentlich wurden. Und davor massig Drehbücher für ARD und ZDF. Mein letzter Roman, der 2016 herauskam, wurde fürs ZDF verfilmt und wird am 28. August 2018 ausgestrahlt. Es geht dabei um 1988. Und die Flugtagkatastrophe von Ramstein.«

»Um die was?«

Statt einer Antwort doppelklicke ich die Datei mit der Endfassung des Manuskripts von ›1988‹, drehe ihr das MacBook hin und zeige ihr, wie sie auf dem Trackpad scrollt.

»Du musst das nicht lesen. Aber falls du es liest, wirst du verstehen. Nicht alles, aber vieles. Aber vor allem wirst du verstehen, dass ich wirklich aus der Zukunft komme. Bei Fragen: Frag mich.«

Sie wirkt komplett überfordert. Aber wenn ich jemandem *against all odds* zutraue, das alles irgendwie zu, tja, *raffen*, dann ihr.

Ich trinke meinen Grappa aus, gieße ihr noch einen Rotwein ein und ziehe mich ins Wohnzimmer zurück, wo ich das iPhone per Bluetooth mit der Bose-Box verbinde und eine Playlist starte. Mit Musik nach 1988. Ich muss ja jetzt nichts mehr verbergen, verschweigen, verheimlichen. Und nicht mehr lügen. Die Frage ist nur, ob Lisa mir glauben wird. Und was die Konsequenzen sein werden.

Ich schalte den Fernseher ein. MTV. Auf mute, klar. Sehe zu Lisa, die auf dem Balkon einen Schluck Rotwein nimmt und dabei ›1988‹ am MacBook zu lesen beginnt. Sie ist angespannt. So wie ich. Ich schließe die Augen, hoffe so sehr, dass ich dieses Mal das Richtige getan habe. Es wäre das erste Mal seit meiner Rückkehr in die Vergangenheit.

* * *

Es ist inzwischen dunkel und ich stelle ihr ein Teelicht auf den Balkontisch. »Willst du noch etwas trinken?«

Sie sieht hoch. Nickt.

»Rotwein?«

Sie nickt erneut. Ich nehme die leere Flasche mit in die Küchenzeile und öffne eine neue. Sehe über die Schulter zu ihr. Sie liest weiter. Wirkt wie in Trance. Ist in ihrer eigenen *bubble*. Oder in meiner, denn sie liest ja meinen Roman.

In dem es um Aimee und mich geht.

Und um die Flugtagkatastrophe 1988.

Ich komme mit dem Rotwein zurück auf den Balkon und gieße ihr nach.

»Danke«, murmelt sie, ohne den Blick vom MacBook zu nehmen.

»Darf ich fragen, wo du bist?«

»Magic moment pt. 2«, murmelt sie.

Soll ich ihr sagen, dass dieser in der neuen Zeitschiene so nicht stattgefunden hat? Nein. Vielleicht später. Vielleicht nie.

Sie nimmt einen Schluck Wein. »Ich muss jetzt weiterlesen«, sagt sie leise und widmet sich wieder dem MacBook.

Ich gehe zurück ins Wohnzimmer. Fühle mich ausgebombt.

Auf allen denkbaren Ebenen.

Und ja, das sind einige.

* * *

Ich halte am Mac II bis 1 Uhr Ideen zum weiteren Plot von ›ÜdF‹ fest, während Lisa noch immer lesend auf dem Balkon sitzt. Ich nehme das Ladekabel des MacBook mit und schließe es an die Steckdose auf dem Balkon an.

»Ich lege mich ab«, sage ich. »Bin platt. Du liest noch?«

Sie nickt, ohne den Blick vom Bildschirm zu nehmen.

»Wenn du fertig ist, einfach zuklappen, okay?«

Sie nickt. Ich küsse sie auf die Wange und bin verschwunden.

47
Colonel Parker

Ich werde gegen 8 Uhr wach, quäle mich ins Wohnzimmer und mache mir einen Kaffee. Lisa sitzt rauchend und kaffeetrinkend auf dem Balkon. Wirkt ganz weit weg. Das MacBook ist zugeklappt, weshalb ich davon ausgehe, dass sie meinen Roman zu Ende gelesen hat.

Ich setze mich zu ihr. Sie sieht mich an. Macht den Eindruck, als habe sie wenig bis gar keinen Schlaf bekommen.

»Das ist eine erfundene Geschichte, oder?«, fragt sie leise. »Diese Katastrophe am Flugtag … Ich meine, das kann nur erfunden sein …«

Ich atme tief durch. »Nein, ist es nicht. Es ist eine Erinnerung. An das, was Ende August 1988 passierte.«

»Du bist wirklich aus der Zukunft …«

Ich nicke.

Sie starrt vor sich hin. »Das bedeutet, meine Tochter wird auf der Air Base sterben …«

»Das weiß ich nicht, Lisa. In der alten Zeitschiene war das der Fall, ja. Aber inzwischen glaube ich, dass das nicht passieren wird. Das hier ist eine neue Zeitschiene.«

Sie sieht mich irritiert an. »Alte Zeitschiene? Neue Zeitschiene?«

»Die Vergangenheit, also die Vergangenheit, die ich und alle anderen damals erlebt haben, ist nicht in Stein gemeißelt, man kann sie ändern. Ich kann sie ändern. Und ich habe sie schon mehrmals geändert. Und habe deshalb auch nicht die geringste Ahnung, wie es ab hier weitergeht und was genau passieren wird. Das Jahr ist das gleiche und vermutlich auch die Ereignisse in

Deutschland und der Welt. Aber in meinem Leben ist alles anders. Alles ist neu. Genauso wie im Leben von Mike und Aimee. So viele Ereignisse, die damals stattgefunden haben, sind aktuell nicht passiert. Auf der anderen Seite sind so viele Dinge passiert, die damals nicht passiert sind. Wie du zum Beispiel …«

Sie nimmt nachdenklich einen Schluck Kaffee.

»Und die Katastrophe beim Flugtag auf der Air Base? Wird die Ende August auch in dieser neuen Zeitschiene, wie du es nennst, passieren?«

»Ich weiß es nicht, Lisa. Aber ich gehe davon aus.«

»Können wir den Flugtag verhindern?«

Ich lache bitter auf. »Habe ich versucht. Nicht nur einmal. Unmöglich. Niemand kann das.«

Sie wirkt in sich versunken, grübelt.

»Aber ich gehe davon aus, dass Aimee und Mike safe sind.«

»Das kannst du nicht wissen.«

»Nein, kann ich nicht«, erwidere ich. »Das kann niemand wissen. Aber Aimee und Mike werden nicht das Gleiche erleben wie damals und deshalb sehr wahrscheinlich auch nicht am Flugtag vor Ort sein.«

»Sehr wahrscheinlich genügt mir nicht. Ich würde diesbezüglich lieber auf Nummer sicher gehen.«

»Und wie?«

»Ich hätte da vielleicht eine Idee …« Sie trinkt ihren Kaffee aus und drückt mir das MacBook in die Hand.

* * *

Als wir an der Rezeption auf dem Weg nach draußen vorbeikommen, spricht mich Majka an.

»Michael? Es haben Leute angerufen für dich.«

Ich hatte das Telefon im Zimmer ausgestöpselt. Weil: Lisa.

»Ein gewisser Porty und ein Mike. Und ein Frank Bornemann. Alle haben gebeten um Rückruf.«

Ah, fuck. Daran habe ich nach unserer Rückkehr aus Hannover wirklich kein einziges Mal gedacht. Übersetzt: Das Thema ist für mich abgehakt. Auch wenn es die Jungs und Bornemann noch nicht wissen. Egal. Ich werde mich später damit beschäftigen. Und versuchen, so geschmeidig wie möglich aus der Sache rauszukommen. Ohne verbrannte Brücken inklusive Erde zu hinterlassen, so wie es in meinem Leben nach 1988 oft genug der Fall war.

Majka gibt mir den Zettel mit den Nummern, den ich einstecke.

* * *

Lisa und ich sind in meinem Benz auf der A6 von Saarbrücken in Richtung Kaiserslautern unterwegs. Schweigend. Jeder von uns hängt seinen Gedanken nach. Die erstmal geordnet werden müssen.

»Um das nochmal kurz einzuordnen«, sagt sie irgendwann. »Es gibt aktuell zwei Versionen von dir. Eine, die dreiundzwanzig ist, und du.«

Ich nicke.

»Und dich verbindet nichts mit deinem jüngeren Ich, wie du es nennst?«

»Nein«, erwidere ich. »Wir sind zwei komplett verschiedene, autarke Personen. Ich weiß nicht, was er denkt, fühlt. Aber klar erinnere ich mich, was ich damals gefühlt habe.«

»Das heißt, dein jüngeres Ich, erlebt das alles, diese neue Zeitschiene, gerade zum ersten Mal live und in Farbe? So wie ich. Und Aimee. Aber keiner von uns weiß, dass es eine alte Zeitschiene gab und was genau in dieser passiert ist.«

Ich nicke.

»Und Mike hat somit auch keinen Vergleich zu dem, was du damals erlebst hast? Mit meiner Tochter.«

»That's right.«

Lisa stöhnt.

»Wo fahren wir eigentlich hin«, frage ich.

»Nächste Abfahrt.«

Das Autobahnschild, das die Ausfahrt Ramstein-Miesenbach und die Air Base ankündigt, fliegt an uns vorbei.

»Was hast du vor?«, frage ich.

»Vertrau mir.«

»Ich vertrau ja nicht mal mir selbst.«

»Lüg schon.«

Wir lachen.

Zum ersten Mal, seitdem sie ›1988‹ gelesen hat.

* * *

Am Gate der Ramstein Air Base werden wir von einem GI in Tarnklamotten angehalten, der eine Maschinenpistole an der Hüfte hängen hat. Lisa lässt die Seitenscheibe runter.

»Hello, Sir. I have an appointment with Colonel John Parker«, sagt sie in perfektem American English und zeigt dem, tja, Gatekeeper, ihren US-Amerikanischen Ausweis.

»Wait a moment please«, sagt der und geht mit dem Ausweis in das Häuschen am Gate.

Ich starre sie an. »Du hast einen Termin bei einem Colonel?«

»Nein«, erwidert sie. »Das war ein Bluff. Ich hoffe trotzdem, dass er Zeit für uns hat.«

»Ist diese Aktion zu Ende gedacht?«

»Mehr oder weniger«, murmelt sie.

Ich stöhne.

»Manchmal bleibt keine Zeit, alles zu Ende zu denken. Manchmal muss man einfach handeln.«

»Ja, das kenne ich …«, sage ich. »Hast du auch noch eine US-ID-Karte?«

»Klar. Bin nicht gezwungen, die zurückzugeben. Trotz Scheidung. Ich meine, die Air Base hat ja durchaus auch Vorteile.«

»Zwei, um genau zu sein.«

»Die PX und die Commissary?«

»Genau.«

Sie lacht und küsst mich auf die Wange, als der Gatekeeper zurück zum Benz kommt.

»Colonel Parker is going to pick you up. Just wait over there.« Er deutet auf die Parkplätze hinter dem Gate.

»Thanks«, erwidert Lisa und steckt ihre ID ein, während ich einparke.

»Wer zum Teufel ist dieser Colonel Parker?«, frage ich beim Aussteigen.

Sie sieht mich über das Dach des Benz an. »Unsere einzige Chance.«

»Aha. Na, dann …« Ich stecke mir eine an. Erinnere mich plötzlich an etwas, das ich bei der Recherche zu ›1988‹ auf Wikipedia gelesen habe. »Wusstest du übrigens, dass hier auf der Base bis 2005 über hundert taktische Atomwaffen gelagert waren?«

Sie seufzt. »Nein, wusste ich nicht. Aber ich ahnte es. Wie alle …«

Dann hält ein Jeep neben uns. Ein Mann in Uniform, der mich an Sean Connery erinnert, steigt aus und geht lächelnd auf Lisa zu.

»Lisa … It's been a while«, sagt er.

»Hey, John. Ja, ziemlich genau roundabout ungefähr fünf Jahre«, erwidert sie. Beide umarmen sich. »Das ist Michael Wagner«, stellt sie mich vor. »Ein guter Freund von mir.«

»Herr Wagner«, sagt Colonel Parker, wobei er ›Wagner‹ deutsch ausspricht. Wir schütteln Hände.

»Was kann ich für dich tun?«, fragt er Lisa in perfektem Deutsch. »Oder hattest du nach ungefähr roundabout ziemlich genau fünf Jahren Sehnsucht nach mir? Doreen hat definitiv Sehnsucht nach dir. Und nach unseren Spieleabenden.«

»Things change«, erwidert Lisa knapp.

»Wie geht es Aimee?«

»Blendend. Sie hat einen neuen Freund. Mike. Einen Musiker«, sagt Lisa und sieht dabei kurz zu mir.

»Wunderbar«, sagt Colonel Parker lächelnd.

»Warum ich hier bin …«, sagt Lisa ernst. »Ich brauche deine Hilfe.«

»Um was geht es?«

»Who's in charge regarding the Flugtag in august?«

»Die 316. Air Division«, erwidert der Colonel. »Wieso fragst du?«

»Wir müssen mit dem Gesamtleiter des Flugtages sprechen. Es geht um Leben und Tod.«

* * *

Lisa und ich sitzen auf unbequemen Holzstühlen vor dem Schreibtisch von Colonel Parker in dessen Büro auf der Base. Er hat mein MacBook vor sich und liest die Zeitungsartikel der ›Rheinpfalz‹ vom 29., 30. und 31. August 1988. Irgendwie wirkt er, tja, angespannt, wenn ich seine Körperhaltung richtig deute.

Dann sieht er vom MacBook zu Lisa und mir.

»Ich verstehe nicht. Sind das echte Zeitungsartikel?«

»Ja, die sind echt. Und aus der Zukunft«, erklärt Lisa. »Die Michael live und in Farbe erlebt hat.«

»Ich weiß, das alles klingt total verrückt, aber es ist die Wahrheit«, sage ich. »Der Flugtag 1988 wird in einer unfassbaren Katastrophe enden. Durch die Flugfigur der Frecce Tricolori, ›Das durchstoßene Herz‹. Einer der Jets, Pony 10, crasht in zwei andere Jets der Staffel. Weil er den Bruchteil einer Sekunde zu früh am Durchstoßungspunkt der Figur war. Und dazu noch zu tief. Seine Maschine rast dann außer Kontrolle und brennend in die Zuschauer am Rande der Landebahn und explodiert in einem Feuerball. Mitten zwischen den Zuschauern. An die dreißig Besucher verbrennen sofort oder werden von Trümmerteilen erschlagen.«

So wie Aimee, denke ich und schlucke kurz.

Lisa nimmt meine Hand.

»Letztlich sterben über siebzig Menschen und an die tausend werden schwer verletzt«, fahre ich stockend fort. »Was ich nicht kapiere: Zum Schutz der Besucher finden Flugvorführungen immer parallel zum Publikum statt. Aber nicht beim ›Durchstoßenen Herz‹, dieser unfassbar riskanten Flugfigur, bei der Jets aus drei Richtungen aufeinander zufliegen und mit Sekundenbruchteilen Differenz dieselbe Position passieren. Und: Der Solopilot fliegt direkt auf die Zuschauer zu! Aber das ist bei solchen Veranstaltungen verboten. Dazu hätten die Verantwortlichen eine Ausnahmegenehmigung beantragen müssen. Was sie nicht getan haben! Schon vor der Flugtagkatastrophe stand diese Flugfigur der Italiener in der Kritik. Mehrere Veranstalter von Flugshows in England sahen in der Figur großes Risikopotential. Auch wenn die Frecce Tricolori weltweit als das spektakulärste Showteam galten und ein Publikumsmagnet auf Flugtagen in ganz Europa waren. Den Verantwortlichen des Flugtags muss bewusst gewesen sein, dass die Flugfigur der Italiener eine tickende Zeitbombe ist!«

»Woher wissen Sie, wie die Flugfigur genannt wird?«, hakt Colonel Parker nach. »Und dass der Solopilot der Italiener direkt auf die Zuschauer zufliegen wird?«

»Stand ja danach in allen Zeitungen«, erwidere ich.

»Und was genau erwartet ihr jetzt von mir?«

»Dass du uns den Kontakt zum Gesamtleiter des Flugtags herstellst«, sagt Lisa.

»Dem ihr dann klarmachen wollt, dass er den Flugtag absagen muss?«

»Die Flugvorführung der Italiener abzusagen würde genügen«, erwidere ich sachlich.

Colonel Parker geht auf und ab, hat dabei die Hände hinter dem Rücken verschränkt. »Was wirklich faszinierend ist: Dieses Gerät, dieser … Computer …«

»MacBook«, sage ich. »Von Apple. Ein Laptop.«

»However … Ich würde den gerne unseren Spezialisten vorlegen«, sagt Parker. »Wenn Sie die Wahrheit sagen, ist das ja Technologie aus der Zukunft. Und so etwas ist für uns natürlich immer very interesting.«

Ich werde blass. »Was? No fucking way! Auf keinen Fall!«, erwidere ich fast schon hysterisch. »Da sind meine ganzen Romane und Ideen drauf – alles! Ohne das MacBook bin ich lost!« Ich springe auf, klappe hektisch das MacBook zu und reiße es an mich.

Parker mustert mich undurchdringlich. »Zeigen Sie mir einen Ihrer Romane.«

»Was? Wieso das?«

»Was soll das, John? Das ist doch alles …«

»Zeigen Sie mir einen Ihrer Romane«, unterbricht Parker und ignoriert Lisa. »Now.«

Es klingt wie ein Befehl und ist wohl auch einer. Ein Anruf von ihm und zehn bis zwölf an die Zähne bewaffnete GIs werden hier reinstürmen und das MacBook mit Gewalt in ihren Besitz bringen.

Eine Erfahrung, die ich Lisa und mir gerne ersparen würde.

Ich klappe das MacBook auf, klicke mich durch die Ordner und öffne die Endfassung von ›1988‹. Stelle ihm das MacBook wieder auf den Schreibtisch.

»Thanks«, sagt er und setzt sich auf seinen Stuhl. Beginnt zu lesen. »Michael Bach?«

»Künstlername«, sage ich.

»Okay.«

Er scrollt nicht, sondern benutzt die Pfeiltasten, die ich ihm zu Beginn als Alternative vorschlagen habe.

»Ich bräuchte jetzt ein paar Minuten private space«, sagt er und sieht von Lisa zu mir. »Thank you.«

Ich sehe zu Lisa, die stöhnend aufsteht. »Komm.«

Sie nimmt meine Hand und zieht mich nach draußen.

* * *

Lisa und ich lehnen gegen die Motorhaube des Benz, der vor dem vierstöckigen Gebäude steht, in dem sich Parkers Büro befindet.

Ich bin genervt und angepisst. »Was soll der Scheiß? Der kassiert das MacBook doch eh ein. Und dann nehmen die es auseinander und stoßen auf Chips und Bauteile, und was weiß ich, die es damals nicht gab. Was für ein Fest für die fucking Army der fucking United States of fucking America.«

Ich sehe zu Lisa, die vor sich hinstarrt und komplett fassungslos zu sein scheint.

»War keine gute Idee, sorry …«, murmelt sie. Womit sie recht hat. Aber auch ich hatte seit meiner unfreiwilligen Rückkehr diverse ungute Ideen, die alle nicht wirklich funktionierten.

»Das weiß man leider erst, wenn man die Idee umsetzt. Konnte man echt nicht ahnen.« Ich nehme sie in den Arm. »Zumal er ja sowas wie ein Freund von dir zu sein scheint.«

»Aber hauptsächlich ist er wohl Colonel der US-Army«, erwidert sie.

»Wie geht's jetzt weiter?«

Sie zuckt mit den Schultern. »Im schlimmsten Fall behalten sie dein MacBook ein. Dass du eh nicht wirklich nutzen kannst, oder? Außer, um deine alten Romane abzutippen.«

»Oder um es bei finanziellen Engpässen an Apple zu verkaufen. Von den Amis bekomme ich vermutlich keinen Pfennig.«

»Vermutlich …«

»Neuanfang würde ich sagen«, murmele ich. »Wie oft noch?«

»Hört nie auf. Live with it«, sagt sie und küsst mich auf die Wange, als Colonel Parker aus dem Gebäude tritt. Mit meinem MacBook.

»Dass ich Ihnen das Gerät zurückgebe, ist meine Entscheidung als John«, sagt er und drückt mir das MacBook in die Hand.

»Sollte ich jetzt ›Thanks‹ sagen?«, knurre ich.

»Nicht nötig.« Er sieht zu Lisa. »Bezüglich der anderen Sache …«

Sie mustert ihn angespannt.

»Da muss ich als Colonel Parker handeln, sorry.«

»Heißt, du wirst uns nicht den Kontakt zum Gesamtleiter des Flugtags herstellen?«

»Was glaubt ihr, wie der Verantwortliche, ein Colonel der US Air Force, reagieren wird? Genau wie ich. Niemand kann in die Zukunft sehen.«

»Es sei denn, er kommt aus der Zukunft«, sage ich.

Er sieht mich an. Sein Blick eine Mischung aus Überheblichkeit und, tja, Mitleid. »Wir können nicht ändern, was vorherbestimmt ist, Herr Wagner. It's predestined. Es wird genau das passieren, was passieren muss. Wobei die Zukunft an sich nicht predestined ist. Einzelne Ereignisse vielleicht, aber nicht das große Ganze.«

»Das heißt, die Katastrophe beim Flugtag kann nicht verhindert werden?«, mischt sich Lisa ein.

»That's right«, erwidert Parker sachlich.

»Dann wird das Blut der Toten auch an deinen Fingern kleben!«, zischt Lisa.

»An meinen ganz bestimmt nicht. Ich bin nicht in charge, den Flugtag zu canceln.«

»Und genau deshalb musst du uns zum Gesamtleiter bringen!«, insistiert sie.

»Das kann ich nicht, Lisa. Und das werde ich nicht. And you know that. Wir können das Schicksal nicht beeinflussen. Wenn es so kommen soll, dann kommt es so. Wir haben es nicht in der Hand.«

»Doch, haben wir! Gib uns zehn Minuten mit …«

»Nein«, unterbricht Parker scharf. »Sorry, Lisa. Ich kann auf persönliche Befindlichkeiten leider keine Rücksicht nehmen. Grüße an Aimee. See you.« Er wendet sich ab und geht zurück ins Gebäude.

»Ganz sicher nicht …«, grummelt Lisa. Sie wirkt niedergeschlagen und gleichzeitig stinksauer. »Dieses Arschloch. Nur zehn Minuten mit dem Verantwortlichen und wir hätten ihn vielleicht überzeugen können, dass …«

Ich lege ihr einen Arm über die Schulter. »Lass los. Es ist vorbei.«

Sie lächelt bemüht.

»Was irgendwie ja fast schon lustig ist …«, sage ich. »Er glaubte sofort, dass mein MacBook aus der Zukunft ist, aber nicht, dass es die Artikel über die Katastrophe sind.«

Lisa lacht bitter auf. »Stimmt. Unfassbar.«

»Military Men. Die glauben nur das, was sie glauben wollen.«

»Jeder glaubt nur das, was er glauben will«, sagt sie.

* * *

Wir essen im Restaurant meines Hotels zu Abend. Zum größten Teil schweigend. Jeder ist in seiner eigenen Welt. Dennoch fühle ich mich mit ihr verbunden. Und ich spüre, dass sie es genauso empfindet. Auch wenn wir bezüglich der Verhinderung des Flugtags gescheitert sind und uns beiden bewusst ist, dass es keine weitere Chance mehr geben wird.

›Nicht resigniert, nur reichlich desillusioniert …‹, wie es Wolfgang Niedecken ausgedrückt hat. Wobei in unserem Fall ›resigniert‹ zu hundert Prozent zutrifft.

Nach dem Essen sitzen wir mit Weiß- und Rotwein auf der Terrasse im Innenhof des Hotels. Es ist Ü20 Grad. Um uns herum lachende Menschen in Sommerklamotten, die Spaß haben, sich küssen, kichern, lachen, trinken. Ich frage mich, ob einer von ihnen Ende August auf der Air Base sterben wird. Oder mehrere. Lisa scheint zu bemerken, dass ich ungute Gedanken wälze und legt ihre Hand auf meine.

»Wir können nicht verhindern, was nicht zu verhindern ist, richtig?«

Ich nicke.
»Also …?«
»Also was?«
»Gehen wir auf Nummer sicher und verhindern, dass Aimee und dein jüngeres Ich Ende August auf dem Flugtag sein werden.«
»Und wie?«
Sie beugt sich zu mir und küsst mich.
»Erzähle ich dir später. Aber nur, wenn du mich leckst. Bis ich schreie und dich anbettele, aufzuhören.«
»Kann ich nicht versprechen …«
»Was genau?«
»Dass ich aufhöre, wenn du um Gnade winselst.«
»Fair enough«, erwidert sie und küsst mich erneut.
So wie man jemanden küsst, den man, tja, will.

48
Crossroads

Als ich wach werde, ist Lisas Seite des Bettes leer. Bis auf einen handgeschriebenen Zettel. File under: Gute, alte Tradition. Wobei die Frage bleibt, ab wann genau eine Tradition zur Tradition wird. Meine Theorie: Ab dem ersten Mal. Wenn es passt.

Hey, Babe!
Gestern auf der Base war total frustrierend.
Aber dann auch wieder nicht.
Weil du dabei warst.
Wenn du dabei bist, ist es nie frustrierend.
Auch wenn es eigentlich frustrierend ist.
Wenn du verstehst …
Das zwischen uns fühlt sich immer noch ein wenig strange an.
Aber es ist, wie es ist.
Du bist bei mir.
Und ich bin bei dir.
Das ändert alles.
Alles …
Und ich würde mir wünschen, dass du bleibst.
In meiner Zeitschiene.
Die für dich eine neue Zeitschiene ist, aber dennoch ist es eine gemeinsame Zeitschiene.
Stay. Just a little bit longer …
Lass uns telefonieren.
Ich bin ab 18 Uhr home.
Kisses.
All over.

L.
P. S.: Danke fürs Lecken. Und das Ignorieren meiner Aufhören! Stop! Ich kann nicht mehr! – Einwände.
Hehehehehe.

Ich grinse. Diese Frau ist ein Geschenk. Mein Yin zu meinem Yang. Oder umgekehrt? Egal. Es ist, was es ist. Und es ist einfach nur wundervoll.

* * *

Nach dem Frühstück nehme ich das Telefon mit auf den Balkon. Ich muss ein paar Dinge klären, das bin ich meiner alten Band schuldig.

»Bornemann.«

»Hi, Frank. Michael Wagner hier, der Manager von SHE.«

»Michael, hallo! Schön, dass du dich meldest. Es gibt Neuigkeiten.«

Was ich mir schon dachte. Warum sonst hätte ein Frank Bornemann um Rückruf gebeten?

»Samstag war ein guter Bekannter von mir zu Besuch in Hannover, eine seiner Bands recorded gerade bei uns. Martin Linde. Er ist A&R bei Sony Deutschland.«

Linde war also schon 1988 A&R bei der Sony. Krass.

»Ich habe ihm das Demotape vorgespielt. Und was soll ich sagen? Er war von den Songs und der Band genauso begeistert wie ich.«

Fuck. Das kann nicht wahr sein.

»Wow. Cool«, murmele ich in den Telefonhörer.

»Hast du was zum Schreiben? Ich gebe dir mal seine Nummer.«

»Schieß los«, sage ich und notiere mir die Nummer.

»Das ist seine direkte Durchwahl. Melde dich einfach bei ihm, wenn es passt. Alles Weitere dann.«

»Alles klar. Danke, Frank.«

Ich lege auf. Bin fassungslos. Ich habe mich entschieden, den Manager-Job hinzuwerfen, und jetzt das. Könnte ich in dieser Zeitschiene vielleicht doch noch ein richtiger Manager werden? Problem: Ich bin kein Geschäftsmann. Was man als Manager aber sein sollte.

Auf der anderen Seite: Was habe ich zu verlieren? Ich höre mir einfach mal an, was Martin Linde zu sagen hat. Danach kann ich immer noch eine Entscheidung treffen. Ich wähle seiner Nummer. Er geht nach zweimal Klingeln dran.

»Linde?«

»Michael Wagner. Hi. Ich habe deine Nummer von Frank Bornemann. Er meinte, ich solle mich bei dir melden. Es geht um das Demo von SHE.«

»Ah, ja, klar! Super! Hi, Michael«, erwidert Linde und klingt irgendwie, tja, euphorisch. »Ich war Samstag in Hannover im ›Horus‹. Frank hat mir das Tape vorgespielt. Geil, just fucking geil. Die Songs, der Sound, der Gesang, die Backing Vocals, die Gitarren. Alles. Hat mich richtig geflasht. Und das ist wirklich eine Newcomer-Band?«

»Ja.«

»Wahnsinn. So cool. Wann könnte ich die Jungs mal live sehen?«

»Wir sind dran an Gigs.«

»Okay.« Er nimmt einen Schluck von irgendwas und räuspert sich dann. »Was meine Vision wäre …«

Oh my fucking god. Ich ahne, was jetzt kommt.

»Dieser letzte Song, wie heißt der nochmal?«

Smells like sellout, denke ich, sage ihm aber den richtigen Titel.

»Genau der! Das ist der Knaller. Ein Hit! Auf alle Fälle!«

Ich lasse ihn reden. Warte auf den Satz, der vermutlich demnächst kommen wird.

»Worauf ich hinauswill: Wenn es die Band schafft, noch weitere Songs in dem Stil zu schreiben, haben wir einen Deal.«

Der Satz kam früher als gedacht.

Ich schließe kurz die Augen. »Alles klar. Ich gebe das so weiter.«

»Unbedingt!«, sagt Linde. »Wir hören!«

Ich lege auf. Tausend Gedanken in meinem auf Hochtouren rotierenden Hirn. Was, wenn es den Song 1988 schon als Demo von Kurt Cobain gibt? Und eventuell sogar mit Text? Skandal. Diebstahl. Copy Cats. Gerichtsprozesse. Auf der anderen Seite: Publicity. Richtige fette publicity. Was nicht das Schlechteste für eine Newcomer-Band ist. Problem: Die Jungs wären danach vermutlich für immer verbrannt. Als die Band, die Nirvana einen Song geklaut haben. Davon ausgehend, dass es den Song schon als Idee im Jahr 1988 gab. Was ich ehrlich gesagt bezweifle.

Wie auch immer, ich muss mich entscheiden.

Aber nicht ohne Lisa.

* * *

Wir sitzen in ihrer Mittagspause in ihrem Stammcafé um die Ecke des Buchladens. Ich habe ihr alles erzählt. Über Nirvana, ihren Welthit, ihren unfassbaren Erfolg, die Auswirkungen auf die Musikszene der 90er, den Selbstmord von Cobain 1994. Und dass ich nicht vorhatte, den Song zu klauen, sondern ihn einfach nur im Proberaum vor mich hingeklampft habe. Und dass alle darauf abgefahren sind und ihn spielen und dann aufnehmen wollten. Und ich nicht Nein sagen konnte. Und dass ich jetzt den Salat habe und nicht weiß, wie ich aus der Nummer wieder rauskomme.

Sie isst einen, tja, Salat und wirkt nachdenklich. Muss das erstmal sacken lassen. Dann bestellt sie einen weiteren Kaffee und sieht mich an.

»Ehrlich?«

»Nee, ich stehe drauf, angelogen zu werden.«

Sie lächelt kurz, wird dann aber sofort wieder ernst. »Don't. Just don't.«

Ich beuge mich über den Tisch zu ihr, ziehe ihr Gesicht zu mir an und knutsche sie. Ich liebe dich, denke ich, sage aber: »You're the best thing that ever happened …«

»Dito«, erwiderte sie. »Sehen wir uns heute Abend? Bei dir?«

Ich nicke. »Nach dem Bandmeeting, das ich jetzt spontan einberufen muss.«

»Oh je …«

»Ja, oh je …«

»Ich weiß, das ist jetzt irgendwie ein bisschen … unpassend, aber ich muss dich einfach daran erinnern …«

Ich sehe sie fragend an.

»Mikes Termine für August und September.«

»Kriege ich hin.«

»Natürlich.« Sie nimmt meine Hand und lächelt.

»Gibt es hier ein Telefon?«

»Bei den Toiletten«, erwidert sie.

Ich stehe auf und gehe in die Richtung. Krame dabei den Zettel aus meiner Hosentasche, auf der ich Bornemanns Nummer notiert habe.

* * *

Es wird das ›Opossum‹. Gegen 21 Uhr, nach der Probe. Alle sind am Start. Und alle sind fürchterlich aufgeregt. Selbst Mike. Weil: Sie glauben, dass ich ihnen die News verkünde, dass sie einen Plattenvertrag in der Tasche haben.

Ich fasse zusammen, was heute passiert ist: Bornemann und Martin Linde. »So wie es aussieht, hat die Sony richtig Interesse an euch.«

Die Jungs sind baff, starren mich fassungslos an.

»Es gibt da nur ein kleines Problem …«

Kollektives Stöhnen.

»Sie wollen, dass ihr weitere Songs im Stil von ›Smells‹ schreibt …«

»Das kriegen wir hin, kein Problem!«, sagt Hannes euphorisch.

»Ach ja?«, hakt Pete nach. »Seit wann bist du der Songschreiber?«

»Hey! Das wird doch hinzukriegen sein, oder?«

Er sieht in die Runde.

»Das kriegen wir nicht hin«, erwidert Mike sachlich. »Wie auch? Wie ihr euch vielleicht erinnert, hat der Herr Manager den Song geschrieben.«

Diskussionen. Emotionale Diskussionen. Alle quatschen durcheinander. Ich lasse sie quatschen, nehme mein Bier und gehe nach draußen. Stecke mir eine an. Kann die Jungs selbst vor der Tür diskutieren hören. Frage mich, ob ich gerade das Richtige tue. Ja, tue ich. Jedenfalls für mich.

Ich drücke die Kippe im Aschenbecher neben der Eingangstür aus und gehe wieder rein. Aus der Jukebox dröhnt ›Save Me‹ von Cinderella. Ich bestelle mir bei Ali am Tresen ein weiteres Bier und setze mich wieder zu den Jungs, die immer noch diskutieren. Aber zum Glück nicht mehr ganz so lautstark und emotional wie noch vor zehn Minuten.

»Ich sehe das wie Mike«, sage ich, nachdem mir Ali mein Bier hingestellt hat und ich einen Schluck genommen habe.

Totenstille.

»Was meinst du?«, hakt Hannes nach.

»Das kriegt ihr nicht hin, das ist nicht euer Stil. Das seid nicht ihr.«

»Aber alle fahren doch auf den Song ab. Er funktioniert!«, sagt Roland.

»Ich sehe das genauso wie Mike und Michael«, sagt Pete zu Roland. »Das ist Michaels Song. Und ich glaube kaum, dass er Bock darauf hat, weitere acht oder neun Songs in der Richtung zu schreiben.« Er sieht mich an. »Oder?«

»Keinen Bock«, erwidere ich knapp und denke: Ihr werdet das alles in drei Jahren verstehen, wenn Nirvana ›Nevermind‹ veröffentlichen.

»Ich bin ganz bei dir«, sagt Porty zu mir. »Entweder wir schaffen es mit unseren Songs, oder wir schaffen es eben nicht.«

Mike und Pete nicken zustimmend. Hannes sieht zu Roland, der mit den Schultern zuckt. »Keine Chance, Mann …«

Hannes stöhnt.

»Just for the record …«, sage ich. »Ich ziehe ›Smells‹ hiermit offiziell zurück. Der Song wird nicht erscheinen. Weder auf dem Demo noch sonst wo. Ich werde Linde von der Sony und Bornemann das auch wissen lassen. Der Song passt nicht zu euch, das seid nicht ihr. Und er würde euch mehr schaden als nützen, glaubt mir. Ihr müsst euren eigenen Weg finden, eure eigenen Songs schreiben. Bleibt dran, macht weiter und glaubt an euch. Ihr schafft das auch ohne ›Smells‹.«

Offene Münder. Fassungslosigkeit.

»Ach ja, noch was: Ich bin raus als Manager. Ab sofort. Ich kann das nicht mehr und will das auch nicht mehr. Aber ich habe auch eine gute Nachricht. Ich habe mit Bornemann deswegen gesprochen. Er wird sich erstmal um euch kümmern und versuchen, eine Booking-Agentur und einen Manager besorgen. Und eine Plattenfirma.«

Immer noch offene Münder und Fassungslosigkeit.

»Finanziell: Ich bin solange beteiligt, bis sich meine Investition in euch amortisiert hat. Aber ab heute ist es nicht mehr mein Ding, ab heute müsst ihr alleine klarkommen. Na ja, nicht alleine, weil: Ihr habt den besten Förderer, den man sich wünschen kann.«

Porty: »Heilige Scheiße …«

Pete: »Fuck me!«

Roland: »Alter!«

Hannes: »Unfassbar …«

Mike: »Interessanter Wendepunkt.«

»Immer gerne genommen«, erwidere ich und bitte die Jungs, mir ihre Sperrtermine für den August und September aufzuschreiben.

»Wieso das?«, will Mike wissen.

»Braucht Bornemann für seine Planung. Schlachtplan quasi«, lüge ich. Hoffentlich zum letzten Mal.

Mike greift nach seiner Lederjacke, die über dem Stuhl hängt und bringt seinen Taschenkalender zum Vorschein. Es handelt sich um den Kalender, der sich auch in meinem Besitz befindet. Mit denselben Aufklebern auf der Vorderseite. Kann es wirklich sein, dass zeitgleich zwei Versionen von ein und demselben Gegenstand existieren können?

Wenn zeitgleich zwei Versionen eines Menschen namens Michael Bach existieren, dann ist die Existenz von zwei Versionen eines Taschenkalenders nicht wirklich eine Überraschung.

Strange.

Aber was ist seit April nicht strange?

* * *

Ich sitze mit einem weiteren Bier alleine auf der Bank vor dem ›Opossum‹, während die Jungs drinnen lautstark ihren, tja, *magic moment* feiern. *On the edge of glory* quasi. Oder auch nicht. Ich weiß es nicht. Niemand weiß, was die Zukunft in dieser Zeitschiene für die Jungs und meine *little baby soul* bereithält.

Als hätte er gespürt, dass ich gerade an ihn denke, kommt er mit seinem Bier raus und setzt sich neben mich.

»Was ist der wahre Grund?«

Typisch Mike. Warum Zeit mit irgendwelchen Höflichkeitsfloskeln verschwenden, wenn man auch gleich auf den Punkt kommen kann? Ich sehe ihn an. Bin immer wieder fassungslos, wie jung der Kerl ist. Makellos. Unschuldig. Es fällt mir immer noch schwer, zu glauben, dass ich einmal er war.

»Ich bin zu alt für den Quatsch.«

Er lacht auf. »Bullshit. Du bist im besten Alter, den Job zu machen. Mit deiner Erfahrung, deinem Wissen, deinem Background.«

Er hat recht. Es geht nicht ums Alter.

»Okay, hier ist der wahre Grund. Ich bin unglücklich. Es macht mir keinen Spaß mehr, es ist nicht das, was ich wirklich machen will.«

»Und was willst du wirklich machen?«

»Schreiben.«

»Romane, oder was?«

Ich nicke.

»Aha«, murmelt Mike. »Okay.«

»Kommt dir bekannt vor?«

»Aktuell nicht so wirklich, aber vielleicht, wenn ich in deinem Alter bin.« Er lacht.

Wenn du in meinem Alter bist, bin ich Ü80, denke ich. Und würde so verdammt gerne das lesen, was du bis dahin schreibst.

Falls ich so alt werde.

49
A Momentary Lapse of Reason

Lisa sitzt mit Rotwein auf dem Balkon und hat das MacBook vor sich. »Ich habe mir erlaubt, deinen Debütroman zu lesen«, sagt sie lächelnd, als sie mich entdeckt.

»Mike Madsen, Sinde und Claudia«, murmele ich.

»Das Trio Infernale, genau.«

»Verdammt lang her …«

»Ist das okay für dich?«

Ich setze mich neben sie. T-Shirt-Wetter. Sternenhimmel. Seit Tagen. Erinnere ich mich an das Wetter in diesem Sommer? Natürlich nicht. Es war halt Sommer. Mal mehr, mal weniger. Wie alle Sommer davor. Und danach.

»Klar«, erwidere ich und sehe auf den Bildschirm. Muss grinsen. »The Wolf with the red roses …«

»Ja, total süß«, sagt Lisa. »Das erste Aufeinandertreffen von Claudia und Madsen seit seiner Rückkehr nach Helltal.«

Eine Frau, die vermutlich alle meine Bücher lesen wird.

Und diese liebt.

Dabei wurde mir immer gesagt, ich würde ›Jungsbücher‹ schreiben.

* * *

Nach dem Duschen hatte ich sie bezüglich des Bandmeetings und meinem Ausstieg als Manager auf Stand gebracht.

»Richtige Entscheidung«, hatte sie erwidert und mich geküsst. Danach las sie ›Helltal‹ weiter, was sie jetzt immer noch tut, während ich ihre Anwesenheit und unser Schweigen genieße und mich an Grappa, Weißwein und meine Gedanken halte.

»Darf ich was fragen?«

»Du hast ja gerade gefragt«, erwidere ich.

»Klugscheißer.«

»So sieht's aus. Live with it, wie du des Öfteren zu sagen pflegst.«

»Es geht um Schriftsteller im Jahr 2018 … Lebt John Irving noch?«

Ich nicke.

»Schreibt er noch?«

»Ja. Aber nicht mehr so wie in den 80ern. Ich habe bei jedem neuen Roman von ihm versucht, reinzukommen. Ist mir leider nicht gelungen.«

»Philippe Djian?«

»Lebt noch. Schreibt noch. Aber nicht mehr wirklich relevant. Gleiches Problem wie bei Irving.«

»Stephen King?«

»Relevant. Schreibt noch. Und wie. Sein Output ist unfassbar. Gefühlt ein Buch pro Jahr. Ich habe da irgendwann das Interesse verloren, da ich nicht mehr nachkam. Wobei böse Zungen behaupten, er schreibe schon seit Jahren nicht mehr selbst, sondern lässt schreiben und liefert dazu nur den Plot.«

»Was denkst du?«

»Schwer zu sagen. Aber vermutlich nicht so abwegig.«

»Was ist mit Musikern?«

Ich muss an Michael Jackson, Lemmy, Prince, David Bowie, Rick Parfitt und Glenn Frey denken. Und das ist nur die Spitze des Eisbergs der Toten. Mir schnürt es die Kehle zu.

»Frag einfach nicht, okay?«

»Okay …«, murmelt sie.

Richard Wright von Pink Floyd, der 2008 gestorben ist, fällt mir plötzlich noch ein. Und eine Erinnerung flackert auf.

»Magst du Pink Floyd?«

»Ich liebe Pink Floyd! Gibt's die 2018 noch?«

»Nein«, erwidere ich. »Aber fun fact am Rande …«

»Fun fact?«

»Ein Begriff aus meiner ehemaligen Zeitschiene. Unnützes Fachwissen, mit dem man jemanden beeindrucken kann – oder nicht –, das im Alltag aber keine wirkliche Rolle spielt.«

Sie lacht. Laut.

»Ja, isso«, sage ich. »Also war so. Braucht kein Mensch. Also die Begriffe. Da gibt's noch einige Absurditäten, die ich dir aber erspare.«

»Okay, hau deinen … fun fact raus«, sagt sie.

»Die Rolling Stones gibt es 2018 noch und sie sind immer noch auf Tour.«

Sie starrt mich an. »Du verarschst mich …?«

»Nope. Auch Deep Purple touren noch. Und UFO, AC/DC, Bob Dylan, Bruce Springsteen, die Scorpions, Wishbone Ash, U2, Depeche Mode, Bruce Springsteen, Die Ärzte, Die Toten Hosen, Metallica, Iron Maiden, Judas Priest, Whitesnake, Herbert Grönemeyer. Um nur einige zu nennen.«

Ich erzähle ihr nichts von Rammstein, die sich nach, tja, Ramstein benannt haben. Beziehungsweise nach dem, was am 28. August 1988 auf der Air Base passiert ist. Und die 2018 eine der erfolgreichsten Bands weltweit sind. Nicht zuletzt in Amerika. Mit Texten wie ›Rammstein. Ein Mensch brennt. Fleischgeruch in der Luft. Ein Kind stirbt. Die Sonne scheint‹. Ich erinnere mich, dass irgendwie auch ›Flammenmeer‹ und ›Massengrab‹ in dem Text vorkamen. An mehr nicht, da ich nie ein Album von denen besessen habe. Manchmal ist es besser, gewisse Dinge aus der Zukunft nicht zu erwähnen, denn diese könnten Menschen aus dem Jahr 1988 extrem irritieren.

»Und Pink Floyd gibt es 2018 echt nicht mehr?«, fragt Lisa.

»Leider nicht«, sage ich. »Hast du sie schon mal live gesehen?«

»Hat sich leider nie ergeben. Du?«

Ich grinse. »Ende Juni 1988 in der Westfalenhalle in Dortmund.«

»Nicht wahr …?«

»Doch. Wollen wir da zusammen hin?«

»Kommt auf den Tag an. Unter der Woche ist immer ein bisschen schwierig.«

»Was ist mit deiner Angestellten?«

»Tanja? Klar, könnte ich mal fragen.«

»Frag sie. Ich kümmere mich dann um Karten und Hotel.«

Sie grinst mich an. »Du bist so süß. Aber zum Glück nicht nur.« Sie beugt sich über den Tisch und küsst mich. »Mit wem warst du … damals da?«

»Mit vier Kumpels. Die alle Kiffer waren. Ich nicht so wirklich. Ich hatte es ein paar Mal versucht und nie wirklich, tja, vertragen.«

»Übersetzt: Du hast gereihert wie ein Elch«, sagt sie kichernd.

»Keine Ahnung, ob und wie Elche reihern, aber du hast recht. Aber an dem Abend war alles anders. Keine Ahnung, ob es am Stoff lag, an Pink Floyd oder der Gesellschaft meiner Kumpels. Ich habe jedenfalls während der Fahrt ein paar Züge genommen und was soll ich sagen: Ich war richtig gut drauf. Ziemlich verpeilt, aber total entspannt.«

»Und du hast nicht gereihert?«

»Nein. Deshalb wurde ich auch ein bisschen übermütig, als wir auf dem Parkplatz der Westfalenhalle ankamen …«

»Du wolltest einen eigenen Joint.«

»Korrekt. Meine Kumpels haben sich weggelacht und mir dann einen gedreht. Einen kleinen. Total soft. Aber er reichte, um noch beim Konzert bekifft zu sein. Wir hatten Plätze im Oberrang, rechts von der Bühne. Und irgendwann flog ein fucking Schwein an mir vorbei. Keinen Meter entfernt. Ein riesiges, rosa Schwein! Ich fragte meine Kumpels, ob sie das eben auch gesehen hätten. Also das Schwein. Und alle erzählten mir todernst, dass da kein Schwein gewesen wäre, was mich doch recht irritierte. Das gleiche Spiel dann bei einem riesigen Bomber der Royal Air Force, der später ebenfalls keinen Meter an mir vorbei auf die Bühne zuflog. Erst als alle laut losprusteten und meinten, ich solle es einfach genießen, denn darum ginge es beim Kiffen: Dass man Schweine und Bomber bei einem Konzert sehen würde. Dass sowohl das aufblasbare Schwein als auch der Bomber Teil der Show waren, wurde mir erst später klar.«

Lisa kriegt sich nicht mehr ein vor Lachen.

»Kiffen wurde trotz dieses Erlebnisses nie Teil meiner Drogenkarriere. Ich stand später eher auf das schnelle Zeug. Koks, Speed, Crystal.«

»Crystal?«

»Egal. Kiffst du?«

»Wenn es sich anbietet und mir jemand einen Joint dreht.«

»Niemand wird uns bei dem Konzert einen Joint drehen. Und schon gar keinen anbieten.«

Sie lacht. »Heißt, ich muss mich selbst drum kümmern.«

»Müssen musst du gar nichts. Aber könnte eventuell sehr lustig werden.«

Sie grinst und nimmt einen Schluck Rotwein. »Ich habe einen Kunden, der immer seltsame Bücher kauft. Da geht's um den Anbau von bestimmten Pflanzen. Außerdem steht er total auf die ›Illuminatus‹-Trilogie von Robert Anton Wilson und Robert Shea, falls du davon schon mal gehört hast.«

»Ich habe alle drei Bücher verschlungen.«

»Wieso wusste ich das?«

Wir küssen uns erneut.

»Na ja, den Typ könnte ich mal dezent anfragen.«

»Ich kann nicht drehen.«

»Das krieg ich schon hin.«

»Also bist du dabei?«, frage ich.

Sie nickt. »Falls es noch Karten gibt.«

»Ich check das morgen im ›Pop Shop‹ in Lautern«, sage ich.

»Mein alter Plattenladen. Da habe ich von '86 bis Ende '87 gearbeitet. Die verkaufen auch Tickets. Und bei der Gelegenheit besorg ich uns auch gleich das aktuelle Album von Pink Floyd. Das du vermutlich noch nicht kennst. ›A Momentary Lapse of Reason‹.«

»Sehr schöner Titel«, sagt sie lächelnd. »Passt irgendwie zur Gesamtsituation. Perfekt.«

Wie du, denke ich und grinse dabei vermutlich wie ein Debiler.

»Wird Mike bei dem Konzert auch dabei sein?«, fragt sie.

»Das bezweifle ich. Er und die Band werden jetzt, da Frank Bornemann im Spiel ist, richtig beschäftigt sein. Da bleibt keine Zeit für die Konzerte anderer Bands.«

Sie nickt. Sieht mich dann über den Rand ihrer Brille an.

»Du hast echt meine Tochter gevögelt …«

Ich schnappe kurz nach Luft. »Nein, das war Mike«, murmele ich. »In dieser Zeitschiene habe ich außer dir niemanden gevögelt.«

»Besser ist das.« Sie lacht. »Trotzdem ist das irgendwie eine extrem seltsame Vorstellung. Also du und Aimee …«

»Für mich genauso. Ich bin nicht mehr der, der ich damals war.«

»Zum Glück.« Sie küsst mich kurz und liest dann weiter am MacBook in ›Helltal‹.

Musste ich wirklich erst in die Vergangenheit zurückgeworfen werden, um *meine* Frau kennenzulernen?

So sieht's aus.

Live with it, motherfucker.

Mit dem allergrößten Vergnügen.

50
Satan On Drugs

Statt wie damals mit meinen Kumpels auf dem Parkplatz der Westfalenhalle, teile ich mir jetzt mit Lisa vor dem Konzert auf dem Balkon unseres Hotelzimmers in der Dortmunder Innenstadt einen Joint, den Lisa mehr oder weniger fachmännisch gebaut hat. Wir trinken Wein und sind nur am Gackern. Vergessen die Zeit. Schaffen es irgendwie auf den letzten Drücker mit Taxi zur Westfalenhalle. Erneut Oberrang. ›Shine On You Crazy Diamond‹ als Opener. Wie damals.

Könnte eventuell daran liegen, dass es damals ist.

Ich kichere läppisch

»Was ist?«, fragt Lisa.

»Ich habe das Gefühl, dieses Konzert schon mal gesehen zu haben.«

»Gefühle können täuschen. Genauso wie Erinnerungen.«

Wir lachen und knutschen. Lauschen. Schweben. Träumen. Mein Kopf ist leicht. Und leer. Was für jemanden wie mich, der ständig denkt, und selbst, wenn er glaubt, nicht zu denken, dennoch denkt, der Himmel auf Erden ist. Ich genieße jede Sekunde mit ihr. Und jede Sekunde des Konzerts. Ein David Gilmour, der 1988 vermutlich jünger ist als ich aktuell. Eine Band, die einfach nur rockt, mit einem Sound und einer Lightshow, die 1988 Maßstäbe setzte. Niemand vermisst Roger Waters. Natürlich nicht. Dass ich dieses Konzert schon einmal gesehen und ›Delicate Sound of Thunder‹, das Livealbum zur 88er-Tour tausend Mal gehört habe, spielt keine Rolle. Es fühlt sich an wie das erste Mal. Wie alles mit Lisa.

Dann das Schwein. Das direkt an uns vorbeifliegt.

»Told you«, sage ich zu ihr. Lisa lacht sich fast ins Delirium. Bei ›Comfortably Numb‹ nimmt sie meinen Arm und kuschelt sich an mich. Die Wirkung des Kiff lässt langsam nach. Was uns egal ist. Wir fühlen uns immer noch bekifft.

Und verliebt.

»Danke«, sagt sie.

»Nicht dafür.«

»Doch, auch dafür. Aber hauptsächlich für diesen komplett bekifften, vollgekoksten oder besoffenen Gott, der dich zurückgeschickt hat. Zu mir.«

»Vielleicht war es ja auch Satan on drugs.«

»Mir egal«, sagt sie. »Und wenn es Cthulhu persönlich gewesen wäre.«

* * *

Auf der Rückfahrt nach Saarbrücken am nächsten Tag checkt Lisa den Zettel mit den Terminen ihrer Tochter.

»Hm«, murmelt sie.

»Heißt übersetzt?«

»Aimee hat Konzerte mit ihrer Band von Mitte August bis zum 26. August. Der Tag danach ist mein Geburtstag. Samstag. Da hat sie schon zugesagt. Danach hat sie bis zum 10. September frei.«

»Feierst du?«

»Ich werde fünfzig. Das muss einfach gefeiert werden.«

»Bin ich auch eingeladen?«

»Idiot …« Sie beugt sich zu mir und küsst mich auf die Wange. »Ich habe mehrere Tische in einem Restaurant in Landstuhl reserviert, das auch ein Hotel ist. Für meine auswärtigen Freunde. Wie sieht's mit Mikes Terminen aus?«

»Er hat vom 23. August bis zum 12. September frei.«

»Das heißt, wir könnten die beiden erst am Tag nach meinem Geburtstag, dem 28. August, in Urlaub schicken? Der Tag des Flugtags …«

»Passt doch«, sage ich.

»Ich hoffe nur, die beiden haben da auch Lust drauf.«

Ich lache.

»Was?«

»Der erste gemeinsame Urlaub als Frischverliebte. Mit Mitte zwanzig. Der ihnen von dir und mir spendiert wird. Wer würde da Nein sagen?«

»Du kennst meine Tochter nicht«, murmelt sie.

Ich werfe ihr einen Seitenblick zu.

»Sorry«, murmelt sie. »Ich meine, du kennst sie nicht so, wie ich sie kenne. Sie ist manchmal ein bisschen … eigen und schwer einzuschätzen.«

»Mein jüngeres Ich zum Glück gar nicht.«

Sie lacht. »Wo wollen wir sie hinschicken?«

»Lass dich überraschen«, erwidere ich. »Trust me.«

»Ich liebe Überraschungen. Und seltsamerweise truste ich dir«, sagt sie und kichert. »Stupid me.«

* * *

Es wird ein Reisebüro in Saarbrücken. Lisa und ich sitzen an einem der Tische und blättern Kataloge durch. Ferienhäuser in Südfrankreich.

»Warum ausgerechnet die Provence?«, fragt sie.

»Mike liebt die Provence. Seit seiner Klassenfahrt 1983. Er hat sich sofort verliebt. In die Landschaft, die Gerüche, das Licht, die Farben, die Geräusche nachts. In alles.«

»Du hast dich sofort verliebt …«

»Nein, Mike«, erwidere ich.

»Honey …«, sagt Lisa spöttisch.

»Ja, okay, ich liebe die Provence immer noch. War aber nach 1983 nicht mehr oft dort.«

»Wie Mike.«

»Keine Ahnung, wie oft er in dieser Zeitscheine noch die

Provence besuchen wird«, erwidere ich schulterzuckend. »Aber ich bin sicher, er wird sich den Arsch abfreuen, nach fünf Jahren endlich wieder da hinzukommen. Zusammen mit der Liebe seines Lebens.«

»Das war meine Tochter damals wirklich für ihn …«

Ich nicke. »Das Problem in der alten Zeitschiene war, dass es leider nur vier Monate dauerte …«

Wir schweigen. Uns wird gleichzeitig bewusst, dass wir gerade dabei sind, Mike und Aimee zu retten, und nicht die geringste Chance haben, alle anderen, die vermutlich an dem Tag sterben werden, zu *safen*.

»Puh …«, stöhnt Lisa.

»Ja, puh …«

»Könnten wir nicht versuchen, alle, die an dem Tag auf der Base sterben werden, irgendwie zu warnen? Du hast doch erwähnt, dass es irgendwann einen Gedenkstein gab. Außerhalb der Base. Mit den Namen aller Opfer.«

»Das stimmt«, sage ich. »Den haben die Angehörigen der Opfer finanziert und aufstellen lassen. Die Amis und Italiener haben nur zwei läppische Bänke gespendet. Die deutsche Regierung hat übrigens gar nichts gespendet. Selbst dreißig Jahre später gab es keine relevante Entschädigung für die Angehörigen der Opfer. Und für diejenigen, die schwerverletzt überlebt haben und immer noch an den seelischen und körperlichen Folgen leiden. PTBS.«

Lisa sieht mich fragend an.

»Posttraumatische Belastungsstörung. Es gab auch keine Entschädigung für die Helfer von damals, die dieses Trauma ebenfalls nie bewältigt haben. Eine Entschädigungsklage von fünf Opfern wurde übrigens 2003 vom Landgericht Koblenz abgewiesen. Sie hatten Schmerzensgeld gefordert. Für die seelischen Spätfolgen. Urteilsbegründung: Etwaige Ansprüche der Kläger seien verjährt. Nach dem Nato-Truppenstatut müssen spätestens drei Monate nach einem Ereignis Schadensersatzforderungen gestellt werden. Nach deutschem Recht innerhalb von drei Jahren. Tja. Dumm gelaufen …«

Lisa wirkt mitgenommen, starrt vor sich hin.

»Das Thema ›Entschädigung‹ und vor allem das Thema ›Wer war für die Katastrophe letztlich verantwortlich?‹ wurde all die Jahre nach dem Flugtag klein gehalten und war in den Medien kaum ein Thema. Niemand hat nach 1988 jemals in irgendeiner Form Verantwortung für die Katastrophe übernommen. Weder Deutschland, die USA oder Italien. Offiziell handelte es sich um menschliches Versagen und Alleinschuldiger war der Pilot von Pony 10. Was natürlich Bullshit ist. Verantwortlich waren diejenigen, die es der Frecce Tricolori erlaubt hatten, diese Flugfigur zu fliegen. Aber niemand wurde deswegen angeklagt und verurteilt. Alles verlief im Sande. Es gab nur Opfer. Aber offiziell keine Täter.«

Lisa sieht mich an. In ihren Augen diese Kampfbereitschaft, die ich liebe. »Wir müssen herausfinden, wer diese Menschen sind, die damals starben. Hast du auf deinem MacBook vielleicht ein Foto des Gedenksteins mit allen Namen?«

»Lisa …«

»Was?«

»Wir können diese Menschen nicht retten. Selbst wenn ich ein Foto des Gedenksteins hätte. Wie sollten wir rausfinden, wo diese Menschen damals lebten. Thema ›Datenschutz‹. Keine deutsche Behörde wird uns die Adressen geben. Und schon gar nicht die Telefonnummern.«

»Telefonbuch«, sagt sie.

»Und was willst du den Menschen dann erzählen? Dass sie am 28. August beim Flugtag sterben werden und deshalb zu Hause bleiben sollen? Die werden dich auslachen. Alle.«

»Ja, vermutlich«, erwiderte Lisa frustriert.

»Lass uns Aimee und Mike *safen*, okay? Auf alles andere haben wir keinen Einfluss.«

Sie nickt. »Okay. Provence. Welche Ecke?«

»Vaison-la-Romaine, Orange, Carpentras, Avignon.«

Sie blättert durch ihren Katalog, ich durch meinen, den ich nach zehn Minuten fast durchhabe, ohne auf etwas Interessantes gestoßen zu sein. Dann auf der vorletzten Seite: Steinhaus mit blauen Fensterläden, Pool und Garten. Keine 3 Kilometer vom Zentrum von Vaison-la-Romaine entfernt. Preis: Angemessen.

»Das ist es!«, sage ich und schiebe Lisa den Katalog zu. »Suche beendet.«

Sie checkt die Anzeige und grinst mich an. Das Haus ist in der Zeit vom 28. August bis zum 7. September frei. Zehn Tage. Perfekt. Ich mache Aimee und Mikes Feriendomizil klar und bezahle in bar, als ich plötzlich eine Idee habe.

»Lisa?«

Sie sieht mich fragend an.

»Fünf Minuten und vier Augen. Draußen. D'accord?«

* * *

»Dein Ernst?«

Wir stehen rauchend vor dem Reisebüro.

»Dein Ernst? Also die Frage?«

Sie lacht. »Nein. Vergiss die.«

»Und?«

»Ja, wäre machbar«, sagt sie. »In den Sommerferien mache ich immer für zwei Wochen zu. Da ist aus Erfahrung nie was los.«

»Von wann bis wann dieses Jahr?«

»31. Juli bis 14. August.«

»Dann buchen wir das jetzt«, sage ich. »Zwei Wochen. Du und ich. Ich meine, wir müssen ja checken, ob die Location die richtige für Mike und Aimee ist.«

Sie kichert.

»Heißt das, du bist dabei?«

Statt zu antworten, zieht sie mich an meinem Shirt zu sich ran und küsst mich. Als sie ihre Lippen von meinen löst, sieht sie mich an. »Antwort kapiert?«

Ich nicke grinsend.

»Aber nur unter einer Bedingung. Wir teilen uns das. Also finanziell.«

Ich nicke erneut.

»Falls die Bude frei ist in der Zeit.«

»Die ist frei«, erwidere ich. »Und weißt du, warum? Weil das unsere Bude ist.«

Sie zieht mich erneut zu sich ran und flüstert mir ins Ohr.

»Wo warst du die ganzen Jahre?«

»In der Zukunft«, erwidere ich.

»Ah ja, stimmt«, murmelt sie. »Hatte ich kurz verdrängt.«

Wir umarmen uns und halten uns einfach nur fest.

51
Inevitable

Mir ist bewusst, dass ich dieses Wort fast schon inflationär benutze, aber es ist das einzige Wort, das unseren Provence-Urlaub auf den Punkt bringt: Magisch.

Rotwein. Französisches Essen. Blauer Himmel. Das Licht der Provence. Ausflüge in den Luberon, Ménerbes, Lacoste, Bonnieux, Roussillon, zur Ardèche und zum Vallon-Pont-d'Arc, Fontaine-de-Vaucluse, Saintes-Maries-de-la-mer, Avignon, Nîmes, Aix-en-Provence. Knutschen, Wein und Sex bis zum Sonnenaufgang. Blindes Verständnis. Gespräche, die tiefer gingen als alle Gespräche, die ich jemals mit einer Frau geführt habe. Das volle Programm. Und nebenbei knackte Lisa auf dem iPad, in das sie sich verliebt hatte, den Highscore bei ›Carmageddon‹ und spielte ›Tomb Raider I‹ durch. Wir verknipsten mit ihrer Kamera über zehn Filme und ich zeigte ihr, was man in der Zukunft unter einem Selfie verstehen wird. Wir genossen jede Sekunde zusammen und meine Angst vor Nähe war keine mehr. Ich konnte ihr gar nicht nah genug sein. Körperlich und geistig. Und sie wollte alles über mich wissen. Über meine Romane, meine Drehbücher, meine Katzen, mein Haus in Lichtenrade. Und über meine Vergangenheit als Mike. Ich erzählte ihr alles. Was eine unfassbare Befreiung war. Ich musste nicht mehr lügen und vorgeben, jemand zu sein, der ich nicht war. Ich durfte einfach nur ich sein. Ein Zeitreisender wider Willen, der immer noch seinen Weg in dieser neuen Zeitschiene sucht. Der ihn aber spätestens während des gemeinsamen Urlaubs gefunden hat. Dank Lisa. Sie ist mein Anker, meine Rettung und meine, tja, Zukunft. Lisa hatte Gabriele dabei und schrieb auch. Zwar nicht viel, aber sie schrieb. Wie ich auch. ›Über die Flügel‹. Auf dem Mac II.

Ein paar Tage vor unserer Abfahrt hatte mich Porty angerufen und ungefragt auf Stand gebracht. Auch wenn ich ›raus‹ war und mich mit dem Thema nicht mehr beschäftigen wollte. Dennoch war ich natürlich neugierig, was sich in Bezug auf Management, Plattenfirma etc. alles getan hatte. Bornemann hat wohl wirklich einen Manager, einen alten Freund von ihm, für sie gefunden, der sie unter seine Fittiche nehmen will. Aktueller Plan: Noch mindestens sechs neue Songs schreiben und diese dann im ›Horus Sound‹ aufnehmen. Mit mehr Zeit. Wobei die Songs des Demos – außer ›Smells‹ natürlich – vermutlich genauso übernommen werden, wie sie aufgenommen wurden. Die Verhandlungen mit Sony gestalten sich wohl eher schwierig, da Martin Linde nicht sicher ist, ob er die Band will. Also ohne ›Smells‹. Porty meinte, wenn es nicht die Sony wird, dann eben eine andere Firma. Dank Bornemann und seinen Connections hätten sie inzwischen aber mehr oder weniger die freie Auswahl. Ich hatte ihm gratuliert und dann aufgelegt. Meine Gedanken kreisten ausschließlich um Lisa, unseren bevorstehenden Urlaub und um ›Über die Flügel‹. Bezüglich Aimee und Mike hatten wir beschlossen, ihnen den Urlaub offiziell erst nach unserer Rückkehr zu schenken. Mit dem Argument, dass es nach unserem Aufenthalt dort eine spontane Idee gewesen sei und sie es als vorgezogenes Geburtstagsgeschenk für Aimee sehen sollten, die Ende September Geburtstag hat. Was aber, wenn sie darauf keine Lust haben sollten? Warum auch immer.

»Wenn Aimee ablehnt, versohle ich ihr den Arsch«, hatte Lisa gesagt.

»Und falls Mike ablehnt?«

»Versohlst du ihm den Arsch.«

Aber so weit würde es nicht kommen, da waren wir uns beide sicher.

* * *

Nachdem wir Sonntagnacht nach zwei Wochen aus der Provence zurückgekommen sind, niste ich mich bei Lisa in deren Haus ein. Ihrem Angebot, erstmal zu bleiben und zu sehen, wie es sich anfühlt, konnte ich natürlich nicht widerstehen. Zumal keiner von uns nach dem ersten gemeinsamen Urlaub alleine sein wollte. Sie überlässt mir das Büro ihres Ex. Mit Bett. Für alle Fälle. Ich baue den Mac II auf, während sie mit ihrer Tochter telefoniert, ihr von unserem wundervollen Urlaub in der Provence und dem unfassbar geilen Ferienhaus erzählt und sie und Mike zum Abendessen einlädt. Für kommenden Mittwoch. Aimee meint, sie würde checken, ob Mike Zeit hat.

»Wann ist das Essen? Mittwoch?«, frage ich, nachdem Lisa aufgelegt hat.

»17. August, genau.«

Mir läuft es eiskalt den Rücken runter. Weil: Ich erinnere mich plötzlich, was zwischen dem 16. und dem 18. August passieren wird.

Lisa bemerkt mein, tja, Unwohlsein und hakt nach.

»Dienstag wird es einen Banküberfall in Gladbeck geben«, erkläre ich stockend. »Mit anschließender Geiselnahme. Das alles eskaliert und gerät komplett außer Kontrolle und endet erst zwei Tage später. Bilanz: Drei Tote. Und die ganze Nation ist live am Fernseher dabei. Dieses Ereignis ist ähnlich wie die Flugtagkatastrophe ein kollektives Trauma.«

Sie starrt mich fassungslos an. Ich erzähle ihr alles, an das ich mich erinnere. Die unsägliche Rolle der Presse und des Fernsehens, die von Dienstag bis Donnerstag die Geiselnehmer verfolgten und immer ganz nah dran waren. Die Interviews, die Rösner den Medien gab, wobei er sich immer mal wieder den Lauf seiner Waffe in den Mund schob. Das Komplettversagen der Polizei, die massig Gelegenheiten gehabt hätte, die beiden Geiselnehmer durch Scharfschützen auszuschalten. Der Tod eines Polizisten bei einem Verkehrsunfall auf dem Weg zum Tatort. Der Mord an dem 14-jährigen Italiener im Bus. Der Tod von Silke Bischoff im Wagen der Entführer auf der A3. Und vor allem diese unfassbare permanente Live-Berichterstattung während der drei Tage.

Lisa ist geschockt. »Das müssen wir verhindern!«

»Lisa …«

»Dann erzähl mir sowas nicht, wenn du nicht vorhast, es zu verhindern!«

»Das hat doch schon beim Flugtag nicht funktioniert.«

»Welche Bank war das in Gladbeck?«, will sie wissen, ohne auf meine Bemerkung einzugehen.

»Die Deutsche Bank«, sage ich. Denn die zahlt aus in bar, schießt es mir durch den Kopf.

»Okay, du rufst die Polizei in Gladbeck an und sagst ihnen, was Dienstag passieren wird. Du behauptest, du hättest einen Insider-Tipp aus der Szene bekommen, dass zwei Männer am Dienstag die Bank überfallen werden. Dann wird die Polizei vor Ort sein und das Ganze sofort beenden. Um wie viel Uhr passierte das?«

»Keine Ahnung. Als die Bank öffnete. Gegen acht oder so.«

»Auskunft. Nummer der Polizei in Gladbeck.« Sie greift nach dem Telefon, wählt die Nummer der Auskunft, notiert sich danach die Nummer des Polizeireviers in Gladbeck. Hält mir auffordernd den Telefonhörer hin. »Bitte, Michael. Nur einen Anruf. Mehr können wir nicht tun. Aber das müssen wir tun!«

Ich stöhne.

»Soll ich anrufen? Eine Frau? Die angeblich Kontakte in ›die Szene‹ hat und einen Insider-Tipp bekommen hat? Sorry, won't work.«

»Ein Mann wird auch nicht worken.«

»Wenn wir es nicht versuchen, werden wir es nicht erfahren.«

Sie hat recht.

Ah, fuck.

* * *

Mein Telefonat mit dem Polizeirevier in Gladbeck verläuft genauso, wie ich erwartet hatte: Unbefriedigend. Auch wenn ich mir große Mühe gegeben habe, souverän und wie ein ›Insider‹ zu klingen, schien der Beamte am Telefon mich für einen Spinner zu halten. Mit denen die Polizei vermutlich mehrmals am Tag zu tun hat. Und nicht nur am Telefon. Als er meinen Namen wissen will, lege ich auf und sehe zu Lisa.

»Gut genug?«

Sie zuckt mit den Schultern. »Vielleicht sollten wir morgen zur Sicherheit auch noch die Deutsche Bank in Gladbeck vorwarnen.«

»Okay.«

Sie checkt die Telefonnummer der Bank bei der Auskunft, schreibt diese auf und legt mir dann den Zettel hin.

»Auch wenn du nicht daran glaubst. Versuch es. Bitte …«

Ich nicke. Auch wenn ich nicht daran glaube.

* * *

Während Lisa neben mir im Bett tief und fest schläft, wälze ich Gedanken hin und her. Auch wenn ich/wir den Flugtag nicht verhindern konnten: Könnten wir eventuell andere Ereignisse, die in den nächsten Jahren stattfinden werden, verhindern? Falls Gladbeck trotz meines Anrufs genauso stattfinden sollte, wie in der alten Zeitschiene, würde ich nein sagen. Was aber, wenn es nicht drei Opfer geben sollte, sondern ›nur‹ eins? Oder keins? Heißt das, das wäre dann meiner Einmischung zu verdanken? Oder ist diese neue Zeitschiene komplett losgelöst von der alten Zeitschiene? Also im Sinne von, dass gewisse Ereignisse zwar erneut stattfinden, aber vielleicht mit einem anderen Ausgang.

Lisa dreht sich im Schlaf auf die Seite und tastet nach mir. Ich streichele ihr sanft über den Kopf. Ich sollte schlafen. Und Lisa nichts mehr von gewissen Ereignissen aus der alten Zeitschiene erzählen. Und vor allem endlich aufhören zu grübeln. Es wird nichts ändern. Alles kommt so, wie es kommen muss.

Inevitable.

52
Gladbeck

Als ich Dienstagmorgen wach werde, ist Lisa schon weg. Klar, sie muss ja wie gestern wieder im Laden ran. Nach dem ersten Kaffee schalte ich den Fernseher ein. Ein Bericht über eine Geiselnahme in einer Bank in Gladbeck. Mit Liveschalte zu einem Reporter in der Nähe der Bank.

Ich mache den Fernseher aus. Gestern nach dem zweiten Kaffee hatte ich bei der Deutschen Bank in Gladbeck angerufen. Reaktion der Angestellten, als ich sie darüber informierte, dass ihre Filiale Dienstagmorgen überfallen werden wird: Sie legte auf.

Ich rufe Lisa im Laden an.

»Ich habe es schon im Radio gehört«, sagt sie niedergeschlagen. »Es wird genau das passieren, was damals passiert ist …«

»Vermutlich.«

Schweigen.

»Wollen wir deine Mittagspause zusammen verbringen?«

»Sehr gerne.«

»Okay, bin um eins da.«

»Freu mich«, sagt sie und klingt dabei bedrückt.

* * *

In ihrem Stammcafé läuft der Fernseher unter der Decke. Aber im Gegensatz zu sonst mit Ton. Lisa starrt wie paralysiert darauf. Wie alle anderen Gäste auch. Liveschaltungen zum Ort des Geschehens. Degowski und Rösner haben Angestellte der Bank als Geiseln genommen und sich in der Bank verschanzt.

Alle Sender sind live am Start. ARD, ZDF, RTL, SAT 1. Und alle haben, tja, nichts. Nur Spekulationen, keine Fakten, aber dafür massig Interviews mit Passanten und vermeintlichen Zeugen. Ein Medienereignis, wie es die BRD noch nie erlebt hat. Aber eigentlich ein Trauerspiel. Sensationsgeilheit auf Kosten der Opfer. Und alle – Sender wie Zuschauer – springen auf den vermeintlichen Abenteuerzug auf, der zunehmend Fahrt aufnimmt.

Hatte ich, im Gegensatz zu Lisa, gehofft, dass mein Anruf irgendetwas an den Ereignissen ändern würde? Nein. Wenn die Bullen meinen ›Insidertipp‹ ernst genommen hätten, dann hätte es keine Geiselnahme gegeben. Nur eine kleine Meldung im Lokalteil der Gladbecker Zeitung, dass die Polizei einen Banküberfall im Vorfeld vereitelt habe.

Mir wird schlecht. Ich ertrage das nicht. Was ich Lisa auch genauso sage.

»Für mich ist das halt das erste Mal«, sagt sie fast entschuldigend. »Und auch wenn ich zu wissen glaube, wie alles endet …« Sie bricht ab.

»… hoffst du trotzdem, dass es nicht so endet.«

Sie nickt.

Ich auch, denke ich, sage aber: »Ich bin raus. Wenn du willst, koche ich uns was Leckeres heute Abend.«

Sie nickt abwesend.

* * *

Zurück in ihrem Haus, schalte ich den Fernseher ein. Auch wenn ich glaube, mich zu erinnern, dass erst gegen Abend wieder etwas ›passieren‹ wird. Heißt das, dass ich unterbewusst wirklich nicht glauben will, dass es keinen Wendepunkt geben wird? Dass es keinen toten 14-jährigen Jungen und keine tote Silke Bischoff geben wird? Ich muss mich regelrecht zwingen, den Fernseher wieder auszuschalten. Ziehe mich dann in mein, tja, neues Büro zurück und schreibe weiter an ›ÜdF‹. Beziehungsweise, ich versuche es. Aber meine Gedanken schweifen immer wieder ab.

Als Lisa gegen 19 Uhr auftaucht, schaltet sie als Erstes den Fernseher ein, während ich in der Küche mit den Essensvorbereitungen beschäftigt bin. Soll ich ihr sagen, dass ich sicher bin, dass es keinen Wendepunkt und kein Happy End geben wird? Dass sie aufhören kann, TV zu glotzen? Oder glotzt sie aus dem gleichen Grund, warum damals ganz Deutschland geglotzt hat? Aus Sensationsgeilheit. So wie man spannende Krimis glotzt. Wobei Gladbeck keine Fiktion, sondern Realität ist. Wie keine zwölf Tage später die Flugtagkatastrophe.

Ich sage nichts, lasse sie in Ruhe und kümmere mich um das Essen.

* * *

Selbst beim Essen ist Lisa mit einem Auge beim Fernseher.

»Heute passiert nichts mehr«, murmele ich. »Aber ab morgen, wenn sie den Linienbus in Bremen kapern, wird es richtig gruselig …«

»Gruselig?«

»Die Reporter vor Ort werden um ein Interview mit Rösner, einem der Entführer, betteln. Als wäre er ein Rockstar oder Promi. Was er war: Ein asoziales, dummes Stück Scheiße, ein Krimineller, der über Leichen geht. Ein fucking Narzisst. Trotzdem haben die Medien ihm eine Plattform geboten, auf der er sich selbst darstellen und seine kranken Gedanken äußern konnte. Diese Plattform wird es 2018 übrigens für alle geben, da brauchte es weder ARD, ZDF oder RTL. Die nennt sich dann Facebook, Twitter, Instagram und TikTok.«

Lisa wirkt irritiert. Aber ich habe aktuell nicht die geringste Energie, ihr das alles zu erklären.

»Egal. Worum es geht: Willst du dir das echt antun? In Echtzeit? Mit dem Wissen, was passieren wird?«

»Aber du hast das damals doch auch gesehen.«

»Nur bis zu diesem ersten Live-Interview mit Rösner, bei dem er sich die Knarre in den Mund geschoben hat, als Antwort auf die Frage, was er tun würde, wenn alles schiefgehen sollte. Und dem Interview folgten noch weitere. Aber ab da war ich raus. Das war alles nur noch krank. Also diese Komplizenschaft zwischen den Medien, den Reportern und den Geiselnehmern. Als wären die super Kumpels. Nein, waren sie nicht. Rösner und Degowski waren durchgeknallte, kriminelle Scheißhausratten, denen alles egal war und die auch Tote in Kauf nahmen.«

Lisa wirkt nachdenklich. Nimmt einen Schluck Rotwein. »Mit dem Abstand von dreißig Jahren würde ich das vielleicht auch so sehen«, sagt sie dann. »Aber die Faszination, wenn live von einem Verbrechen berichtet wird und man als Zuschauer nicht weiß, wie es ausgeht …«

»Du weißt, wie es ausgeht.«

»Weiß ich das?«

»Es wird kein Happy End geben. Alles wird genauso passieren, wie es in der alten Zeitschiene passiert ist.«

Sie schweigt.

»Oder ist das wie bei einem Verkehrsunfall, bei dem man wegsehen möchte, es aber nicht schafft?«

Sie nickt.

»Okay, es ist deine Entscheidung«, sage ich. »Aber wie gesagt, vor morgen wird da nichts mehr passieren. Und dann bist du im Laden. Wobei es immer eine extrem ausführliche Zusammenfassung der Ereignisse in den Abendnachrichten geben wird.«

»Wir sind morgen Abend mit Aimee und Mike zum Essen verabredet.«

»Es gibt auch Spätnachrichten«, erwidere ich und küsse sie auf die Wange. »Ich versuche jetzt mal, mich in ›Über die Flügel‹ zu versenken. Bis später.«

Sie nickt und widmet sich wieder dem Fernseher.

* * *

Es ist kurz nach Mitternacht und ich schreibe das dreizehnte Kapitel von ›ÜdF‹, in dem meine Helden endlich ihre ›Magische Geheimnisreise‹ gen Norden antreten, als Lisa reinkommt.

»Du hattest recht«, murmelt sie. »Das ist unerträglich. Selbst ohne Interviews mit den Verbrechern.«

Ich nicke.

»Ich muss schlafen. Bis gleich. Oder bist du gerade im Flow?«

»Bin ich«, erwidere ich. »Das Kapitel noch.«

»Alles gut. Rock es.«

Sie beugt sich zu mir, küsst mich und geht in Richtung Schlafzimmer.

* * *

Als ich mich weit nach 2 Uhr im Bett vorsichtig an sie ankuschele, da ich sie nicht wecken will, frage ich mich, ob ich mir vorstellen könnte, auf Dauer hier mit ihr zu leben und meinem inzwischen doch recht vertrauten Hotel in Saarbrücken goodbye zu sagen. Könnte ich mir vorstellen, jeden Tag mit Lisa zu sein? Andersrum: Würde ich sie vermissen, wenn ich sie nicht sehe?

Ja, würde ich.

Puh.

Krasser Wendepunkt irgendwie.

53
Clarence

Lisa hat für das Abendessen mit Aimee und Mike das Restaurant im Hotel ›Eppelborner Hof‹ klargemacht, das fußläufig erreichbar ist. Wir sind schon früher da und stoßen mit unseren Weinen an. Thema: Gladbeck. Klar. Auch wenn keiner von uns mehr die Ereignisse live im TV verfolgt hat. Lisa will wissen, ob die Verantwortlichen auf Seiten der Polizei, der Presse und der Behörden danach angeklagt und verurteilt wurden.

»Es gab keine Anklage, keinen Prozess und deshalb auch keine Verurteilungen«, sage ich. »Wie bei der Flugtagkatastrophe.«

»Und die beiden Geiselnehmer?«

»Haben überlebt und sitzen 2018 immer noch hinter Gittern.«

»Wenigstens etwas …«

Dann tauchen Aimee und Mike auf. Hand in Hand. Aimee und Lisa umarmen sich. Dann umarmt Aimee mich, was sich wohl immer irgendwie seltsam anfühlen wird, während Mike und Lisa Hände schütteln.

»Hallo, Mike. Wir kennen uns ja schon aus Hannover«, sagt Lisa lächelnd. Ich begrüße Mike und wir setzen uns alle, wobei ich Mike gegenübersitze und Lisa ihrer Tochter.

»Ich lade euch ein«, erklärt Lisa den beiden. »Okay?«

»Super. Danke!«, erwidert Aimee, während Mike angespannt wirkt und bemüht lächelt. Nach dem ersten Bier und der Vorspeise entspannt er sich und wir quatschen über die Band, während Lisa ihrer Tochter von unserem Urlaub erzählt. Mike meint, Bornemann habe einen Gig Ende September im ›Glocksee‹ im Hannover für sie klargemacht. Zusammen mit zwei lokalen Bands. Und er hat dafür seine Connections eingeladen. Drei Major-Labels, darunter die Sony, haben schon zugesagt und wollen ihre A&R-Manager schicken.

»Und euer neuer Manager? Wie ist der?«

»Ganz okay«, erwiderte Mike. »Untätowiert, aber dafür Geschäftsmann.« Er lacht.

»Und das alles ohne meinen Song. Chapeau.«

Er sieht mich an. Spöttisch.

»Was?«

»Das ist nicht dein Song«, sagt er.

»Bitte?«

»Ich weiß zwar nicht, von welcher Band du den geklaut hast, aber ich bin sicher, dass du ihn geklaut hast. Und genau aus dem Grund hast du ihn auch zurückgezogen. Du hast kalte Füße bekommen, weil das alles plötzlich zu groß geworden ist, right?«

Ich zögere. Dann nicke ich.

»Und jetzt bitte noch den Namen der Band.«

»Nirvana.«

»Nirvana? Die englische Pop-Rock-Band aus den 60ern?«

»Nein. Meine Nirvana kommen aus Seattle.«

»Nie gehört.«

»Oh, von denen wirst du noch einiges hören. Ich denke, in spätestens drei Jahren werden die richtig durchstarten.«

»Woher kennst du die und den Song?«

»I drink and I know things«, erwidere ich.

»Aha«, murmelt Mike. »Na, dann …«

Letztlich wird es ein sehr entspannter Abend mit gutem Essen und reichlich Wein, Schnaps und Bier. Nach dem Hauptgang sehe ich zu Lisa, die angespannt wirkt. Klar. Jetzt geht es um alles. Was, wenn die beiden in der Zwischenzeit doch noch irgendwelche Termine reinbekommen haben und deshalb Sonntag nicht zusammen nach Frankreich fahren können?

Ich drücke unter dem Tisch ihre Hand. Flüstere ihr ins Ohr. »Alles wird gut.«

Sie nickt zögerlich. Bestellt Grappa für alle und legt danach den Umschlag des Reisebüros auf dem Tisch.

»Für euch. Geschenk von mir und Michael.«

»Was ist das?«, fragt Aimee irritiert.

»Mach auf.«

Aimee öffnet den Umschlag und ist überrascht. Sie zeigt Mike die Buchungsbestätigung für ein Ferienhaus in der Provence.

»Vaison-la-Romaine? Alter, ich dreh durch!«, jauchzt Mike. »Wie geil!«

Aimee nimmt ihm die Buchungsbestätigung aus der Hand und checkt diese. »Ab Sonntag?«

»Genau«, erwidert Lisa angespannt. »Gibt es ein Problem?«

»Also von meiner Seite aus nicht«, sagt Mike grinsend.

»Na ja, ich habe eigentlich schon fest zugesagt, Sonntag beim Flugtag zu grillen«, sagt Aimee. »Wie jedes Jahr.«

Lisa und mir stockt der Atem.

»Absagen«, meint Mike und küsst Aimee auf die Wange. »Die Provence ist göttlich. Ein Traum.«

»Könnten wir nicht Montag losfahren?«, hakt Aimee nach.

»Nein«, erwidern Lisa und ich gleichzeitig.

»Ich meine, das ist mir schon wichtig, Sonntag dabei zu sein und die Leute zu treffen, die ich nur einmal im Jahr beim Flugtag sehe.«

»Aimee …«, stöhnt Mike.

»Anreise ist leider nur Sonntag möglich«, sagt Lisa, was natürlich eine Notlüge ist.

Aimee zögert, betrachtet erneut den Ausdruck.

»Ich weiß nicht …«

»Babe?«

Sie sieht Mike an.

»Vier Augen. Du und ich. Jetzt.«

Die beiden stehen auf und gehen nach draußen, auf die Terrasse des Restaurants. Wir können durch die Scheibe sehen, wie Mike auf sie einredet.

»Vertrau mir«, sage ich. Lisa sieht mich irritiert an. »Ich meine, vertrau Mike. Er wird zum ersten Mal seit fünf Jahren seine geliebte Provence wiedersehen. Das wird er sich nicht entgehen lassen. Und schon gar nicht mit der Aussicht, zusammen mit Aimee da hinzufahren. Ich bin sicher, er erzählt ihr gerade von der magischen Klassenfahrt 1983. Und von Vaison-la-Romaine. Vallon-Pont-d'Arc. Roussillon. Der Ardèche. Von allem, was wir auch gesehen haben.«

Lisa schweigt.

»Er schafft das. Ganz sicher.«

»Ich hoffe, du hast recht«, erwidert sie leise, als die beiden zurückkommen und sich zu uns setzen.

»Der Flugtag rennt nicht weg«, sagt Aimee. »Dann sehe ich meine Leute halt erst nächstes Jahr.«

»Heißt das, ihr seid dabei?«, hakt Lisa nach

»Aber sowas von!«, erwidert Mike euphorisch und nimmt Aimee in den Arm.

Lisa wendet sich an den Kellner, der gerade an unserem Tisch vorbeikommt. »Nochmal vier Grappa bitte.«

»Acht«, murmele ich.

»Acht«, korrigiert Lisa und küsst mich lächelnd auf die Wange.

* * *

Wir laufen Hand in Hand zurück zu Lisas Haus, das keine fünfhundert Meter vom Restaurant entfernt ist. Sie wirkt aufgewühlt, mitgenommen, aber auch irgendwie erleichtert. Ich bin sicher, sie wälzt ähnliche Gedanken wie ich gerade. Aimee wird Sonntag definitiv nicht auf der Air Base arbeiten und somit überleben. Dennoch werden Sonntag siebzig Menschen sterben. Wobei ich nach den Recherchen im Vorfeld meines Romans ziemlich sicher bin, dass es mehr als siebzig Opfer gab. Aber die amerikanischen Behörden hatten natürlich nicht das geringste Interesse daran, die wahren Opferzahlen, die dann auch die amerikanischen Opfer beinhaltet hätten, öffentlich zu machen.

Wie auch immer, meine *mission*, falls es je eine gab, ist jetzt wirklich beendet. Lisa und ich haben Aimee gerettet. Die jetzt mit Mike das Leben führen kann, das ihr damals verwehrt wurde. Ein neues Leben. Ein Leben, von dem ich niemand weiß, wie es weitergehen wird. Und wie auch immer sich die beiden entscheiden: Es sind ab jetzt ihre Entscheidungen und nicht die eines grausamen, unbarmherzigen Gottes.

»Das war's, oder?«, fragt Lisa. »Die beiden sind *safe*.«

»Sind sie.«

Sie atmet tief durch. »Ohne dich …« Sie bricht ab.

»Ja?«

»Ohne dich würde meine Tochter in vier Tagen beim Flugtag ums Leben kommen. Bist du sowas wie ihr … Schutzengel?«

Ich schweige. Frage mich, ob das wirklich sein kann. Auch wenn ich nicht religiös bin. Also im Sinne von ›Kirche‹ und dem ganzen Bullshit. Aber könnte ich dennoch so etwas wie Clarence sein, der Engel mit nur einem Flügel aus ›Ist das Leben nicht schön?‹, der sich seinen zweiten Flügel dadurch verdient, in dem er George Bailey – James Stewart – zeigt, was passiert wäre, wenn es ihn, George Bailey, nie gegeben hätte? Und George versteht danach, dass, tja, alles mit allem zusammenhängt. Und dass er Freunde hat. Das Wichtigste überhaupt. Auch wenn ich in der neuen Zeitschiene keine mehr habe. Dafür habe ich Lisa. Und das ist mehr, als ich mir nach meiner Rückkehr im April je zu träumen gewagt hätte.

Statt einer Antwort, ziehe ich sie zu mir ran und küsse sie.

»Wenn, dann bin ich nur ein Engel zweiter Klasse.«

Sie lacht auf. »Clarence!«

»Du kennst den Film?«

»Überrascht dich das jetzt?«

»Nicht wirklich.«

»Spätestens jetzt hast du deinen zweiten Flügel«, sagt sie lächelnd. Ich küsse sie nochmal und arbeite hart daran, den Schalter in meinem Kopf umzulegen, der es mir in der richtigen Stellung vielleicht irgendwann ermöglichen wird, ihr zu sagen, dass ich sie liebe.

* * *

Zurück bei ihr, setzt sie sich aufs Sofa und schaltet den Fernseher ein. Rösner und Degowski auf allen Kanälen. Der 14-Jährige Emanuele De Giorgi ist tot. Erschossen. Kopfschuss. Den der fucking Psychopath Degowski abgegeben hat.

Ich gieße ihr einen Rotwein und mir eine Weißweinschorle ein und setze mich neben sie. Trotz der Infos, die sie von ihrem Zeitreisenden erhalten hat, macht sie bezüglich Rösner und Degowski immer noch den Eindruck, darauf zu warten, dass noch irgendetwas passiert, was in der alten Zeitschiene nicht passiert ist. Wie zum Beispiel, dass die Polizei Scharfschützen der GSG 9 an den Start bringt, welche die beiden Wichser endlich erledigen.

Won't happen.

Hätte ich eine realistische Chance gehabt, dieses Drama zu verhindern? Mit der Betonung auf ›realistisch‹?

Nein.

Es sei denn, ich hätte mir über Andreas eine Knarre besorgt, wäre nach Gladbeck gefahren und hätte Dienstagmorgen in der Deutschen Bank auf die beiden gewartet und sie erschossen, als sie die Bank betraten. Und dann? Wäre ich wegen Mordes angeklagt worden und hätte in der neuen Zeitschiene vermutlich den Rest meines Lebens im Knast verbracht. Wobei die Frage bleibt, ob ich es überhaupt geschafft hätte, kaltblütig zwei Menschen zu erschießen. Auch wenn es sich bei den beiden um Rösner und Degowski handelte. Nein, hätte ich nicht geschafft. Ich kann die Welt nicht retten. Auch wenn ich Zeitreisender bin. Was aber offensichtlich zu funktionieren scheint, ist, Menschen, die mir nahestehen, zu *safen*.

So wie Aimee und Mike.

»Morgen endet es«, sage ich. »Und es endet … ungut.«

Lisa schaltet den Fernseher aus. »Lass uns vögeln.«

Was wir dann auch tun. Auf der Terrasse. Die perfekte Beschäftigung, um negative Gedanken zu eliminieren. Vorausgesetzt natürlich, man übt diese Beschäftigung mit einer *soul sister* aus.

Was in diesem Fall der Fall ist.

Dankbar der ehemalige Zeitreisende ist.

Ehemalig, weil: Er reist nicht mehr in der Zeit, sondern ist angekommen.

* * *

Gegen 13:30 Uhr am nächsten Tag ist alles vorbei. Silke Bischoff ist tot. Die beiden kranken Wichser leben.

Ich rufe Lisa im Laden an, die aber schon Bescheid weiß.

»Mad World«, sagt sie niedergeschlagen.

»Yes, ma'am.«

»Und wir konnten es nicht verhindern …«

»No, ma'am.«

Sie stöhnt auf. Dann kommen die Tränen.

Der Schalter in meinem Kopf legt sich von selbst um.

»Ich liebe dich«, sage ich.

»Ich dich auch«, sagt sie unter Tränen.

Ich lege auf und heule.

Bis ich keine Tränen mehr habe.

54
Älteres Ich

»Und? Schon gepackt für morgen?«

Ich knie bei Aimee und Mike, die zusammen mit meiner alten Band inklusive Andreas an einem der Tische auf der Terrasse des Schlosshotels in Landstuhl sitzen und Bier trinken. Die Location ist ebenso wie das Wetter perfekt für Lisas Geburtstagsfeier. Es ist kurz nach 19 Uhr. Die Sonne steht tief über den Bäumen des Pfälzerwalds, und es ist immer noch angenehm warm.

»Klar«, sagt Aimee und grinst.

»Und du?«, frage ich Mike. Er nickt knapp. Wirkt irgendwie, tja, angepisst. Warum auch immer. Damals war er es regelmäßig und benötigte nicht wirklich einen konkreten Auslöser für diese Gefühlslage. Und war dann quasi das fleischgewordene Angepisstsein. Und ist es aktuell.

Ich sehe zu Aimee, die mit den Schultern zuckt.

»Ich habe übrigens deinen Charvel dabei«, sage ich zu Mike. »Brauche den nicht mehr.«

Er sieht mich überrascht an. »Und den Ricky? Willst du den zurück?«

»Nein, das ist jetzt deiner.«

Er starrt mich fassungslos an. »Du verarscht mich?«

»No, ma'am.«

Er sieht zu Aimee, die grinst.

»Krass. Wahnsinn«, murmelt er. »Danke.«

»My pleasure«, sage ich.

»Ich kann den Charvel aber nicht mit nach Frankreich nehmen. Kein Platz. Wir haben schon meine Ovation im Gepäck. Für alle Fälle.«

Er sieht zu Aimee, die lächelnd seine Hand drückt.

»Kein Ding. Ich stelle ihn dir morgen in den Proberaum.«

Mike nickt. Ich klopfe ihm kurz auf den Rücken und geselle mich zu Lisa, die mit einigen Freundinnen zusammensteht, Rotwein trinkt und offensichtlich mächtig Spaß hat. Sie hat an die dreißig Leute eingeladen, darunter viele Freunde, die schon länger nicht mehr im Saarland leben, es aber dennoch geschafft haben, zu ihrem fünfzigsten Geburtstag aufzutauchen. Und die ebenso wie Lisa und ich hier im Hotel übernachten.

»Das ist übrigens Michael. Das schönste Geschenk meines Lebens«, stellt sie mich vor und küsst mich auf den Mund, während ihre Freundinnen giggeln und sich dann wiederum mir vorstellen. Sie sind alle in Lisas Alter und machen durch die Bank einen sehr sympathischen Eindruck. Auch wenn ich mir nicht ihre Namen merken kann. Konnte ich noch nie.

Dann kommen unsere Essen. Ich setze mich zu Lisa und ihren Freundinnen. Lausche ihren Gesprächen, halte mich mit Gesprächsbeiträgen zurück und freue mich einfach, dass Lisa so viel Spaß hat und jede Minute mit ihrer alten *Gang* genießt. Und ich genieße jede Minute, die ich mit Lisa verbringen darf. Auch wenn heute Abend ›Monsters of Rock‹ in Schweinfurt stattfindet. Mit David Lee Roth, Anthrax, Great White, Testament, Treat, Iron Maiden und Kiss. Und ich im Vorfeld kurz überlegt hatte, hinzufahren. Weil: Ich war damals nicht dabei gewesen. Mike hatte auch überlegt, aber uns beiden war klar, dass wir das nicht bringen konnten. Und es letztlich auch nicht wollten.

Nach dem Essen nehme ich Mike beiseite, der immer noch irgendwie, tja, abwesend wirkt. Oder einfach nur nachdenklich. Die Grenze ist da fließend. Aimee, Porty, Hannes, Roland, Andreas und Pete hingegen sind in Feierlaune. Ich stelle mich mit Mike an einen Stehtisch am Rande der Terrasse und spendiere ihm einen Grappa.

»Alles okay?«

Er zuckt indifferent mit den Schultern. Oh, wie ich dieses Schulterzucken kenne. Und mit dem Abstand von dreißig Jahren hasse.

Mike, *the Destroyer*.

Ich erinnere mich nur allzu gut. Und könnte mit Abstand nicht sagen, warum ich damals manchmal so drauf war. Weil ein paar Sachen nicht so liefen, wie ich sie mir vorgestellt hatte? Weil ich niemals mit irgendetwas zufrieden war? Ja, definitiv. Ich wollte, dass alles, tja, perfekt ist. Was es natürlich nie war. An manchen Tagen war ich aber auch einfach ›nur so‹ scheiße drauf. Weil mir Menschen mit ihren Befindlichkeiten, Ansichten, Meinungen und Eigenarten zu viel waren und ich lieber alleine gewesen wäre.

»Hast du Stress mit Aimee?«

»Was? Nein, Quatsch. Ich bin heute einfach nicht gut drauf.«

»Du bist angepisst.«

»Ja, so kann man es auch nennen.«

»Weswegen?«

»Weiß ich nicht«, grummelt er. »Ist nur so ein Gefühl. So eine Ahnung. Dass etwas schiefläuft. Irgendwas fühlt sich einfach falsch an.«

»Ich weiß, was du meinst«, murmele ich.

Er mustert mich mit schiefgelegtem Kopf. »Du weißt, was ich meine? Nee, weißt du nicht. Du kennst mich nicht. Du bist eine komplett andere Generation. Uns verbindet nichts. Außer der Liebe zur Musik.«

Ich zucke, tja, indifferent mit den Schultern.

»Es sei denn …«

»Es sei denn, was?«, hake ich nach.

»Okay, wenn wir schon mal beim Thema sind …«, sagt er.

»Und das Thema ist was genau?«

»Indizien.«

»Für was?«

»Dass irgendetwas mit dir nicht stimmt.«

»Was meinst du?«

»›Dr. Feelgood‹ von Mötley Crüe …«, sagt er ernst, nimmt einen Schluck Grappa und steckt sich eine an. »Den Albumtitel hast du erwähnt, als du im April im Proberaum aufgetaucht bist.«

»Habe ich das?«

»Hast du«, sagt Mike. »Im Erinnern bin ich Profi. Problem: Es gibt kein Album von Mötley Crüe, das so heißt. Noch nicht …«

Mike ahnt etwas. Oder er weiß schon Bescheid. Weil: Mike ist clever.

»Heißt das nächste Album von Mötley Crüe rein zufällig ›Dr. Feelgood‹?«, zieht er die Daumenschrauben an. »Wann kommt das raus? 1989? Und ist das Albumcover zufällig ein Teil deines Tattoos?« Er deutet auf meinen linken Oberarm. »Thema Medizin. Schlange. Äskulapstab mit Totenkopf und Fledermausflügeln. Sehr Rock'n'Roll, wenn du mich fragst. Und dazu noch ein Titel wie ›Dr. Feelgood‹. Würde schon passen, oder?«

Ich fühle mich zunehmend unbehaglicher.

»Wann und wo hast du dir das Tattoo stechen lassen?«

»Vor ein paar Jahren«, lüge ich. »In Berlin.«

»Bullshit«, sagt Mike. »Dann wären die Farben nicht so verblasst. Im Gegensatz zu den Farben auf deinem anderen Arm. Und dann der Song von diesen Nirvana aus Seattle. Keine aktuelle Rockband könnte so einen Song schreiben. Der ist seiner Zeit weit voraus. Auch die Lyrics. Und deine Schleuder aus der Zukunft … Wie war deine Formulierung? ›Der Wagen sah schon 2015 so aus, als wäre er aus der Zukunft.‹«

Ich stecke mir eine Zigarette an.

»Dann deine Treter …«, fährt er fort. »Adidas Top Ten. Eigentlich nichts Besonderes. Hätte da nicht ›30th Anniversary Edition‹ draufgestanden. Du hattest die an, als du mir den Ricky geliehen hast. Danach nie wieder.«

Ich schließe die Augen. Überlege fieberhaft, wie ich aus der Nummer wieder rauskommen könnte.

»Thema ›Wisawi‹…«, fährt Mike fort und ich weiß, was jetzt kommt. »Alles, was du an dem Abend über mich gesagt hast, stimmt. Von übermotiviert über schnell reizbar, schnell begeistert, schnell gelangweilt bis hin zu meinen Zweifeln und dass ich mich sofort betrogen, verraten und verarscht fühle. Aber das kann außer mir niemand wissen …«

Ich komme aus der Nummer nicht mehr raus, so viel ist klar.

»Das Krasseste: Wir sind gleich groß, haben die gleiche Augenfarbe, den gleichen Körperbau, die gleichen Hände, die gleiche Haarfarbe, sind beide kurzsichtig wie Sau«, fährt Mike fort. »Und: Diese Denkerfalte zwischen deinen Augenbrauen. Die habe ich auch. An genau der gleichen Stelle. Willst du meine Theorie hören?«

Nein, Mann. Will ich nicht. Auf gar keinen Fall.

»Wenn ich dich sinngemäß zitieren darf: ›Du bist ich. Also so, wie ich damals war. Und ich bin wie du. Später.‹ Heißt übersetzt: Du bist mein älteres Ich aus der Zukunft«, sagt er. »Richtig?«

Welche Konsequenzen hätte es, wenn ich jetzt bestätigen würde, dass er recht hat?

Im besten Fall keine, im schlimmsten Fall alle.

Ich nicke, da mir bewusst ist, dass ich mit Lügen, Ausflüchten und Ausreden jetzt nicht mehr weiterkommen würde.

»Alter …«, stöhnt Mike. »Ich wusste es!«

»Seit wann?«

»Spätestens seit dem Abendessen mit dir, Aimee und ihrer Mutter. Du meintest bezüglich Nirvana und ›Smells Like Teen Shit‹: ›Ich denke, in spätestens drei Jahren werden die richtig durchstarten‹. Danach wurde mir klar, dass du das nicht dachtest, sondern wusstest. Das ist kein Song aus 1988, das ist ein Song aus der Zukunft.«

»Ich brauche jetzt einen Whisky«, murmele ich.

»Ich auch.« Er wendet sich an den Kellner und bestellt zwei doppelte Jacky. Ohne alles. Mustert mich dann. »Krass …«

»Kann man so sagen.«

Ich sehe zum Tisch der Band. Aimee und die Jungs haben Spaß, lachen, trinken, feiern. Bekommen nicht mit, dass der alte Sack gerade sein jüngeres Ich, tja, aufgeklärt hat. Beziehungsweise, dass das jüngere Ich sein älteres Ich geoutet hat.

Der Kellner stellt uns die Alkoholika hin.

»Auf uns«, sagt Mike.

»Auf uns.«

Wir stoßen an und trinken.

»Okay, das alles mal kurz zu Ende gedacht …«, sagt Mike. »Ich muss jetzt offensichtlich damit leben, dass es zwei Versionen von mir gibt.«

»Damit muss ich ja auch leben«, erwidere ich. »Es sei denn, ich wache irgendwann wieder im Jahr 2018 auf. Wobei die Chance dafür eher gering ist.«

»Woher willst du das wissen?«

»Weiß ich nicht«, erwidere ich. »Intuition.«

»Ohne Intuition ist alles nichts.«

»That's right, ma'am«, sage ich. »Aber keine Sorge, ich halte mich aus deinem Leben raus und mische mich nicht mehr ein. Mach dein Ding und geh deinen Weg.«

Er nickt nachdenklich. »Wer weiß alles davon?«

»Nur Aimees Mutter.«

»Kann ich Aimee davon erzählen?«

»Sie würde dir nicht glauben. Niemand würde dir glauben. Besser, du behältst es einfach für dich.«

Mike sieht zu Aimee. »Du hast sie damals gevögelt …«

Ich nicke.

»Aber nicht jetzt. Ich meine …«

»In dieser Zeitschiene? Nein.«

»Okay, zwei Zeitschienen also«, murmelt Mike.

»So wie es aussieht, gibt es drei.«

Er starrt mich an.

»Die alte Zeitschiene, in der ich Aimee gevögelt habe, die

neue, aktuelle Zeitschiene, die ich auch ›die neue Gegenwart‹ nenne, in der ich Aimees Mutter vögele und in der komplett andere Dinge passieren als in der alten Zeitschiene, sowie meine ehemalige Zeitschiene, in der ich Diana, eine Schauspielerin, vögele.«

»Alter …«, lacht Mike. »In allen Zeitschienen nur am Vögeln.«

Ich zucke mit den Schultern. »Wenn das jemand versteht, dann du, oder?«

Wir lachen.

»Das was du deine ›ehemalige Zeitschiene‹ nennst – das ist die Zukunft, oder?«, fragt Mike.

Ich nicke.

»Krasser Philip-K.-Dick-Scheiß … Du hast damals also nicht mit der Band im ›Horus Sound‹ aufgenommen?«

»Nein.«

»Und es gab auch keinen Song von Nirvana, den du geklaut hast?«

»Nein.«

»Das heißt, alles, was gerade passiert, ist damals nicht passiert?«

»So ziemlich alles.«

Mike nimmt nachdenklich einen Schluck von seinem Jacky. »Wie ist das passiert? Also dass du ›zurückgekommen‹ bist?«

»Ich habe nicht die geringste Ahnung. Es passierte von einem Moment auf den anderen. Im April. An dem Tag, als ich bei euch im Proberaum aufgetaucht bin.«

»Wer wird 1990 Weltmeister?«

»Mike …«

»Komm schon, Mann.«

»Deutschland.«

Er lacht. »Okay. Cool! Und wie geht es mit dem FCK weiter?«

»Lautern wird 1991 deutscher Meister.«

Er lacht auf. »Nie im Leben!«

»Doch.«

»Alter …« Er steckt sich eine an und mustert mich. »Werde ich ein Rockstar?«

»Das weiß ich nicht. Die neue Zeitschiene ist wie gesagt nicht die Zeitschiene, die ich erlebt habe. Nichts ist festgeschrieben. Es liegt alleine an dir, was du daraus machst. Aber in meiner ehemaligen Zeitschiene wurde ich jedenfalls kein Rockstar.«

»Was wurdest du denn?«

»Roman- und Drehbuchautor.«

»Du hast echt einen Roman geschrieben?«

»Vier, um genau zu sein. Die alle auch veröffentlicht wurden. Und dazu noch an die hundert Drehbücher fürs Fernsehen.«

»Wow. Okay. Krass. Hammer …«

»Hat aber gedauert«, sage ich. »Also der Übergang in mein neues Leben als Autor. Und das Loslassen meines alten Lebens. Das Leben ist ein Marathon. Da gibt es keine schnellen Erfolge.«

»You can do a lot in a lifetime …«, murmelt er.

»If you don't burn out too fast …«, nehme ich den Faden auf.

»You can make the most of the distance …«

»First you need endurance …«

»First you've got to last …«

Wir grinsen uns an.

»Rush. Marathon«, sage ich. »Neil Peart. Der Professor. Er wusste das alles schon 1985.«

Mike nickt und sieht zu Aimee, die ihm eine Kusshand zuwirft.

Er lächelt ihr zu.

»Gibt es Rush 2018 noch?«, fragt er.

Kloß im Hals.

»Nein. Aber du hast bis dahin noch massig Gelegenheiten, sie live zu sehen. Also nutze jede einzelne davon.«

»Vielleicht schaffen wir es ja mal, zusammen auf ein Rush-Konzert zu gehen.«

»Nächste Gelegenheit: In vier Jahren.«

»So lange warten? Fuck …«

»Es sei denn, wir fliegen in die US of A.«

»Wenn du zahlst, gerne.«

Wir lachen.

»Im Prinzip bin ich immer noch wie du«, sage ich. »Maßlos. Getrieben. Neugierig. Mit der Betonung auf ›gierig‹.«

»Immer noch der Letzte bei Partys? Immer noch hungrig auf Leben, Menschen, Gespräche, Geschichten?«

Ich nicke. »Und immer noch ehrgeizig like hell. Und ja, ich will immer noch alles und jetzt. Aber das funktioniert aus Erfahrung leider nicht. Das Leben ist wie gesagt ein Marathon. Geduld ist das Zauberwort.«

»Hab ich nicht.«

»Ich weiß.«

»Klar weißt du das.«

»Ein weiteres Zauberwort neben ›Geduld‹ ist übrigens ›Vertrauen‹«, sage ich. »In dich und deine Fähigkeiten. Hadere nicht. Hadern ist verlorene Zeit und bringt gar nichts. Außer mieser Laune. Und Depressionen. Mir ist klar, dass du nie mit dem Erreichten zufrieden sein wirst. So wie ich. Jeder Erfolg, der für andere ›der‹ Erfolg wäre, ist für uns nur eine Zwischenstation auf dem Weg. Eine Momentaufnahme. Right?«

»Right.«

»Aber das geht klar, denke ich. Das ist unser Antrieb. Dennoch ist die Grenze zwischen ›skeptisch sein‹, ›zweifeln‹ und ›hadern‹ fließend. Versuche vielleicht, in Zukunft einfach weniger verbissen mit allem zu sein.«

»Verbissen? Ich? Kein Stück.«

»Das hätte ich in deinem Alter jetzt auch gesagt.«

»Und du haderst in deinem Alter nicht mehr?«, hakt Mike nach.

Ich seufze. »Doch. Manchmal. Aber eher selten. Also in meiner ehemaligen Zeitschiene. In der neuen Gegenwart habe ich so viel mit allem gehadert wie ewig nicht mehr.«

»Weil du zurückgekommen bist. Aber das nicht wolltest. Und nicht kapierst, wie das passieren konnte.«

Ich nicke.

»Was wird aus der Band?«, fragt er.

»Keine Ahnung. Aber auf lange Sicht bist du ein Einzelkämpfer. Auch wenn du davon träumst, Teil eines Teams zu sein. Teil einer Gang, einer Familie. Teil von etwas zu sein, das größer ist als die einzelnen Teile. Aber du wirst vermutlich wie ich gezwungen werden, neu zu denken. Weil du irgendwann nicht mehr von den Entscheidungen der Gang abhängig sein willst. Du wirst alleine deinen Weg gehen müssen. Und ja, das wird verdammt weh tun. Aber wenn du losgelassen hast, wirst du für deine Entscheidung belohnt werden. Hör nie auf, weiterzugehen und dich zu verändern und neu zu erfinden. Aber bleib dir dabei immer selbst treu und lass dich nie verbiegen. Auch wenn du, tja, in Versuchung geführt wirst.«

»Puh. Krasser Scheiß…«, murmelt er. »Würdest du irgendetwas anders machen?«

»Nein«, erwidere ich, ohne zu zögern, denke aber: Ich würde alles dafür tun, dass Aimee und du morgen nicht auf der Air Base seid. Was ich getan habe. Mehr ist nicht drin.

»Okay«, murmelt er.

»Pass einfach auf dich auf. So wie du es bis jetzt auch getan hast. Und auf Aimee. Vertraue deinem Instinkt, deiner Intuition, deinem Gefühl. Immer. Und frage niemals – niemals! – andere Leute um ihre Meinung, was sie von deinen Plänen und Ideen halten. Auch wenn du glaubst, dass es deine Freunde sind.«

»Hab ich eh nie gemacht«, sagt er. »Wird sich daran in der Zukunft etwas ändern?«

»Nein. Natürlich nicht.«

Er grinst.

»Werde, der du bist«, sage ich.

»Schopenhauer.«

»Wer sonst?«

»Na ja, hätte jetzt auch Nietzsche oder Kierkegaard sein können.«

»Nein.«

»Stimmt.«

Wir lachen und stoßen mit unseren Getränken an.

Ich sehe zu Lisa, die mir gestisch bedeutet, zu ihr zu kommen.

»Sofort!«, rufe ich ihr zu. Sie wirft mir eine Kusshand zu. Wann hat mir 2018 eine Frau eine Kusshand zugeworfen? Gar nicht. War wohl so ein typisches 80er-Ding.

»Ich muss zu meiner Frau«, sage ich.

»Und ich muss das alles erstmal verdauen. Irgendwie …«

Ich auch, denke ich und trinke meinen Jacky aus. »Darf ich dich kurz drücken? Ich meine, mich drücken. Als 23-Jährigen?«

Mike lacht. »Nur keine Hemmungen.«

Wir umarmen uns. Es fühlt sich an, als würde ich mich selbst umarmen. Klar. Wir haben den gleichen Körper. Immer noch. Auch wenn ich ein bisschen, tja, zulegt habe. Aber nicht wirklich nennenswert.

Strange.

Mike drückt seine Zigarette aus und küsst mich auf den Mund.

»Bis bald, älteres Ich. Wir sehen uns.«

Er nimmt seinen Drink und setzt sich zu Aimee und seiner Band.

Ich atme tief durch. Mikes Worte in meinem Kopf: ›Ich muss das alles erstmal verdauen. Irgendwie.‹

Ich auch.

Leider habe ich nicht die geringste Ahnung, wie das praktisch aussehen könnte.

* * *

Ich sitze neben Lisa am Tisch, den sie sich mit ihren Freundinnen teilt, und äuge immer wieder zu Mike, der bei Aimee und seiner Band sitzt und genauso, tja, aufgewühlt wirkt wie ich. Gegen Mitternacht verabschiedet sich der Großteil von Lisas Freunden ins Bett oder nach Hause, während ein Kellner die Bestellungen der letzten Runde aufnimmt.

Lisa beugt sich zu mir. »Kannst du noch fahren?«

»Wieso?«

»Die Angestellten meinten, wir können hier gerne noch sitzen, auch wenn die Bar schon zu ist. Aber die letzte Runde wird nicht reichen.« Sie nickt zum Tisch von Mike, Aimee und der Band.

»Wird definitiv nicht reichen«, mischt sich eine Freundin von Lisa ein, deren Namen ich vergessen habe. Die beiden Frauen neben ihr stimmen zu.

»Wir brauchen Wein. Und Sekt. Unbedingt!«, sagt sie.

Lisa und ihre Freundinnen kichern.

»Da hörst du's«, sagt Lisa amüsiert.

»Und einen Kasten Bier für meine Jungs und deine Tochter«, sage ich.

»Eventuell noch eine Flasche Whisky?«

»Oh, Whisky!«, gluckst eine von Lisas Freundinnen. »Das wär's jetzt!«

Alle kichern.

»Ich kümmere mich«, sage ich und stehe auf.

»Weißt du, wo eine Nachttankstelle ist?«

»Yes, ma'am. Das hier ist mein alter Kiez.« Ich küsse sie auf die Wange. »Bis gleich.«

55
Porca Madonna

Die Nachttankstelle, von der ich dachte, dass es sie damals schon gab, gibt es noch nicht.

Okay, dann die Tanke in Richtung Ramstein-Miesenbach, direkt hinter der Autobahnauffahrt. Die gibt es. Ist aber keine Nachttanke. Alternative: Raststätte Waldmohr auf der A6 in Richtung Homburg. 15 Kilometer oder so.

Easy peasy.

Ich nehme die Auffahrt zur A6. Realisiere, dass ich ein klein wenig *dizzy in the head* bin. Könnte eventuell am Grappa, am Wein oder am Jacky liegen. Oder an dem Gespräch mit Mike. Oder an der Kombi. Mein Kopf ist übervoll. Genauso wie mein Herz. Weil: Lisa und ich haben Mikes Leben und das Leben von Aimee geändert. Was als Gedanke immer noch komplett absurd ist. Aber es ist die Realität. Sie und Mike haben eine zweite Chance bekommen, auch wenn sie es nicht wissen. Und natürlich habe ich das Thema ›Flugtag‹ im Gespräch mit Mike bewusst vermieden.

Let sleeping dogs lie.

Die beiden sind morgen auf dem Weg in die Provence. Alles ist gut.

Ein Schild kündigt in 5 Kilometern die Raststätte Waldmohr an. Ich versuche, mich auf meine aktuelle *mission* zu fokussieren, die kein Problem darstellen sollte: Ein Kasten Bier, Whisky, Sekt, Mineralwasser, Weiß- und Rotwein. Kalt. Ist alles vorrätig. Ich zahle, packe die Alkoholika in den Kofferraum und mache mich auf den Rückweg. Ausfahrt Waldmohr. Keine 500 Meter nach der Raststätte in Richtung Saarbrücken. Die

Ausfahrt führt in einer Rechtskurve einen kleinen Hügel hoch, der die Straße auf Höhe der Autobahnbrücke bringt. Ich warte an der Einmündung zur Straße, die über die Brücke führt. Direkt dahinter die Auffahrt zur A6 in Richtung K-Town.

Sehe nach links.

Frei.

Ich biege nach rechts ab, als es einen Riesenknall gibt und der Benz um die eigene Achse geschleudert wird. Wie in Zeitlupe realisiere ich, dass dafür ein Wagen ohne Licht verantwortlich ist, der den Benz am linken vorderen Kotflügel erwischt hat und der jetzt mit quietschenden Reifen ins Schlingern gerät, die gegenüberliegende Leitplanke durchbricht und aus meinem Gesichtsfeld verschwindet.

Dann: Ein unfassbar lauter Aufprall.

Adrenalin durchflutet meinen Körper. Ich bin angeschnallt und, soweit ich feststellen kann, unverletzt. Der Benz steht auf der Gegenfahrbahn, der Motor läuft noch. Ich fahre den Wagen instinktiv auf die schmale Stelle zwischen Leitplanke und Straße in Richtung Autobahnbrücke, schalte das Warnblinklicht ein und den Motor aus. Reiße die Fahrertür auf und eile über die Straße auf die durchbrochene Leitplanke zu.

Ein Abhang. An einem Baum am Fuße des Abhangs ein 7er BMW. Limousine. Mit vermutlich an die 300 PS. Der komplette vordere Bereich ist geschrottet. Rauch steigt aus der Motorhaube auf.

Ich stolpere den Abhang hinab, rutsche aus und falle auf den Rücken. Keuche. Fluche. Rappele mich hoch und erreiche endlich den BMW. Im Wagen: Fünf Männer. Blutüberströmt. Der Fahrer hängt leblos über dem Lenkrad. Ich will die Fahrertür aufreißen, die sich aber nicht öffnen lässt. Ich eile um den Wagen herum, versuche es bei allen vier Türen, wobei ich registriere, dass der Wagen ein Ami-Kennzeichen hat.

IF 1544.

Es wird die hintere rechte Tür. Drei Männer auf der Rückbank. Schnauzer. Kurze Haare. Lichte Haare. Anfang vierzig. Alle schwerverletzt. Platzwunden. Unter Schock. Nach Luft japsend. Überall Blut. Keiner von ihnen angeschnallt.

»Nicht bewegen«, sage ich. »Ich hole Hilfe!«

»Porca Madonna ...«, stöhnt der angeschnallte Beifahrer.

»You speak English?«, frage ich. Statt einer Antwort, hustet er und spuckt Blut. Ich entdecke eine Flasche Jim Beam im Fußraum. Das erklärt natürlich einiges, wenn nicht sogar alles.

»I get help! Don't move. Just stay here!«

Der Fahrer, wie sein Beifahrer angeschnallt, rührt sich immer noch nicht. Ich lasse die rechte hintere Tür des Wagens offen, greife mir den Verbandskasten aus dem Kofferraum, der sich glücklicherweise öffnen lässt und reiche ihn den Männern auf der Rückbank.

»Help is one the way! Just wait!«

Dann kämpfe ich mich die Böschung hoch. Oben angekommen, renne über die Straße zum Benz, klemme mich hinters Lenkrad, starte den Motor und wende. Richtung Waldmohr. Auf der Suche nach einer Telefonzelle. Die ich am Rande des Dorfplatzes entdecke. Ich halte auf dem Bürgersteig und stürze aus dem Benz. Es dauert gefühlt ewig, bis ich Kleingeld finde. Wähle die 110. Melde einen Autounfall mit fünf Schwerverletzten an der Autobahnausfahrt Waldmohr in Richtung Saarbrücken und lege dann eilig auf. Dabei fallen meine zwanzig Pfennig wieder in den Ausgabeschacht.

Ich lasse die zwanzig Pfennig dort, wo sie sind, und gehe zum Benz. Begutachte ihn. Der vordere linke Kotflügel ist komplett hinüber. Ebenso ein großer Teil der vorderen Stoßstange. Ich steige ein. Zittere am ganzen Körper. Stecke mir eine an.

Und jetzt? Soll ich warten, bis die Bullen auftauchen und ihnen erzählen, wie der Unfall passiert ist? Oder mich einfach verpissen? Wie viel Promille habe ich? Wie viel Promille durfte man 1988 haben, um ›glimpflich davonzukommen‹? Ich habe nicht die geringste Ahnung, weshalb es auf einen Kompromiss hinauslaufen wird. Ich warte hier auf das Blaulicht und die Martinshörner der Polizei und der Krankenwagen und verpisse mich dann.

Was nach knapp zehn Minuten der Fall ist.

Als ich an der Unfallstelle in Richtung Autobahn vorbeifahre, habe ich kurz das Gefühl, dass einer der Polizisten, die gerade die Unfallstelle absichern, dem Benz länger als nötig hinterhersieht. Hat er den geschrotteten Kotflügel bemerkt und sich mein Kennzeichen notiert?

Ich fahre auf die A6 in Richtung Landstuhl. Niemand verfolgt mich. Ich zittere immer noch. Aber nicht mehr so heftig, wie noch vor zehn Minuten. Ich versuche, zu rekapitulieren, wie der Unfall passieren konnte. Der Wagen war mit geschätzten 150 km/h und ohne Licht – warum auch immer – aus Richtung Waldmohr unterwegs. Der Fahrer und alle Insassen waren vermutlich nicht nur angetrunken, sondern richtig besoffen.

War ich schuld an dem Unfall?

Nein. Definitiv nicht.

Ich hoffe, dass die besoffenen, sorry, Vollidioten überleben.

* * *

Zurück im Schlosshotel. Meine alte Band ist noch am Start. Ebenso Lisa und drei ihrer Freundinnen. Ich schleppe den Kasten Bier zum Tisch der Band.

»Sie hatten Alkohol geordert?«, sage ich so locker wie möglich.

»Wir? Niemals«, erwidert Porty. »Das muss ein Missverständnis sein.« Alle lachen und machen sich dann über das Bier her. Mike grinst. Er scheint inzwischen nicht mehr angepisst zu sein. Was für alle Beteiligten von Vorteil ist. Ich bitte Andreas, mir dabei zu helfen, den Rest der Getränke aus dem Kofferraum des Benz zu holen, wobei er natürlich den zerschossenen Kotflügel bemerkt.

»Was ist passiert?«

»Ein kleiner *Incident*. Dumm gelaufen.«

Wir bringen Sekt, Whisky, Wein und Mineralwasser zum Tisch von Lisa und ihren Freundinnen.

»Bitte sehr die Damen«, sagt Andreas grinsend.

»Merci«, erwiderte eine von Lisas Freundinnen, tja, flirtiv. »Willst du dich nicht zu uns setzen und einen oder zwei mittrinken?«

»Sehr gerne«, erwidert Andreas und setzt sich. »Andreas.«

»Moni. Hi.«

Ich setze mich neben Lisa und gieße mir einen Grappa ein, während sie die Weinflasche öffnet und allen eingießt. Moni kümmert sich währenddessen um den Sekt.

»Auf Lisa und ihre fünf vor der Null«, sagt sie.

Wir stoßen alle an und trinken. Lisa beugt sich zu mir und küsst mich auf die Wange. »Das hat aber lange gedauert.«

»Musste nach Waldmohr. Raststätte.«

»So weit ist Waldmohr doch gar nicht.«

Ich zucke indifferent mit den Schultern. »Hab getrödelt. War in Gedanken.«

»Weswegen?«

»Erzähle ich dir später.«

Sie nickt, küsst mich erneut auf die Wange und tauscht dann weiter mit ihren Freundinnen Erinnerungen aus, während Andreas allen Whisky eingießt. Ich gehe zum Tisch meiner alten Band. Keiner macht den Eindruck, demnächst ins Bett gehen zu wollen. Im Gegensatz zu mir. Ich bin durch, komplett am Arsch. Das Gespräch mit Mike, der Unfall mit den Italienern, die Sorge, dass der Fahrer es vielleicht nicht geschafft hat.

»Ich bin demnächst raus. Game over«, sage ich und sehe zu Mike und Aimee. »Super viel Spaß ab morgen in der Provence. Und schickt mal 'ne Karte. Adresse deiner Mutter hast du ja, Aimee.«

Sie kichert und kuschelt sich an Mike, der lächelt.

»Kriegst du«, sagt er. »Von der Ardèche?«

»Natürlich. Bis dann.«

Ich wende mich ab und gehe zurück zu Lisa. Andreas unterhält sich prächtig mit Moni. Auch Lisa ist noch zu hundert Prozent am Start. Ich hingegen bin einfach nur *lost* und verabschiede mich keine halbe Stunde später aufs Zimmer, wobei ich den Grappa mitnehme. Lisa meint, sie käme demnächst nach. Aber erst, wenn der Sekt leer sei. Sie kichert und küsst mich dann.

Während ich auf den Eingang des Hotels zugehe, schwanke sowohl ich als meine Gefühlslage. Zwischen Erleichterung, weil Mike und Aimee *safe* sind, und Trauer darüber, dass es morgen beim Flugtag Tote geben wird. Und so viele Verletzte. Denen dieser Tag für die nächsten dreißig Jahre den Schlaf rauben und Wunden – nicht nur körperliche – reißen wird, die niemals verheilen werden. Deren Leben danach nicht mehr das gleiche sein wird.

So wie meines danach nicht mehr das gleiche war.

Im Zimmer fällt mein Blick auf das Vinylalbum ›Remember the Future‹ von Nektar. Mein Geschenk für Lisa. Sie kannte das Album noch nicht, hatte sich aber total darüber gefreut.

»Jetzt können wir uns gemeinsam an die Zukunft erinnern«, hatte sie gesagt. »Falls du dich noch daran erinnern willst.«

»Will ich nicht«, hatte ich erwidert. »Alles, was ich will, bist du. Und mein neues Leben. Im Hier und Jetzt. Scheiß auf die Zukunft.«

And I meant every word I said.

SONNTAG, 28. AUGUST 1988

11:10 Uhr

Nach einer traumlosen und, tja, komatösen Nacht quäle ich mich aus dem Hotelbett.

Lisas Seite des Bettes ist leer. Ich hatte gestern Nacht nicht mal mehr mitbekommen, dass sie sich neben mich legte. Und wenn, dann nur unterbewusst. Kurz nach 11 Uhr stoße ich zu ihr und ihren Freundinnen, die auf der Terrasse des Hotels frühstücken. Und mittendrin Andreas. Was mich leicht irritiert.

»Guten Morgen«, murmele ich und nippe an meinem Kaffee. Mustere Andreas, der kein Stück müde wirkt und mich angrinst.

»Hab gestern Nacht irgendwie den Anschluss an die Gang verpasst«, sagt er.

»Hast du nicht«, korrigiert Moni, die neben ihm sitzt. »Du konntest dich einfach nicht von uns trennen.«

»Ja, stimmt«, erwidert Andreas und lacht.

Ich verstehe ihn total. Endlich wieder Menschen in unserem Alter. Klar, dass man dafür die Jungspunde sausen lässt.

»Aimee und Mike waren auch noch dabei?«, frage ich.

»Sind alle zusammen abgehauen«, bestätigt Andreas. »Vermutlich ins ›Crazy‹.«

Falls die beiden wirklich noch zusammen mit der Gang im ›Crazy‹ versumpft sein sollten: Wie viel Schlaf haben sie in der Nacht bekommen? Wenig, so viel ist klar. Oder sind sie ohne Schlaf direkt bei Morgengrauen losgefahren? Knapp 800 Kilometer. Neun Stunden mit Pausen. Mindestens. Je nach Verkehr. Wobei die Frage bleibt, wer von den beiden zu dem Zeitpunkt noch nüchtern war. Vermutlich keiner. Aber damals war uns das komplett egal. Zwei oder drei Kaffee gegen Sonnenaufgang, ein belegtes Brötchen und ab dafür.

»Ich habe Andreas dann Asyl gewährt«, erklärt Moni. »Ich meine, der arme Junge hätte sonst nach Hause trampen müssen. Und versuch mal, nachts um drei von Landstuhl nach Zweibrücken zu trampen.«

»Homburg-Einöd«, korrigiert Andreas. »Da steht mein Auto.«

»Wo immer es auch steht«, sagt Moni. »Hauptsache es steht.«

Die beiden kichern. Ich sehe zu Lisa, die gespielt genervt die Augen verdreht.

»Könntest du mich vielleicht nach dem Frühstück fahren?«, fragt mich Andreas.

»Kein Ding.«

»Ich würde dich auch fahren«, sagt Moni, »Aber wir wollten noch zum Flugtag.« Sie sieht zu ihren Freundinnen, die nicken. »Wenn wir schon mal in der Gegend sind. Waren da noch nie. Soll aber total klasse sein.«

Lisa und ich starren Moni fassungslos an.

»Das ist irgendwie … keine gute Idee«, sagt Lisa stockend.

»Wieso nicht?«

»Weil …« Sie bricht überfordert ab und wirft mir einen hilfesuchenden Blick zu.

Ich schließe kurz die Augen. Fokussiere mich.

»Die A6 und alle Straßen in Richtung Ramstein-Miesenbach und Air Base sind spätestens ab jetzt komplett dicht«, sage ich. »Selbst wenn ihr in der nächsten halben Stunde loskommen würdet, wärt ihr nicht vor 13 oder eher 14 Uhr auf der Base. Wenn überhaupt. Weil: Ihr werdet keine Parkplätze mehr finden. Offizielle Parkplätze gibt es nur auf der Base. Und die sind alle vermutlich schon seit 10 Uhr belegt. Danach parken alle überall. Auf Feldern, Wiesen, am Straßenrand. Und dann müsst ihr euch zu Fuß in Richtung Base durchschlagen. Über 3 Kilometer. Mindestens. Und vom Gate bis dahin, wo die Fressstände sind und die Flugzeuge stehen, sind es nochmal an die 3 Kilometer. Die ihr auch zu Fuß bewältigen müsst. Inmitten 300.000 anderer Besucher. Und das bei dem Wetter. Es soll an die 30 Grad werden. Und auf der Base und dem Weg dahin gibt es keinen Schatten, keine Bäume, nichts. Ohne Sonnenschirme seid ihr verloren. Wer nicht spätestens gegen neun oder 10 Uhr morgens vor Ort ist, hat keine Chance. Oder diejenigen sind extrem leidensfähig. Und bis ihr da ankommt, ist eh alles schon so gut wie vorbei. Und dann könnt ihr nochmal mindestens eine Stunde einplanen, um wieder zu euren Autos zu kommen. Und dann: Riesenstau auf der A6.«

Moni sieht zu ihren Freundinnen, die einen gequälten Eindruck machen.

»Von den ganzen linksradikalen Demonstranten, die den Flugtag hassen und die alles dafür tun, es den Besuchern so schwer wie möglich zu machen, überhaupt auf die Base zu kommen, möchte ich gar nicht erst anfangen.«

»Krass«, sagt Andreas. »War mir gar nicht bewusst, was da jedes Jahr abgeht. Hatte aber auch nie das Bedürfnis, Teil von 300.000 Menschen zu sein. Mich hat ja schon das Deep-Purple-Open-Air vor drei Jahren in Mannheim auf dem Maimarktgelände komplett gestresst. Und da waren vermutlich nicht mal 20.000 Leute.«

Er lacht.

»Das alles war mir auch nicht wirklich bewusst«, sagt Moni nachdenklich. »Vielleicht doch keine gute Idee.«

Ihre Freundinnen stimmen zu.

»Dann könnte ich dich doch noch zu deinem Auto fahren«, sagt Moni zu Andreas.

»Ich mach schon«, meine ich. »Muss da eh noch hin.«

12:06 Uhr

Andreas und ich kommen erst nach 12 Uhr los. Weil: Lisa und ihre Freundinnen können sich nicht trennen, sitzen noch ewig beim Frühstück, quatschen, kichern, haben Spaß. Und Andreas kann sich nicht von Moni trennen. Ich packe währenddessen und checke aus. Zahle bar. Kam immer noch nicht dazu, ein Konto zu eröffnen, auch wenn das dank Andreas' Hilfe inzwischen kein Problem mehr darstellt.

Lisa und ich wollen uns später bei ihr treffen, zusammen ›Remember the Future‹ hören und in Ruhe die Geschenke ihrer Tochter und ihrer Freundinnen checken. Vor allem den Vibrator, den sie von Moni bekommen hat.

Ich fahre erst am Autobahnkreuz Landstuhl-West auf die A6 in Richtung Saarbrücken, da mir bewusst ist, dass die Abfahrt/Auffahrt Ramstein-Miesenbach sowie die umliegenden Straßen durch die Besucher des Flugtags komplett verstopft sind. Was mir auch der Verkehrsfunk mitgeteilt hat. Der Flugtag war in den Nachrichten davor natürlich auch ein großes Thema. Auf der Gegenfahrbahn der A6 in Richtung Air Base stehen die Fahrzeuge im Stau. Zum Glück muss ich, nachdem ich Andreas bei seinem Auto in Einöd abgesetzt habe, in Richtung Saarbrücken und nicht zurück nach Landstuhl. Ich frage mich kurz, ob in den Fahrzeugen, die gerade im Stau stehen, spätere Opfer sitzen. Oder kommen die ›Spätankömmlinge‹ um diese Zeit gar nicht mehr bis ganz nach vorne, zur Startbahn, wo die Tragödie stattfinden wird? Könnte es sein, dass ein Familienvater, der mit seiner Frau und den Kids gerade im Stau steht, irgendwann die Schnauze voll hat und den Besuch des Flugtags cancelt? Und somit das Leben seiner Familie rettet.

»Wie war's?«, frage ich Andreas und gebe dem Benz die Sporen.

»Mit Moni?«

»Nee, mit der Flasche Whisky, in die du gestern Nacht deinen Rüssel versenkt hast.«

Er gackert. »War geil.«

»Auf allen Ebenen?«

»Auf drei Ebenen auf jeden Fall.«

»Lachen, trinken, vögeln?«

»Korrekt.«

»Backstory?«

»Was?«

»Geschieden? Witwe? Alte Jungfer? Beruf?«

»Witwe. Lehrerin.«

»Wo wohnt sie?«

»Koblenz.«

»Besser als Berlin oder Hannover. Oder Los Angeles.«

Wir lachen.

»Die ist schon ziemlich klasse«, sagt er. Ich bemerke, dass sich der Stau auf der Gegenfahrbahn fast bis nach Bruchmühlbach-Miesau zieht.

Unfassbar.

Als wir an der Ausfahrt Waldmohr vorbeikommen, halte ich kurz die Luft an. Was Andreas mitkriegt.

»Hier war der Unfall?«

Ich nicke und erzähle ihm die ganze Geschichte.

»Ohne Licht?«, hakt er ungläubig nach.

»Ohne Licht und sehr wahrscheinlich alle komplett besoffen.«

»Trotzdem Fahrerflucht.«

»Klar. Mit Grappa, Jacky und Weinschorlen im Kopf.«

»Zettel und Stift?«

»Handschuhfach.«

Er schreibt mir die Adresse und Telefonnummer der Werkstatt seines Kumpels auf. »Ist in Spiesen-Elversberg. Frag nach Wladimir und grüß ihn von mir. Er ist mir noch was schuldig.«

* * *

Zwanzig Minuten später sind wir am Proberaum in Einöd. Davor steht nicht nur Andreas' Toyota, sondern auch die Wagen von Porty und dem Rest der Band. Außer dem Golf von Mike, klar.

»Die Jungs proben heute?«

»Wer feiern kann, kann auch proben«, erwidert Andreas, als Porty aus dem Proberaum kommt, während die Band weiterspielt. Er sieht aus, als hätte er die Nacht durchgemacht.

»Die verlorenen Söhne. Was für eine Überraschung.«

Er gackert.

»Habt ihr durchgemacht?«, frage ich.

»Nur ein bisschen«, erwidert er, wobei ›ein bisschen durchmachen‹ natürlich auf Augenhöhe mit ›ein bisschen schwanger‹ ist.

Ich hole das Case mit Mikes Charvel-Bass aus dem Kofferraum.

»Das ist Mikes Bass. Ich brauche ihn nicht mehr.«

Porty nickt. Andreas nimmt das Bass-Case und betritt den Proberaum.

»Krass, dass ihr heute probt.«

»Wir müssen«, sagt Porty. »Der Showcase in Hannover ist ja schon Ende September. Da entscheidet sich alles. Die Zeit rennt. Wir müssen ab jetzt jeden Tag proben.«

»Auch ohne Mike, klar. Also jedenfalls die nächsten zehn Tage.«

»Nee, mit Mike«, erwidert Porty.

Ich glaube, mich verhört zu haben, und hake irritiert nach.

»Bitte was?«

»Mike war bis vor knapp 'ner Stunde noch hier und hat mit uns geprobt. Sieht aus, als hätte er Südfrankreich mit Aimee gecancelt.«

Mein Herz setzt für mehrere Schläge aus.

»Moment, langsam. Ganz langsam …«, stammele ich. »Warum das? Was ist passiert?«

Porty seufzt. »Wir waren nach Landstuhl noch alle im ›Crazy‹. Gab auch was Schnelles. Außer für Aimee, die hat sich ab da nur noch Kaffee und Cola reingepfiffen. Im Gegensatz zu Mike. Na ja, irgendwann hat sich dann Hannes verplappert. Beziehungsweise ein Thema angesprochen, das nicht hätte angesprochen werden dürfen …«

Mich überfällt eine extrem ungute Ahnung und mein Herz rast.

»Er hat Aimee gefragt, ob die Gerüchte, die man in der Szene so hört, stimmen würden«, fährt Porty fort. »Und zwar, dass sie ihren Keyboarder und den Basser gefeuert habe, was Aimee bestätigt hat. Mike hat von den Gerüchten bis zu dem Zeitpunkt offensichtlich noch nichts gehört und war fassungslos. Weil Aimee ihm das verschwiegen hat. Und sie wohl schon einen neuen Bassisten am Start hat. Und statt des Keyboarders einen zweiten Gitarristen.«

Mir wird heiß und kalt. Kann nicht glauben, was ich gerade höre. Erinnere mich dann, dass der Streit zwischen Mike und Aimee, den ich komplett verdrängt hatte, in der alten Zeitschiene nicht im ›Crazy‹, sondern im ›Poison‹ in Neunkirchen stattgefunden hatte. Auch damals kam irgendwie über Ecken raus, dass Aimee ihre Band neu aufgestellt hatte. Und sie Mike nicht gefragt hatte, ob er Bock auf den Job als Basser in ihrer Band hätte. Was für Mike ein Traum gewesen wäre. Zusammen mit der Frau seines Lebens Musik in deren Band zu machen. Aber Aimee wollte das nicht, weshalb sie ihm das alles auch verschwiegen hatte.

»Na ja, Mike ist dann jedenfalls total ausgerastet und hat Aimee eine Szene vom Feinsten hingelegt. Er wusste das echt nicht. Ich meine, er hätte total Bock drauf gehabt, auch in Aimees Band zu spielen. Er hätte locker zwei oder drei Bands unter einen Hut gebracht, er hat ja keinen Brotjob. Die Jungs und ich hätten damit nicht das geringste Problem gehabt. Aimee wohl schon.«

Ich nicke wie in Trance. Tausend Gedanken in meinem Kopf.

»Aimee hat noch versucht, ihn runterzufahren, und meinte, sie wollte Privates und Geschäftliches nicht vermischen, das würde nur Stress geben. Aber Mike war out there, wenn du weißt, was ich meine. Keine Chance, ihn irgendwie zu beruhigen. Was vielleicht auch am Koks lag, keine Ahnung.«

Ich nicke stumpf. Und weiß natürlich, was Porty meint.

Kamikaze-Mike.

Out of control.

The destroyer.

»Er brüllte dann rum, von wegen, Aimee könne sich – Zitat – ›Südfrankreich und den ganzen Rest in den Arsch schieben‹, es wäre vorbei mit ihnen«, fährt Porty fort. »Dann hat er sein Whisky-Glas gegen die Wand geworfen und ist abgehauen. Das war so gegen 5 Uhr morgens.«

»Wieso ist er dann hier vor einer Stunde abgehauen?«, frage ich stockend und befürchte, die Antwort zu wissen. Er fühlte sich mies, beschissen. Wie das letzte Arschloch. Ihm wurde klar, dass er letzte Nacht Scheiße gebaut hatte. Richtige Scheiße. Und jetzt will er sich jetzt bei Aimee entschuldigen. Und wo sie ist, weiß er. Beziehungsweise ahnt es.

»Keine Ahnung«, erwidert Porty. »Er hat nur gesagt, dass er was klären müsse.«

Als mir das ganze Ausmaß dieses extrem unguten Wendepunkts bewusst wird, wüten nicht mehr tausend Gedanken in meinem Kopf, sondern nur noch einer.

Alles wird genauso passieren, wie es damals passiert ist.

Mike fährt zur Base, sucht Aimee, findet sie, entschuldigt sich bei ihr für gestern Nacht und seinen Ausraster, macht ihr klar, dass er verstanden hat, dass sie recht hatte und es definitiv keine gute Idee ist, Privates und Geschäftliches zu vermischen und zusammen in einer Band zu spielen. Womit er leben könnte. Hauptsache Aimee und er sind zusammen. Dann fragt er sie, ob sie seine Frau werden will. Und Aimee sagt ja.

Kurz bevor sie sterben wird.

Ich schnappe nach Luft.

»Alles okay?«, fragt Porty.

Nein, nichts ist okay. Gar nichts, denke ich.

»Wie komme ich nach Ramstein? Also über Landstraße«, frage ich angespannt, da ich damals immer über die A6 und die A8 nach Einöd gefahren bin.

»Erstmal nach Homburg«, erwidert er. »Dann an Bechhofen vorbei in Richtung Bruchmühlbach. Dann Hauptstuhl und danach Landstuhl. Ab Homburg sollte Landstuhl aber ausgeschildert sein.«

»Alles klar. Danke.«

Ich klemme mich hinters Steuer des Benz und rase mit quietschenden Reifen vom Parkplatz. Sehe Porty im Rückspiegel, der mehr als nur ein bisschen irritiert wirkt.

12:55 Uhr

Es dauert gefühlt ewig, bis ich in Homburg bin, wobei ich von Einöd vermutlich keine zehn Minuten brauchte und dabei zweimal geblitzt wurde. Dann entdecke ich das Schild, das mir den Weg nach Landstuhl weist.

Es ist kurz vor 13 Uhr. Ich habe noch knapp zwei Stunden, um Aimee und Mike zu retten. Wie soll ich das schaffen? Ich weiß ja, wie lange es dauert, um diese Zeit auch nur ansatzweise in die Nähe der Base zu kommen.

Was für ein fucking Albtraum! Lisa und ich haben doch alles getan, um die beiden in Sicherheit zu bringen. Wie kann es sein, dass sie sich am Vorabend ihres ersten gemeinsamen Urlaubs so dermaßen zoffen, dass Mike alles hinwirft? Wegen einer Nichtigkeit. Aimees Entscheidung war richtig. Es gibt immer Stress, wenn man als Paar in einer Band ist. Auch wenn es sich ›nur‹ um den aktuellen Lover handelt. File under: Tastenficker. Mit Abstand ist mir das klar, aber das war es mir damals offensichtlich nicht. Es gab damals mehr als eine Situation, in der ich nichts als verbrannte Erde hinterließ, wenn ich mich verraten gefühlt hatte. Ich frage mich, wie es meine Band und meine Freunde damals überhaupt mit mir ausgehalten haben. Ich galt vermutlich als ›schwierig‹. So wie später als Drehbuchautor beim Fernsehen.

Nach Hauptstuhl und keinen Kilometer vor Landstuhl wird mir bewusst, dass ich nicht der Einzige bin, der die Idee hatte, die A6 auf dem Weg zur Base zu meiden. Es wird zäh. Stockender Verkehr. Schneckentempo. Alle Zufahrtsstraßen zur Base sind dicht. Und es gibt keine Schleichwege und Abkürzungen. Es ist genauso, wie ich es Moni in meinem als Abschreckung gedachten Szenario geschildert habe. Und ich dachte, ich hätte dabei übertrieben. Das Gegenteil ist der Fall. Es ist schlimmer. Es sind viel zu viele Menschen in viel zu vielen Autos unterwegs.

Warum tun sich die Leute diesen Stress an? Und das bei jedem Flugtag. Nur um Ami-Burger zu essen? Das kann man hier in der Gegend jeden Tag. Wegen der Ami-Ice-Cream? Auch an die kommt man recht problemlos ran. Wegen der Flugzeuge und den Jets, die jeden Tag im Tiefflug über die Westpfalz donnern und die man jetzt aus der Nähe sehen kann? Wegen der waghalsigen Flugvorführungen? Ich kann es nicht sagen, werde es nie verstehen. Was erschwerend dazukommt: Die Sonne ballert inzwischen volle Kanne, kein einziges Wölkchen am Himmel. Ich schalte die Klimaanlage ein und muss an Mike in dessen Golf denken. Der keine Klimaanlage hat. Wo ist er jetzt wohl? Schon auf der Base?

Ich sehe auf die Uhr des Benz.

13:15 Uhr.

Time flies. Und es geht immer noch nicht voran. An einem normalen Tag würde ich es in einer halben Stunde von Einöd nach Landstuhl schaffen. Aber nicht, wenn Flugtag ist.

Dann die ersten Jets am Himmel. Die Flugvorführungen haben begonnen.

Ich habe noch knapp zwei Stunden Zeit, um auf die Base zu kommen und Mike und Aimee zu finden. Und muss sie dann irgendwie davon überzeugen, sich so weit wie möglich von der Startbahn zu entfernen.

Sonst ist um 15:44 Uhr *game over*.

14:25 Uhr

Endlich auf der Landstraße nach Bruchmühlbach-Miesau, von der es zur Base abgeht. Überall wildes Parken. Auf Wiesen, in Straßengräben, am Straßenrand. Die Polizei ist machtlos, versucht nur noch, irgendwie das Chaos zu verwalten, indem sie den Besuchern zeigt, wo sie parken können. Auch wenn die offiziellen Parkplätze schon längst dicht sind. Es dauert eine weitere halbe Stunde, bis ich auf der schnurgeraden, ewig langen Straße bin, die zum Gate der Base führt und eher an eine Start- und Landebahn erinnert. Kein Mittelstreifen, kein Randstreifen. Nur jeweils zwei Fahrstreifen in beide Richtungen. Ich schwitze trotz Klimaanlage. Zum Glück habe ich eine Wasserflasche dabei, die inzwischen aber fast leer ist. Wie lange brauche ich in dem Mega-Stau bis zum Gate? Und von dort weiter zur Startbahn? Mit dem Auto ganz sicher länger als zu Fuß. Problem: Ich bin nicht gut zu Fuß. Ganz und gar nicht. Und ich hasse die Hitze, die mich killen wird.

Nach weiteren zwanzig Minuten, in denen ich das Gefühl habe, gerade mal fünfzig Meter vorangekommen zu sein und in denen ich von tausenden Menschen, die zu Fuß auf die Base unterwegs sind, überholt werde, treffe ich eine Entscheidung. Sobald ich am Straßenrand eine Parklücke, sei sie auch noch so klein, entdecke, lasse ich den Wagen stehen und gehe zu Fuß weiter. Es ist 14:48 Uhr, als ich rechterhand zwischen den neben der Straße parkenden Autos eine Lücke zwischen zwei Wagen erspähe. Von der ich aber nicht sicher bin, ob der Benz da reinpassen wird. Ich finde es heraus. Zentimeterarbeit. Mir läuft der Schweiß in Sturzbächen über den Rücken, aber ich schaffe es. Auch wenn sich die Türen des Benz danach nicht mehr öffnen lassen und ich mich durch das offene Fahrerfenster aus dem Wagen hangeln muss. Abschließen ist natürlich auch nicht möglich. Völlig außer Atem von der ungeplanten Gymnastikstunde renne ich los, in Richtung Gate. Nach knapp zweihundert Metern bin ich komplett außer Puste. Könnte daran liegen, dass ich das letzte Mal roundabout 2011, im Alter von sechsundvierzig, Sport gemacht habe. Sofern joggen ein Sport ist. Rennen ist nicht drin, aber zügiges Gehen ist machbar. Auch wenn ich dabei jede einzelne Kippe spüre, die ich in meinem Leben jemals geraucht habe. Bei einem fliegenden Händler, von denen es einige am Rand der Straße gibt, kaufe ich mir eine Flasche kaltes Wasser, dass ich gierig trinke, während erneut Jets über die Köpfe der Besucher donnern. Die Flugvorführungen sind im vollen Gange.

Und als letzter Programmpunkt in knapp einer Stunde ›Das durchstoßene Herz‹.

Dann kommt das Gate in Sichtweite. Und mit ihm auch die Aktivisten der Friedensbewegung, der GRÜNEN und anderer politischer Gruppierungen, die Plakate und Banner am Start haben.

›Stoppt den Fluchtag 88‹.

›Nie wieder Krieg‹.

›Schluss mit Tieflügen‹.

›Flugtage töten!‹.

Ich glaube, unter den Demonstranten Hennafrau und Bartmann aus dem Büro der GRÜNEN in Kaiserslautern zu entdecken, kann mich aber auch täuschen, da alle irgendwie gleich aussehen. Die Aktivisten verteilen Flugblätter, stimmen Sprechchöre über Megaphone an, brüllen Parolen, haben Trillerpfeifen am Start, bilden eine Menschenkette. Wenn auch nur eine kleine. Einige Demonstranten haben sich blutbesudelte Leintücher übergeworfen und werden von Besuchern derb auf Pfälzisch beschimpft und auch angespuckt. Die Military Police beobachtet das Treiben aus einiger Entfernung, macht aber keine Anstalten einzugreifen.

Sinnlosaktionen. Niemand konnte den Flugtag verhindern. Wir alle waren machtlos und hilflos. Erst die Katastrophe heute wird dem Flugtag ein Ende bereiten. Nicht nur in Ramstein, sondern in ganz Deutschland.

Ich passiere das Gate – natürlich keine Kontrollen – und versuche, mich zu orientieren. Die Start- und Landebahn befindet sich knapp 2 Kilometer irgendwo rechter Hand. Die Rasenflächen auf der Base sind komplett zugeparkt. Die Masse an Menschen macht mich fertig. Die Hölle. Alle scheinen der Start- und Landebahn entgegenzustreben. Ich folge ihnen. Wie spät ist es? Keine Ahnung. Mein Phone liegt seit einigen Tagen bei Lisa, da ich keinen Sinn mehr darin sah, dieses weiterhin mitzuschleppen.

Ich frage einen der Besucher nach der Uhrzeit.

14:56 Uhr.

15:20 Uhr

Auch der Bereich vor der Startbahn ist zugeparkt mit Autos. Darunter Campingbusse, Polizei- und Feuerwehrfahrzeuge. Der Geruch von Grillfleisch liegt in der Luft. Besucher sitzen unter mitgebrachten Sonnenschirmen auf Campingdecken, Klappstühlen, lachen, trinken Cola, Bier, essen Hamburger und Hot Dogs, schlecken Eis, haben Spaß.

Ich schwitze, japse nach Luft, bin kurz vor dem Kollaps und kann mich nicht mehr erinnern, wo genau der Grillstand ist, an dem Aimee aushilft. Wann werden die Kunstflugjets der Frecce Tricolori ihre Vorführung beginnen?

15:40 Uhr.

Und vier Minuten später wird nichts mehr so sein, wie es war.

Ich frage erneut einen der Besucher nach der Uhrzeit.

15:35 Uhr.

Ich irre mal nach links, mal nach rechts. Bin total *lost*. Das Gelände ist so verdammt riesig, wie soll man sich da orientieren und vor allem an was? Alles, was ich weiß: Der Grill, an dem Aimee arbeitete, stand ziemlich nahe an der Start-/Landebahn. Da muss ich irgendwie hin. Aber auf welcher Höhe? Ich irre weiter durch die Massen an Menschen in Richtung Startbahn. Ein Durchkommen ist unmöglich. Wie bei einem Rockkonzert. Jeder will direkt vor die Bühne.

Dann entdecke ich linker Hand einen Kühlwagen, aus dem Eis verkauft wird.

Der Kühlwagen, in den Pony 10 crashen wird!

Ich erinnere mich plötzlich, dass der Grillstand rechts davon war! Ich eile in die Richtung, dränge mich durch die Besucher, schubse, remple, werde beschimpft, was mir aber scheißegal ist.

Dann entdecke ich den Grill. Und Aimee und Mike!

Die beiden stehen zusammen, quatschen, halten sich an den Händen. Mein Herz rast, während ich auf die beiden zurenne.

»Weg von der Startbahn! Jetzt!«, schreikeuche ich, als ich bei ihnen ankomme. Die beiden starren mich an, als wäre ich ein Geist. Oder ein Fall für die Geschlossene.

»Keine Diskussionen, keine Fragen! Weg von hier, verdammt! Jetzt!«, brülle ich.

Mike lacht. »Was wird das, Mann? Versteckte Kamera, oder was?«

»Es geht um Leben und Tod, Mike! Verpisst euch! Jetzt!«

Mike sieht zu Aimee, die mit den Schultern zuckt.

Ich reiße ihn an seinem Rush-Shirt zu mir ran. »Unser Gespräch gestern Nacht!«, zische ich ihm ins Ohr. »Ich weiß, was passieren wird! Verpisst euch verdammt nochmal!«

Er starrt mich fassungslos an, wird blass. Scheint dann zu verstehen und nimmt Aimees Hand. »Let's go«, sagt er zu ihr, als über Lautsprecher eine Durchsage kommt.

»Liebe Besucher des Flugtags«, sagt eine männliche Stimme. »Es tut uns sehr leid, Ihnen mitteilen zu müssen, dass der letzte Programmpunkt des heutigen Tages, die Flugvorführung der italienischen Kunstflugstaffel Frecce Tricolori, aufgrund logistischer Probleme dieses Jahr leider nicht wie geplant stattfinden kann. Wir hoffen auf Ihr Verständnis und versichern Ihnen, dass die Vorführung beim Flugtag im nächsten Jahr nachgeholt werden wird. Wir wünschen Ihnen eine gute Heimreise und freuen uns, Sie 1989 wieder begrüßen zu dürfen.«

Danach folgt die Durchsage auf Englisch, gesprochen von einer Frau.

Ich lache hysterisch auf, falle auf die Knie und heule Rotz und Wasser. Mike kniet sich zu mir und legt mir einen Arm über den Rücken.

»Hey, Mann. Alles okay? Müssen wir noch abhauen?«

Ich schüttele unter Tränen den Kopf. »Alles ist gut«, schluchze ich. »Alles ist gut …«

Mike hilft mir auf die Beine. Aimee reicht mir ein Taschentuch, mit dem ich mir die Tränen aus den Augen wische und in das ich dann schnäuze. Ich versuche, zu lächeln, was aber vermutlich eher wie eine Grimasse rüberkommt.

»Haut jetzt einfach ab. Nach Südfrankreich. Bitte …«, sage ich krächzend.

Mike nimmt Aimee in den Arm. »Wollen wir? Auch wenn wir vermutlich mitten in der Nacht ankommen.«

»Scheißegal«, erwidert sie lächelnd und küsst ihn. »Let's do this.«

Mike zieht mich hoch. Dann umarmen mich beide.

»Danke, Mann«, flüstert Mike mir ins Ohr. »Für alles.« Er küsst mich auf die Wange, während Aimee mir ins andere Ohr flüstert. »Pass auf Mum auf, ja?«

Ich nicke wie in Trance.

»Bis bald.« Sie küsst mich ebenfalls auf die Wange, nimmt Mikes Hand und geht mit ihm weg, in Richtung Gate.

Ich lege den Kopf in den Nacken und sehe in den wolkenlosen, strahlendblauen Himmel über der Air Base, während aus den Lautsprechern ›The Star-Spangled Banner‹, die Nationalhymne der Vereinigten Staaten von Amerika, ertönt.

EPILOG:
REMEMBER THE FUTURE

Sechs Wochen später

»Hier?«

»Ja, vielleicht. Eventuell. Keine Ahnung«, murmele ich und streiche mir meine inzwischen wieder langen Haare hinter die Ohren. Ich war seit meiner ›Rückkehr‹ im April nicht beim Friseur und sehe aktuell aus wie Ozzy in den 70ern. Ozzy mit Brille und grauem Bart. Und die Haare wachsen weiter. Immer noch. Zum Glück.

Lisa und ich sind auf der A8 in Richtung Saarbrücken unterwegs und keine 4 Kilometer von der Ausfahrt Homburg-Einöd entfernt. Gleiche Strecke wie im April.

»Spürst du irgendetwas? Schwingungen? Eine Art von Erinnerung? Ein Gefühl? Irgendetwas?«

»Nein, nichts.«

»Und danach hast du in einer Nothaltebucht gehalten?«

Ich nicke. »Die müsste gleich kommen.«

»Halte da nochmal.«

»Lisa …«

»Bitte.«

Als die Nothaltebucht in Sichtweite kommt, gehe ich vom Gas, setze den Blinker und fahre raus. Lisa und ich steigen aus und setzen uns nebeneinander auf die Leitplanke, während Autos und LKWs an uns vorbeirasen.

»Okay, erzähl nochmal, was genau passiert ist.«

Ich schließe die Augen. »Ich hatte das Gefühl, dass ich kurz weg war. Für den Bruchteil einer Sekunde. Nachdem ich gebremst und das Steuer rumgerissen habe. Vielleicht war ich auch wirklich kurz ohnmächtig, keine Ahnung.« Ich öffne die Augen und sehe Lisa an. »Und dann diese … Vision.«

»Was für eine Vision?«

»Dass ich in das Heck des LKW crashe. Der Benz schleudert und ich krache in die Mittelleitplanke. Dann rast ein Auto in das Heck des Benz, der Airbag öffnet sich und ich …«

Ich breche überfordert ab, suche nach den richtigen Worten, um Lisa begreifbar zu machen, was ich in diesem Moment erlebt habe. Beziehungsweise, was ich glaube, erlebt zu haben.

»Es fühlte sich so an, als sei es wirklich passiert. Aber eine Millisekunde später realisierte ich, dass nichts passiert war. Es gab keinen Unfall. Ich war *safe*. Aber ab da war ich offensichtlich zurück im Jahr 1988. Wobei es ein bisschen dauerte, bis ich das begriffen hatte. Der Übergang, oder wie auch immer man es nennen möchte, war total *strange*. Wie ein Traum. Nein, kein Traum. Eine Traumsequenz. Eine sehr kurze Traumsequenz. Die ich mehr ahnte, als dass ich mich an sie erinnern könnte.«

»Vielleicht hat es in diesem Moment eine Art von Zeitriss gegeben«, sagt Lisa nachdenklich. »Eine Verschiebung des Raum-Zeit-Kontinuums. Es hatte sich ein Tor, ein Portal zu einer anderen Zeitdimension, einer anderen Zeitschiene geöffnet. Für die Dauer, in der ein Kolibri einen einzelnen Flügelschlag macht. Und ein Kolibri schlägt in einer Sekunde vierzig bis achtzig Mal mit den Flügeln.«

»So wie eine *bat out of hell*?«

Sie lacht.

»Krass, was du alles weißt …«

»Recherche«, erwidert sie. »Ist auch 1988 möglich. Selbst ohne … wie nannte sich das?«

»Google.«

»Was bedeutet das Wort eigentlich?«

»Keine Ahnung. Ich war schon immer ganz mies im Recherchieren.«

Wir lachen.

»Also quasi saarländischer Time-Slip statt Martian Time-Slip«, sage ich dann.

»Oder pfälzischer. Die Grenzen sind hier in der Gegend fließend.«

»Vielleicht liege ich seitdem im Wachkoma und alles seit April findet nur in meinem Kopf statt.«

Sie zieht mich zu sich ran und küsst mich. »Fühlt sich das an, als würde das nur in deinem Kopf stattfinden?«

»In meinem Kopf findet gerade gar nichts statt. Dafür umso mehr in meiner Hose.«

Sie drückt ihre Hand zwischen meine Beine. »Eindeutig.«

Wir lachen und küssen uns erneut.

»Es ist müßig, Lisa. Ich habe diese Aktion nur dir zuliebe mitgemacht«, sage ich, nehme sie in den Arm und streichele ihr über die Wange. »Ich ahnte schon vorher, dass es nichts bringen würde. Es ist, wie es ist. Saarländischer Time-Slip oder Martian Time-Slip. Oder meinetwegen auch pfälzischer Time-Slip. Egal. Es ist genau richtig so, wie es ist.«

Sie lehnt ihren Kopf gegen meine Schulter. »Einen Versuch war es wert, oder?«

»War es. Aber es gibt nicht auf alle Fragen Antworten.«

»Wäre aber irgendwie schön, oder?«

»Ist aber unrealistisch.«

Sie knufft mich gegen den Oberarm. »Du blöder Realist.«

»Könnten wir uns eventuell auf ›realistischer Träumer‹ einigen?«

»Könnten wir. Aber nur, wenn du mich nochmal küsst.«

Ich küsse sie. Dann atmet sie durch, steht auf und öffnet die Beifahrertür des Benz. »Abflug.«

Ich muss grinsen, denn das ist eins der vielen Worte, die sie von mir aus meiner ehemaligen Zeitschiene übernommen hat. Ihr aktuelles Lieblingswort ist ›Läuft‹.

»Love you«, sage ich. Was meiner Meinung nach auf Englisch schöner klingt als auf Deutsch. Und sich auch definitiv einfacher sagen lässt.

»Love you, too«, erwidert sie lächelnd. »Du realistischer Träumer …«

Wir steigen in den inzwischen von Andreas' Kumpel für umsonst reparierten Benz und fahren zurück nach Saarbrücken, wo wir in meinem Hotel den Rest meines Krams – mein Musikequipment habe ich schon letzte Woche im Proberaum der Band zwischengeparkt – und vor allem die Stereoanlage und die dazugehörigen Boxen abholen wollen. Lisa hat ihre Kompaktanlage mit in ihr Arbeitszimmer genommen und ich darf meine Anlage im Wohnzimmer aufbauen.

Win-win situation.

Wobei mir klar ist, dass ich auf lange Sicht auch in meinem Arbeits- und Schlafzimmer eine Anlage benötigen werde. Weil: Ich kann ohne Musik nicht schreiben. Und nein, Streaming und Bluetooth sind keine Option. Und werden niemals wieder eine sein. Es sei denn im Urlaub. Der ganze Quatsch ist nicht annähernd ein Ersatz für Vinyl und den Sound einer Stereoanlage. Mit dem Wissen von heute hätte ich in meiner ehemaligen Zeitschiene von Anfang bis Ende der 90er alle Neuveröffentlichungen – viele waren es nicht – auf Vinyl gekauft. Was ich in dieser Zeitschiene auch tun werde. Und irgendwann werde ich diese Alben dann zu unfassbaren Preisen bei Discogs wieder verkaufen. Aber vermutlich werde ich sie einfach behalten und hören.

Letzte Woche habe ich mir Plattenregale besorgt und in Lisas Wohnzimmer, das ja jetzt auch irgendwie mein Wohnzimmer ist, zusammengeschraubt. Aber keine Kallax-Regale, denn die gab es 1988 noch nicht. Danach habe ich meine Alben einsortiert. Viele sind es noch nicht, aber ich gehe davon aus, dass das Regal spätestens Ende des Jahres voll sein wird.

Die Entscheidung, zusammenzuziehen, fiel uns nicht leicht. Wir beide sind komplett autark und lieben unsere Unabhängigkeit und Freiheit über alles. Doch irgendwann wurde uns bewusst, dass es einfach nur, tja, feige wäre, es nicht zu tun. Und ja, auch irgendwie dämlich. Wir sind nicht mehr Mitte zwanzig. Die Zeit rast. Und jeder Tag ohne den anderen ist ein verlorener Tag. Wir stellen füreinander keine Bedrohung dar. Weder in Bezug auf unsere Unabhängigkeit und schon gar nicht in Bezug auf unsere Art zu leben. Wir werden uns auch weiterhin, trotz des Zusammenlebens, perfekt ergänzen, voneinander lernen und weitergehen.

Zwei Teenager im Herbst ihres Lebens.

Was das Thema ›Flugtag‹ angeht, sind wir realistisch. Die Katastrophe wird lediglich um ein Jahr verschoben. Weil: Katastrophe mit Ansage. Und dass der Flugtag nächstes Jahr stattfinden wird, steht außer Frage. Und natürlich wird die Frecce Tricolori mit ihrer Flugfigur ›Das durchstoßene Herz‹ dabei sein. Danach werden andere Namen auf dem Gedenkstein für die Opfer des Flugtags stehen als in der alten Zeitschiene.

Oder dieselben?

Außer dem Namen von Aimee natürlich.

Alle lokalen und teilweise auch überregionalen Zeitungen feierten am Montag nach dem Flugtag das Ereignis: Was für eine wundervolle Party, was für ein Event, was für ein supertolles Fest, alles toll, toll, toll. Auch wenn der letzte Programmpunkt, die Flugvorführung der Frecce Tricolori leider ausfallen musste. Tenor: Wer nicht dabei war, hat was verpasst. Wir zusammen mit unseren Freunden aus den US of A.

Best Friends.

Forever.

Until death do us part.

Wie realistisch ist es, zu hoffen, dass die Frecce Tricolori nächstes Jahr nicht am Start sein wird?

Unrealistisch.

Wie sollten die Verantwortlichen des Flugtags eine Absage an die Staffel begründen? Dass fünf ihrer Piloten in der Nacht vor dem Flugtag 1988 in einem für eine kleine Spritztour ausgeliehenen 7er BMW eines Colonels oder sonstigen hohen Tieres der Air Force sturzbesoffen einen Unfall verursacht hatten? Bei dem alle fast draufgegangen wären? Und dass es sich bei den fünf Männern wirklich um Piloten der Frecce Tricolori handelte, daran gibt es von meiner und Lisas Seite aus nicht den geringsten Zweifel. Die Zeitungsmeldung, dass in der Nacht von Samstag auf Sonntag in der Nähe der Autobahnausfahrt Waldmohr bei einem Verkehrsunfall mehrere Personen schwer verletzt wurden, fand sich versteckt im Lokalteil. Sechs Zeilen. Keine Details, keine Namen. Wusste die deutsche Presse, um wen es sich bei den Unfallopfern handelte? Ganz sicher nicht. Die USAF und alle am Flugtag Beteiligten konnten nicht zulassen, dass diese Infos öffentlich wurden. Es wird interne Untersuchungen der Air Force geben, klar. Aber letztlich wird alles wie üblich im Sande verlaufen und keine Konsequenzen nach sich ziehen. Die Italiener werden beim ›Flugtag 89‹ dabei sein und ihre tödliche Flugfigur fliegen. Eine Absage an die Staffel ist keine Option. Weil: Diese würde Fragen aufwerfen. Die man nicht wahrheitsgemäß würde beantworten können.

Was mir inzwischen klar ist: Es ging bei den Flugtagen zu keinem Zeitpunkt um die Sicherheit der Zuschauer oder die Einhaltung der Richtlinien. Es ging ausschließlich darum, den deutschen Besuchern um jeden Preis ein Spektakel der Superlative zu bieten, an das sich alle noch Jahre später erinnern würden. Und die Besucher waren den US of A jedes Jahr dankbar für diese Events.

Nächstes Jahr eher nicht.

Dass es all die Jahre keine Katastrophe gab, war nichts weiter als pures Glück. Oder Zufall. Objektiv gesehen waren die Flugtage immer ein Spiel mit dem Feuer. Seltsamerweise waren die Anti-Flugtag-Aktivisten die Einzigen, denen das bewusst war.

Aber niemand hat sie ernst genommen.

Die Frage, die niemals beantwortet werden wird: Wer außer den Verantwortlichen des US-Militärs wusste von der Flugfigur, die die Italiener fliegen würden? Eine Flugfigur, die eine Lebensgefahr für die Besucher darstellte, da der Solopilot direkt auf ebenjene zuflog. Selbst jemandem, der nicht die geringste Ahnung von Flugvorführungen hatte, hätte klar sein müssen, dass ›Das durchstoßene Herz‹ eine tickende Zeitbombe ist. Wussten deutsche Politiker, vor allem der damalige Innenminister von Rheinland-Pfalz, wirklich nicht, welche Flugfigur die Italiener fliegen würden?

I doubt it.

Im Vorfeld des Flugtags gab es massig Warnungen. Von Seiten der Kommunalparlamente des Landes, von Mitgliedern des Landtages, von der evangelischer Kirche, Gewerkschaften und natürlich der Friedensbewegung. Doch alle Warnungen wurden ignoriert. Haben die Verantwortlichen wirklich stillschweigend in Kauf genommen, dass Besucher am Flugtag zu Tode kommen könnten? Wollte man von Seiten der deutschen Behörden und der deutschen Medien den Verbündeten, den Befreier, den Beschützer und vor allem den, tja, Arbeitgeber nicht verärgern, nerven und unter Druck setzen? Falls allen Beteiligten wirklich klar war, dass die Flugfigur *deadly* sein könnte, dann haben sich die schweigenden Mitwisser genauso schuldig gemacht wie die Entscheider der USAF, welche die Flugvorführung der Italiener durchgewunken haben. Dass danach niemand angeklagt und somit die Schuldfrage nie geklärt werden konnte, spricht Bände.

Als wir auf dem Parkplatz meines zukünftigen Ex-Hotels ankommen, entdecken wir Mike und Aimee, die beide mit ihren Autos am Start sind, um uns beim letzten Teil des, tja, Umzugs zu helfen. Die beiden sind am Nachmittag des Flugtags in Mikes Golf wirklich noch nach Südfrankreich gefahren. Und beide meinten danach, dass es einfach nur magisch war. Natürlich war es das. Meine alte Band hatte vor zwei Wochen ihren *showcase* im ›Glocksee‹ in Hannover, nach dem zwei der vier anwesenden A&Rs von großen Plattenfirmen Interesse bekundet hatten. Auch ohne ›Smells Like Teen Spirit‹ gehört zu haben. Den Song kannte nur Martin Linde von der Sony, der aber trotzdem scharf auf die Band ist. Laut Mike ist er wohl auf der Suche nach den neuen Europe. Ich habe ihm nicht erzählt, dass Europe, wie die meisten Hard-Rock- und Metal-Bands der 80er Jahre ab 1991 vom Alternative Rock für über eine Dekade in die Bedeutungslosigkeit arschgetreten werden. Aimee war bei dem Gig im ›Glocksee‹ als Backgroundsängerin dabei und bekam danach von Bornemann das Angebot, Eloy als eine von zwei Backgroundsängerinnen auf deren nächsten Tour zu begleiten. Mit der Option, auch am neuen Album beteiligt zu sein. Aimee hatte sich Bedenkzeit erbeten, aber ich bin sicher, sie hat ihre Entscheidung schon längst getroffen. Weil: Ihre Band war nach den ganzen Umbesetzungen nicht mehr ihre Band. Alles lief irgendwie, tja, unrund.

Welche Auswirkungen wird Bornemanns Angebot auf Aimees Beziehung mit Mike haben? Who knows? Ich jedenfalls nicht.

Mike und ich schleppen eine meiner Hifi-Boxen zum Benz, während Aimee und Lisa die andere Box gerade auf der Rückbank von Aimees Wagen verstauen.

»Was ist passiert beim Flugtag dieses Jahr? Also damals …«, fragt Mike, der sich inzwischen nicht mehr wie mein jüngeres Ich anfühlt, sondern eher wie mein jüngerer Bruder. Dessen Vater ich sein könnte. Rein rechnerisch.

Ich stöhne.

»Komm schon, Mann.«

Ich erzähle es ihm. Die Kurzfassung. Ohne zu erwähnen, dass Aimee in der alten Zeitschiene ums Leben kam.

Er wirkt geschockt. »Und warum ist es dieses Jahr nicht passiert?«

Weil fünf Piloten der Todesstaffel in der Nacht vor dem Flugtag in meinen Benz gecrasht sind, denke ich, sage aber: »Weil diese Zeitschiene nicht das ›Damals‹ ist, das ich erlebt habe. Aber mach dir keine Illusionen: Die Katastrophe ist nur verschoben. Auf nächstes Jahr.«

»Puh. Okay«, murmelt er. »Gut zu wissen.«

Ich halte meine Klappe, bin aber sicher, dass weder Aimee noch er nächstes Jahr beim Flugtag anwesend sein werden. Selbst wenn beide bis dahin noch hier in der Gegend leben sollten, was ich bezweifle. Die neue Gegenwart hat eine unfassbare Dynamik entwickelt, die es mir unmöglich macht, abzuschätzen, wo alles hinführen wird. Weshalb ich es auch gar nicht erst versuche.

»Eine Sache noch …«

Ich sehe Mike an.

»Wie ging es mit Nirvana weiter?«

»Nirvana waren ab 1991 – neben Guns N' Roses – die größte Band der Welt«, erkläre ich. »Für drei Jahre. Dann erschoss sich Kurt Cobain, der Sänger, Gitarrist und Songschreiber, mit einer Schrotflinte im Keller seines Hauses in Seattle. Drogenprobleme. Psychoprobleme. Probleme mit dem unfassbaren Erfolg seiner Band und seiner eigenen Berühmtheit. Und obendrauf vermutlich heftige Probleme mit seiner durchgeknallten Angetrauten, die aufgrund ihrer eigenen Drogenabhängigkeit nicht gerade, tja, hilfreich war.«

»Holy shit …«, stöhnt Mike.

* * *

Als ich den Zimmerschlüssel an der Rezeption bei Majka abgebe und die letzten offenen Rechnungen in bar bezahle, tauchen plötzlich alle Angestellten des Hotels auf, um sich von mir zu verabschieden.

»Für dich«, sagt Majka und stellt einen Präsentkorb auf den Tresen. »Danke, dass wir dich durften haben als Gast.«

Die Angestellten klatschen, während ich realisiere, dass der Präsentkorb nicht mit lokalen Leckereien gefüllt ist, sondern ausschließlich mit Wein- und Grappa-Flaschen.

Ich umarme alle und bin dann mit dem Präsentkorb verschwunden.

Kloß im Hals.

Big Kloß.

* * *

Nachdem wir mit Hilfe von Mike und Aimee die Boxen und meinen ganzen Hifi-Kram ins Wohnzimmer von Lisas Haus geschleppt und sich die beiden verabschiedet haben, baue ich meine Anlage auf. Was sich seltsam anfühlt. Weil: Wenn man ein Plattenregal an den Start bringt und eine Stereoanlage aufbaut, hat man vor zu bleiben.

File under: Home.

Lisa hat mir eine Weißweinschorle gebracht und kocht jetzt, während ich überlege, mit welchem Album ich die Anlage einweihen soll. Ganz klar: ›Bloodflowers‹ von The Cure. Problem: Das Album erscheint erst 2000. Ich checke meine Platten im Regal, werde unter R fündig und rufe Lisa zu mir.

»Ready?«, frage ich, während ich die Platte auflege. Sie setzt sich mit ihrem Rotweinglas auf die Couch und lächelt.

»Aber sowas von.«

Es wird ›Time Stand Still‹, der zweite Song des Rush-Albums ›Hold Your Fire‹ von 1987. Bei dem eine Frau namens Mann mitsingt, die zufällig den gleichen Vornamen trägt wie Lisas Tochter.

»Time stand still. I'm not looking back but I want to look around me now …«, singe ich mehr oder weniger in tune mit.

Lisa lächelt und kuschelt sich an mich. »Klingt klasse.«

»Mein Gesang, die Anlage oder der Song?«

»Alles.« Sie küsst mich und steht dann auf. »Ich muss wieder. Sonst wird das nichts mit unserem Tafelspitz.«

Sie geht wieder in die Küche. Ich lehne mich zurück und genieße Rush.

Freeze this moment
A little bit longer
Make each sensation
A little bit stronger
Experience slips away …

Erfahrung slips away.

Darum geht es. Ich muss lernen, zu vergessen, was ich gelernt und erlebt habe, und mich ausschließlich auf den Moment konzentrieren, der sich 1988 nennt. Gleichzeitig muss ich versuchen, das Gelernte anzuwenden und umzusetzen. Die Zeitschiene spielt dabei nicht die geringste Rolle. Solange dein Herz schlägt, du für etwas brennst und an etwas glaubst. Ob an dich und deine *mission*, die Magie der Musik, Wörter, Geschichten, Kunst. Oder einfach nur daran, dass Liebe real ist. Hauptsache, du glaubst. Daran, dass es immer weitergeht und es erst over ist, wenn es *over* ist. Doch bis dahin geht es immer nur nach vorne. Selbst wenn man in der Vergangenheit gelandet ist.

Life is what happens while you're busy making other plans.

Letzte Woche habe ich es sogar geschafft, ein Bankkonto zu eröffnen. Wobei ich den größten Teil der Kohle in einem Tresor im Büro meines neuen Zuhauses bunkere. Bargeld lacht. Auch im Jahr 1988. Und ich habe keine Apple-Aktien gekauft. Wozu auch? Ich bin sicher, dass ich meinen Lebensunterhalt durch meine noch zu schreibenden Romane bestreiten kann.

Inzwischen habe ich mich mit 1988 nicht nur arrangiert, sondern freue mich auf jeden neuen Tag, den ich in dieser Zeitschiene verbringen darf. Das Leben ohne Internet, Smartphone, dem ganzen Social-Media-Scheiß, Streaming, Amazon, Netflix und Co. ist so unfassbar entspannt und leicht. Und trotz der Tatsache, dass die Zukunft jetzt meine Vergangenheit ist, habe ich massig *opportunities*: Dauerkarte für die Spiele des FCK auf dem Betzenberg. Live-Konzerte, die ich in der alten Zeitschiene nicht gesehen habe. Live-Konzerte, die ich in der alten Zeitschiene gesehen habe und nochmal sehen kann. Alben, die ich damals nicht auf dem Schirm hatte. Länder, die ich nie bereist habe. Romane, die ich damals nicht geschrieben habe und ab jetzt schreiben werde. Nach ›Über die Flügel‹ will ich einen Kriminalroman in Angriff nehmen und mich danach beim ›Syndikat‹, der Vereinigung der deutschsprachigen Krimiautoren, den es damals schon gab, anmelden. Und dann einmal im Jahr mit den Kollegen vier Tage und Nächte bei der ›Criminale‹, die jedes Jahr in einer anderen Stadt stattfindet, feiern und bis zum Sonnenaufgang, tja, durchsaufen.

Inzwischen bin ich einfach nur glücklich, dass ich in meinem Alter den Rest meines Lebens in dieser Zeitschiene verbringen darf, denn diese entspricht mir definitiv mehr als meine ehemalige Zeitschiene. Wer oder was auch immer für diesen überraschenden Wendepunkt verantwortlich war: Danke. Aus tiefstem Herzen.

Trotzdem bleibt eine gewisse Traurigkeit, da ich Diana, meine Freunde und vor allem meine Katzen nie mehr wiedersehen werde. Was die Frage nach sich zieht, ob es meine ehemalige Zeitschiene – in einem Paralleluniversum? – noch gibt und ich aus der einfach verschwunden bin. Und man nach mir sucht. Und sich jemand um meine Katzen kümmern wird.

Es ist sinnlos, mir darüber den Kopf zu zerbrechen. Genauso wie über die Flugtagkatastrophe, den Fall der Mauer, 9/11 und alle anderen zukünftigen Ereignisse, nach denen die Welt nicht mehr dieselbe sein wird. ›Nur noch kurz die Welt retten‹ funktioniert vielleicht als charmante Idee in einem Pop-Song, aber leider nicht im *real life*. Alles wird so kommen, wie es kommt, und niemand kann etwas daran ändern.

Inevitable.

Aber etwas fehlt noch. Etwas Essentielles. Um das Lisa und ich uns nächste Woche kümmern werden. Im Tierheim Saarbrücken. Ich kann ohne Katzen nicht leben und will ein Geschwisterpaar. Ob zwei, drei oder vier. Egal. Und spätestens dann werde ich zu hundert Prozent in der neuen Zeitschiene angekommen sein.

Die dann einfach die Gegenwart sein wird.

Meine Gegenwart.

In der ich aber natürlich weiterhin hart daran arbeite, der zu werden, der ich bin.

Danksagungen

Written and mixed by MA at home between Autumn 2021 and Summer 2022.

Produced by MA und kul-ja! publishing: Julia Kulewatz, Stephan Herbst (Lektorat), Bianca Katharina Mohr.

Honourable mentions:
Heike, Lucy & Schroeder und meine Eltern. Die nach ›Love Like Blood‹ (das ich ihnen verboten hatte zu lesen) jetzt endlich wieder ein Buch von mir konsumieren dürfen.

Thanks to:

- Stephan Herbst für das großartige und entspannte Lektorat. Auch wenn ich vergessen hatte, AC/DC zu erwähnen, und wir uns noch ewig über die ›Hirnfickereien‹, die eine Zeitreise nun mal so mit sich bringt, hätten austauschen können. Wir lesen uns bei ›Über die Flügel‹, dem nächsten Roman!
- kul-ja! publishing für das Vertrauen in mich und meine Geschichten. Ihr rockt!!!
- Stefanie Gregg, ohne die ich vermutlich nicht den Mut gehabt hätte, mich endlich auf eine Geschichte einzulassen, die nichts mit Mord und Totschlag, sondern ausschließlich mit mir (und meiner Vergangenheit) zu tun hat.
- Klaus Maria Dechant von Early Bird Books und Franziska Franz für das Hörbuch von ›Love Like Blood‹. Danke, dass ihr Liza, Doyle und allen anderen Protagonisten eine Stimme gegeben habt. Und danke für so vieles mehr!
- Meine Testleser. You know who you are!

Very special thanks:
Frank Bornemann (Eloy), Porty Portner, Pete Potens, Roland Görgen, Andreas, Hannes Krämer, Susanne S.

Special Thanks:
Stefan Lorenzen (›Buchhandlung Lorenzen‹, Hermeskeil) / Ulrich Straub (Buchhandlung ›Bunter Bücherladen‹, Bernhausen) / Uwe und Conny Neu (Buchhandlung ›Der bunte Hund‹, Weilerbach) / Michael ›Halby‹ Halberstadt (›Salon Schmitt‹, K-Town) / Thorsten ›Ali‹ Albrecht (›Café Pastis‹, Zweibrücken) / Michel Birbæk (für Elvis und being a Team) / Katja Weber-Beck / Manuela Likos (Autorenpix) / Jochen Klemp, Jan Lubitzki, Peter ›Brutus‹ Habermann, Andy Bahr und Depressive Age (wir sehen uns Pfingsten 2023 auf dem Rock-Hard-Festival!) / Michael Schüller, Karin Geyer, Volker und Silke Dittmer, Annette Mayer (Imbiss ›Die heilige Wurst‹ Plattenhardt – RIP) / ›Second Hand Records‹, Stuttgart (Rainer Rupp, Helmut Faber, Serafin Meier, Michael Pankmer, Elke Schmid, Markus Milcke, Andre Kaub, Florian Stelzl) / Susi Swazyena (für Lesung im Schloss Hornberg) / Atze Ludwig / Uwe Hoffmann / Alice Spogis (stay strong!) / Jörg Sicher (›Bonner Comic Laden‹) / Diana Dechant / Antonie Kurtz / Oliver van Dijk / Saskia Rutner und Gerhard Gutberlet / Bea Heller / Vera Thalmann (beste Cat-Sitterin!) / Wolf-Dieter Kuntze / Christoph Martius / Randy Tyler / Andreas Hoyer / Dirk ›Don Marcos‹ Michaelis / Rickenbacker's Berlin / Angela Sosero / Marion A. Siepe / Eva Mohtaschemi / Sebastian Wender / Conny Buse / Ralf Rachner (›Musicland‹, Berlin-Spandau) / Chris W. Jany / Andy Laaf / Tina Seel (›Der Tod der dreckigen Anna‹) / Anja Pfeiffer / Rahel Kindermann / Sibylle Semmler / Christian Dörge / Lutz ›Lüül‹ Graf-Ulbrich und sein Buch ›Und ich folge meiner Spur …‹ / Manuel Göttsching / Christian Böß / Ni-

cola Haupt und Angela Ruhland / Oliver Martin Schmidt / Nico Délius / Eric Lemarechal (Rikki Marshall) / Lidia Stein / Manfred Haag / Alexandra Amber / ›DAS SYNDIKAT e. V.‹ (für die ›Criminale‹ und so viel mehr!) / Norbert Hennig und Sandra (für den ›Keltenhof‹) / Docu Center Ramstein / Elke Becker / Dakini Böhmer / Ralf Krambs / Leo Born (Oliver Becker) / Juliana Käppler / Bea Lugosi Festerling / Alexander Häusser / Eva Maria Thiessen / Patrick Peters / Britta Slusar / Cäcilie Cichonski / Michael Wagner / Kerstin und Martin Reich / Bettina Müller & Titus / Klaus Stockbauer / Oliver Harrouche / Michael Peuser / Marcus Schleutermann / Silke Meyer / Alexander Rettig / Bettina Zamponi / Ron Hard / Ralf und Monika Kramp / Judith Merchant / Andreas Izquierdo & Sonni Schäfer / Jürgen Heimbach / Sabina Naber / Uwe Ittensohn / Christina Bacher / Thorsten Frahm / Elke Pistor / Angela Eßer / Jens J. Kramer & Nina George / Christine Brand / Christian Ahnsehl / Jörg Juretzka / Sven und Miriam Kalleder / Arnold Küsters / Alexandra Friewald / Szezana Brankov und Volker Laucher / Das ›Crazy‹ in Zweibrücken und das ›Poison‹ in Neunkirchen – RIP / Aline Kulay / Majka Kiefer / The Richard Head Band (Charly Kuby / Keith Coles (RIP) / Mo Evans / Matze) / Michael ›Lemmes‹ Lehberger / Jörg Thoretz / Christian Böß / Miriam Hensel / Andrea Schubert / Anja Kriegel / Doris Richter / Lilith Ursula Stöcker / Dorothea Stöhr / Sabine Hölper / Harry Zahn / Elisabetta Schäfer und Raffaele D'Ambrosio (für den italienischen Fluch) / Angela D'Ambrosio / Ivonne Keller / Annette Schönberger, Ralf und Elena / Suse Michel / Michael Beckmann / Eva Maria Thiessen / Ute Heinrich / Ralph Wagenknecht (Kommunikation Mercedes Benz Classic) / Andrea Zimmermann / Elisabetta Schäfer / Jason R. Schröder / Uwe Albrecht / Lutz Subke / Michel Kroneis / Birgit Bartz / Ulrike Mandigo / Dirk und Barbara Lehnhardt / Siegfried Thum / HG Nötzig / Michael Jurkat / Hans Rupertus / Heinz Glass / Jörg Kirsch /

Oliver Jochum / Samantha Weis / Patrizia Prudenzi / Sean McFly / Markus Eissler / Thommy Dee / Susan Madsen / Jule Uhl / Ralf Großmann / Andreas Christmann / Daniel Neckien / Roland Fuchs / Mike Floyd / Hellmuth Opitz.

Danke für den Support.
Wir sehen uns bei den Lesungen ab Oktober 2022.
Long live Rock'n'Roll!

Homepage: https://mathiasaicher.de
Facebook: www.facebook.com/mathias.aicher.autor
Instagram: mathias_aicher

Programmhinweise

Entdecken Sie auf den nächsten Seiten weitere spannende Neuerscheinungen aus unserem Verlag

Ebenfalls bei kul-ja! publishing erschienen:

»Ich lese die wunderbaren Gedichte von Julia Kulewatz. Manche Zeilen sind so schön, dass ich diese wie ein Mantra immer und immer wieder laut vor mir hersage. Das, was sich in ihren Gedichten formt, ist wie das Wandeln in mehreren Dimensionen gleichzeitig. Es ist wie eine alte Geschichte, die neu erzählt wird und ganz viel Weisheit in sich trägt. Es sind nur Fragmente, kleine aufgedeckte Ecken einer wunderbaren Reise.« – Jantien Sturm

Lyrik (Sturmgedichte), Deutsch – Englisch
Fadengebundenes Hardcover
107 Seiten, 13 x 20 cm
mit farbigen Illustrationen
von Jantien Sturm
Preis: 22,00 Euro

ISBN: 978-3-949260-00-1

Besuchen Sie uns auf www.kul-ja.com.

Onlineshop: www.kul-ja.com

counting magpies ist ein zweisprachiger Gedichtzyklus in 24 Flügelschlägen, ein Perlenspiel der Worte. Das Zählen der Schläge beginnt, wo die Sprache versagt und das Fühlen übermächtig wird. Mit ihrer Elsterlyrik schlägt Julia Kulewatz gemeinsam mit dem diebischen Vogel Himmelsbrücken. Sie sind den Liebenden ein Übergang zu allem, was von den zur Lyrik augenscheinlich geeigneteren Vögeln nicht besungen werden kann.

Lyrik (Elsterlyrik), Deutsch – Englisch
Softcover
90 Seiten, 10,5 x 16,5 cm
mit Illustrationen von Chris W. Jany
und Fotografien von Frank-Peter Lohoff
Preis: 8,00 Euro

ISBN: 978-3-949260-01-8

Besuchen Sie uns auf www.kul-ja.com.

Onlineshop: www.kul-ja.com

Diesen Gedichtband durchweht ein Ton, der dröhnt orgelgleich und streng wie Glockenschlag. Der liegt unter den Zeilen als lustvolles Warntrommeln und zwitschert über ihnen vogelgleich schlafwarm. Der liest sich als Brandung, Knirschen, Aufmunterung. Der ist mal Flehen, mal Schrei, dann wieder Hymnus. Und kommt so bedeutsam wie Weihe, so unaufdringlich wie der tägliche Popsong aus dem Radio daher. – Peter Wawerzinek

Lyrik
Softcover
116 Seiten, 12 x 19 cm
mit einem Vorwort von José F. A. Oliver und
einem Nachwort von Peter Wawerzinek
Preis: 8,00 Euro

ISBN: 978-3-949260-01-8

Besuchen Sie uns auf www.kul-ja.com.

Onlineshop: www.kul-ja.com

Sonnenstadt ist ein Roman des Traumas und der Angst, über Beziehungs- und Haltlosigkeit sowie die Suche nach dem Schönen, der ebenso Elemente des Coming-of-Age-Romans wie der Road-Novel und des Thrillers miteinander verbindet. Dabei bricht er bewusst mit gewohnten Erzählmustern und folgt stattdessen in weiten Teilen einer Art (Alb-)Traumlogik, die in verstörend-hypnotischer Sprache die Grenze von realem und surreal-wahnhaftem Geschehen verwischt.

Roman
Softcover
202 Seiten, 11,5 x 18 cm
Preis: 15,00 Euro

ISBN: 978-3-949260-04-9

Besuchen Sie uns auf www.kul-ja.com.

Onlineshop: www.kul-ja.com

Mit diesem Essay begründet Julia Kulewatz die Edition Schwarzer Kater – eine Reihe, in der auf den ersten Blick vor allem nicht ganz unmerkwürdige literarisch-wissenschaftliche Texte veröffentlicht werden. In dem vorliegenden ersten Katerheft verhandelt die Autorin die Frage nach der Gegensätzlichkeit von Sein und Schein, Wahrheit und Lüge, Licht und Dunkelheit anhand der Königin der Nacht in Mozarts *Zauberflöte*. Sie legt damit zugleich einen wertvollen Forschungsbeitrag vor:

Essay
Broschur (fadengebunden von Hand)
28 Seiten, 14 x 20,5 cm
Preis: 9,00 Euro

ISBN: 978-3-949260-05-6

Besuchen Sie uns auf www.kul-ja.com.

Onlineshop: www.kul-ja.com

»Ich sehe im Bereich der Kurzprosa in Deutschland nur sehr wenige, die dazu in der Lage wären, das literarische Erbe des leider beinahe vergessenen Erzählers Kurt Kusenberg anzutreten. Ich verfolge die Gedichte und Erzählungen von Jörn Hühnerbein seit über zwanzig Jahren. Seine Texte sind in all dieser Zeit unbeirrbar geblieben: versponnen, eigensinnig, komisch, traurig und immer auf eine Art bereit, dem ablaufenden Dasein ein ausgedachtes Leben in die Hände zu spielen [...].« – Thomas Kunst

Kurzprosa
Softcover
208 Seiten, 12,5 x 20 cm
Preis: 15,00 Euro

ISBN: 978-3-949260-07-0

Besuchen Sie uns auf www.kul-ja.com.